心之教

西游成长智慧十六讲

孟亚 李慧玲 ◎ 著

中国社会科学出版社

图书在版编目（CIP）数据

心之教：西游成长智慧十六讲 / 孟亚，李慧玲著. — 北京：中国社会科学出版社，2015.8
ISBN 978-7-5161-6261-3

Ⅰ. ①心… Ⅱ. ①孟… ②李… Ⅲ. ①《西游记》—古典小说评论 Ⅳ. ①I207.419

中国版本图书馆CIP数据核字(2015)第123624号

出版人	赵剑英
责任编辑	王 斌　郭晓娟
责任校对	孔 敏
责任印制	李寡寡
出　版	中国社会科学出版社
社　址	北京鼓楼西大街甲158号
邮　编	100720
网　址	http：//www.csspw.cn
发行部	010-84083685
门市部	010-84029450
经　销	新华书店及其他书店
印刷装订	北京君升印刷有限公司
版　次	2015年8月第1版
印　次	2015年8月第1次印刷
开　本	710×1000　1/16
印　张	20.75
字　数	396千字
定　价	49.00元

凡购买中国社会科学出版社图书，如有质量问题请与本社联系调换
电话：010-84083683
版权所有　侵权必究

写给孟天泽

《小王子》说：所有的大人都曾经是小孩子，
 虽然，只有少数人还记得。

爸爸妈妈希望你，十年后，能悟明白这句话：
"上天下泽，履。君子以辨上下，定民志。"

爸爸妈妈希望你，十年后，能：
 像唐三藏一样坚定，
 像孙悟空一样能干，
 像猪八戒一样豁达，
 像沙和尚一样踏实。
 ……

序言一
/陈晓宇[*]

当今时代，是一个需要走心的时代。而在这个时代搞教育，更需要走心。俗话说，感人心者，莫先乎情。无心便无情，无情便无教育。教育是人与人的交往、心与心的碰撞、情与情的融通，只有从心开始，走心、过心，方能深入人心、引领人心。否则，只是冰冷地、照本宣科地、例行公事地说教，如何让人心生共鸣、内化外行！

在我看来，不走心的教育，往往就是说教。而说教，在当今时代，正变得越来越令人生厌。客观来讲，说教的恼人之处，不在"说"，更不在"教"，而在于"说教"，其中的关键是"说"。说在前，教在后，是说教；老拿道德说事儿，是说教；老居高临下地讲大道理，是说教；光说不做，是说教；目的只在于说，是说教。反过来，教在前，说在后，是教育；注重全面成长，是教育；以平等之心视之，是教育；连说带做或说做合一，是教育；目的不在于说，是教育。

归根结底，心是"说"之本，心是"教"之源。大教于行，唯美于心。有心，就有情，有情才能打动人。只有打动人，才能使教育润物无声，久久为功。

但这样的教育，难度很大。

第一，如何让人从知之，到好之，再到乐之？

---

[*] 作者是北京大学教育学院院长、教授。

第二，如何让人从有所学，到有所悟，再到有所认同，最后到真正有所信奉？

第三，如何选取真正打动内心、引起变化的好内容、好故事、好思想？

要破解这三个难点，我觉得，像《心之教：西游成长智慧十六讲》这样，选择《西游记》这一老少咸宜、人所共知的中国古典文学名著，倒是一个不错的"小切口"。

一方面，《西游记》本身特别"走心"。"心"是《西游记》的一个核心概念。清代张书绅说："《西游》凡如许的妙论，始终不外一个心字，是一部《西游》，是一部《心经》"《西游记》百回，从"灵台""方寸""斜月""三星"的"心"开始，到"心即佛""佛即心"结束，始终围绕着一个"心"字，演绎着一段亘古不朽的心路大戏。至于"走"，那就更不用多说了。西游是为取经。经者，径也，径就是路，行程十万八千里的路，不都得靠"走"？另外，西游中的"游"字，古文写作"遊"，随身带着一个走之旁的嘛。

另一方面，不难看出，作者也在特别走心地诠释《西游记》的教之大义。现今的市面上、网络上，充斥着大量的解读之作，好像解读的人比看原著的人还多。但是，这些解读，多属"厚黑""揭秘""潜规则"之类，花红柳绿、千娇百媚的，搞得大家不胜其烦。这些东西，不能说不用心，但这心却有可能使大了、用歪了。而《心之教》这本书的走心，却是用西游故事阐发成长道理，追求走心的"说教"——以言为点、点而自悟的教育，带温度、接地气的教育，有情景、有氛围的教育，体现在引人入胜的故事中、融入日常生活里的教育。这样的"说教"，深入浅出、情理交融、有益有趣，有别具一格的存在价值。

内容上，《心之教》这本书，从教育小说的角度，以西游之立意、脉络和故事为经，以青年之为人、立身和处世为纬，研究探讨了孙悟空"上大学"以及"肄业"之后，通过"为学、实习、任职、组队、阅世、交友、收性、炼心、攘外、安内、聚力、干事、御情"的成长历程，最终修成正果的走心之事。某种意义上，文学就是人学，而教育——照苏霍姆林斯基所说——"这首先是人学"。而"人学"之根本，在于心之教。中国古典文学，大抵都有文以载道、文以行教的意蕴。当然，文学所行之教，多是不言之教，自行体悟之教，虽然"教"味很浓，但需细而化之。对这一点，《西游记》体现得极为充分；这本书，也是借此生发、立论。

理论上，《心之教》这本书，采用阐释学的基本分析立场，将一直在"潜移默化影响着中国人的思想方式和行为方式"的价值追求和成长智慧展示出来；将文学与教育、西游世界与生活世界、历史世界与现时世界，尝试进行创新性的结合，并以此凸显文学名著的心之教化作用。应该说，这在一定程度上拓展和丰富了教育学的研究领域，也更有利于传承中国传统文化。

实践上，《心之教》这本书，有别于一般意义上的学术专著、教材形态和知识形态。虽然也讲究学理性的教育研究、文学研究，但更注重用非教材的形式、非学究味的语言，更强调轻松、生动、有趣的叙述风格和阅读体验，来承载学术和教材的使命，来宣讲传统文化、成长智慧和走心之教。这么讲，应该是更有实践推广价值和日常普及意义。

总之，我认为，这本书选用权威文图版本，以"教"字入手，从小处立足，正论西游思想整体，注重有益有料有趣，把握通透通俗通识，让人愿看能悟有得。

是为序。

2015 年 3 月

序言二

/ 赵国权[*]

一部古典小说，无论是中国的抑或是外国的，在大多人看来，也仅仅是一部用文字凝练、用艺术加工并呈现给读者的文学作品。对其跌宕起伏的故事情节，信者以为有，多会哀叹人生之悲或憧憬未来之美；不信者以为无，颇感与自己、与生活、与人生毫无瓜葛，不过一笑了之。

却不知，任何一部作品，都蕴涵丰富的教育元素和"正能量"——如《西游记》"只是教人诚心向学，不要退悔"一般，故都可起到唤醒人、引领人，愉悦身心、创造美好人生之功用。能读懂者，定会自觉地从中汲取营养，涵心存性。然在生活中，因家庭、经济、学历、专业、工种等诸多因素制约，读不懂者还是大有人在。这时，亟须"能者"从生活、从教育、从人生等角度来做另一番通俗性诠释，让初等文化程度的人都能看得懂、想得明、切其身、有所成，其价值当不亚于原著，更不亚于后世的学理性研究，尤对文化传承及普及功劳颇大，此乃原著者所望，亦是受众者所向。

有道是，说来容易做来难，难就难在是否"有心"和"用心"，二者具备，便事业可成。此番期待终于等来丰厚回报，"能者"——硕士开门弟子孟亚携其贤内慧玲，蓄十年之势，成一部力作，名之曰《心之教：西游成长智慧十六讲》。

---

[*] 作者是河南大学教育科学学院教授，日本广岛大学伦理研究中心研究员，国际儒学大会理事。

单看书名，不禁要问：明明是一部神话作品，怎会和"心之教""成长智慧"联系在一起？带着疑问，难免让人忍不住一页一页地翻下去。原来，作者所看到的绝非仅仅是一部神话作品，更是一部教育小说，细而言之，被视为"教化之作""修心之作""养性之作""救赎之作"和"人格化之作"。正因为立足于教育这个视角，充分汲取了其中的营养，才会有"心之教"这个命题，才会有"成长智慧"这一番显论。

悉心翻阅一遍书稿，便会有所感悟。看来作者真的是用心在读，对故事情节烂熟于胸；用心在思考，浮想人生，走进生活，触及心灵；用心在创作，以神话人物的言行举止、成败得失为"基料"，从"教"字入手，在"小"处立足，以个体成长中所需历练的为学、任职、组队、阅世、交友、炼心、聚力、御情等素养为目，以"心性塑造"为统领加以系统阐释。尤其用行云流水般的语言，编织成若干个通俗易懂的小故事穿插其中，且辅之以权威的绘画版本，洋洋洒洒地来叙说成长之大智慧，不仅使读者能"自然而然地从知之，到好之，再到乐之"，更能使读者有所悟、有所得、有所行。

诚然，作者基于自身的学业功底、阅读积累及事业发展所需，创新性地对古典小说《西游记》做此番令人欣喜的教育解读，开了一个好头，着实难能可贵。不过，清人张书绅曾言："以一人读之，则是一人为一部《西游记》；以士农工商、三教九流、诸子百家各自读之，各自有一部《西游记》。"故，倘若有学者从心理、语言、管理、民俗、文化传播等视角，亦对《西游记》等古典小说做此类全方位解读，其"正能量"将会被进一步放大。这不仅有助于个人"修身"，甚而还可"齐家治国"，乃至于"平天下"。

最后，期待作者再接再厉，对《红楼梦》《三国演义》《儒林外史》等古典名著"再生性"地做一番解读，并能尝试性地使其进入中小学课堂或课外阅读，实乃国学普及之大举。

是为序。

2015 年 3 月于桂子山寒舍

目 录 CONTENTS

第一讲 引论：走心之教

作为教育小说的《西游记》 / 1

《西游记》与心性塑造 / 6

《西游记》与人格教化 / 9

第二讲 为学：寻师学艺

穿上衣服，明礼知言——十年寻师之路美猴王在干吗 / 14

听话听音，刨树刨根——美猴王是如何找到菩老师的 / 17

志心朝礼，一生无性——悟空学艺时为什么如此低调 / 19

你今有缘，我亦喜说——特别牛的老师喜欢什么样的学生 / 22

学贵专一，悟彻菩提——悟空为什么这也不学那也不学 / 25

你这一去，定生不良——悟空为什么被菩老师开除 / 28

第三讲 实习：立足试手

怎生打扮，有甚器械——悟空如何打造品牌形象 /32
相貌虽丑，却俱有用——悟空哥仨拥有怎样的异相之美 /36
虚与委蛇，暗中谨记——强龙为什么不压地头猴 /39
鬼怕恶人，规则难真——阎王为什么比龙王还惨 /42
籍名在篆，拘束此间——遣将擒拿为什么变成下界招安 /45
猴王闻此，心头火起——"职场新猴"为什么要少听人发牢骚 /48

第四讲 任职：熟悉规则

奇才小用，不如不用——悟空为什么老说玉帝不会用人 /52
官心何足，名意未宁——一味姑息为什么收不了邪心 /55
自有旧规，任性胡为——悟空为什么非要一张"入场券" /58
听调听宣，泾渭难分——二郎神"牛"在哪里 /61
人主之道，不自操事——"特大号"领导该怎么当 /64
闹字当头，分寸互留——十万天兵天将为什么拿不下悟空 /67

第五讲 组队：定事选人

不可轻传，不可空取——如何理解如来传经 /71
以位动之，以欲诱之——沙僧、八戒为什么答应入队 /74
以命定之，以心导之——小白龙、孙悟空为什么答应入队 /78
一举成名，儿之志也——唐僧为什么也有士人的理想 /81
佑保江山，自我实现——唐僧为什么主动要求去取经 /84
诸般崇狠，一灵不损——观音菩萨拥有怎样的"选人用人观" /87

第六讲 阅世：熟悉社会

权贵乱法，潜规横行——唐太宗为什么多活了二十年 / 90
人情玩法，上下其手——二十年阳寿如何操作成功 / 93
智谋何用，损人成空——袈裟"钓"出怎样的人心 / 97
既动其心，必生其计——"五毒心"如何野蛮生长 / 101
唯命是听，唯利是图——土地山神打的什么如意算盘 / 104
天上人间，方便第一——黑河鼍龙如何丢人败家 / 107

第七讲 交友：积累人脉

不论高低，俱称朋友——悟空的强大人脉如何积累 / 111
天差天使，尽做好事——太白金星的魅力为什么那么大 / 114
与人方便，自己方便——悟空如何解决高老庄难题 / 117
根皮相合，叶长芽生——镇元大仙为什么与悟空结拜 / 120
受人之托，忠人之事——老鼋驮与不驮的奥秘是什么 / 124
谨讲志诚，慎叙旧情——悟空光靠关系能否借来芭蕉扇 / 127

第八讲 收性：不可斗气

渔樵耕读，较劲无边——超脱如何演化成较劲、斗气 / 132
斗气赌气，作死会死——泾河龙王如何斗气丢命 / 135
圯桥进履，卑下受教——东海龙王的"思想教育"为什么有效 / 138
专倚自强，难了业瘴——悟空为什么老要无赖 / 141
心中有气，处处争竞——一个果子惹出什么祸 / 145
走花弄水，有火来烧——战狮驼岭三魔为什么也是一场口舌大战 / 148

第九讲　炼心：彻底一心

坚心磨琢，着意修持——唐僧如何"以内御外" / 153
心猿归正，六贼无踪——悟空如何破心中之贼 / 157
不忘初心，方得始终——悟空如何从"二心"到"一心" / 161
多心多难，坚持就完——三人如何喝下"乌巢牌"心灵鸡汤 / 164
一时忘念，迷途终返——观音菩萨为何"迷"缚红孩儿 / 168
圈里圈外，此心彼心——西游圈圈中有何奥秘 / 172

第十讲　攘外：外部考核

多大欺心，引祸上身——虎先锋之命被哪"四风"刮没了 / 176
莫弄虚头，见见手段——黄风怪怪在何处 / 180
静心改过，务本之道——四圣试出了怎样的禅心 / 183
脏话难忍，气急败坏——一帮神仙为何骂街 / 188
收起软善，亮出慧眼——白骨精的魅力为什么那么大 / 191
听信巧言，诸般怀怨——白骨精的离间计如何成功 / 195

第十一讲　安内：内部磨合

配合天真，调和水火——取经团队体现了怎样的和合之道 / 199
盲是目亡，忙是心亡——悟空被贬后产生了什么严重后果 / 202
单丝不线，孤掌难鸣——八戒三人明白团队相合的道理了吗 / 206
身回水帘，心逐取经——被赶走的悟空心情如何 / 209
晓之以理，激之以气——八戒如何说服悟空重新归队 / 212
勿求急效，莫生妄动——西游团队为什么又闹分裂 / 216

第十二讲 聚力：处好同事

放下身段，学动心思——悟空在平顶山莲花洞为什么变乖了 / 220

学着做事，试着成熟——悟空在平顶山莲花洞为什么变弱了 / 224

劈破旁门，皓月静心——悟空又给唐僧上了什么"心理疏导课" / 227

听汝之言，凭据何理——悟空如何说服乌鸡国太子 / 232

弄巧弄拙，整人整己——悟空如何聪明反被聪明误 / 236

硬善当头，收牛骇猴——观音菩萨如何收伏红孩儿 / 240

第十三讲 干事：做出业绩

莫说手段，预先传名——如何增加悟空的"粉丝量" / 244

力拼智商，显法留名——悟空如何与虎鹿羊拼智商 / 247

力拼情商，死磕较量——悟空如何与虎鹿羊拼情商 / 251

取经虽大，面子更重——悟空在朱紫国为什么摆那么大的谱 / 253

拿出行动，方显恭孝——悟空为什么前倨而后恭 / 257

一宝在手，显能长脸——青牛精为什么那么牛 / 261

第十四讲 御情：谨慎情怀

谨慎情怀，切休放荡——唐僧如何抵御女儿国国王的诱惑 / 264

彼此无伤，两全其美——悟空为什么导演了一出"放鸽子"大戏 / 267

咬钉嚼铁，死命压邪——唐僧如何抵御蝎子精的诱惑 / 270

宁为贫妇，不为富妾——牛魔王的妻妾下场为什么截然不同 / 272

约束七情，休太放纵——不图色只图肉的蜘蛛精为什么被消灭 / 275

遇人不淑，所托非人——"一加七"的"爱情"为什么以悲剧收场 / 277

第十五讲　定位：认清自我

认清形势，牛不可狂——牛魔王为什么要投降 / 281
自污污人，害人害己——万圣龙王一家为什么家破人亡 / 283
投对门户，辨清大小——小雷音寺小在哪里 / 286
有来有去，入行入队——小妖的命运为什么都那么惨 / 288
自我剖析，自我省思——悟空自剖剖出了多少个人心 / 291
以柔克刚，以和为尚——悟空的"两样木理论"有什么奥秘 / 294

第十六讲　悟得：细悟成功

内恕已存，外束自去——孙悟空的紧箍儿是怎么消失的 / 298
八戒弱点，一心悟能——猪八戒的成长启示是什么 / 301
看轻自己，一心悟净——沙和尚的成长启示是什么 / 303
做好本分，一心行走——白龙马的成长启示是什么 / 306
八十一难，功成圆满——成长之路要历多少难 / 308
求取真经，细悟成功——西天取经留给我们的启示是什么 / 311

参考文献 / 314
跋 / 315

第一讲
引论：走心之教

> 《西游记》是一部讲心性塑造、人格教化的教育小说。它用魔幻之事，讲真实之理，行不言之教，述说那些走心的成长之事……

作为教育小说的《西游记》

《西游记》是一部文学经典，也是一部教人成长的教育小说。它通过艺术地鞭挞、谴责、揭露、遮蔽、自励、陶醉、叙述、呼吁等形式，客观地发挥着教育功能，起着处世"指南"和人生"教科书"的作用。所谓教育小说，就是"强调了主人公要经历'成长'这一过程，并且在成长的过程中伴随着精神和思想领域的成熟"，"逐渐走向社会化的经历过程的小说"。[1]《西游记》就是一部这样的小说，它用魔幻之事，讲真实之理，行不言之教，专门讲述那些走心的成长之事。

虽然把整部《西游记》都翻烂了，我们也找不着几个"教"字，但"教"味却无处不在。这个"教"，就是行不言之教的"教"。不言，不是不说教，而是"不言不需之言，言所需之言"。正如著名学者刘荫柏在《说西游》中所言：

> 教化者不用言语、文字阐释来开悟修行之人，而用妙喻，不说破的警语、隐语，乃至放喝、行棒等禅机启发……以心传心，催人猛醒。[2]

显然，《西游记》就是一部饱含妙喻、有益有趣的教育小说。有益，体现在"教"字上；有趣，体现在"小"字上。

---

[1] 赵娟：《中国近现代教育小说研究》，河北大学教育学博士学位论文，2011年，第2页。
[2] 刘荫柏：《说西游》，中华书局2005年版，第233页。

就"教"字而言，其义有五：

第一，这是教化的"教"。

教化，即风化、风教、德教、训导等。教化强调的是，既向人们正面灌输道理，又注意结合日常活动使人们在不知不觉中达事明理。教化的核心本质是"风"和"化"。

"风"即"风化"。古之"风化"，有三个字可以概括：一是扰及万物的"入"，即传统教化在学校教育之外，还浸润至家庭、社会生活，从而在社会层面形成一种整合性的影响力；二是化物无形的"伏"，即传统教化具有行不言之教与从细处修身的特征；三是顺调其心的"顺"，即传统教化以"顺"化物的主张。[1]

"化"即以德化民之"化"、化民成俗之"化"、春风化雨之"化"。其内容，包括"推广礼教，宣传有关伦理道德、厉行劝善惩恶，尤其是旌德扬善，作为表率和示范，以供民众效法"。[2] 根据我们自己的理解，教化即合"风"和"化"二者为一，通过大教育小教育、大传统小传统、正式非正式等诸多方式，思想政治、道德规范、知识技能等无所不包，教育、文学、诗歌、乡约、日常读物等无所不用，去改变和转化民众的身心世界。

教化当然靠"言"，但更靠"不言"。以教化观之，《西游记》行"不言之教"的意义巨大。明朝陈元之在《西游记序》中说：

> 浊世不可以庄语也，故委蛇以浮世。委蛇不可以为教也，故微言以中道理。道之言不可以入俗也，故浪谑笑虐以恣肆。笑谑不可以见世也，故流连比类以明意。[3]

从浮世、为教，再到明理、入俗，这不正是教化的一个完整过程吗！当然，这一过程是通过"委蛇""浪谑""笑虐"等方式来完成的，而不是寻常的"庄语"。对此，明朝袁于令说得直白：

> 三教已括于一部，能读是书者于其变化横生之处引而伸之，何境不通？何通不洽？[4]

---

[1] 李家智、江净帆：《论我国传统教化之"风化"特征》，《西南民族大学学报》（人文社会科学版）2010年第8期，第265页。
[2] 江净帆：《"教化"之概念辨析与界定》，《社科纵横》2009年第1期，第132页。
[3] 蔡铁鹰：《西游记资料汇编》（下），中华书局2010年版，第578页。
[4] 同上书，第580页。

清朝浑然子则干脆说：

> 从兹以往，人人读《西游》，人人知原旨；人人知原旨，人人得《西游》。[1]

有意思的是，清朝刘一明还作了更为详尽的推介：

> （《西游记》）一章一篇，皆从身体力行处写来；一辞一意，俱在真履实践中发出。……悟之者在儒即可成圣，在释即可成佛，在道即可成仙。不待走十万八千之路，而三藏真经可取；不尽遭八十一难之苦，而一筋斗云可过；不必用降魔除怪之法，而一金箍棒可毕。[2]

《西游记》真有这么大的威力吗？

明清众多诠释者，言辞之中，虽多有夸张、附会，但肯定不是瞎扯。书在那里摆着，怎么解读，其实全在自己。正如清朝张书绅所言：

> 以一人读之，则是一人为一部《西游记》；以士农工商、三教九流、诸子百家各自读之，各自有一部《西游记》。……作者有感于此，而念世人至多，其端又不一，故不能一一耳提面命以教之，又不能各为一书以教之，故作《西游记》，使各自读之，而各自教之也。[3]

一言以蔽之，《西游记》就是一座教化的宝藏，别人解读也好，各自教之也罢，都是为了人的成长、成才、成功，只要认真去品悟，人人都能从中受益。

第二，这是教育的"教"。

笼统地说，教育就是古代小一号的教化。

西游记文化研究会会长丁振海先生认为："《西游记》中确实还蕴含着深刻且具有现实意义的教育哲理与做人道理。"[4]《西游记》研究专家李安纲教授也说："《西游

---

[1] 蔡铁鹰：《西游记资料汇编》（下），中华书局 2010 年版，第 612 页。
[2] 同上书，第 601 页。
[3] 同上书，第 617 页。
[4] 李奇：《和孩子一起成长——〈西游记〉中的家教智慧》，中国轻工业出版社 2013 年版，"推荐序（一）"。

记》为我们揭示了故事背后的教育真谛,而且也为我们教育孩子开了一剂良方。"[1]北京大学教授白化文则从励志的角度分析道:"此书的副作用极小,是一部鼓舞人积极斗争、永不灰心、为达到目标而百折不挠的书。"[2]

简言之,《西游记》正是一部走心的、劝勉人积极拼搏奋斗的励志小说。它从身心修养[3]这一做人的根本和教育的根本出发,以化大雅为大俗的方式,将中国传统文化中"日用而不觉"的修养大道理转化为好看又好用的为人处世小智慧,让人在"满纸荒唐"中不知不觉中,自然而然地、潜移默化地从知之,到好之,再到乐之,达到有所学、所悟、所认同、所信奉的目的,达到"随风潜入夜,润物细无声"的教育效果。

第三,这是教义的"教"。

教义的含义有二:一是礼教、名教;二是某一种宗教所信奉的道理。佛界有本《二规教言论》特别有名。这本书是近代藏传佛教大智者麦彭巴用佛规和世规这"二规",将佛教和世间的道理结合起来,以简单的语言教诫世人的论著,是非常少见的、以佛教智慧指导行为处世的论典。

以内容计,我们当然对佛学的高深智慧所知甚少,也无意于此。我们只是稍稍借鉴这种方法和思路,将"二规"分为西游之"规"和生活之"规",分为历史之"规"和现时之"规",并且尝试在两者的结合上做点小文章。

从教义的角度看,《西游记》本身就是将大教义与小智慧结合得极好的一本传世经典,儒释道各种中国传统教义、教言杂糅其中,蔚为大观。恰如清朝张含章《西游正旨后跋》所言:

《西游》之大义,乃明示三教一源,故以《周易》作骨,以金丹作脉络,以瑜迦之教作无为妙相。[4]

《周易》、金丹和瑜迦分别为儒、道和释的代表,研究者大多从此三个角度来解读《西游记》的微言大义。比如,清朝张书绅在《新说西游记总批》中说:

---

[1] 李奇:《和孩子一起成长——〈西游记〉中的家教智慧》,中国轻工业出版社2013年版,"推荐序(二)"。
[2] 转引自御风楼主人《看破西游便成精》,企业管理出版社2012年版,第4页。
[3] 已故国学大师南怀瑾先生曾把身心修养视为一个人的根本,认为:"不论你是什么职业,什么地位,只要你做人,都是以此为基本修养的,这是中国的教育根本。"参见南怀瑾:《身心修养是做人的根本》,《瞭望东方周刊》2009年10月上旬。
[4] 蔡铁鹰:《西游记资料汇编》(下),中华书局2010年版,第638页。

> 三藏真经，盖即明德、新民、止至善之三纲领也。……故名其书曰《西游》，实即《大学》之别名，明德之宗旨。[1]

这是从儒家的角度来理解的。清朝悟元子刘一明、悟一子陈士斌、澹漪子汪象旭等人所诠、所解的各类证道书，就是从道家的角度来理解的。当然，从佛教的角度来理解，更无须多说，因为《西游记》本身讲的就是取经成佛的故事。

第四，这是教研的"教"。

众所周知，教、学和研是拉动"大学 GDP"的"三驾马车"，也是大学老师的三项核心业务。其中，"教"是最大的目的，"研"是托底的基础，而"学"是天然的中心。以此观之，《西游记》是非常适合进行通识教育和人文素质教育的绝佳题材。当然，《西游记》不是思想政治课的教科书，也不适合直接作为教科书来用，而必须在"研"的基础上，经重新加工、解读之后，才能拿来"教"、拿来"学"。打个比方，这必须有一个"烹饪"的过程，而不能直接把一堆"食材"端上来。因为通识课程的核心特征就是一个"通"字，要求老师自己先"通透"素材，再用比较"通俗"的方式，让学生获得一些"通识"。

在写这本"小"书之前，我们已经开设了一门"从《西游记》中取成长经"的大学生公选通识课程。教学过程中，在注重有益、有料、有趣的基础上，我们尽力突出通透、通俗和通识这三个特点，边教边学，边教边研，慢慢，也就有了一些积累和思考。思考之下，就琢磨着将之变成一本"小"书，给选我们课的学生们一个交代，也给自己一个交代。

应该说，这也是一种言传身教、不言之教。课堂上，唾液乱飞，粉末弥漫，啰哩叭嗦的，要同学们这样那样，嘚瑟得不行，但课下自己也得先做个样子，让人心服啊。如若不然，教人的底气何来？

第五，这是谐音的"教"。

谐音的"教"称作"教言"，意思是教育之言、教诫之语。教言教言，听起来和"椒盐"差不多。椒盐是一种调料，是花椒、辣椒和盐巴的混合体，全国各地都用，但川渝大地绝对最有特色，就连说话都有椒盐味儿，"椒盐普通话"不就全国闻名吗？作为外地人，久居重庆，对此也略知一二。细细想来，重庆的椒盐味儿，确实透着一股子幽默、直爽和干净利落脆，这与《西游记》的气质倒有几分相似。

---

[1] 蔡铁鹰：《西游记资料汇编》（下），中华书局 2010 年版，第 628 页。

《西游记》麻辣鲜香、插科打诨，让人乐不可支之处哪哪都是。因此，我们在讲西游教育的时候，也不得不注意这一点。《西游记》这份特别适合做成椒盐口味的好"食材"，就不能用清水煮了，那样就不能充分品尝到美味。当然，即使用清水煮了，也得蘸着椒盐料碟来吃。你想啊，三五好友一聚，夹着"唐僧肉"，蘸着椒盐，划着"乱劈柴"，就着小酒，该有多巴实！

就"小"字而言，其义也有五：

第一，这是以小说为文本的联想解读之作。《西游记》当然是一部小说，而小说本身就有教化的功能，出色的小说总是隐含了人生、道德以及教育的大道理，而《西游记》正是"中国成长小说的原型"。

第二，这是"小家"写给大家看的书。作为小家，我们不敢也没资格将本就生动有趣、接地气的西游教育智慧，用大口吻说大话，来吓唬诸位。

第三，这是一本小书。内容虽有十六讲，页码虽有三百多页，但仍适合"轻阅读"，诸位可以轻松地跳着看，或者逮着哪个看哪个。当然，如果你要是从前往后顺着看的话，那自然是极好的。因为这本小书是按照《西游记》原书的逻辑顺序，从前往后写的。

第四，书中所讲都是小智慧。大智慧、大道理，大家听的看的太多了，我们不想给大家添堵，更不想人五人六地板起面孔教育人。可是，正如孙悟空所说，小虽小，但"筋节"。正因其小，才与我们实际生活中的成长密切相关。不过，相不相关、有无用处，那自然是由诸位说了算。

第五，这是一种"小品"。一则，相对于"大品"，它篇幅较短；二则，有"小品"的味道，《西游记》脱胎于民间说唱和戏曲话本，本来就有"小品"的基因；三则，可供小品或小酌，信手开卷，随意阅读。所以，秉此三者，从小处品读，在小处体悟，我们一起品评"椒盐味儿"的西游成长智慧。

总之，这本小书是在正论的基础上，从"教"字出发，在"小"处立足，来体悟、诠释西游式的成长小智慧，而不是以文艺的眼光评点《西游记》；也不是以考证的方法研究《西游记》；更不是以戏谑的方法调侃《西游记》。

《西游记》与心性塑造

《西游记》中的成长教育，主要还是在心性塑造方面。正如有论者所言，"《西游记》是一部'修心'寓言"[1]，强调的是对"心"的管束、修持和塑造。而心性塑造，主要是通过三教合一的意蕴来体现。所谓三教合一，是指儒释道三者合流，你中有我，我中有你，共同发挥作用。旧时认为，儒是"凡心"重治世，佛是"本心"重治心，道是"天心"重治身[2]。现在也讲，达则儒，穷则道，而绝望则归释。

而《西游记》正是三教合一的典范，它完美地将儒家"兼济天下"的精神、道教"长生不老"的追求以及佛教"普度众生"的理想结合了起来。当然，《西游记》的合一主要是归心，有"三教归心"情结[3]。《西游记》就是"贯通三教一家之理，而震惊后世之聋聩也"[4]。

我们先简单说一下《西游记》中的"儒"。

《西游记》以儒家思想为立言之本。它不仅把孔圣人与李老君、如来佛三者并相称颂，还把《论语》称为"圣经"。书中的许多人物，包括为数众多的妖魔鬼怪们，随口都能溜出几句儒家经典，评判事物的价值取向也是以儒家的伦理道德为基础。《西游原旨读法》说得好："《西游》即孔子穷理尽性至命之学。"[5]

清朝张含章《通易西游正旨自序》则认为：

> 诙谐游戏，使人优游于其中，兴观群怨，事父事君，将以仿乎《诗》教也！抑敬胜怠则吉，怠胜敬则凶，执中有权，将以仿乎《书》教也！其发乾元，明坤德，成性存存，原始返终，将以仿乎《易》教也。[6]

《诗》《书》《易》三者，都是儒家的经典。以此观之，西天取经的故事，就是一个被儒学化了的佛教故事。西游人物的行为、精神以及价值取向无不浸透着儒家思想。

比如，唐僧去西天取经的目的，就是为了"尽忠报国"，为了"齐家治国平天下之事业"。《西游记》中的唐僧，不仅是一名得道高僧，同时也是唐太宗的贤臣。贤臣使命感，就是典型的中国传统儒士报答帝王知遇之恩的普遍心理。

---

[1] 王齐洲：《〈西游记〉与〈心经〉》，《学术月刊》2001年第8期。
[2] 著名汉学家孙隆基先生认为，中国人把个人看作是一个"身"，对中国人来说，身体比心灵更重要，所以道教特别注重养身。比如，讲一个人的所有，叫"身家"；讲一个人的来历，叫"出身"，等等。而身和心关系极为密切，一个人把自己的"心"关照到另一个人的"身"上，而对方也同样这样回报，双身都在对方的关怀之下达到"安身""安心"的目的。
[3] 杨义：《中国古典小说十二讲》，上海三联书店2007年版，第84页。
[4] 蔡铁鹰：《西游记资料汇编》（下），中华书局2010年版，第603页。
[5] 同上书，第606页。
[6] 同上书，第638页。

又比如，作为出家之人的唐僧，在书中却处处讲孝道。他教训百花羞公主道：

> 你正是个不孝之人。盖"父兮生我，母兮生鞠我。哀哀父母，生我劬劳！"故孝者，百行之原，万善之本，却怎么将身陪伴妖精；更不思念父母？非得不孝之罪，如何？（第三十一回）

再比如，取经团队中的人虽是和尚，但作者评价他们时，却多用儒家术语，多循儒家价值尺度。白龙马评价孙悟空说：

> 他是个有仁有义的猴王。（第三十回）

仁和义不正是儒家思想理论的核心吗？

我们再简单说一下《西游记》中的"道"。

全真教祖师张伯端说："教虽分三，道乃归一。"他把道教修炼划分为"先""次""终"三个阶段，始则由儒入道，次则由道参禅，终则摄禅释性，从而达到"性命双修"的目的。其中，道家的炼养功夫是修炼至最高境界的入门。悟空、八戒、沙僧都在天宫做过神仙，不管何种原因，他们都先后做了和尚，且最终各成正果，这不正是由道入佛的整体构思吗？正因为曾经修仙炼道，具有超人的法力，他们才能够获得做唐僧护法弟子的资格，也只有他们才能经得住西天旅途的种种磨难，到达西天，修成正果。所以，如来佛祖在给他们进行加冕仪式时，不但表明了功绩，还指出了道教神仙的出身。这不正说明了孙悟空等三人的道教修炼奠定了他们最后成佛的基础——入门准备吗？

至于《西游记》中的"佛"，就不用多说了。

由上可见，《西游记》是三教合一的。但三教合一最根本的焦点是什么？心性！正如著名宗教文化学家、中国人民大学教授方立天先生所论："'三教合一'的'一'是什么？这个'一'就是心性论。"[1]

在《西游记》中，悟空说：

> 心静孤明独照，心存万境皆清。差错些儿成惰懒，千年万载不成功。但要一片志诚，雷音只在眼下。（第八十五回）

---

[1] 引自李安纲《文化载体论——李安纲揭秘〈西游记〉》，人民出版社2010年版，"序言四"。

唐僧也表示："千经万典，也只是修心。"

对心性而言，儒家讲存心养性，道教讲修心炼性，佛门则讲明心见性。三教的教义、教规虽有区别，但在追求人性向善方面却是殊途同归。新版电视剧《西游记》导演张纪中说得形象："儒、释、道，就像同爬一座山，只是从不同的路线上山。"

师徒四人虽各出其门，却又目标一致：为了去西天求取真经，带回东土，以消除南赡部洲的"贪淫乐祸，多杀多争"，"以劝人向善"。譬如说，《西游记》的第一男主角孙悟空，不就是取过儒、道、佛三经，才最后修成正果的吗？据文学评论家汪宏华分析，孙悟空在进入水帘洞之前就已经是儒学优等生，所以才鲤鱼跳龙门进入洞中成为千岁王。孙悟空是仁、义、礼、智、信的理学家，也是中国历代封建帝王的化身，为富贵长生、为维护和巩固自己的统治而求诸儒教、道教和佛教。[1]

而且悟空本人也是信奉三教合一的，他还以此教训了车迟国君臣：

> 今日灭了妖邪，方知是禅门有道。向后来再不可胡为乱信。望你把三教归一，也敬僧，也敬道，也养育人才，我保你江山永固。（第四十七回）

因而，以成长计，儒、道、佛三经，其实都是悟空等人假以晋级的三个台阶。"佛为心，道为骨，儒为表，大度看世界；技在手，能在身，思在脑，从容过生活。"这是南怀瑾先生所持的人生观点。头一句，我们可以用它来解读《西游记》；后一句，我们可以用它来看自身成长。二者合一，就是我们要取的成长经。套用八戒的表达方式就是："取经，取经！三教合一，助我成功！取也，取也！"

《西游记》与人格教化

《西游记》是一部以心性塑造为中心的人格教化之作。鲁迅先生曾说：

> 如果我们一定要问它的大旨，这我觉得明人谢肇淛所说的"《西游记》……以猿为心之神，以猪为意之驰，其始之放纵，上天下地，莫能禁制，

---

[1] 汪宏华：《大起底：四大名著里的本意与隐喻》，东方出版社2013年版，第128页。

心之教：西游成长智慧十六讲

而归于紧箍一咒，能使心猿驯服，至死靡他，盖亦求放心之喻"。这几句话，已经很足以说尽了。[1]

收放心，不正是心性塑造、人格教化的事吗？具体说来，原因有五：

其一，《西游记》是教化之作。

前已有述，不再多言。简单来讲，教人成圣贤，教人成佛，教人修道，教来教去，不都是教人成长、成才、成功吗？有学者认为，《西游记》是一部"成长的童话"，是在"人的成长这一永恒母题"下，通过孙悟空形象的塑造，"真实再现了个体生命成长历程中的种种困苦磨难"[2]。曾扮演过孙悟空的演员吴樾，干脆就说："《西游记》是孙悟空的成长史，也是我们每个人的成长史。"

所以，往小了说，《西游记》可以启发人们用另一种目光来观察身边的人和事，进而反思现实生活；往大处讲，《西游记》可以透视影响我们思维方式和行为举止的文化根基。

图1—1 明·丁云鹏《三教图》

其二，《西游记》是修心之作。
具体以"修心"看，《西游记》更是讲心性塑造的。明朝李卓吾批注道：

　　心生种种魔生，心灭种种魔灭，一部《西游记》只是如此，别无些此剩却矣。[3]

清代张书绅说：

　　《西游》凡如许的妙论，始终不外一个心字，是一部《西游》，即是一部《心经》。[4]

---

1 蔡铁鹰：《西游记资料汇编》（下），中华书局2010年版，第844页。
2 陶淑琴：《成长的童话——〈西游记〉主题另解》，《贵阳学院学报（社会科学版）》2009年第2期。
3 蔡铁鹰：《西游记资料汇编》（下），中华书局2010年版，第583页。
4 同上书，第625页。

《西游记》开篇讲"灵根育孕源流出 心性修持大道生"，点出《西游记》最大的主题就是心性修持。

　　其三，《西游记》是养性之作。

　　所谓养性，就是以教化来完善人格。"性"这个字有意思，左边是竖心，右边是"生"字。竖心表示人心，或者是出于内心的某种念头；而"生"，其早期字形是一棵树，象征生殖，有人说这就是男人那话儿。由此看来，"性"的本意就是男女之间的"性"。当然，后来就是人性之"性"了。

　　李敖说，要研究人性，动物园是好地方。照此来看，神魔妖怪众多、各类动物集聚的西游世界，绝对有太多的人性供论说了。

　　其四，《西游记》是救赎之作。

　　唐僧师徒四人加上白龙马，都经历了由"恶"而"善"之转变。唐僧师徒都是戴罪之身，都犯过或轻或重、或大或小的罪过，即使在取经过程中，也都还在不停地犯错误。但最后，师徒几众通过十四年从"误"到"悟"的取经救赎，经过九九八十一难，唐僧赎了"不听说法"罪，孙悟空赎了"妄图颠覆政权"罪，猪八戒赎了"猥亵妇女"罪，沙和尚赎了"服务不周"罪，小白龙赎了"纵火忤逆"罪，最终都成修了正果。取经的过程，既是历练人性的过程，也是脱胎换骨、自我超越、顿悟生命真谛的过程。

　　其五，《西游记》可以用现代人格理论来解读。

　　"《西游记》作为一部表现英雄成长主题的小说，特别适合用精神分析学中的人格结构理论来阐释"。[1] 人格是由本我、自我和超我三部分构成。本我是人的无意识部分，与生俱来，由爱欲和破坏两大本能构成；自我是人的意识部分，游离于本我和超我之间；超我是道德化的自我，一讲良心，一讲自我理想。以此观点来看，《西游记》中猪八戒是本我的代表，沙和尚是自我的代表，唐僧是超我的代表，而孙悟空则游离于三个自我之间。其实，我们每个人都是孙悟空，都是忽而本我，忽而自我，忽而超我。也许哪一个"我"并不重要，重要的是我们要以哪一个"我"示人，或者以哪一个"我"示了人。

　　示与不示之间，才是人生的大学问。《西游记》具有直指人心的智慧："《西游记》的真正含义，是借神鬼人物、用出世的故事环境，来讲一个修行人内心由

---

[1] 王纪人：《成长与救赎：〈西游记〉主题新解》，《江西社会科学》2007年第12期。

'凡'入'圣',从一个普通的'人'到'佛'的修行历程。"[1]

我们的成长历程,又何尝不是如此呢!人生就是一场修行,修行需要教化,教化需要修心、养性和救赎。作为一个"凡人",虽然我们无须入"圣"成"佛",但总是要成才、成功的。在成功之路上,我们需经历求学、实习、任职、组队、阅世、交友、敛性、炼心、攘外、安内、聚力、干事、御情、定位、悟得等过程。

这十五个过程,正是本书的核心内容,也是《西游记》原著文本——立意、思想、脉络和故事——从前往后所揭示的成长智慧。

话说到这儿,诸位心中一定会疑惑:《西游记》写的是神魔妖怪的事儿,这与现实中人的成长有关系吗?有关系,而且关系还很大!要知道,《西游记》所写所记,非现实却非常真实。明朝袁于令在《西游记题词》中说:

> 文不幻不文,幻不极不幻。是知天下极幻之事,乃极真之事;极幻之理,乃极真之理。[2]

清代尤侗在《西游真诠序》中讲:

> 其言虽幻,可以喻大;其事虽奇,可以证真;其意虽游戏三昧,而广大神通具焉。[3]

今人莫言也说:

> 小说家笔下的真实,跟生活中的真实是有区别的。它可能是夸张的,也可能是变形的,也可能是魔幻的。但是我想,夸张、变形和魔幻实际上是为了更加突出真实的存在和真实的力度。

以此来评价《西游记》,应该也是非常贴切的。

《西游记》写的虽然是神魔鬼怪之故事,用的却全是现实社会之情理,处处透着俗世的平实与朴素。清代张书绅《新说西游记总批》评得好:

---

[1] 李剑波:《取经路就是人生路——〈西游记〉:直指人心的智慧》,华夏出版社2009年版,第2页。
[2] 蔡铁鹰:《西游记资料汇编》(下),中华书局2010年版,第580页。
[3] 同上书,第600页。

> 仙佛之事，与人世无涉，且幻渺而不可知。人事之常，日用之所不可离，虽愚夫愚妇，莫不共知。若必以人事之所不可知者解之，何得如以人事之所共易知者解之？与其以世事之无益者而强解之，何得如以人生之有益者而顺释之？[1]

此论，不仅与现实关涉，更要求用"正能量"的方式解读《西游记》。看到骨子里后，《西游记》描绘的不过只是红尘人意、浮世图画，总让人生不出什么敬畏或是恐怖之心，反而觉得它可爱、好玩。正如著名政治学家萨孟武先生在其《〈西游记〉与中国古代政治》一书中，开篇所讲：

> 人类的一切观念，甚至一切幻想都不能离开现实社会，从空创造出来。……而人类所想象的神仙鬼怪也是一样。所以仙佛怎么样，魔怪怎么样，常随各国社会情况而不同，而吾人由于小说所描写的仙佛魔怪，亦可以知道各国的社会情况。[2]

所以，《西游记》所描绘的地府龙宫、佛国天堂、妖魔世界，尽管瑰丽多姿，皆极变幻，但撩开其神魔外表的纱幔，都不过是当时错综复杂的世俗社会的幻化、模拟、夸大、概括和挪移。

可以说，彼时此时、彼地此地有共同的成长之根、之土壤。

---

[1] 蔡铁鹰：《西游记资料汇编》（下），中华书局 2010 年版，第 620 页。
[2] 萨孟武：《〈西游记〉与中国古代政治》，北京出版社 2013 年版，第 1 页。

第二讲
为学：寻师学艺

> 学人礼、学人言的根本是知命、立己、识人。像悟空那样，明确真目的，访得有缘师，坚定大方向，志心朝礼，专心向学……

☁ 穿上衣服，明礼知言 ☁
——十年寻师之路美猴王在干吗

想当初，为学长生不老[1]，猴子说走就走，径向大海波中，义无反顾地来了一场"老年猴的奇幻漂流"。

一老猴，一小筏，一些瓜果梨桃，飘飘荡荡，顺着东南风，逐浪而去。

一切都很完美，除了一样：出发时，孩儿们只顾忙着送花、送酒、送水果，就没一个长眼的想着送衣服！

衣服没穿也没带，真成了一只光腚猴。

猴哥这副样子，赤身裸体的，在花果山肯定没人敢笑话，在茫茫大海中也无人会笑话。一旦上岸，情况可就完全不同了。诸位知道，猴王在《西游记》中是"人"，行事做派虽然跟一个小毛孩似的，但毕竟也三百多岁[2]了，而且他还是一只有学问、有见识、有身份、有地位的美猴王。所以，当光着腚的美猴王，好不容易从海上下来的时候，一定不希望岸上一堆人等着看他通红的屁股吧。

---

[1] 华东师范大学秦启庚教授认为："'长生不老'其实就是成功的代名词。悟空成功了，众妖失败了。这跟教育有什么关系呢？显而易见，父母培养孩子要想取得成功，一定要通过自己的努力，一步一个脚印去实现……这就是"石猴拜师学艺"故事背后所蕴含的教育道理。"参见李奇《和孩子一起成长——〈西游记〉中的家教智慧》，中国轻工业出版社2013年版，"推荐序（三）"。

[2] 关于孙悟空的出生年月，据河北大学韩田鹿教授推论，孙悟空出生的年代应该有两种：一是公元前580年左右，中国的春秋时期；二是公元前450年左右，中国的战国时期。参见韩田鹿《大话西游》，商务印书馆2012年版，第15页。

可怕什么偏来什么。他赤身裸体一上岸，就"只见海边上有人捕鱼、打雁、挖蛤、淘盐"。

哇，好多人啊！

此时此刻，假如你是猴王，你会怎么办？肯定是先弄件衣服遮一遮吧。举个简单的例子，大热天里，当你午睡刚醒，穿着极简风格的衣服，从没有空调的宿舍里，迷糊着拉门而出，抬头就见一堆人，着正装站在你面前的时候，你会怎么办？会不会返身而退，"哐"的一声把门关上，赶紧罩件衣服，再出来看热闹。

猴王应该也是这么想的——要学人，先把屁股裹好。

先穿上衣服，再讲礼貌，这是理所当然之事。所以，猴子学人第一步，就是：

图 2—1　石猴撑筏登岸。书中选用图片，除注明外，皆出自孟庆江主编、（清）佚名绘《清彩绘全本西游记》，中国书店出版社 2008 年版

> 弄个把戏，吓得那些人丢筐弃网，四散奔跑。将那跑不动的拿住一个，剥了他的衣裳，也学人穿在身上。（第一回）

当然，这只是从动物到人最原始的一步。要学人，不是人模人样的就是人了，重点是要"学人礼，学人言"，让自己从上到下、从里到外都是人。

这一过程，原著交代得很简单，但演绎起来，却趣味十足，特有画面感。看过央视老版《西游记》的人，一定还记得第一集中猴子捡菜、偷鞋、点餐、吃面那段情节。特别是猴子模仿那位视力不好的老先生点餐的片断，绝对是经典中的经典。老先生喊一壶酒，猴子也喊一壶酒；老先生喊一盘牛肉、一碗面；猴子也喊一盘牛肉、一碗面；老先生急了，喊一大碗，猴子也照样。反正是处处比着学，老先生点什么，猴子点什么；老先生怎么做，猴子就怎么做。这虽然是原著中没有的情节，但却极其生动传神地演绎了猴子是如何"学人礼、学人言"的。

当然，这都是外在的。模仿得像人，毕竟不是人。君不见，模仿秀搞得再好，也不是本主儿。说到底，学人还得学人的根本。

学人礼、学人言的根本是什么？是知命、立己、识人，洞悉人的所想所求。

《论语·尧曰》曰：

> 不知命，无以为君子也。不知礼，无以立也。不知言，无以知人也。

知命、知礼、知言，这是人安身立命的三个基本常识。知命，就是要懂规律，观大势；知礼，就是要懂规矩，识大体；知言，就是要懂心声，明大理。常言道，不学礼无以立。礼，即理。有理走遍天下，无理寸步难行嘛。

图 2—2　明彩绘绢本《孔子圣迹图之问礼老聃》

这个道理，猴子花了十年，终有所悟、所得。他悟明白了什么？可以说，那是相当深刻的。诸位请看：

> 正是那：争名夺利几时休？早起迟眠不自由！骑着驴骡思骏马，官居宰相望王侯。只愁衣食耽劳碌，何怕阎君就取勾？继子荫孙图富贵，更无一个肯回头！（第一回）

这点道道儿，被初为人的猴子琢磨透了，但他自己又何尝不是？

大闹天宫也好，保着唐僧取经也罢，哪一样不是为了"功果"！话说回来，能明白这个道理已经相当了得了。

悟空，悟空，悟到"空"时，却成了斗战胜佛。

而在此之前呢，还要不回头，奔着"求"去"追"。不回头——用现在的话说——叫抱负和事业心。在抱负未完、事业未成之前，还是得学。

这正是：

> 明礼知言贵周全，
> 纵横天下靠此安。

纵使聪颖如大圣,

筑此根基耗十年。

🌀 听话听音,刨树刨根 🌀
——美猴王是如何找到菩老师的

如果有人告诉你,要想学到特别想学、不学就得死的东西,你必须找到某某某。某某某叫什么?不知道!干什么的?不知道!在哪里?不知道!路有多远?更不知道!这时候你会怎么办?而当美猴王面对这个问题时,他会如何应对?

原文中写道,猴王因为怕"年老血衰"到阎王处报到,特别想学长生之道。这时,神奇的通背老猿指了一条道儿:

如今五虫之内,惟有三等名色,不伏阎王老子所管。(第一回)

哪三等名色呢?

乃是佛与仙与神圣三者,躲过轮回,不生不灭,与天地山川齐寿。(第一回)

"在哪,在哪?""阎浮世界之中,古洞仙山之内。"哪儿找去?

但猴王"满心欢喜",立马决定第二天就出发,根本就没想那几个"不知道",以及如何去找的问题。猴子傻啊?当然不是。因为他坚信,凭着智慧、激情、勇敢和超一流的包打听工夫,总有一天会找到。

一天,猴王在"古洞仙山之内"瞎转悠的时候,突然听到有人唱歌。唱的是:

观棋柯烂,伐木丁丁,云边谷口徐行,卖薪沽酒,狂笑自陶情。苍径秋高,对月槐松根,一觉天明。认旧林,登崖过岭,持斧断枯藤。收来成一担,行歌市上,易米三升。更无些子争竞,时价平平。不会机谋巧算,没荣辱,恬淡延生。相逢处,非仙即道,静坐讲《黄庭》。(第一回)

猴王狂喜道:"神仙原来藏在这里!"

18 心之教：西游成长智慧十六讲

你想啊，不仅有"非仙即道"，还有"静坐讲黄庭"。"黄庭"，应是指道家的经典《黄庭经》。《黄庭经》是道教上清派的重要经典，也是被内丹家奉为内丹修炼的主要经典。菩提祖师这个大杂家所开设的许多"专业课程"和"选修课程"均属此类。所以，能唱出"黄庭"的人不是神仙，谁是神仙？猴王自己也说了："黄庭乃道德真[1]言，非神仙而何？"于是，他兴奋异常，"急忙趋步，穿入林中，侧耳而听"。这一"趋"、一"穿"、一"侧"，多传神！

细打听之下，猴王发现，樵夫并不是神仙。虽有点小失望，但毕竟是条有用的线索，转而打听神仙在哪儿："但望你指与我那神仙住处，却好拜访去也。"

图2—3 石猴细听"线索"

经再三追问，果然大有收获，猴王成功找到了菩老师所在。

其中有个小插曲，说的是猴王目的达到但还不算完，仍要追问樵夫为什么不跟着菩老师学习，以及为求稳妥非让樵夫带路。最后虽把樵夫问恼了（一个陌生人这么问你，你也会恼），但这个缠劲儿，确实让人佩服。

我们回头捋一捋。如果猴王当初没听通背老猿的话，就不会知道"佛与神仙与圣"能长寿；如果听歌不认真，就不会找到关键信息；如果不刨根问底，就不会知道菩老师在哪儿。

这个听劲儿、钻劲儿、缠劲儿，就是"听话听音，刨树刨根"。

个中关键，是走心。走心，就要正其心。正其心，是传统讲求学、修身的一个基本原则。这有点高深，学问大着呢。我们在生活中，起码要慢慢学会听音，走心，获得话外音。光听还不够，还要学会猴王那种不达目的不罢休的精神。

在字面上解释，听，聆也，从耳从德，侧耳细听之意。细听就要走心。《礼记·大学》说："心不在焉，视而不见，听而不闻。食而不知其味。"

---

[1] "真"字最上面的"横"和"撇"分别代表肩膀以及歪着的头和脖子，告诉我们做人要有承担，要多思考；中间的"方框"和"三横"分别代表心和"三才"（天人地），告诉我们做人心中要装着天地人，要上对得起天，下对得起地，中间对得起人；最下面那两点，代表双脚，告诉我们做人要脚踏实地。《西游记》中为数众多的真言、真经、修真之"真"字，应该也有此方面的含义。

俗话讲，耳朵是通向心灵的路。学会倾听是每个人的必修课。学会倾听，我们才能去伪存真、明辨是非，才能听人不能言、不敢言、不愿言但却是心中所想的一些东西。在日常生活中，求学或者做一个善于辞令的人，只有一种办法，就是学会听人家说话。

这正是：

吾心学悟空能悟，
耳德追谛听善听。
听话听音要牢记，
刨树刨根求门清。

志心朝礼，一生无性
——悟空学艺时为什么如此低调

在被菩老师[1]开除之前，悟空装了二十多年的"孙子"。

这些年里，为求学，他低调、乖巧、调皮可爱，甚至还有点"萌"，但他内心却贼有主意，学习动力充足、学习态度超好。

原著中有几个小细节，写得非常精彩。

先是在菩老师山前遇到指路樵夫的时候，悟空的招呼打得客气极了："老神仙，弟子起手。"表面上看，这是一个最通行也最得体的叫法。我们在问路时，一般可能也是"大叔、大哥、大姐你好，我想请问……"或者"帅哥、美女你好"之类，总不能直接冲人喊："喂，那谁，啥啥路怎么走？"

往深点想，问路事小，失礼事大。悟空没白学十年的人礼、人言，他才不会直接喊人家"打柴的"呢。

喊樵夫"老神仙"，其实有三层意思：一则，证明他唱的那首曲子悟空是认真听了的；二则，这是一个大高帽，虽不合适但很受用；三则，可以很自然地引出找神仙学艺的话题。另外，光说不行，手上还有动作，"起手"就是稽首，是出家人行礼的样子，可不是解手啊。

---

[1] 对于菩提祖师的身份，有不少论者提供了许多特别有想象力的说法，说菩提祖师是如来本人、太上老君、弥勒佛、太白金星等。对这些说法，诸位有兴趣可以找来了解一下或者自己论证一下。我们的看法是，以《西游记》的文本为依据，菩提祖师就是菩提祖师，不去多想其中的"阴谋"。

话得体，礼到位。这态度谁好意思拒绝？所以，樵夫慌忙丢了斧，转身答礼，赶紧自谦："不当人，不当人！"[1]然后悟空就很顺当地从樵夫处打听到菩老师的所在。

再是到了"灵台方寸山，斜月三星洞"的时候，十年梦绕，一朝达成，悟空却逡巡半日，不敢进去，"看够多时，不敢敲门"。为什么不敢敲门？说明他太在乎这次机会了，必定在想一个妥当不失礼的方式。能不想吗？费尽千辛万苦终于到达目的地，长生有望，大好前程即将开启，激动之余，定会大加小心，定会在乎起初的任何小细节。

正在他推敲着是"推"还是"敲"的时候，洞门"呀"的一声打开，一个相貌清奇的仙童出来相迎了。

图2—4 悟空认真学艺

两人一见面，悟空躬着身，低声说道：

仙童，我是个访道学仙之弟子，更不敢在此搔扰。（第一回）

须知，这"仙童"可是"高叫"着出来的："谁，是谁，在这里骚扰？"底气足得很。其实，悟空正小心合计呢，根本不敢"骚扰"。

另外，仙童出来，本就是奉菩老师之命，来"接待接待"的。故意"高叫"，一来没把悟空放眼里，二来也是狐假虎威的意思，但悟空根本不计较。照日后的表现，非弄死他不可。这个细节，张纪中版电视剧《西游记》还加了点料，为突出悟空的低调，刻意让悟空喊这仙童"师兄"，卑微得确实可以。

最后，刚见菩老师时，态度更是好得不得了：

美猴王一见，倒身下拜，磕头不计其数，口中只道："师父，师父！我弟子志心朝礼，志心朝礼！"（第一回）

---

[1] "不当人"是表示歉意或感谢的话，意思是罪过、不敢当。

二话不说，上来就磕头，而且还不计其数。这还是悟空吗？当然是。心诚得无以复加。

后来，屡次吹嘘时，悟空却绝少提这档子事。比如，在遇到金角、银角大王"碰瓷"，悟空不得不幻化成小妖、不得不磕头时，悟空痛哭流涕，委屈得不得了，说自己：

做了一场好汉，西天拜如来，南海拜观音，拜唐和尚拜了四拜。（第三回）

压根没提这茬！由此可见，他这"至心朝礼"，在心内是有折扣的，很有点人在屋檐下、不得不低头的意思。

再看当菩老师问他："你是哪方人氏？且说个乡贯姓名明白，再拜。"明明问的是"姓"，可他非得往"性"上来说，以他的聪明劲儿，你说他是故意，还是故意？

当然，悟空主要是想说出下面这番话：

我无性。人若骂我，我也不恼；若打我，我也不嗔，只是陪个礼儿就罢了。一生无性。（第一回）

他真这么怂？才不是呢。整部《西游记》中，若论暴脾气，悟空说第二，没人敢称第一！这么说，就是公然的妄语。哎，还不是为了表忠心、表态度。反过来说，如果不用这种装傻充愣的方式，还有什么更好的方式表忠心？可能怎么弄，都没这么自然，没这么有效果。

回过头来，我们再看一下"至心朝礼"。

至心朝礼是一个成语，讲的是诚心诚意地朝拜礼敬。在这里，悟空主要是用来表明自己是真心诚意来学习。为更加彻底，还说了自己一生无性。总体来看，此时此刻，这么表态，是最合理、最合礼、最实惠的一种方式。你想，此时的孙悟空，除了一大把年纪，基本上是一无所有，就是想牛也牛不起来啊。

俗话说，骡马大了值钱，人大了不值钱。为学艺，为学长生，他不得不把心态放低，虚心冷气，主动示弱，处处赔小心。正所谓："山外青山楼外楼，能人背后有人弄。"装孙子是一种态度，更是一种人生智慧。

我们要想做一个徘徊在牛Ａ与牛Ｃ之间的人，也得向悟空学习，学会在正确场合、正确时机，用正确方式低头。

这正是：

> 漂洋过海求仙道，
> 立志潜心修大功。
> 一生无性非所愿，
> 姿态放低世所同。

你今有缘，我亦喜说
——特别牛的老师喜欢什么样的学生

悟空这样的学生为什么特别招菩老师稀罕？答案是"你今有缘，我亦喜说"。这是菩老师亲口说的。说白了，就是我牛，你也牛，而你虽然牛但愿意跟我学如何更牛，而且，你也有了一些牛的基础、悟性和能耐。

其中，"缘"是关键。缘分两头，缺一不可。

我们先看菩老师这头。

菩校长开办的这所"三星洞职业技术培训学校"[1]，起码招了十届学生。按"广大智慧真如性海颖悟圆觉"排下去，到悟空正好是第十届。前九届毕业生去哪儿了，发展如何？书上没讲，想必也好不到哪儿去。比如，当悟空学了筋斗云之后，这帮人就只羡慕一样：

> 若会这个法儿，与人家当铺兵，送文书，递报单，不管那里都寻了饭吃。

（第二回）

大家的追求都是为了"寻了饭吃"，给人家看看家、送送"快递"而已。

如此高人，手下净是这些只学糊口实用技术的，你说菩老师该有多寂寞、多苦闷。所以，当孙悟空出现之后，菩老师心里一定会想："孙子，你可来了！"

菩老师为什么这么急呢？

---

[1] 如此说不全是玩笑，北京大学教授林庚就认为，"这修行学道之所，实际上就正是闯荡江湖的预科班"，菩提祖师所教尽是"市井江湖上复杂的人际关系和江湖上防身的手段"。参见林庚《〈西游记〉漫话》，北京出版社 2011 年版，第 19 页。

难，难，难！道最玄，莫把金丹作等闲。不遇至人传妙诀，空言口困舌头干！（第二回）

这就是秘密，要有缘遇到"至人"才行，不是谁都教，不是谁都能学会的，否则就是"空言口困舌头干"。已经忍了九届，苦闷了九届，终于等来了、盼来了这么个"至人"。这不是缘吗？

回头再看悟空这头。

说到底，悟空也得是这块料才行啊。悟空当然是这块料。

首先，悟空已学过丰富的为人常识。在找到菩老师之前，悟空一路上"在市尘中，学人礼，学人话"，已经花了十年的工夫。须知这一路，可都是他自己"登界游方"访来的，从亲身实践中悟来的。

其次，悟空在菩老师门下，正经八百地先接受了七年的"通识教育"[1]，而不是一上来就上手七十二般变化、筋斗云。[2] 反过来说，悟空也被老师充分考察了七年。在这段考察期里，悟空老老实实地当着杂役，从最基本的知识学起。我们看：

那祖师即命大众引悟空出二门外，教他洒扫应对，进退周旋之节……次早，与众师兄学言语礼貌、讲经论道，习字焚香，每日如此。闲时即扫地锄园，养花修树，寻柴燃火，挑水运浆。凡所用之物，无一不备。（第二回）

不难看出，悟空学得真不少，活儿干得真多、真漂亮。

再次，悟空够聪明，悟性极强，智商极高。

一是在班上"故意捣乱"。

当菩老师在台上讲得"天花乱坠，地涌金莲"时，我们看：

孙悟空在傍闻讲，喜得他抓耳挠腮，眉花眼笑，忍不住手之舞之，足之蹈之。（第二回）

---

[1] 为什么强调悟空先是生活了七年呢？在李奇看来，这是古语说的"三岁看大，七岁看老"，七年就是七岁，七岁正好是入学年龄。这种说法也挺敢想的。参见李奇《和孩子一起成长——〈西游记〉中的家教智慧》，中国轻工业出版社2013年版，第46页。

[2] 从实际效果来看，"七十二变"是一种集伪装、刺探以及进攻和躲避于一体的实用技能，而"筋斗云"则是迅速逃窜的行动技能。

图2—5 古时讲学盛况。选自池春举作《孔子讲学图》

为什么有此反应？因为他听懂了老师心里的话。菩老师说，你在班上不好好听课，嘚瑟什么啊？悟空答道：

> 弟子诚心听讲，听到老师父妙音处，喜不自胜，故不觉作此踊跃之状。（第二回）

意思是，老师您讲得太好了，我听得高兴，一激动，控制不住情绪，所以就手舞足蹈起来。菩老师听此回答，一定乐开了花，心想：看，还是这孙子懂我！悟空这个表现够有悟性、够有胆量、够得体吧。换句话说，这个马屁拍得够高吧。

二是靠悟性通过了最关键的晋级考试。

在识了妙音之后，菩老师说了一堆杂七杂八的学问、技术让悟空选，又是"术"又是"流"，又是"静"又是"动"，铺排了一通。但是，这几大"专业"可都不入流啊，悟空当然不愿意学。而且，老师还挖了一个陷阱让悟空跳，说："三百六十旁门，旁门皆有正果。"结果悟空不上当。你有千般计，我有老主意，回回就问一句："似这般可得长生吗？"当然不能！那当然不学，我只学那最难的。眼下最难的是什么？猜哑谜。我们看：

> （菩提祖师）走上前，将悟空头上打了三下，倒背着手，走入里面，将中门关了，撇下大众而去。（第二回）

师兄弟们吓坏了，纷纷埋怨悟空，说你这个猴子怎么回事！师父好心好意教你，你为什么这也不学、那也不学，还和师父顶嘴？你想，谁干过这事啊，都在为自己学不到"寻饭吃"的技术担心。当然，像这种级别的学生，老师也不会这么隆重地"打"他们。因为把脑袋敲碎，他们也想不到这层！

三是床前复试。

这基本上就是一种形式了，但形式也是必不可少的内容：

> 祖师闻得声音是悟空，即起披衣盘坐，喝道："这猢狲！你不在前边去睡，却来我这后边作甚？"（第二回）

这不是明知故问吗？是！但需要再确认一下。须知，凭这两样本事，悟空日后得闯下多大的祸啊。接着，悟空答道，那不是您老让我三更来的吗？祖师听说，十分欢喜，暗自寻思道："这厮果然是个天地生成的！"于是，菩老师交了实底说："仔细听之，当传于你长生之妙道也。"

四是求学欲望特别强烈，而且目标极为专一。

"似这般可得长生吗？"他一直就盯着这句话。

五是学习态度特别端正。

"弟子志心朝礼，志心朝礼。"猴子这么说，也是这么做的。不管怎么说，在被"开除"之前，他可是足足老实了十年。

讲了这么多，还回到篇首的问题：

假如你是菩老师，你喜欢孙同学吗？

假如你是孙同学，你喜欢菩老师吗？

老师这个角度咱就不说了。从学生角度而言，要想入菩提祖师这个级别老师的眼，我们该怎么做呢？

有人说，师生关系是一场天定的缘分。这个缘，就是"你今有缘，我亦喜说"。缘来缘灭，还看师生是否对路，更看学生有无基础，最终看学生是否像悟空那样，会做人，会做事，人聪明，欲望强，态度正。

这正是：

> 不遇至人传妙诀，
> 空言口困舌头干。
> 师生交往讲情分，
> 善学喜说方为缘。

学贵专一，悟彻菩提

——悟空为什么这也不学那也不学

在菩老师的"职业技校"里，悟空度过了十年的美好时光，学会了两样真本事——七十二般变化和筋斗云。怎么学来的呢？靠的不是别的，是定力，是专一，是悟彻菩提[1]之后的准主意，是对从师学习本质的领悟。

我们一直觉得，上学、从师，有两个基本常识：一是跟着老师学习，是为了学日后能闯天下的能耐。老师本事再大，师生关系再好，如果你没学到真功夫，还不是枉然！二是学习还得靠自己。要明白自己真正需要什么、追求什么，然后专一、平静地去学、去悟。选择太多，诱惑太多，但皆可以此标准取舍，像悟空同学那样，在目标专一的前提下，"这也不学，那也不学"。

当然，他不是真不学，而是要学自己真正需要学、老师真正想让他学的东西。这一过程是怎样的呢？

菩老师问："你今要从我学些什么道？"

孙同学回答："但凭尊师教诲，只是有些道气儿，弟子便就学了。"

话说得极为谦恭，老师教什么就学什么，跟真的似的。实际上，当菩老师真将"三百六十旁门"一一亮出供他选择之时，他却很坚定地这也不学、那也不学了。主见大得很，不达目的，绝不会罢休。

为什么悟空不学这些"道"呢？

首先看第一类道："术"字门。

"术"字门中，乃是些请仙扶鸾，问卜揲蓍，能知趋吉避凶之理。（第二回）

这是一般世俗之人对"趋吉避凶"的最平常理解。说白了，不就是占卜算卦嘛。试想，如果悟空选了这个，在某个街头上蹲下跳地给人算卦，像话吗？

其次看第二类道："流"字门。

"流"字门中，乃是儒家、释家、道家、阴阳家、墨家、医家，或看经，或念佛，并朝真降圣之类。（第二回）

比起"术"字门来，这个确实上了档次，但也不适合悟空。这个"流"是指流派的流，显然偏理论知识，类似于诸子百家之类了。如果照此路子走下去，悟空岂不是也会忙着写文章、出专著、评职称、拉课题，在学术研究中耗尽猴生？还是

---

[1] 所谓菩提，乃是佛教名词梵文 Bodhi 的音译，意译则为"觉""智""道"等，佛教用以指豁然彻悟的境界，又指觉悟的智慧和觉悟的途径。

菩老师说得形象，说这是"壁里安柱"。在墙壁里安根柱子，虽能起大作用，但一旦房倒屋塌，也难独存。

再次看第三类道："静"字门。

> 此是休粮守谷，清静无为，参禅打坐，戒语持斋，或睡功，或立功，并入定坐关之类。（第二回）

"休粮"就是绝食，"守谷"就是练气，"参禅打坐"不用解释。这一类属于道家、佛家传统养生、修行的方法，虽接触了一些有关长生的东西，但也如同"窑头土坯"一样，看上去是那么回事，形状很好，但因"未经水火锻炼"，未成砖、未成瓷器，下雨一淋，还是泥土。

最后看第四类道："动"字门。

> 此是有为有作，采阴补阳，攀弓踏弩，摩脐过气，用方炮制，烧茅打鼎，进红铅，炼秋石，并服妇乳之类。（第二回）

采阴补阳，就是房中术；进红铅就是吃月经；炼秋石就是用男人的尿液提取灵药；服妇乳，更不用说。这一类的修炼更不像话了，均属不入流的旁门左道，甚至有点下贱。用现在的话说，这都是什么玩意儿！

根据林庚先生的分析，这四类"课程"都不过是些市井江湖上的谋生手段而已[1]。这四类"课程"哪一种适合悟空学？悟空选哪种，就说明他就是哪种货色！结果只能是"这也不学，那也不学"，还是要专一于自己真正的内心追求和需求。

我们回头再看悟空"悟彻菩提"这事。

这四类"课程"，难道菩老师真叫悟空选学吗？应该不是。这些东西，菩老师当众提出来，其实是表示自己也看不起。菩老师名叫"须菩提"，也就是"须不提"的谐音。"须不提"就是"说不得"，"说不得"就是解释明白了、众人都懂了就是错。而这些"旁门"其实是我们历史上主流、普遍的修行方法和门派学说，菩老师均一一加以概括并否定。经悟空非常配合地追问、反驳、解释，菩老师不仅证明自己的口味没那么重，更主要的是，他还表明自己已"悟彻"。现在的关键是，看悟空是否也能"悟彻"。

---

[1] 林庚：《〈西游记〉漫话》，北京出版社 2011 年版，第 18 页。

悟彻和专一紧密相联。因为专一，目标就明确；目标一明确，就容易盯住根本；根本就是要明白这些课程都不是自己的"菜"，更要明白菩老师的良苦用心。试想，能"妙演三乘教，精微万法全"的大觉金仙、西方妙相，境界哪会如此之低！

所以，悟空一定会想：老师在考我吧？

猜对了。菩老师就是这个意思，就看悟空能否专一、能否悟彻。通过猜哑谜的终考之后，他们的缘分才真正结牢，菩老师才放心教悟空核心技术。

话说到此，似乎可告一段落了。但如果再往深点挖的话，我们会发现，如悟空这样的专精与广博，历来是我们传统讲修行、学习的大命题。《吕氏春秋》有言："其知弥精，其所取弥精，其知弥粗，其所取弥粗。"意思是，人的智慧越高深，所要的东西就越精妙；智慧越浅陋，所要的东西就越粗鄙。《文中子》则更简洁地说："不广求，故得；不杂学，故明。"

对我们来说，则要谨记"一事精，百事精；一无成，百无成"的道理。正如汪象旭《西游证道书笔评》夹批所评："咬钉嚼铁，刚决无比。具此愿力，何患不能成道？"

连牛如悟空者，都不敢这也学那也学，何况我们呢？

这正是：

修炼应当学悟空，
立定方向不放松。
目标本来难预设，
一窍通时百窍通。

🌀 你这一去，定生不良 🌀
——悟空为什么被菩老师开除

悟空为什么被菩老师开除？

对此问题，有多种解答和猜测。离奇者有之，好玩者有之。我从网上挑几个，大家看看：其一，这是为了让他出去好闯祸。其二，孙悟空七年没交学费了。其三，开除个把调皮学生不是什么稀奇事，哪个学校没开除过？其四，赶他走，世俗点说，就是不想惹麻烦，不想清静的生活被打破。其五，菩提是知天数之人，悟空以后有自己的人生道路要走，故不留他。其六，因为他教的是道，而悟空是佛，道佛不两立。其七，菩提其实是西方二教主，猴子是佛道两家争大唐道统的种子，几年培养，是该放出去经历风雨成长了……

这些说法，调侃居多，仅供一笑。其实，按原著理解，菩老师赶走悟空的直接动因就两个：一是悟空太爱咋呼。用菩老师的话说，就是：

> 你等大呼小叫，全不像个修行的体段。修行的人，口开神气散，舌动是非生。如何在此嚷笑？（第二回）

二是悟空太爱卖弄。

有此两者，菩老师直接就让他"从哪里来，便从哪里去就是了"。

真这么简单吗？当然不是。

第一，悟空此举已严重偏离了他心中最初的学习目标。

悟空求的是长生，而长生的"妙道"正是"休漏泄"，藏好精气神，不要让它们泄露。照菩老师秘处传道时所说："休漏泄，体中藏，汝受吾传道自昌。"

作为一种长生之道，我们会觉得它平淡无奇，但这确实是"说破根源"。菩老师所论，属"内功"修法，我们无法验证其真，但悟空却牢记于心，并且体悟了三年。而学成之后，马上就忘记了这个最朴素的真理，偏偏在人前"漏泄"。

第二，悟空太没心计了。

在世俗的人情世故面前，悟空天真、透明得可爱。别人一让他"试演演，让我等看看"，他立马就演。不光演，还自我夸耀一番：

> 不瞒诸兄长说，一则是师父传授，二来也是我昼夜殷勤，那几般儿都会了。（第二回）

这不是嘚瑟是什么，考虑过诸兄长的感受没有？

其实，诸兄长心里是有事的。当他们酸溜溜地问"悟空，你是哪世修来的缘法？"的时候，心里明显带着羡慕嫉妒恨，但悟空愣是顺杆爬。惊动菩老师后，悟空解释说，都是自家人，玩玩而已。而被悟空称作自家人的诸兄长，毫不含糊

图2—6 慧能像

地出卖了他:"适才孙悟空演变化耍子。教他变棵松树,果然是棵松树。"

意思分明是说,都是悟空自己逞能,我们可没错!菩老师当然明白,把"大众"赶走,转过头来单教训悟空。这番教训,可以算作是菩老师给悟空上的最后一课。

第三,悟空毫无社会阅历。

这最后一课,讲的其实就是社会经验:

假如你见别人有,不要求他?别人见你有,必然求你。你若畏祸却要传他;若不传他,必然加害,你之性命又不可保。(第二回)

菩老师说得好,既语重心长,又一针见血;既简单直白,又道破根源。

这事儿,我们可没瞎编。历史上,《坛经》记载的六祖慧能[1]与神秀竞争的故事,与悟空学艺这段就很像。慧能就是作"菩提本无树,明镜亦非台。本来无一物,何处染尘埃"的禅宗六祖。神秀是五祖弘忍的大弟子,为承衣钵,神秀先偷偷在院墙上写了一首偈子:"身是菩提树,心为明镜台。时时勤拂拭,勿使惹尘埃。"慧能听见(他不识字)后,觉得他悟得不够"空",求人在旁边替他写了那首著名的偈子。这时,弘忍大师看见了,心知还是慧能更高一筹,但当着众人面却说,什么玩意儿,乱七八糟的。说完,亲自擦掉。当天晚上,五祖弘忍对慧能进行了秘处传法。传法之后,让慧能赶紧连夜逃走。为什么?怕神秀加害于他。俗世的纷争,入世也好,出世也好,都躲不过。

第四,悟空确实到了该回去的时候。

因为老家花果山出事了,他本人也将摊上大事儿。回去后,孩儿们哭着说:"大王若再年载不来,我等连山洞尽属他人矣!"

自己过了不多久,也被阎王"依法依规"索去了。这两档子事儿,在三星洞都解决不了。所以祖师道:"你快回去,全你性命;若在此间,断然不可!"这个"不可"也是指,在这里解决不了你老家的问题,也解决不了你自身性命的问题。

第五,这是依悟空的心性所做的合理推断。

我们可能会为他打抱不平:凭什么说"你这去,定生不良"啊!

---

[1] 六祖慧能(638—713年),俗姓卢氏,唐代岭南新州(今广东新兴县)人。佛教禅宗祖师,得黄梅五祖弘忍传授衣钵,继承东山法门,为禅宗第六祖,世称禅宗六祖。唐中宗追谥大鉴禅师。著有六祖《坛经》流传于世。慧能是中国历史上有重大影响的佛教高僧之一。慧能禅师的真身,供奉于广东韶关南华寺的灵照塔中。

大家知道,《西游记》中有一句著名的话,叫"心生魔生,心灭魔灭"。此时,悟空的"心魔",已逐渐生起。而心魔的放大和显现,都是从卖弄开始的。卖弄,在自己而言,必会臭显摆、生贪念,欲望会不断膨胀、放大,就是后面讲的"心未足""意何平";对别人而言,就是菩提祖师所讲的那样。

所以,有此五者,开除悟空正当其时。

总地来说,围绕"惜修性命"这个中心和主线,悟空不仅偏离了方向,迷失了自己,而且全无心计和社会经验,又是到了该回老家的时候,最重要的是,他的心魔已生。炼魔、修心必定要在取经之路上,要经历九九八十一难之后才能"功德圆满"。

对我们来说,就算"定生不良",也不会"大闹天宫",但低调为人、低调处事总是没错的。老话讲:

地低成海,人低成王。圣者无名,大者无形。鹰立如睡,虎行似病。贵而不显,华而不炫。才高而不自诩,位高而不自傲。

学会低调,学会扮猪吃老虎,是一门大学问。枪打出头鸟,高调惹祸端。牛气如悟空者,也得学会低头,何况我们呢?

这正是:

悟空卖弄生不良,
皆因高傲心中藏。
地不畏低能成海,
人甘居后名也昌。

第三讲
实习：立足试手

> 终于"毕业了"，找着事干了，要像悟空一样，打造好形象，立好足，试好手，见识见识"天上人间""龙宫地府"的职场生态……

❧ 怎生打扮，有甚器械 ❧
——悟空如何打造品牌形象

悟空海外"留学"归来。一回来，赶紧忙活工作的事。以前是"土鳖"，光着屁股也没人笑话；但现在是"海归"，得讲究品牌、讲究形象了。

虽然被开除了"学籍"，没领到"毕业证"，但毕竟学到了真本事。出发时是石猴、美猴王，回来就成了孙悟空，不仅有名有姓，天地间有此一号了，而且还将赖此打出自己的美丽新天地。

先从哪儿打起？从形象打起，从品牌树起。以前，在三星洞学艺时，净练本事了，没空儿捯饬。现在不同了，踏入了真真正正的社会、实实在在的职场，不讲究点哪儿行。不然，美猴王美在何处？这并不是以貌取人。在一众俗人面前，品牌、形象还是要讲的。形象分有形、无形，包括内在形象、环境形象、业绩形象、社会形象和个人形象等。内在形象和业绩形象就不说了，悟空绝对够强；但环境形象、社会形象和个人形象这三者，悟空可要下番工夫了。

对此，悟空当初没在意，受了刺激之后，才意识到确实有必要。

受谁刺激？受何刺激？如何受的刺激？这一刺激，是在与水脏洞的混世魔王进行"反侵略战争"的过程中所受的。这一战，是悟空归来的第一战；这一战，也是一场形象之战。

那天，悟空一回来，满心以为漫山遍野的小猴子会把他围在中间，亲亲热热地问这问那，可实际上，群猴却哭诉道：

第三讲　实习：立足试手　　**33**

图3—1　"霸气外露"的美猴王。选自叶雄绘手卷本《西游记人物图》

　　这些时，被那厮（水脏洞洞主混世魔王）抢了我们家火，捉了许多子侄，教我们昼夜无眠，看守家业。（第二回）

好好一个水帘洞，都成了人家的"殖民地"，品牌何在？
所以，悟空二话不说，"嗖"的一声，跑到水脏洞，找混世魔王报仇去了。魔王听悟空来了，却先关心："你们见他怎生打扮，有甚器械？"小妖回道：

　　他也没什么器械，光着个头，穿一领红色衣，勒一条黄丝绦，足下踏一对乌靴，不僧不俗，又不像道士神仙，赤手空拳，在门外叫哩。（第二回）

混世魔王哈哈一乐，来了精神，立马取披挂兵器，美滋滋地赶去迎战。人都打上门了，还能乐得出来？是啊，光着个头，空着个手，能有多大能耐！
反观水脏洞洞主混世魔王的打扮：

　　头戴乌金盔，映日光明；身挂皂罗袍，迎风飘荡。下穿着黑铁甲，紧勒皮条；足踏着花褶靴，雄如上将。腰广十围，身高三丈，手执一口刀，锋刃多明亮。（第二回）

行头威风，武器也很炫。一照面，混世魔王开"损"道：

你这般矬矮，我这般高长，你要使拳，我要使刀，使刀就杀了你，也吃人笑，待我放下刀，与你使路拳看。（第二回）

悟空当然不服气，回嘴说：

你量我小，要大却也不难。你量我无兵器，我两只手够着天边月哩！（第二回）

话虽如此说，但在这帮俗妖面前，悟空确实寒碜了点。
接下来，悟空干了三件与树品牌、塑形象密切相关的事情。
第一件事，树品牌，先从打造花果山的环境形象和核心竞争力入手。
悟空刚回来时，花果山士气低落，风雨飘摇，眼看要垮，不整不行啊。这下好了，悟空领着孩儿们，每日操练，树了招牌，扎了营寨，站稳了脚跟，搞成了"半军事化"状态。不仅如此，他还发挥一贯的远虑之能，使个神通，从傲来国"觅"了一堆兵器，武装自己，以防官军来剿。
第二件事，打造"花果山集团"的社会形象。
招牌一亮，自有人（妖）看得起，主动来贺、来投靠：

各样妖王，共有七十二洞，都来参拜猴王为尊。每年献贡，四时点卯。也有随班操备的，也有随节征粮的。齐齐整整，把一座花果山造得似铁桶金城。各路妖王，又有进金鼓、进彩旗、进盔甲的，纷纷攘攘，日逐家习武兴师。（第三回）

本来，悟空的地盘仅局限在水帘洞一片，但突然多了七十二个"加盟子公司"之后，真成了实实在在的"花果山集团"。那么，这些妖怪为什么主动来投？还不是因为悟空的实力强、招牌亮，到他的大树下能乘凉。

图3—2　悟空与混世魔王对战

第三件事，打造个人形象。

这是最关键的。上面两件事干完之后，悟空该腾出手倒饬自己了。这次，又是他自己在"正喜间"，主动想起了这事：

> 汝等弓弩熟谙，兵器精通，奈我这口刀着实榔槺[1]，不遂我意，奈何？（第三回）

想想也是，使刀不使棒的话，不仅悟空觉着别扭，我们也看不惯啊。所以，他的得力手下进一步补充："大王乃是仙圣，凡兵是不堪用。"

联想后文八戒、沙僧的兵器，哪一件不是有来历、有说头的，就连唐僧那个当拐棍使的九环锡杖，还是如来送的呢。所以，悟空从龙王处"借"来了如意金箍棒。这可牛大了，金箍棒[2]要来历有来历，要名头有名头，要实用就有多实用。并且，他还没羞没臊地顺便弄了一身好装备——藕丝步云履、锁子黄金甲、凤翅紫金冠。如此这般之后，悟空才成了名副其实的美猴王，而不是不久前，光着头、空着手的那不僧不俗的寒酸样了。

至此，悟空的"形象工程"和"花果山集团"的打造算是告一段落。

对现实社会中的我们而言，当然不是以貌取人，混世魔王不就是只看这个而丧命的吗？更不是讲穿戴、讲装备，非名牌不穿，非顶级装备不用之类的，而是要说明形象很重要这个简单的道理。俗话说，品牌就是核心竞争力，形象就是吸引力。你不重视没关系，但别人觉得很重要。

这正是：

> 天生圣人孙悟空，
> 又偷又讹捯饬停。
> 手段吾辈不能学，
> 打造形象此理同。

---

[1] 榔槺意指器物长大、笨重，用起来不方便。
[2] 探讨个小问题：棒和棍有什么区别？简单说，棒是两头要粗一些，或者两头加了箍；棍是上下一般齐。

相貌虽丑，却俱有用
——悟空哥仨拥有怎样的异相之美

《西游记》中，悟空哥儿仨的长相，用一个文词来说，是异相。所谓异相，也就是丑相。《西游记》中的"丑"字，共出现一百二十一次，除了个别用作天干地支的"丑"之外，绝大多数都毫不吝啬地给了悟空哥儿仨。

为什么《西游记》写丑写得这么起劲？原因很简单，这是为了说明异相之美，以及"天生我丑必有用"的道理。

首先，我们看看悟空哥儿仨丑成什么样。先看悟空。原著中写道：

> 真个生得丑陋：七高八低孤拐脸，两只黄眼睛，一个磕额头；獠牙往外生，就象属螃蟹的，肉在里面，骨在外面。（第三十六回）

若想象不出来，还有：

> 骨挝脸，磕额头，塌鼻子，凹颉腮，毛眼毛睛，痨病鬼，不知高低，尖着个嘴。（第六十七回）

这副尊容，够有颠覆性的吧。

再看八戒：

> 碓嘴初长三尺零，獠牙觜出赛银钉。一双圆眼光如电，两耳搧风呼呼声。脑后鬃长排铁箭，浑身皮糙癞还青。（第八十五回）

够瘆人的吧，连他自己都说：

> 若像往常……把嘴朝前一掬，把耳两头一摆，常吓杀二三十人哩。（第二十回）

最后看沙僧：

青不青，黑不黑，晦气色脸；长不长，短不短，赤脚筋躯。眼光闪烁，好似灶底双灯；口角丫叉，就如屠家火钵。獠牙撑剑刃，红发乱蓬松。一声叱咤如雷吼，两脚奔波似滚风。（第八回）

反正是，一个夜叉（沙僧）、一个马面（八戒）、一个雷公（悟空），个顶个的精彩绝伦。

其次，我们看凡人反应如何。一见悟空，大家的反应是：

唬得一步一跌，往屋里乱跑，只叫："关门，关门！妖怪来了！"（第二十回）

稍微有点见识的人会说：

原来中华有俊的，有丑的，俊的真个难描难画，丑的却十分古怪。（第九十一回）

连一向渴望"人种"的女儿国众女都是："老大心惊，欲退难退，欲行难行，只得战兢兢。"看见八戒，更是：

无人不害怕。……难顾磬和铃，佛象且丢下。一齐吹息灯，惊散光乍乍。跌跌与爬爬，门槛何曾跨！你头撞我头，似倒葫芦架。清清好道场，翻成大笑话。（第四十七回）

不仅能把人惊得一团乱，还能让人做恶梦：

爷爷呀！今夜做的甚么恶梦，遇着这伙恶人！……这个和尚，怎么这等个碓梃嘴，蒲扇耳朵，铁片脸，鬃毛颈项，一分人气儿也没有了！（第七十四回）

沙僧这个一脸晦气色的主儿，也好不到哪儿去。
沙僧要是和八戒一起出现，更是惊天动地。在宝象国国王那里，未见之前，国王自己还说："你既这等样说了一遍，寡人怕他怎的？宣进来。"结果光"那文武多官，无人不怕"不说，国王本人也不得不服：

> 长老，还亏你先说过了；若未说，猛然见他，寡人一定唬杀了也！（第二十九回）

最后，再看他仨自己的看法。
先说悟空。他在教训百花羞公主时，辩白说：

> 你原来没眼色，认不得人。俗语云："尿泡虽大无斤两，秤砣虽小压千斤。"他们相貌（八戒、沙僧）：空大无用，走路抗风；穿衣费布，种火心空；顶门腰软，吃食无功。咱老孙小自小，筋节。（第三十一回）

说来说去，突出的是自己虽丑，但有手段。
再看八戒。八戒心理素质超强，通常以自嘲化解：

> 虽然人物丑，勒紧有些功。若言千顷地，不用使牛耕……家长里短诸般事，踢天弄井我皆能。（第二十三回）

突出的是，自己有生活积累和寻常之人都能理解的实用技能。被人嫌恶时，八戒会说："粗柳簸箕细柳斗，世上谁见男儿丑。"话糙理不糙，想想还真是那么回事。男人从来都是先看本事，再看长相。
沙僧"台词"太少，书中没让他自我解释，我们也就不多说了。
说起来，还是书中一老太太看得明白：

> 汝等不知，但形容丑陋，古怪清奇，必是天人下界。（第九十六回）

那意思是，能长成这样的，一定有古怪、有异相，背后一定有故事，手头一定有能耐。所以，对男人来说，美也好，丑也罢，首先关注的不应是相貌，而是是否"有用"。
丑相是美相的丑化。清人刘一明说：

丑相者，异相也。异相即妙相，正说着丑，行着妙。[1]

今人李正明也认为："对于人的外貌来说，异相之可爱表面上源于与众不同，更根本的是，源于其人格魅力。后者更是异相的补充和注脚，使异相散发出诱人的芬芳。"[2]

话又说回来，你是想惹人爱，还是想令人敬？既惹人爱又令人敬，当然最理想，但如果两者都不行的话，怎么办呢？还是自求有用吧。所以，对刚毕业或者刚实习的人来说，还是少讲"好色"、多讲本事为妙。

这正是：

> 粗柳簸箕细柳斗，
> 世上谁嫌男人丑。
> 天生我才必有用，
> 唯除能耐别无愁。

虚与委蛇，暗中谨记
——强龙为什么不压地头猴

悟空立足既稳，就该找人试试手了。找谁试呢？找龙王[3]。可龙王真那么好欺负吗？表面上看，悟空要啥得啥，风光无限，龙王老哥几个要啥给啥，屁都没敢多放。可实际上，通过这一次试手，悟空只是"驴粪蛋子表面光"；而龙王呢，虽然生得伟大、活得憋屈，但心里却敞亮。

悟空去龙宫，目的非常明确，就是为了找兵器和披挂。但上门之后，总要寻个借口吧。悟空选择从人情入手，将前一阶段"学人礼、学人言"的一些成果，趁热实践了一把。什么借口呢？攀邻居！"紧邻""贤邻"地叫着亲热，但其实牵强得很。不过无所谓，有个由头就行。

---

1 蔡铁鹰：《西游记资料汇编》（下），中华书局2010年版，第609页。
2 李正明：《变调说西游》，天津教育出版社2007年版，第107页。
3 《西游记》中的龙和我们传统文化中的龙并不是一回事。《西游记》中的龙可能是指佛教中的龙，地位不高，与猪啊、猴啊的是一样的；而传统文化中的龙往往是龙图腾中的"龙"，地位尊崇。所以，西游中的龙王不过是管水的小神罢了，与管一方土地的土地爷也差不了多少。

龙王如何应对？

首先，摸摸底细。摸底工程分四步：

第一步，由巡海的夜叉外围打听。夜叉问："那推水来的，是何神圣？"悟空回道：

> 我乃花果山天生圣人孙悟空，是你老龙王的紧邻，为何不识？（第三回）

简单一句话，却包含三层意思：第一，我是妖怪，还是天生的，本事大得很；第二，咱是"紧邻"，论起不远；第三，不认识是你们的错，找上门了更应好生接待。龙王"即忙起身，与龙子、龙孙、虾兵、蟹将出宫相迎"。

龙王熟知"官场"规则，虽不认识，但也搞了个"超规格接待"。

第二步，龙王亲自探问："上仙几时得道，授何仙术？"

这可不是问你何时毕业，学啥专业那么简单，而是为了弄明白你到底有什么真本事。须知，悟空还没出手呢，龙王还不应该畏惧。等悟空一说"无生无灭之体""教演儿孙"之类的话之后，龙王明白了：能长寿的妖怪有几个，这妖猴一定有大能耐；教演儿孙，说明他"不是一个人在战斗"。看来不出血不行了。

第三步，兵器试探。龙王心想，这泼猴看来是吃定我了，多少我得给点。于是，从刀到九股叉，再到画杆方天戟，从最平常之物到三千六百斤，再到七千二百斤，逐级提升，但悟空都嫌轻。如此一弄，龙王从"心中恐惧"到"一发怕"了，一定会庆幸：好险啊，幸亏刚才超规格接待了！

第四步，老本打发。"委的全无！"龙王说，但龙王是一个"耙耳朵"。这时，龙婆插话道："老公，海底不是有块废铁吗，放着也是生锈，许给他，打发了吧。""那是一块铁，能有啥用？""你傻啊，管他用不用，弄走了事。"龙王一拍大腿说："对啊！还是老婆聪明！"

得，一万三千五百斤[1]的金箍棒到手。到手之后，悟空猴急开耍，"唬得老龙王胆战心惊，小龙子魂飞魄散；龟鳖鼋鼍皆缩颈，鱼虾鳌蟹尽藏头"。

而悟空呢，跟没事人一样，轻飘飘地来了一句："多谢贤邻美意。"脸皮够厚！这正是脸皮厚，吃不够；脸皮薄，吃不着啊。

经此好一通折腾，龙王一试起身，二试周旋，三试害怕，四试心惊，最后彻

---

[1] 为什么是一万三千五百斤呢？据李安纲分析，这斤数正和《黄帝八十一难经》当中第一段第二句话："人昼夜呼吸一万三千五百息。"安排这斤数，是守住人的元气之意，为了不让真气泄露，两头才用金箍将其箍起。参见李安纲《文化载体论——李安纲揭秘〈西游记〉》，人民出版社2010年出版，第21页。

底没辙。更可怕的是,悟空又赖着不走了,腆着脸威胁道:

> 当时若无此铁,倒也罢了,如今手中既拿着他,身上更无衣服相趁,奈何?你这里若有披挂,索性送我一件,一总奉谢。(第三回)

磨叽了半天,还是不给也得给!因为不给的话,他"就和你试试此铁",老龙王可怎么办呢?

其次,找人商量。

没办法,只有借凑披挂之名,找人来商量。于是,老龙王打"电话"(敲鼓)把老哥儿仨——敖钦、敖顺、敖闰叫来会商,研究赶猴对策。悟空呢,坐等四海龙王的研究结果。本来就不怕,现在金箍棒在手,更不怕了:好啊,你们研究吧,我等着。南海龙王是个急性子,说什么玩意儿,"兄弟们,点起兵,拿他"!拿什么拿,要拿早拿了。最后议定:给!不光给,还照死了给(怕给少了,不够量刑),金冠、金甲、云履,一并奉上。

再次,暗中谨记。

为啥这么痛快?因为哥儿几个商量好了,要暗中谨记,参他一本。虚与委蛇不成,只有留下证据,写好公文,找上级领导报损。还是西海龙王(小白龙的老爸)最懂事,最对大哥脾气:"打发他出了门,启表奏上上天,天自诛也。"

将矛盾上交,请天庭出面解决。高,实在是高!这时候,正得意的悟空,绝想不到老龙王打着告状腹稿呢。要没有龙王这一本,悟空哪会大闹天宫啊。不过,这也是没办法的事,吃了这么大的亏,还不允许人家报损吗?

总体来看,悟空用人情借口,加上无赖精神,一分钱没花(他刚开始说了要"一一奉价"),白得了金箍棒和一身行头。而东海龙王呢,虽然处处小心谨慎地虚与委蛇,但最后还是大出血。

说句公道话,这事搁谁也不行。龙王已经做得够好的了,敷衍得够到位了,但最后还得将矛盾上交,因为这已经超越了他的能力范围。

图3—3 悟空龙宫"借"宝

对于一般的应对来讲，我们也只能做到这一步了：先摸摸底细，再找人商议，最后留心记下。俗话说，流氓不可怕，就怕流氓有文化。悟空这种"大流氓"，不仅有文化，还天生胆大。我们能奈他何？

当然，现实社会中，像悟空这种"历代驰名第一妖"级别的流氓毕竟不多见。因此，虚与委蛇、小心周旋、明哲保身的道理仍有必要学一些。这不是世故，而是现实所需。《诗经·大雅》上说："既明且哲，以保其身，夙夜匪懈，以事一人。"

我们要碰到那"一人"的话，也需要既明且哲，不然肯定会吃亏的。据说林语堂曾戏言："东方文明只两句格言：一句是安分守己、明哲保身；一句是管他妈的。"不过，虚与委蛇，明哲保身，原来并不是贬义词。毕竟，虚与委蛇也是讲智慧、讲策略的，虽有世故之嫌，却有实用之好。但要慎用，玩不好容易折本。因为这是一把双刃剑，像龙王，本想虚与委蛇，打发了事，结果遇到愣头青，赔大了。不管如何，我们仍要思考一个问题：即使赔得再大，人家牛人打上门了怎么办？

这正是：

明里逞强你自强，
暗里示弱我非弱。
莫道隐忍为怯懦，
既明且哲实惠多。

鬼怕恶人，规则难真
——阎王为什么比龙王还惨

悟空拿龙王试手，结果没出手就获得了大丰收。这下，乐得鼻涕泡都出来了，天天大排筵宴，狂吃海喝。

有一天，喝着喝着，嘴一歪，眼一闭，睡着了。睡梦中，见了鬼！鬼来索命，但没想到遇到个硬茬。结果阎王比龙王还惨，不仅死了至少两个鬼使，核心文件被破坏，机密档案被损毁，而且更为严重的是，规矩被破坏，颜面也尽失，尴尬狼狈之极。反观龙王，损失的只有"公物"，没伤人口，虽丢面儿但相对从容。

同样是王，差别咋就那么大呢？原因并不复杂，鬼怕恶人嘛。

下面我们一起看看恶人悟空与地府规则的较量。

第一，炫恶之资本与执批文之令箭。

悟空"借"来金箍棒之后,心中狂喜,便急着炫耀开了。结果,"炫"出了大麻烦:被盯上了!那根棒,"上抵三十三天,下至十八层地狱"。上下都惊扰了,地府能不派人来请吗?阎王们一定来气:不就是一妖猴吗,嘚瑟什么!一查档案,正该寿终。太好了,赶紧派人。于是,黑白无常拿着批文,"走近身,不容分说,套上绳,就把美猴王的魂灵儿索了去"。

既然有批文,批文上又分明写着孙悟空的名字,毫无疑问,黑白无常要按规矩"领批",所以,不容分说,套上绳,拉起就走。这利索劲儿,显然早已干熟了的。但可悲的是,俩鬼使这回拘错了对象,被悟空略举手,打成了肉酱。机械、教条地理解规矩、执行公务,大概也就这下场!

看来,政策执行水平,地下的远不如海里的。瞧人家巡海夜叉,一张嘴就是"神圣""通报""迎接",客客气气的,既全了性命,又尽了职责;而俩鬼使呢,悟空都急眼了,还"只管扯扯拉拉,定要拖他进去"。有批文就了不起吗?缓一会儿再拘,也能交差,偏偏拿着批文当令箭,傻愣愣地执行,这不是作死吗?

第二,逞恶之强横与丢自家之脸面。

打死黑白无常后,悟空丢开手,抡着棒,打入城中(看死得多冤!)。命都没了,还顾忌啥!这一次,阎王只有被动接棒。但好在十代冥王没有"脑死亡",一见这架势,立马先怂,赶紧"排下班次",着急忙慌地汇报开来:

悟空问:你等是什么官位?

阎王们躬身答:我等是阴间天子十代冥王。

悟空又问:快报名来,免打!

十代冥王——老实作答。

悟空再问:认都不认识,为什么勾我?

阎王们哆哆嗦嗦地说:怕是重名勾错了。

悟空大叫道:胡说,官差吏差,来人不差,怎么会错?

阎王们:……(第三回)

不管如何,这一会儿,悟空是老大,阎王们都成了手下。

第三,用恶之余威与丧地府之规矩。

接下来,规矩彻底被破坏。悟空在地府当上了一把手,"正中间南面坐上",命掌案判官取出文簿来,他要"亲自检阅"。嘿,这判官真利索,一下子"捧出五六簿文书并十类簿子"。这下还能查不着吗,终于在"魂字一千三百五十号上",

找到了孙悟空的名字，上写着：

>乃天产石猴，该寿三百四十二岁，善终。（第三回）

甭说，地府的文档管理水平还真不低，"魂字"多少多少号，规范严整，一目了然。随后，悟空不仅划掉自己的名字，还一气儿把同类之名都划掉了。这一搞，规矩大乱，权威大丧，"自然之数"易了不说，还导致"寂灭轮回，各无生死"的严重后果。

十代阎王又能怎么样，只能目送兼确认悟空"打着出去"了。回过头，赶紧向自己真正的领导汇报，"同拜地藏王菩萨，商量启表，奏闻上天"。

图3—4 孙悟空怒闯地府。选自陈惠冠绘《西游记》

在奏折里，阎王们以规矩为中心，讲清了重要性、严重性和必要性，剖析了现状、问题及对策。

报告是打上去了，但阎王们一定肠子都悔青了：当初，悟空炫技、惊扰上下之时，我们逞什么能啊，就不能等等吗？何必自取其辱！

话说回来，这也是没办法的事。龙王之事，悟空为的是宝，打的是"人情牌"，知礼借礼而不讲礼；龙王求的是平安，用的是"太极功"，虚与委蛇而暗中谨记。阎王之事，悟空为的是命，打的是"功夫牌"，懂规矩而不讲规矩；阎王求的也是平安，但使的是"无用功"，低声下气而完全无效。二王相同的只有："商量启表，奏闻上天"。

悟空闹地府，强销死籍的过程，非常形象、生动地诠释了"鬼怕恶人、规矩难真"的实情。我们不要觉得这是神话，是小说，是古代的事，与现实社会一点关系都没有。还是李卓吾批评得好：

>常言鬼怕恶人，今看十王之怕行者，信然信然。奈何世上反而有怕鬼之人乎，若怕鬼之人，定非人也，亦鬼也。[1]

---

[1] 蔡铁鹰：《西游记资料汇编》（下），中华书局2010年版，第582页。

同样的情境，放到现在，你是悟空你怎么办？你是阎王你怎么办？

在现代语境里，鬼怕恶人是一个贬义词，讽刺的是那帮欺软怕硬的人。谁对他们顺从乃至屈膝，他们便得寸进尺；谁给他们以反抗、蔑视，他们反倒会稍有收敛。

在人间，制度是死的，人是活的。在地府，则换成了制度是活的，人是死的。即使已经是鬼了，阎王们也会无原则地一让再让，不想再当一回鬼。

对我们来说，不是要当恶人，而是要在明白规则、敬畏规矩的前提下，不迷信，不盲目害怕，讲原则，敢于斗争。一味地害怕逃避，担心其"降罪于己"或希望其"保佑自己"，一厢情愿地"敬重"，只能助长他们的嚣张气焰。唯一的办法，就是在思想上蔑视，在行动上漠视，对之进行坚决的斗争和严厉的打击。

在这一点上，我们的确要向悟空同志学习。

这正是：

> 鬼怕恶人人怕鬼，
> 假却似真真似假。
> 你胜鬼来你得意，
> 我守规则我通达。

籍名在箓，拘束此间
——遣将擒拿为什么变成下界招安

悟空立了足，试了手，其目的是为了"上天上走走"。所谓"走走"，说白了，就是到天庭，得个编制，当个天官。水里、地下、地上，都玩遍了，除了天上还能去哪？想法挺好，可天上乐意吗？

前文已讲，悟空闹了龙宫，闯了地府，前脚刚走，龙王、阎王马上就找玉帝告状去了，添油加醋加装可怜，央求玉帝："伏乞调遣神兵，收降此妖。"玉帝老儿心想：这还了得！于是，当即拍板说：你们回去上班吧，我马上叫人收拾他！

老实说，玉帝的态表得有点草率，有拍脑袋决策之嫌。所以，他转念一想：慢着，这事还得合计一下。怎么合计呢？天庭是有领导班子的吧，领导班子要开办公会研究吧，会上要讨论一番吧。可讨论来讨论去，议题跑偏了，本来是研究如何擒

图3—5 悟空初入天宫

拿,结果变成了如何招安,招安又成了"干部任用"。天庭研究讨论干部问题,共分五步:

第一,研究决策。作为一把手,玉帝要先了解情况,充分听取下属意见特别是组织部门的意见之后,最后再做决定。玉帝也是这么干的,但显然太流于形式。来告状的人一走,他就"宣众文武仙卿"一起议事。玉帝问:"这妖猴是几年生育,何代出生,却就这般有道?"

意思是,请组织部门先汇报一下妖猴的履历、现实表现和组织考察等情况,结果呢,只知道籍贯、年龄,至于对"却就这般有道"的关键问题,"当时不以为然",后来"也不知""在何方"了。这不等于什么也没说吗?但玉帝据此拍了板:"哪路神将下界收伏?"

幸好,天庭政治家太白金星赶紧接过话,补充回答了那几个关键问题:第一,修仙成道不是什么大不了的事,"凡有九窍[1]者,皆可修仙"。第二,悟空的出身比较神异,是"天地育成之体,日月孕就之身"(当然,也不用解决家属问题)。第三,悟空的本事有多大咱没底。

基于以上三点(特别是第三点),太白金星提出了一个两全之策:

降一道招安圣旨,把他宣来上界,授他一个大小官职,与他籍名在箓,拘束此间。若受天命,后再升赏;若违天命,就此擒拿。(第三回)

核心在于用"仙箓"来拘束。"仙箓"有那么大的威力吗?有。须知,"妖"和"仙"的一个重要区别,就是这"箓"。箓就是簿籍,用现在的话说,就是干部名册、人事编制。在箓,就有编制,就是体制内的神仙;不在箓,就没编制,就是体制外的妖怪。当然,天庭给编制,是为了将他"拘束此间"。你若听话,还有升赏的可能;你若不老实,可以"就此擒拿"。都在一个单位,拿着也顺手。所以,玉帝"甚喜",马上"依卿所奏"。主意是好主意,但决策过程有一点小问题。虽然

---

[1] 所谓九窍,通俗地讲,是指人体的两眼、两耳、两鼻孔、口、前阴尿道和后阴肛门。"窍"即窟窿,也就是人体与外界相通的洞。金星说,凡有九窍者皆可修仙,意即皆可通天之义。

众文武仙卿都来了，但都成了背景和看客，真正发言的就仨人，真正参与决策的就太白金星一人。看来，天庭的议事规则真需要改改了。

第二，执行落实。不管怎么样，既然招安的决策已定，那就得执行。谁去执行呢？按常规，谁出主意谁执行！

真论起来，太白金星的执行能力和执行艺术确实高超。见众小猴的第一句话，就体现得非常充分：

我乃天差天使，有圣旨在此，请你大王上界。快快报知！（第三回）

这句话，既表明了身份，又突出了"红头文件"的权威，还说明了目的，大方得体，分寸拿捏得非常好。悟空"听得大喜"，很是激动，"急整衣冠，门外迎接"。你想啊，没背景、没后台，也没考试，就直接进最高机关了，能不兴奋吗？

悟空凭什么被天庭看上呢？还不是因为他有本事，又有一股子狠劲儿。所以，等太白金星说"请你上天，拜受仙箓"时，悟空乐了，马上要请客。回过头来看，在悟空地头上，太白老儿虽然一口一个"大王"地叫着，但那只是客套话。回到天庭，立马变脸，换成一口一个"妖猴"。多老练！

第三，任前教育。主要内容有三：其一，见好处。刚到天宫门口，悟空被门卫拦住。为啥不让进？因为你不在仙箓，没"工作证"啊。等有了编制，当了干部之后，谁还拦你？其二，见场面。原文花了五百多字，细细描绘了最高权力机关——天庭之场面。其三，见威仪。这时候，悟空是一点规矩没讲的。为什么不讲？应该是无暇顾及，太专注玉帝要授何官职于他了。

第四，任职试用。不用多说，著名的"弼马温"，大家都熟悉。但大家可能不熟的是，这个不入流的小官，是在"天宫里各宫各殿，各方各处，都不少官"的情况下得的。小是小，顶多算是个参公管理的事业单位的小头头，但毕竟在箓。

第五，评估效果。一切都在朝着好的方向发展——悟空"欢欢喜喜"，工作态度空

图3—6　太白金星再来招安

前积极，工作效果特别明显，工作作风异常扎实。我们看：

> 弼马昼夜不睡，滋养马匹。日间舞弄犹可，夜间看管殷勤，但是马睡的，赶起来吃草，走的捉将来靠槽。（第四回）

太卖命了！刚上任，就开了工作会，会聚下属，查明事务，审看文件，进入状态，二十四小时不睡，工作连轴转。一口气干了半个月，坚持得够久了。

擒拿为什么变招安了呢？因为对天庭来说，打赢是应该的，打输太丢脸。孰轻孰重，门儿清！并且，作为一个大单位，在做决策时总要以大局为重，最好搞一搞决策风险评估。玉帝的决策过程虽不咋地，但风险评估却搞得很好。对悟空来说，这是一着险棋。天庭到底看重或忌惮他什么？还不是因为他已经初步展示了能耐和胆气，并且天庭不摸他的底。说到底，能耐是王道，是根本。

你真有能耐的话，擒拿变招安；你没能耐的话，招安变擒拿。

这正是：

> 学成文武之大艺，
> 货卖玉帝老人家。
> 籍名在箓本是好，
> 结果还得去擒拿。

猴王闻此，心头火起
——"职场新猴"为什么要少听人发牢骚

在职场或官场中，特别打击一个新人兼工作狂的东西是什么？

恐怕就是从根上消解他卖命工作的意义。如何消解？有时只需一句话。当你正挽起袖子，抡起胳膊，准备干一番大事业的时候，有人用事实和道理告诉你，这是根本不可能完成的任务！更耻辱和尴尬的是，给你"上课"的人，还是你的手下。这时候，你的心情如何？

话说悟空这个弼马温正当得异常起劲儿，正"五加二""白加黑"地把天马"养得肉膘肥满"的时候，忽然有手下当面对他说：

似堂尊到任之后，这等殷勤，喂得马肥，只落得道声"好"字；如稍有些尪羸，还要见责；再十分伤损，还要罚赎问罪。（第四回）

那就是说，领导，你傻不傻，芝麻大点的官，屁大点的事，卖什么命啊！干好了，应当应分；干不好，还得挨罚；而且，想升官，门儿都没有！

听完这话，悟空会怎么想？心里一定拔凉拔凉的吧，而且绝对恼羞成怒。这种事情，搁我们也受不了，何况官心重、心高气傲、成就动机强的悟空呢？

梦想大厦轰然倒塌，心中一团火陡然而起。急火攻心之下，干出什么出格的事都是有可能的。这就是牢骚、怪话的强大负能量。

悟空在刚当半个月弼马温的时候，就见识了三拨牢骚、怪话。

首先是手下借接风、贺喜之名，拿酒盖脸，说风凉话。

当然，这话头还是悟空自己主动挑起来的。一上任，二话不说，直接开干，但心里也犯嘀咕："我这弼马温是个什么官衔？升迁有无前途？"手下没好气地说："没有品从，也根本不入流！"

这就过分了，明显是对工作、对悟空这个新领导的抱怨兼不满。话里话外的意思是，你"这等殷勤"又能怎么地，还不是"最低最小"，还不是升迁无望！关键是，你那么卖命，我们可吃不消；省省吧，上头根本就没把你放在眼里！

悟空闻言，忽喇的一声，把公案推倒，不觉心头火起，咬牙大怒道：

老孙在那花果山，称王称祖，怎么哄我来替他养马？养马者，乃后生小辈下贱之役，岂是待我的？不做他，不做他！（第四回）

养马之事，悟空此前也知道，但为何开始不提现在提，开始能忍现在不能忍？还不是觉得人格严重受侮辱、自尊心严重受挫、事业心严重被践踏、工作的意义和价值严重被消解？！而这一切，都与手下的牢骚有关。

顺便说一下，为什么悟空觉得养马是下贱之役，以后不许任何人再提呢？也许那俩讨厌的家伙还顺便给他解释了"弼马温"的真相。

弼马温，也叫避马瘟，官名源于旧时民间的一种传说，并非完全虚构。据明代学者赵南星考证，《马经》记载，在马厩中养只母猴，将母猴子的尿（一说月经）与马料混合在一起喂马，可以避免马生病。天庭让孙悟空担任弼马温一职，看似承认他的能力并任用他，其实质却是天界对他的极大嘲弄。因为他不是一只普通猴，更不是一只母猴。

其次是自己的抱怨。

一怒之下，悟空去也，撂了挑子，重回花果山。回来之后，众猴颠颠儿来迎，忙着办酒接风，都道："恭喜大王，想必得意荣归也！"此时，悟空的脸却比屁股还红，吭哧了半天才开口：

> 不好说，不好说！活活的羞杀人。……只今日问我同僚，始知是这等卑贱。（第四回）

确实羞啊！平心而论，那么大的本事，居然得了一个侮辱性的官职，哪比得上天蓬元帅和卷帘大将威风啊，自然要抱屈。

最后，是独角鬼王的"建设性"风凉话。

两个独角鬼王[1]本是来投靠的势利鬼，冲的是悟空的"天箓"。来就来吧，还拿着礼。以前，即使当猴王的时候，好像也没人来送礼。现在看悟空从天庭荣归，赶紧来抱大腿。结果不是那回事，但好歹脑子转得快，他俩赶紧递上悟空乐意听的话：

> 大王有此神通，如何与他养马？就做个齐天大圣，有何不可？（第四回）

鬼王的心可真够鬼的，这是把悟空往"不归路"上引啊。一个"齐天大圣"，彻底把花果山集团拉下了水。由此可见，任何冲你发牢骚的人，也是借撺掇于你来实现自己的目的。御马监的那些老油条，是想把悟空这个新领导挤走，独角鬼王原也是想攀高枝。

牢骚为什么有那么大的破坏力？因为牢骚是一种烦闷不满的情绪，传递给人的通常是像瘟疫一样的负能量。正如奥格·曼狄诺所言："我不想听失意者的哭泣、抱怨者的牢骚，这是羊群中的瘟疫，我不能被它传染。"

仔细想来，多听牢骚会有四个危害：第一，牢骚会制造内心的混乱，使简单问题复杂起来。第二，牢骚会使自己的心态变坏。第三，牢骚会更加放纵自己的言行，形成恶性循环。第四，牢骚也会使自己的身份降低，让人看扁。牢骚话为什么要冲你说呢？要么觉得你可能也会和他一样发牢骚，要么你不是他敬重、畏惧的人。

---

[1] 独角鬼王是《西游记》里的著名炮灰，虽被悟空封了个前部总督先锋，但好日子没过多久，就被派到"反围剿"战斗第一线，真成了鬼了。看来，想攀高枝的势利鬼，即使作了突出贡献，下场也好不到哪儿去。

图 3—7　传统年画中"弼马温"形象

　　正所谓，家事、国事、天下事，事事闹心；古人、今人、全球人，人人不满。虽然牢骚无处不在、无人不有，但是我们在生活中还是需要远离牢骚。不仅自己少发牢骚，更要少听牢骚。要知道，如果我们每天听到了过多的负面信息，久而久之很可能也会按照消极的方式来行事。更重要的是，长时间地面对抱怨不断的环境，自己也会变得麻木，做出错误决策。

　　这正是：

> 倘心闹事事闹心，
> 若神烦人人烦神。
> 牢骚太盛浮且乱，
> 哪能时时都记真。

第四讲
任职：熟悉规则

正式任了职，当了或大或小的官，要熟悉天庭人事制度、晋升机制和干部规则，摸索出一条正确的、适合自己的修成正果之路……

☁ 奇才小用，不如不用 ☁
——悟空为什么老说玉帝不会用人

为达到"拘束此间"的目的，天庭抠出了弼马温的缺儿。决策和思路是对的，但官封错了，结果悟空不服，天庭也不满。悟空觉得："老孙有无穷的本事，为何教我替他养马？"天庭认为："这泼猴，这等不知人事。"

那天庭的"人事"，到底遵循什么规则呢？

悟空不是小才，也不是大才，而是奇才。奇才小用，不如不用。正如张望朝所言，"拿人才当奴才用，早晚坏事"[1]。

悟空学成了一身本领，又在花果山称王称祖多年，招上天庭之后，虽不了解大机关的组织人事制度，但也满心以为天庭会察能授官，哪知道所授的官是这么一个羞死人的弼马温。这说明三点：

第一，天庭太不了解悟空这个奇才了。前面说过，天庭在研究使用"干部"时，负责"考察"的人一问三不知。就连悟空有长时间的任职经历，有丰富的管理经验，作风务实深入，干事亲力亲为，等等，这些干部任职时要考虑的重要因素、干部考察材料中的关键内容，都搞不清楚或视而不见。结果是只知道他有本事，却不知本事有多大。非得等到再打一回，才意识到："这厮恁的神通。"

第二，天庭从骨子里看不起悟空。虽然玉帝有"生化之慈恩"，但满朝文武

---

[1] 张望朝：《人生的真经：〈西游记〉哲学》，海燕出版社2014年版，第42页。

可不这么想：什么玩意儿，一来就想当官啊！其实，天庭再人浮于事，但也绝对不只缺少一个弼马温。让猴管马，正如那个民间传说所揭示的那样，就是赤裸裸地拿悟空开涮。连悟空自己也说，"他见老孙这般模样"，才封我做这鸟官儿的。再小一些的官员，更是会露骨地表达轻蔑。巨灵神一见悟空，张嘴就喊："业畜""欺心的猢狲"；哪吒一见悟空，也是叫他"泼妖猴"。就连自己的手下，也敢当面对直接领导发牢骚、说怪话。胆子这么大，还不是压根儿就看不起他！

第三，天庭的选人用人制度太不健全，编制的管理使用也极不合理，搞得"天宫里各官各殿，各方各处，都不少官"，腾挪空间极为有限。要知道，天庭的干部岗位一般都是终身制，除非犯了大错被贬，像天蓬元帅、卷帘大将那样，否则，不死，岗位永不出缺；不老，官位永不退休。但在超编如此严重的情况下，还要编外进人、编外授官（悟空以及八戒、沙僧来天庭的时候，都是这么进来的），这不是打完自己的左脸，再打自己的右脸吗？！

图 4—1　悟空闹太上老君

天庭不知才，不重才，又用不好才，那还真不如不用才呢。难怪悟空这个奇才，会得出"玉帝轻贤"的结论，愤怒之下，反下天宫，炒了玉帝的"鱿鱼"。

本来，当官从小往大干、从下往上走是一个通例。当太白金星传达玉帝的旨意时也说：

> 凡授官者，皆由卑而尊，为何嫌小？（第四回）

悟空心里也明白，所以，他也就不再吱声。

历史上，不少英豪之士也非常愿意借径于小吏而发展。《文献通考》卷三十五"吏道"，就引用苏轼的话说：

> 黄霸起于卒史，薛宣奋于书佐，朱邑选于啬夫，丙吉出于狱吏，其余名臣循吏由此而进者不可胜数。

但天宫不同，本来选拔机会就很少，好不容易找个机会吧，还是这么个特有幽默感的职位，悟空能不"心头火起"吗？这绝对不是给个"篆"就能拘束住的事。

奇才小用，不如不用，用而歪用，更失人才。如此一用，后患无穷。患在哪里？

主要还是人心，把人心底的不愤之情和觊觎之心给挑逗出来了。寻常之才，挑逗起来也坏不了多大的事，但奇才的破坏力可是惊人的。当初悟空刚到天庭时，以村野之妖猴，乍见天官之气势，"金光万道，瑞气千条"，一定会有震慑。但日子一久，习而安之，就会心生羡慕，羡慕之下就会生觊觎之心。这种心如果"拘束"不好，势必生乱。生乱之后，悟空是"认得天门内外之路"的，岂不是更难拿？

图4—2 悟空回"老家"

所幸，悟空才来半个月而已，虽然熟悉了环境，但还不摸虚实。等到了要当齐天大圣、进行第二次招安的时候，那麻烦才真正显现出来了。

总结起来，在悟空的任命问题上，玉帝确实有诸多不当之处：一则是用小了，二则是用错了，三则是用损了。在现实社会中，我们也会经常抱怨领导不重用自己。奇才小用，不如不用。但奇才难用，也是事实。

那如何来用？这是一个宏大话题，我们也只能把这个问题抛出来，供大家自行审思。不过，从悟空这事上可以看出，我们不一定会成为天才、奇才，起码要成为人才、大才才行。人才、大才、天才的区别是什么？

从字面上看，大才比人才多了一横，天才比人才多了两横。作为人才，若想成为大才，就要更加专一一些；若想成为天才，就要"二"一些！作为用才者，在使用大才的时候，要一心一意一些；在使用天才的时候，常规之法虽不管用，但起码不能拿天才当二傻子涮。

当然，首先要是"才"才行。天庭也好，现实也罢，到哪儿都得讲实力。不然的话，到哪儿都难有用。

这正是：

济济多士士求用，

朝朝用人人愿同。

悟空为何生大气？

奇才不用意难平。

官心何足，名意未宁
——一味姑息为什么收不了邪心

人的欲望一旦被撩拨起来，是很难简单平复的。悟空"闹而优则仕"之后，已由艳羡而生觊觎之心。此心一起，如何收伏？无非以力制之，以情动之，以力和情兼而用之，以规范的制度约束引导之等办法。

这几样，天庭一个没使，却用了最下策——姑息。更可气的是，还姑息了两次：第一次时，本应派兵讨伐，以儆效尤，结果把悟空招了安，妄图"拘束此间"。第二次时，悟空用撂挑子的方式要挟，结果仍随了心意。两次下来，"收他的邪心，使不生狂妄"的目的彻底失败。

从"心""意"上看，悟空大体经历了无性、随性、乱性和定性四个阶段。在天官的这段日子，就是悟空心生魔生的阶段。心魔已生，心性已乱，肯定会"心何足""意未平"。既然给了官名，自然想在当官这条路上走到头。

走到头是什么呢？齐天。与玉皇大帝平级，心已邪到顶了，还怎么收？

当初，悟空返下天宫，回到花果山，虽觉受辱，但也没想到好办法。齐天大圣的官名，是那两个超级无敌马屁精兼官场心理学家——独角鬼王的创意和杜撰。至于"齐天"背后的含义和后果，悟空心里其实也不清楚。因为他正在气头上，一心只想着如何解气，挽回面子。这个官名，太合他当时的心性了。

悟空心里肯定在想：哼，你玉皇大帝不是拿猴子不当干部吗？那好，孙子我今天要和你老儿平起平坐！

话是好说，也极过瘾，可到底怎么当啊？光在自家门口"立竿张挂"肯定不行，齐天，齐天，必须在天上才行啊！

悟空正发愁时，天庭来解决了。先是派两路神仙来剿。说是来剿，结果只把悟空的心声传了上去。巨灵神一照面，悟空就说：

你看我这旌旗上字号，若依此字号升官，我就不动刀兵，自然的天地清泰；如若不依，时间就打上灵霄宝殿，教他龙床定坐不成！（第四回）

不过，巨灵神级别不够，传回去没分量，不光玉帝不信，连李天王也不信。于是，李天王又派自己的亲信——亲儿子哪吒去。悟空再次表达了相同的意思：

> 拜上玉帝，是这般官衔，再也不须动众，我自皈依；若是不遂我心，定要打上灵霄宝殿！（第四回）

谁要官会要得如此明目张胆、底气十足？

由此也证明，上次姑息招安、封弼马温的确太烂、太失败，把悟空的心伤得真不轻。这一次，我就欺心了，你能把我咋地！

哪吒回去给父亲大人一汇报，李天王彻底信了，赶紧乖乖回去传话。

悟空心上的"何足""未宁"，终于成功传至天庭。玉帝惊讶道："这妖猴何敢这般狂妄！"再要"着众将即刻诛之"，姑息的老办法又递上来了，都要和玉帝平起平坐了，太白老儿居然还有说辞：

> 那妖猴只知出言，不知大小。欲加兵与他争斗，想一时不能收伏，反又劳师。不若万岁大舍恩慈，还降招安旨意，就教他做个齐天大圣。只是加他个空衔，有官无禄便了。（第四回）

图4—3　颐和园长廊彩画之悟空闹天宫

太白说对了，悟空确实"只知出言，不知大小"，但你们自己知道啊！看来玉帝是誓将姑息进行到底了，居然又"依卿所奏"。还来那套：

> 名是齐天大圣，只不与他事管，不与他俸禄，且养在天壤之间，收他的邪心，使不生狂妄，庶乾坤安靖，海宇得清宁也。（第四回）

看来，天庭看重的也是实权啊，不给实事，不给俸禄，但级别可在那里摆着啊。太白又把悟空请了回来，玉帝这次代表组织亲自与他谈了话：

> 那孙悟空过来，今宣你做个齐天大圣，官品极矣，但切不可胡为。（第四回）

特别有意思的是，天庭还设了"安静司""宁神司"两个司级机构。对此，李卓吾评论说：

> 齐天大圣府内设安静、宁神两司，极有深意，若能安静、宁神，便是齐天大圣；若不能安静、宁神，还是个猴王。[1]

北京大学教授潘建国批评道："'心''意'的安宁，乃是一切'修道''修心'之事的必要前提。"

这次姑息，悟空赚大发了，有了名，有了大圣府，"遂心满意，喜地欢天，在于天宫快乐，无挂无碍"。短暂的满足是肯定的，但一有情况还会故伎重演。

转过头来，我们会发现，姑息政策虽求苟安无事，结果却适得其反。因为欲望是无止境的，一味地姑息绝对收不住邪心。天庭的权威是靠"力"来维持的，不能靠恩慈，更不能靠姑息。你一软弱无力，他必更加跋扈。

如此姑息示弱，以为可以羁住其心，结果事与愿违。要知道，悟空并不认为这是恩慈，反而更加看不起天庭众仙，认为众仙没本事："天上将不如老孙者多，胜似老孙者少。"到后来，悟空直接对玉帝说："强者为尊该让我！"这其实是姑息之后的自然结果。

---

[1] 蔡铁鹰：《西游记资料汇编》（下），中华书局2010年版，第582页。

当然，大家从一开始可能就会想一个问题：既然姑息不行，那该怎么办？这个问题就拜请各位当一回玉皇大帝，从玉帝的立场上自行思考了。

这正是：

尖嘴咨牙弼马温，
心高要做齐天圣。
一味姑息全无效，
心意不平事难成。

自有旧规，任性胡为
——悟空为什么非要一张"入场券"

蟠桃大会是一个高端、大气、上档次的社交平台，级别高、"政治性"强。请谁不请谁，自有旧规。入场券的发放，非常严格，不是靠钱，而是王母娘娘[1]依众仙的身份、地位和名望，细细酌定，比高端会所的入会资格还要严苛百倍。能有幸参加，自是一件荣耀之极的事情。

这种荣耀，对齐天大圣孙悟空来说，太有诱惑力了。你想啊，都"齐天"了，还能没资格参加？结果愣是没资格。

悟空当然不信这个邪，越邪越来劲。你不是不请我吗？那我偏要去。但"旧规"在上，如何赴会？只能用典型的"悟空式"办法。在参会这事上，悟空陷入了要面子、要自尊的死胡同出不来，任性胡为的个性展现得淋漓尽致。

我们先看看参加蟠桃大会的"旧规"是什么？

央视《西游记》中，有一个小片断，很有影响，却不符合原义。

在七仙女到蟠桃园采桃时，悟空说："哦？各路神仙都有？可曾请我齐天大圣？"

---

[1] 在中国的神话体系里，王母娘娘的知名度颇高。王母娘娘是怎么来的呢？一般认为，这一形象出自《山海经》中的西王母，西王母本不是女的，经《穆天子传》的演绎，成了女的了，再经唐宋的丰富，她又成了玉皇大帝的老婆，掌管天下女仙。有人说，玉帝是个"粑耳朵"，这老儿虽垂涎嫦娥的美色，但有贼心没贼胆，反而让猪八戒先下了手，所以，八戒才会那么惨。而王母娘娘呢，则和卷帘大将沙僧不清不楚，所以才会因打碎个杯子遭那么大的罪。这种说法，仅供一笑。

众仙女窃笑。红衣仙女说:"那——倒不曾听说。"
悟空:"啊——你们摘桃去罢!"
众仙女散去。黄衣仙女小声嘀咕:"什么齐天大圣,原来是个毛猴啊!"
某仙女接茬道:"小小的弼马温,还想赴什么蟠桃盛会!"

见惯世面的仙女,心里可能这么想,但嘴上绝不会这么露骨地说。最后大家都没话了。为什么?被定住了呗。七仙女被定住了,他竟然转身去摘桃了,可见猴就是猴啊!

实际上,那些小仙女是非常懂官场规矩和仪礼的。悟空一问,七仙女立马跪下,一五一回、汤清水白地交代了身份、任务、缘由和个中轻重,而且还表明了她们是"逐级上报"的。

当然,描写这个小规矩,是为了引出蟠桃大会的大规矩。悟空问:"请的是谁?"仙女们答:"此是上会旧规。""各宫各殿大小尊神,俱一齐赴蟠桃嘉会。"

凡没请的,自然是上不了台面,或不入眼之流。悟空满心以为自己是在邀之列,多余问了一句:"可请我么?"仙女说:"不曾听得说。"还一再言明:"此是上会会规,今会不知如何。"也算是给悟空留足了面子。

看来,天庭也和人间一样,官僚办事,往往格于"旧规"。旧规请者就请,旧规没请的,虽然名注齐天,官称大圣,亦不在邀请之列。老实说,别看天庭的执行能力不咋地,但这条却是不折不扣地严格落实了。

那天庭为什么不请悟空参加呢?不就一张入场券吗,给他一张不完了!慢着,天庭考虑问题,可不会如此简单。

因为按照当初的干部安排,不请他是顺理成章的事。说起来,"有官无禄"在天庭,其实颇费琢磨。从天庭的生活方式看,这里并不流通货币,也不搞物物交换、易货贸易,总体上实行的是一种配给制,物品从上向下按照品级进行发放。因此,官员的俸禄并不是工资,而是物品,主要是一些仙桃、仙酒、仙果、仙丹之类的东西。

既然齐天大圣"只注名便了",自然就无缘参加蟠桃会。玉帝也亲口对观音解释过:"他乃无禄人员,不曾请他。"要想参加蟠桃会,除非他通过熬年头、搞小动作,或者为天庭建功立业,把"有官无禄"变成"有官有禄"。

如果让悟空参加,那就是有官有禄有待遇,齐天大圣也就不只是"注名"而已了,别的神仙一定有意见,心有芥蒂之下,还能客客气气地交往?再进一步说,大妖怪也不只悟空一个,其他妖怪靠什么招安?成本势必加大。所以,从天庭的角

图4—4 传统年画之《蟠桃大会》

度考虑,不请悟空参加是对的。

不过,大小神仙都被邀请了,唯独自己没去,这脸面往哪儿搁?"我乃齐天大圣,就请我老孙做个席尊,有何不可?"结果,连旁边看的资格都没有。另外,从心性上看,悟空是处处争先的主儿,绝不会受这窝囊气,他想尽办法也会去的。

那怎么参加呢?

任性而为,走哪儿算哪儿。先是把仙品仙酒给偷吃了,然后想回府睡觉,结果走错了路,误入兜率宫,偷吃了太上老君的五葫芦金丹。就这样,半是有意,半是阴差阳错,拉开了扰乱蟠桃大会、大闹天宫的序幕。

但此时,悟空其实并无造反之心、觊觎大位之意。自觉犯错之后,他还自忖道:"不好!再过会,请的客来,却不怪我?一时拿住,怎生是好?"偷了金丹后,他心中暗想:"这场祸,比天还大,若惊动玉帝,性命难存。走,走,走!不如下界为王去也!"

回去睡觉也好,下界为王也罢,好像都没有什么英雄气概,更不是应对招数,而是典型的由着性子来。

由着性子来,总归不对。即便悟空主观上多不想破坏规则,多不想窥取帝位,但客观上,却实实在在地乱了蟠桃大会,大闹了天宫。

如此发展下去,十万天兵天将下界来剿,是必然的事情。

因此,大处来讲,规矩就是律法。天庭的律法是不怎么严,但人间的律法可是实实在在的。我们也会说,主观上我也不想啊,但任性胡来之下,脑子一热,干出什么出格的事情谁能知道?

小处来讲,规矩就是底线。特别是在交友问题上,整天没大没小,脑子管不住心、管不住手、管不住嘴,无意之中犯错、无意之中得罪人的事情,还能少吗?

犯错之后,悟空不管不顾还能兜住,我们需要掂量一下,自己是否能兜住。

所以说,还是"有多大的屁股,穿多大的裤衩"吧。

这正是:

> 大圣仗酒任情撞,
> 怎把旧规放心上。
> 我辈岂能学得来,
> 恃性胡为臭名扬。

听调听宣,泾渭难分
——二郎神"牛"在哪里

二郎神[1],大号二郎显圣真君,小号"小圣"。当十万天兵天将都奈何悟空不得时,观音菩萨向玉帝举荐了二郎神:

> 奈他只是听调不听宣。陛下可降一道调兵旨意,着他助力,便可擒也。

(第六回)

一个"奈"字,意味深长。调是以工作名义,调他率兵擒王;宣是以舅舅的名义,宣他入朝觐见。意思是:

> 召之役,则往役。君欲见之,召之,则不往见之。往役义也,往见不义也[2]。

说白了,干活可以,套近乎没门儿。

《西游记》中,二郎神就是这么任性。论关系,他是玉帝的亲外甥;论能耐,他似乎比悟空还略胜一筹。连悟空都不得不承认:"小圣二郎方是我的对手。"

---

[1] 据刘荫柏在《说西游》中推证,二郎神有李冰之子李二郎、晋朝名将邓遐、后蜀国主孟昶、宋代宦官杨戬、毗沙门天王二子独健等多种说法,但其"驻地"却几乎全在灌江。参见刘荫柏:《说西游》,中华书局2005年版,第113页—120页。

[2] 《孟子·万章下》。

然而在一个讲前程、求功果的神仙群体中，只有他敢听调不听宣，神通广大但地位不高，不住天庭，远居灌江，享受下方香火。擒住悟空，立了这么个大功，不接受玉帝的"高升重赏"，仍潇潇洒洒地回去了。并且在擒拿悟空时，丝毫不把李天王等人放在眼里，放出话说：

>列公将天罗地网，不要慢了顶上，只四围紧密，让我赌斗。若我输与他，不必列公相助，我自有兄弟扶持；若赢了他，也不必列公绑缚，我自有兄弟动手。（第六回）

图4—5 明·佚名《二郎搜山图》局部

按照二郎神的布置，花果山成了他一人的表演舞台，李天王就好比舞台的灯光照明，十万天兵天将则成了看表演的观众。

二郎神为什么这么牛？

以现在的眼光看，这与他的个性有关。二郎神的个性，《西游记》有句断语说得好："心高不认天家眷，性傲归神住灌江。"个性又和什么有关？身世！因为二郎神这个外甥之名，是"被"来的，玉帝和他本人彼此都别扭。

二郎神和悟空初次相见时，悟空就揭了他这个"伤疤"。悟空道：

>我记得当年玉帝妹子思凡下界，配合杨君，生一男子，曾使斧劈桃山的，是你么？（第六回）

（玉帝肯定不想让自己的亲妹妹下界与凡人偷情，偷也就罢了还生了孩子，这是乱了天地之大伦，丢人啊！）

真君闻言，怒道："泼猴，休得无礼！吃吾一刀！"二郎神为什么来气？不光彩啊。

正因有此根上的芥蒂，二郎神与玉帝这个亲舅舅的关系还能好得了吗？

《西游记》中，有两人可与二郎神对比：

一个是悟空。

二郎神和悟空有点像，都心高气傲，都神通广大。悟空虽然一开始谁都不放在眼里，但越活越明白，最终还是以前程、事业为重，"前倨而后恭"，不仅成了佛，还到处倍有面儿。所以说，不管关系多硬、能耐多大，最终你都要放下身段，适应规则。

另一个是大鹏金翅雕。

大鹏雕是如来硬攀上的娘舅，真论起来还不是亲的。大鹏把人家方圆四百里的一国君民都吃光了，最后如来为了收他，还得在自己头上放块鲜肉相诱。捉住了，也没咋地，好日子照样过。而玉帝对二郎神呢？立了大功，应赏而不赏（对悟空，却是应刑而不敢刑）。悟空再乱天宫时，一般人会再请二郎神（第一次能拿住，第二次当然也行），但玉帝却请如来佛祖。当然，大鹏是妖，二郎是仙。但在西游价值观中，谁的结果更好？

其实，二郎神的为人还是不错的。他听调不听宣，虽然泾渭分明，但无事不登公门，危难不避危险，也算是一个能臣、忠臣。那为什么玉帝偏偏就不信任他呢？我们揣测，玉帝的担忧有四：

一、害怕二郎神功高震主，挟不赏之功，而危及自己帝位的安全。

二、害怕众仙说他举贤不避亲。第二次再收伏妖猴时，无人推举了，只能请如来佛祖。

三、还是玉帝心里纠结。不情愿的舅舅，不情愿的外甥，交往起来总是有隔阂、别扭之处。

四、二郎神自己分得太清。玉帝是老天爷，即使想缓和二人之间的误解和矛盾，也应该是二郎神主动啊。他可倒好，主动把自己择出去了。取胜之后，众人都贺："此小圣之功也！"而他却谦虚得过分："此乃天尊洪福，众神威权，我何功之有？"客套话说得没错，但口气却太硬，还是给人留下他心里有气的感觉。

总之，玉帝对二郎神有小心眼，处处想防着他，但这也不能全赖玉帝。俗话说，一个巴掌拍不响。说到底，这还是和他的行事做派、性格心性有关，首先是他自己给玉帝、给众仙留下了这么个印象。

归结起来，二郎神在《西游记》中，逍遥倒是逍遥，牛倒是牛，但若以"功利"论，似乎未必是他理想的目标。从二郎神这事上，我们看出：首先，我们要有牛的资本；其次，我们要分场合、分对象、分情况地牛；最后，我们要时刻注意牛的后果，切记不能乱牛！

这正是：

心高不认天家眷，

> 性傲归神住灌江。
> 听调听宣玄妙大，
> 何为前程何为强。

人主之道，不自操事
——"特大号"领导该怎么当

一般认为，《西游记》中的玉皇大帝就是一个没水平、不给力、庸碌无能的颟顸之辈。有研究者说："玉皇大帝其实没什么本事，既不能文，又不能武，文章写不出半篇，小妖也拿不住一个……也没有先知的灵气，连一个世俗的凡夫都不如。"[1]

其实，玉帝一点也不专制，反倒民主得过分了，民主得人人都以为他是窝囊废。如来佛祖却说：

> 他自幼修持，苦历过一千七百五十劫。每劫该十二万九千六百年。你算，他该多少年数，方能享受此无极大道？（第七回）

多少年？二点二七亿年！当初悟空学艺时，所躲的三劫，每个五百年，加起来才一千五百年。一千五比二点二七亿，差了十五万倍！怎么比？仅此可知，玉帝绝对有"特大号"的智慧和法力。

但为什么玉帝有智慧而不露、有法力而不用？这关涉另一个大问题："特大号"领导该怎么当？

这其实是一种极高明的治术。《管子·君臣·上》曾说：

> 有道之君，不言智能聪明，智能聪明者下之职也，所以用智能聪明者上之道也。

《慎子·民杂》也说：

---

[1] 宁稼雨、冯雅静：《西游趣谈》，中国人民大学出版社2007年版，第21页。

> 君臣之道，臣事事，而君无事。

意思就是，老大不能事事操心，不能老是显摆自己，而手下却懒得动脑、闲得无聊，只等着命令去执行。对此，《韩非子·主道》说得更明白：

> 人主之道，静退以为宝。不自操事，而知拙与巧；不自计虑，而知福与咎。

由此可见，玉帝做得太到位了，以至于我们真以为他是一个昏庸之君。其实，这么做，有一个大便宜：如果事儿做对了，那是领导圣听；如果事儿做错了，那是手下无能，横竖都是老大英明！

但往深点想，老大之所以是老大，特别是"特大号"的老大，一方面需要用神秘感来保持威严，另一方面又要深谙"无为"之道。

在神秘感而言，神秘生敬畏，有了神秘，臣子就会像敬神一样敬畏主子。玉帝老是"依卿所奏""这等这等"，其实与韩非子所说的"不自操事""不自计虑"之意差不多。因为玉帝一动手，群仙就知道他的法力；有大法力而不出手，谁能猜出他有多厉害？一发表意见，群仙就能估摸出他的智慧；有智慧而不发表，谁能猜出他有多圣明？

在无为而言，正如庄子所言：

图4—6　永乐宫壁画《朝元图》中玉帝形象

> 上必无为而用天下，下必有为为天下用，此不易之道也。

上之道，是不言"聪明智能"，因为聪明智能是下属的职分。

所以，玉帝怀揣二点二七亿年的法力和智慧，而不用，这就越发让众仙觉得他厉害，从而死心塌地跟着他干。也只有像悟空这种"初世为人的畜生"、"欺天罔上思高位"的愣头青，才会真去试一试。结果不还是不用玉帝出手，如来就把他给压伏了吗？

当然，老大不自操事，不自计虑，而能达到有功的目的，必须自己有判断力和决断心才行。自己没有判断力，是非不明，就会被臣下牵着鼻子走。自己觉得对，其实是错的；自己觉得不对，其实是对的。这会让臣下气得吐血：跟着你这糊涂蛋，干着还有什么劲？老大没有决断心，前怕狼后怕虎，拿不起放不下，往往会错失良机。所以，玉帝每每需决断之时，总是很快就"依卿所奏"。即使天宫一败再败，一再丢面，也没见他说一句怪罪臣下的话。为什么玉帝会如此淡定？还不是觉得没到那一步吗？要知道，悟空闹来闹去，终归是一个"闹"字。"闹"字当先，能出多大事。你真以为天宫收拾不了他啊，诸仙中的狠角色，哪一个出手了？悟空真打到灵霄宝殿之时，佑圣真君的佐使王灵官及一帮雷将就把悟空围住了，虽一时半会干不掉他，但他也别想出来。看来，天宫诸仙中的大牛之人也都明白轻易不出手的奥秘。

话说回来，毕竟不是人人都能当领导，更是少有人能当"特大号"领导。也许我们会认为，这些东西，既过时又不靠谱。事不是这事，理却是这理，我们多注意一些总归无大错。如何注意？讲四个"妙"字：

第一，慎言为妙。不要一遇事，就猴急着发表高见，一张嘴就被人看个底儿掉。第二，慎行为妙。不要动不动就捋胳膊挽袖子抢着上，非得当先锋。第三，修炼为妙。本事是王道，自己有判断力和决断心才是根本。自己没修炼到家，一遇上事，还是会像弹簧一样，别人一撩拨就起。第四，分派为妙。要想当领导，就要学着将合适的事交给合适的人去做。不要自己累得要死，别人却闲得要命。一遇任务，就着急忙慌地自己先干上了，别人谁干都不放心，觉得谁干都不如自己，那就很难当上领导，而只能是被领导。

领导，领导，就要既领又导，领着手下干、导着手下干。"领"字，是"令"加"页"，"令"是支配、役使；"页"是人头，两者相加不就是"人头通过脖子支配身体"的意思吗？"导"字，是"道"加"寸"，"道"就是路；"寸"与手意思相近，两者相加不就是"以手导引"的意思吗？所以，如果你要想当领导，既没"令"又没"道"的话，那就只能被人领、被人导。

这正是：

休言玉帝太窝囊，
特大领导该此当。
如若事事皆操心，
岂知你比手下强！

闹字当头，分寸互留
——十万天兵天将为什么拿不下悟空

悟空大战十万天兵天将，是《西游记》中的一个经典情节。对悟空来说，这是一场典型的车轮大战，以一敌多，威风八面，好看又好玩。但不知诸位想过没有，十万天兵天将为何就拿不下悟空？而悟空，虽然一胜再胜，却不打死一个天兵天将？

没打之前，悟空心里也害怕。当九曜恶星[1]在门前叫阵时，悟空故意摆出一副故作轻松、死猴不怕开水烫的架势，说什么："今朝有酒今朝醉，莫管门前是与非！""诗酒且图今日乐，功名休问几时成。"

大难临头之时的纵酒狂欢，总有几分绝望悲凉之感。等真正一交手，天庭调兵遣将，一个不行再换一个，本土不行再行借兵，但就是拿不下；反而悟空越战越勇，越打信心越足，最后一口气又把战火烧到玉帝老巢。

如此不经打，不光玉帝始料未及，就是悟空本人可能也没想到。

有人分析说，天兵天将不经打，原因有五：一是天兵天将都各自保命，抱定犯不着为"公家"拼命的原则，保存实力而不真干，没人愿意"鞠躬尽瘁，死而后已"。二是这是政府军的臭德行，责任太过分散。名义上是十万天兵天将，其实都在互相观望、推诿，围而不出头。三是都是执行命令尽职责而已，应付差事了事。四是十万天兵都是小角色，是常规部队而已，真正的大仙都不出手。五是承平日

---
1 指北斗七星及辅佐二星。

久，疏于战阵，战斗力大为下降，真打也就这样了[1]。反正说来说去，十万天兵天将没有尽全力。

这么理解，也有道理，但似乎扯得有点远。

依原文的逻辑来看，天庭和悟空双方，有没有另外一层考虑呢？

先看玉帝这边。搞了这么大动静，最后的收获只是：

有拿住虎豹的，有拿住狮象的，有拿住狼虫狐的，更不曾捉着一个猴精。（第五回）

同样的意思，强调了三回。战败之后这么说，那这是自责还是报功？拿不下悟空正常，拿不下他的猴子猴孙就有点说不过去了。"不曾"和"未捉"，就清楚地表明，天兵天将一直在把握着一个分寸。

另外，我们再看一个好玩儿的细节。太上老君和观音菩萨在帮二郎神的时候，斗了一下宝。菩萨说：

我将那净瓶杨柳抛下去，打那猴头，即不能打死，也打一跌。（第六回）

而太上老君则说：

你这瓶是个磁器，准打着他便好，如打不着他的头，或撞着他的铁棒，却不打碎了！（第六回）

如此法宝，真如磁器一般，一碰就碎吗？还不是怕真把悟空给打死了。

图4—7 悟空战哪吒

---

[1] 黄仁宇在《万历十五年》一书中，讲过一个五七十人的倭寇杀伤四千多明军的故事，堪称政府军承平之下不能打仗的奇闻。抄录下来，做个对比："登陆后深入腹地，到处杀人越货，如入无人之境，竟越过杭州北新关，经淳安人安徽歙县，迫近芜湖，围绕南京兜了一个大圈子，然后趋秣陵关至宜兴，退回至武进。以后虽然被歼，但是被他们杀伤的据称竟有四千之多。而南京为本朝陪都，据记载有驻军十二万人。"

再看悟空这边。从巨灵神、哪吒，到九曜恶星、惠岸使者，再到二郎神，最后到王灵官、三十六员雷将，一路打下去，每一次都没痛下杀手。悟空要真是杀红眼了的话，未必干不死一个。而且大多数时候，该打打，该吃饭吃饭，一点事没耽误。这说明，悟空也是懂分寸的。

另外，如来在降住悟空之后，也只是"轻轻地把他压住"，而不是一巴掌扇死。总之，玉帝收伏妖猴，收不是目的，伏才是目的。"伏"字，从人从犬，本义就是要让人像狗一样匍匐着。收的是猴，伏的是心。玉帝讲"收伏"，而如来却讲"降伏"。

从收到降，差别就在于哪个离心更近。伏，通"服"。若要心服，就要讲究分寸、时机和过程，其中分寸是关键。

所谓分寸，就是双方都不能把事做绝，要留有余地。你剿杀了我的人，我打死了你的人，彼此心里结下了深仇大恨之后，心还如何服？试想从闹龙宫到闹天宫，一路闹来，悟空不就只打死了那两个本就是死人的鬼使吗？玉帝这边不也没打死悟空的一个亲信吗？

所谓时机，就是要等到正确的时候才能做正确的事，时候不对，正确的事也不会有正确的结果。时机就像煲汤的火候："火候不到，难以下咽；火候过了，事情就焦。"收伏悟空的心，最佳的时机和火候，就是要等到如来出手。如来为什么要与悟空打那个赌，而不是立即拿住？悟空，悟空，要让他心里悟到这该是"空"的时候了。悟空欺心到如此地步，凭的是什么？不过是七十二般变化和筋斗云。如来打这个赌，就是让他真正明白你那两样都不值一提。此时此刻，心里还能有什么不服气！再不服气，也只能在五行山下慢慢去悟如何"空"了。

收心之事，要讲究规律。心之狂妄有一个过程，心之平复自然也有一个过程。《西游记》前七回主要讲了心之狂妄的过程；后面的九十多回就是心之平复的过程。悟空本是"花果山中一老猿"，他的心魔是从石猴、美猴王、弼马温、齐天大圣，

图4—8 悟空大战天兵天将

逐级生出、逐步发展到要取代玉帝的。

而这一过程，这一信心和野心，也是他一点一点地打出来的，脚踩西瓜皮，一步一步溜到哪里算哪里。最后，等溜到喊出"皇帝轮流做，明年到我家"口号的时候，就是悟空的心发展到顶点的时候。俗话说，上帝要让谁灭亡，必先让他疯狂。不到这个阶段，就收不到这个效果。

当然，依我们现代的眼光来看，犯了罪就要捉拿归案，没什么道理可讲。在这里，我们要体悟的是心，而不是行为。要学的是这个道理，而不是非要像悟空一样，到天庭大闹一下，然后等着法律给你留余地。如果真要试一试，那绝对是法网恢恢、疏而不漏，毫无分寸可言了。

这正是：

十万天兵个个能，
出不出力算分明。
闹字当头难较真，
分寸互留各翻腾。

第五讲
组队：定事选人

> 面对每个人的取经大业，以位、欲、命、心为取舍标准，
> 动之、诱之、定之、导之，找到合适的人，组成合适的团队，
> 奔向合适的前程……

◎ 不可轻传，不可空取 ◎
——如何理解如来传经

取经，是唐僧师徒的大事业，也是他们走到一起的唯一原因。有人说，取经的路十万八千里，孙悟空一个跟头正好十万八千里，背着唐僧一个跟头就到了，费那么大劲干什么？其实连悟空自己也纳闷：

> 这都是我佛如来坐在那极乐之境，没得事干，弄了那三藏之经！若果有心劝善，理当送上东土，却不是个万古流传？（第七十七回）

是啊，取什么取，送过来不完了！其实，传经还是取经，区别大着呢。
我们先说一下传经。
以如来之见，四大部洲[1]中，西牛贺洲（如来驻地）最好，东胜神洲（悟空老家）次之，北俱芦洲最原始，唯有南赡部洲，最让他老人家伤愁。佛祖对唐僧说：

> 你那东土乃南赡部洲，只因天高地厚，物广人稠，多贪多杀，多淫多诳，多欺多诈；不遵佛教，不向善缘，不理三光，不重五谷；不忠不孝，不义不

---

1 四大部洲，又称四洲、四天下，是中国佛教中认为的在须弥山周围咸海中的四大洲。《西游记》中，吴承恩将四大部洲安排为玉皇大帝管辖下的世界，将佛祖如来封做西牛贺洲的总管，唐僧取经就向那里去取。

仁，瞒心昧己，大斗小秤，害命杀牲。造下无边之孽，罪盈恶满，致有地狱之灾……我今有经三藏，可以超脱苦恼，解释灾愆。（第九十八回）

好一顿连数落带吓唬，就是为了表明我佛传经，是要舍大慈悲，劝我众为善。

这么神奇的经长啥样？经是如来佛祖自己造的，规模庞大得吓人：

有《法》一藏，谈天；有《论》一藏，说地；《经》一藏，度鬼。共计三十五部，该一万五千一百四十四卷。真是修真之径，正善之门。（第九十八回）

图5—1 清·乾隆年间缂丝佛祖坐像

核心内容是谈天、说地和度鬼。后来佛祖又说，这些真经是："凡天下四大部洲之天文、地理、人物、鸟兽、花木、器用、人事，无般不载。"

必须说明，如来所说的三藏真经[1]，是小说中言，可不是真实的佛经。

真够难为如来他老人家的，这么忙，居然抽空编了部"百科全书"。他又不评职称，弄这些真经干吗用呢？有用没用，还得看需求。这么高深的真经，一般民众如何参悟，从何下嘴？所以，观音菩萨在具体"叫卖"时，讲了自己的学习体会（其实她也没见过）：

我有大乘佛法三藏，可以度亡脱苦，寿身无坏。……在大西天天竺国大雷音寺我佛如来处，能解百冤之结，能消无妄之灾。（第十二回）

创造性地把"劝人为善"，给具体到实际之用上了。观音作此解，正是说给"目标大客户"唐王的。唐王游地府，求的不就是"度亡脱苦，寿身无坏"吗？

那么，经该怎么传呢？取经，对如来来说，就是传经。怎么传？不能轻传。为什么不能轻传？如来耐心作了解释。先是在讲传经原委时，他说：

---

[1] 佛教理论中，三藏是佛教经典的总称，分经、律、论三部分：经，总说根本教义；律，记述戒规威仪；论，阐明经义。通晓三藏的僧人，称三藏法师，如唐玄奘称唐三藏。

我待要送上东土，叵耐那生民愚蠢，毁谤真言，不识我法门之旨要，怠慢了谕迦之正宗。怎么得一个有法力的，去东土寻一个善信，教他苦历千山，询经万水，到我处求取真经，永传东土，劝化众生。（第八回）

再是在见到取经人之后，如来又用故事做了说明：

向时众比丘圣僧下山，曾将此经在舍卫国赵长者家与他诵了一遍，保他家生者安全，亡者超脱，只讨得他三斗三升麦粒黄金回来，我还说他们忒卖贱了，教后代儿孙没钱使用。（第九十八回）

对这两段话，李卓吾评论道：

如来忒也装腔，然不装腔不行，只为东土愚顽故耳。[1]

反正，真经不能轻传轻给，白给的你就不稀罕。必得花大价钱，才觉得这是宝贝。诵了一遍经，收人家"三斗三升麦粒黄金"，还嫌"忒卖贱了"。所以，真传经的时候，如来只让阿傩、伽叶每部各捡几卷给取经人，最后只给了五千零四十八部，三藏只给了一藏。

最后，经该如何取呢？与不可轻传一样，经也不可空取。取经人不仅要"苦历千山，询经万水"，还要真正放下"人事"，付出代价。许多人看到阿傩、伽叶索要人事这个小细节，总认为是如来那两个随从不要脸，公然搞索贿受贿。除此解之外，这难道不是对"你如今空手来取，是以传了白本"的透彻理解吗？其实，"人事"的本义就有人世间的事、人情事理、人力能做到的事等。放下"人事"，就是要真正悟"空"。第八回开篇讲：

试问禅关，参求无数，往到头虚老。磨砖作镜，积雪为粮，迷了几多年少？（第八回）

这就是让人放下、舍得嘛。试想，唐僧一行到了灵山之后，随身还有什么人

---

[1] 蔡铁鹰：《西游记资料汇编》（下），中华书局2010年版，第586页。

间之物？袈裟和锡杖是如来给的，连悟空头上戴的箍儿都是如来给的。真正来自人间的，只有那个紫金钵盂。而这个钵盂还是唐王亲送的，背后有些名利的成分在里面。所以说，盛饭的钵盂只是一个象征。你要是连吃饭的家伙都舍得，还有什么放不下的呢？经不可轻传，亦不可空取，是有大智慧的。老子曾说过：

> 上士闻道，勤而行之；中士闻道，若存若亡；下士闻道，大笑之。不笑不足以为道也！[1]

最聪明的人听到道，会立马照着做；一般聪明的人听到道，会迷糊一阵；而最不开窍的人听到道，会——切，什么玩意儿！抛却这些微言大义，仅从我们身边的日常经验来看，其中就有一些道理可供借鉴。

对我们来说，经，就是经验，是技术更是艺术，是本领更是本事，是成果更是成就。经的形成与锤炼，是别人费尽心血凝聚而成，是殚精竭虑苦求所得。任何真经，所属之人，必会珍视，不会轻传；所求之人，必得付出，不可空取。若要轻传、空取，取经者不会珍惜，传经者得不到尊重。怕花本钱的人，得不到；怕吃苦的人，得不到；愚笨之人，也得不到。得不到的才是最好的！当你梦寐以求的东西终于得到的时候，你才会欣喜若狂，倍加珍惜。

假若如来真把一万五千一百四十四卷经，一股脑儿地免费包邮，快递上门，那还不得让人家当废纸给卖了！

这正是：

> 如来传经求大用，
> 唐僧取经费苦功。
> 轻传轻取如废纸，
> 不敬不惜难认同。

以位动之，以欲诱之
——沙僧、八戒为什么答应入队

众所周知，取经团队中，先后入队的是悟空、小白龙、八戒和沙僧。但观音

---

[1]《道德经·第四十一章》。

选人的时候，顺序正好是反过来的。表面上看，唐僧师徒取经是由东往西；菩萨挑徒弟，肯定是由西往东。但观音菩萨如此挑法，其实大有讲究，更重要的是，那哥儿几个为什么会"愿随"呢？

先看沙僧。

沙僧是观音菩萨选的第一人。为什么选他？因为他是解决第一个困难的最佳且唯一人选。观音领了任务，正在兴头儿上，却遇到了一条拦路河。河叫流沙河，弱水三千，凡人没法过。菩萨愁坏了，说："取经人浊骨凡胎，如何得渡？"这条河"仙槎难到此，莲叶莫能浮"。那还怎么过？出发时，如来可是下了"不许在霄汉中行"的死命令。正犯愁时，沙僧自己跳了出来！他不仅符合"神通广大的妖魔"这条能力标准，还符合"人岗相适"的选人原则。选他是选定了，但问题是，他愿不愿意呢？

愿意！毕竟沙僧曾是玉帝身边之人，很"讲政治"，懂规矩。一见观音，"纳头下拜"，急着汇报：

我不是妖邪，我是灵霄殿下侍銮舆的卷帘大将[1]。（第八回）

意思是，我是天庭机关事务管理总局的一名公务员，而且还是干部！观音一见沙僧是明白人，也很痛快地说：

你何不入我门来，皈依善果，跟那取经人做个徒弟，上西天拜佛求经？（第八回）

"入我门来"，等于是改换门庭从天庭系列转投佛教系列，沙僧理当好生盘算。但他却痛快答应："我愿皈正果。"

沙僧多聪明啊，知道菩萨既然这么说了，结果自然无法更改，那就先答应再问好处。什么好处呢？有两个：第一，"教飞剑不来穿你"。"七日一次，将飞剑来穿我胸胁百余下"的苦痛，赖此轻松解决。第二，"功成免罪，复你本职"，你还当你的天庭"公务员"。这一点更对心思了。要知道，沙僧犯的错最小，但受的罪却最重。原因就是身份不同，位置不同，要求自不一样。打碎一个琉璃盏，对旁人来

---

[1] 所谓"卷帘大将"，名头不错，但职位却不高。"卷帘"者，跟"试问卷帘人"差不多，其实就是司管卷挂帘子之类的事务，而所谓"大将"也只是一个虚头，充其量也不过就是在宝座或车辇轿舆旁侍候的一个杂役、听差、勤务员之类，领导放心但地位不高。

说不算事，可他的本职就是干这个的啊！服务不到家，就是本职没做好。本职都干不好，位置自然不保。而"免罪"之后，复了职，就又是神气的卷帘大将了。前程在望之后，老沙仍然冒着菩萨生气的危险，再次确认一下：

这去，但恐取经人不得到此，却不是反误了我的前程也？（第八回）

菩萨生气道：

岂有不到之理？你可将骷髅儿挂在头顶下，等候取经人，自有用处。（第八回）

图5—2 取经团队

如此，沙僧才彻底踏实了："既然如此，愿领教诲。"

在"招聘"沙僧一事上，菩萨丝毫没讲大道理，而是上来就利落地拿出前程的"干货"：听我的话，近的苦痛给你解决，远的位置给你争取，细节之处也给你明确，那你是愿意呢，还是愿意呢。

再说八戒。

八戒简直就是基本欲望的形象代言人，饥渴起来，特别直接、简单、露骨，丝毫不动心思、不讲技巧。所以，说服他入队，菩萨就得从欲望入手，更直白地亮出实实在在的"前程"，让他看得见、摸得着。

与沙僧比起来，八戒的官更大，但规矩意识和眼力见儿就差远了。刚见面，八戒就和木叉干上了。观音菩萨赶紧"在半空中，抛下莲花，隔开钯杖"。都留下"莲花"这么明显的标志了，呆子愣看不出来，还傻问："你是哪里和尚，敢弄什么眼前花哄我？"菩萨成了和尚，"莲花"成了江湖卖艺人杂耍用的"眼前花"，这眼力、这智商确实成问题。对这种人，除了点明、点透之外，还能有什么好办法！

刚开始，观音不甘心，还是先摆大道理：

"若要有前程，莫做没前程。"你既上界违法，今又不改凶心，伤生造孽，却不是二罪俱罚？（第八回）

第五讲　组队：定事选人　　**77**

说得多好，但八戒立马反驳：

> 前程前程，若依你，教我喝风！常言道，"依着官法打杀，依着佛法饿杀"。去也，去也！还不如捉个行人，肥腻腻的吃他家娘！管什么二罪三罪，千罪万罪！（第八回）

多实际，多痛快：少唬我，什么狗屁前程，横竖是死，当和尚又穷得要命，还不如得过且过来得自在！正如李卓吾批评所言："今人见识，个个如此。"

难道八戒不想前程吗？当然想。他其实一直想要个"赡身的勾当"，解决后半辈子的生存发

图5—3　流沙河大战

展问题。在错投了猪胎之后，他"咬杀母猪，打死群彘"，觉得跟一群猪混没前途。接着，不惜给卵二姐[1]当"倒插门"，不计名声，只图实惠。

由此可见，八戒对前程的理解，一直就像头猪一样，往眼前、往嘴里、往养身之处、往基本欲望理解。所以，菩萨赶紧换了策略，对八戒说：

> 汝若肯皈依正果，自有养身之处。世有五谷，可以济饥，为何吃人度日？（第八回）

最打动他的，还是"吃"！八戒闻言，"似梦方觉"，赶紧表态："我欲从正。"
对八戒，观音菩萨没来虚的，直接以欲诱之。看来，对需要层次理论，观音菩萨比马斯洛理解得还透彻。在生理需要、安全需要、归属和爱需要、尊重需要、自我实现需要方面，观音一直用前两个需要的满足，来吸引八戒。

---

[1] 多数版本写的是"卵二姐"。"卵"和"卯"，除了形近之外，有何深意呢？穆鸿逸的说法比较离奇、好玩，说来供大家一笑。在他看来，"卯"就是兔子，"卯二姐"就是"兔子"的文饰，而"兔子"就是"男同性恋的暗语"，"兔儿神"专司人间男悦男之事。"卵"字按形状看来，就是男人那话儿的真实描绘。照此说法，猪八戒同志在无家可归的情况下，为求"过日子"，而达到了不择手段、不挑对象的地步，主动求一个男同性恋妖怪——卵二姐的"包养"。参见穆鸿逸《妖眼看西游》，新星出版社2009年版，第120—122页。

这正是:

> 若要有光明前程,
> 放下没眼界勾当。
> 位动沙僧心愿随,
> 欲诱八戒动力强。

以命定之,以心导之
——小白龙、孙悟空为什么答应入队

我们再接着说说小白龙和孙悟空。

先看小白龙。小白龙不是唐僧的徒弟,但却是取经队伍中不可或缺的一员。

十万八千里路程,没个脚夫真不行。让他加入,菩萨费了点工夫,卖了面子,求了人情。

小白龙说自己要"不日遭诛",菩萨发了善心,特意请玉帝刀下留人:

> 路遇孽龙悬吊,特来启奏,饶他性命,赐与贫僧,教他与取经人做个脚力。(第八回)

有此活命之恩,小白龙还不死心塌地地"变做白马,上西方立功"!

这个前程,真没什么可说的。因为前程就是命,听我的,就有命;不听我的,就是死。如此前程,谁能不听!

我们重点看孙悟空。

对悟空讲前程,就要用心开导,说到他心里去,让他心服。因为悟空所追求的不是需要层次理论中的低层次,而是自我实现的最高层次。

"位",他追求的是至高之位,而不是像沙僧一样伺候人的工作;"欲",他真不在乎,食色面前,他是"从小儿不晓得干那般事";"命",他更不发愁,阎王那儿销了名,玉帝怎么弄也弄不死他。那他追求的是什么?"何日舒伸再显功"。先从五行山解放出来,再去"显功"。他犯的是"欺心之罪",病是心病。所以,对悟空讲前程,就得从心入手,解开他的心结。

悟空这个取经人,菩萨是必须收,最想收,当然也是最难收的。必须收,是

因为他是如来亲自选定,"轻轻地压住",专留此处的。最想收,是因为菩萨非常欣赏他,而且从心里也同情他的遭遇。

五百年后再见,菩萨"叹息不已"道:

> 堪叹妖猴不奉公,当年狂妄逞英雄……自遭我佛如来困,何日舒伸再显功。(第八回)

怜惜之情,溢于言表。最难收,是因为让悟空甘心情愿最难。

我们且看这两大高手的"心理战"。

先是略略寒暄,套套近乎。

"姓孙的,你认得我么?"菩萨第一句话,就带着一种别致的亲切和俏皮。若再细想,其中似乎还有一种撩人的暧昧。什么情况下才会说这句话?必是原先认识,而且不见外的那种。如果是领导给你说,显然不拿你当外人;如果是一个女领导呢,那就更有趣了。悟空的话答得也特别高明:

图5—4 悟空收小白龙

> 我怎么不认得你!你好的是那南海普陀落伽山救苦救难大慈大悲南无观世音菩萨。承看顾,承看顾!我在此度日如年,更无一个相知的来看我一看。(第八回)

高明吧,既表明了认识,又拍了马屁,还亲近了感情,并且把感情从"相识"上升到了"相知"的高度。皆大欢喜,营造了一个轻松、亲切的良好氛围。

再是试探态度,看看反应。菩萨说:

> 我奉佛旨,上东土寻取经人去,从此经过,特留残步看你。你这厮罪业弥深,救你出来,恐你又生祸害。反为不美。(第八回)

明明是奔着收悟空来的,偏偏说是"特留残步""反为不美",就是要变被动为主动,看悟空下一步如何应对。悟空多聪明,说了一句最该说的话,表明了最该

表明的态度：

　　我已知悔了，但愿大慈悲指条门路，情愿修行。（第八回）

　　菩萨没像收沙僧、八戒、小白龙那样，一上来就讲目的、讲好处，而是用了欲擒故纵的办法——本来是有求于悟空，结果变成悟空上赶着求自己！

　　最后才是亮明目的，说清关键。悟空一说知悔了，菩萨满心欢喜道：

　　你既有此心，待我到了东土大唐国寻一个取经的人来，教他救你。你可跟他做个徒弟，秉教伽持，入我佛门，再修正果，如何？（第八回）

图5—5　唐僧收悟空

　　悟空赶紧说："愿去，愿去。"这就叫："人心生一念，天地尽皆知。"狂妄时，是一念；知悔时，也是一念。既有此心，就不用多说。所以，这两人的心理战，打成了一个双赢，悟空"明心见性"，菩萨"留情在意"，前程在上，正果在上，但一句不说，尽皆了然。

　　取真经，积功德，成仙成佛，这么"高大上"的事业，还好意思谈实惠？没错，《西游记》就是这么赤裸裸地谈实惠、论功果、讲前程的。前程是解读《西游记》的一个核心关键词。观音菩萨就是用前程，来说服悟空哥儿几个跟着唐僧去取经的。当然，人与人的需求不同，每个人理解的前程也不同。讲前程，也得对症下药，突出针对性。沙僧、八戒如此，小白龙和悟空更是如此。

　　前程，要有前有程，既指明未来的功业成就，也指明眼下要走的路程。对我们来说，讲前程，要用心，要针对每一个人的真实需要，既讲实惠上的前程，也讲道理上的前程，更讲内心上的前程。反过来，对我们自己就只讲一个前程：若要有前程，莫做没前程。前程在上，都"从良"了吧。

　　这正是：

　　　　活命之恩定当报，
　　　　解救之德更是好。

人心一念天地知，

修行历难万里遥。

一举成名，儿之志也
——唐僧为什么也有士人的理想

他是一个高尚的人，一个纯粹的人，一个有道德的人，一个脱离了低级趣味的人，一个有益于人民的人。在《西游记》中，如果真有这样的人，会是谁呢？唐僧？没错！《西游记》中的唐僧，给我们的感觉就是这么一个有理想、有信仰的人。但除此之外，还应该加上一条，唐僧也是一个讲前程的人，一个看利益的人。连他自己都说：

> 世间事惟名利最重。似他为利的，舍死忘生，我弟子奉旨全忠，也只是为名，与他能差几何！（第四十八回）

一个人干什么与不干什么，与利益的考量关系很大。再高尚纯粹的人，也很难做到完全无我；再有理想、有信仰的人，也免不了讲个人利益。高尚，也可以是讲前程的高尚；纯粹，也可以是看利益的纯粹。本来，前程、利益就是品读《西游记》的重要关键词，《西游记》中的成长故事也有很务实、很实际的一面。从这层意义上说，出世的唐僧也有入世的理想，也有中国传统士子功利的一面。

为什么这么说呢？这要从唐僧报传统大仇说起。

唐僧的父亲陈光蕊是一个传统的士子。陈光蕊高中状元后，娶得丞相殷开山之女殷温娇为妻[1]。新科状元带着新婚妻子，去江州赴任途中，被摆渡的刘洪、李彪劫杀。刘、李二人自然就是唐僧的杀父仇人，也是唐僧"复仇报本"的唯一目标。对此，唐僧表示："父母之仇，不能报复，岂可为世人也？"正所谓："戴天之恨如山积，不报冤仇枉做人。"当然，报仇的过程很曲折，但结果很圆满。这段故事，

---

[1] 有人认为，殷温娇是一个非常有故事的人（未婚先孕），稍水刘洪（而不是陈光蕊）才是唐僧的亲爹，原因有三：其一，丞相的女儿还愁嫁吗？为什么非得稀里糊涂地在大街上抛绣球啊？其二，既然选中了陈光蕊，殷丞相在不选个黄道吉日的情况下，当天就办喜事了，盘算的是赶紧清理"存货"，好掩人耳目。其三，温满娇和刘洪生活了十八年，要报仇的话，该有多少机会啊。这么看的话，过于暗黑，姑且博大家一乐吧。

原文写得很解气：

> 将李彪剐了皮肉，割了千刀，方才处死，将李彪首级示众去讫。把刘洪拿至渡江口北岸原打死陈光蕊处，殷丞相就与小姐同江流和尚三人，亲至江边，遥空祭奠，活取刘洪心肝，生祭光蕊。（补录）

随后，父亲复活，又找到失散的奶奶，唐僧一家团圆。反正是大仇得报，"苦尽甘来，莫之大喜"。

报完了仇，就该想着如何光宗耀祖了。

陈光蕊是一名地地道道的读书人。封建时代，读书人的前程非常明确，那就是"学成文武艺，货卖帝王家"，"朝为田舍郎，暮登天子堂"。虽然，这些话不代表全部读书人的潜意识，但的确能反映多数读书人的深层心理活动。陈光蕊一出场就亮明了追求：

> 倘求得一官半职，上不负十载青灯之苦，下不负母亲所望。……孩儿幼读诗书，铁砚磨穿，已受寒窗之苦，指望一举成名，封妻荫子，光显门闾，乃儿之志也。（补录）

图 5—7　陈光蕊被看上

动机非常清楚："求得一官半职"，一举成名，光显门闾。这一志向也得到唐僧亲奶奶的证实："我儿为功名到此。"很快，陈光蕊"进场考试，廷试三策，唐王亲书御赐状元"。又娶了当朝丞相之女，出任了"江州州主"的实缺，可谓一时风光无限。

中国传统社会所讲的大登科和小登科：金榜题名、洞房花烛，被陈光蕊一天就得到了。即使被刘洪、李彪所杀，仍权且在龙王"水府中做个都领"，到最后真相大白、大仇得报时，陈光蕊经此大难而复活，还接了岳父的班，做了当朝丞相，随朝治事。这等于从江州州主的地厅级外任，一跃进了中央，绝对大大高于"一官半职"的预期。

第五讲 组队：定事选人

这一结果，唐僧也是亲历者和制造者。当唐僧出生之时，南极星君就托梦给他母亲说："奉观世音菩萨法旨，特送此子与你，异日声名远大，非比等闲。"

唐僧出生第二天，被亲妈无奈之下抛至江中。亲妈当时盘算的是：

> 此番贼人回来，此子性命休矣！不如及早抛弃江中，听其生死。倘或皇天见怜，有人收养，他日相逢何以识认？（补录）

于是，小唐僧躺在一块木板上，瞪着双眼，仰望着蓝天白云，顺流飘至金山寺门前。金山寺

图5—6 陈光蕊出行赴任

江明和尚，一时心动，慌忙救起。按理说，金山寺本是佛门清净之地，可以将小唐僧培养成一个与世无争的"江流儿"。但树欲静而风不止，小唐僧在他十八岁那年，暗访成功，借助姥爷家的力量，一举端掉了以刘洪为首的带有一定黑社会性质的诈骗团伙。这件事，对当时年轻的唐僧来说，意义重大，因为他从一个默默无闻的"江流儿"瞬间变成全国瞩目的焦点，成了当时佛门优秀青年的代表人物，并成功登上了人间佛界最高活动"水陆大会"，成为一颗冉冉升起的新星。

所以说，一举成名，不光是陈光蕊的志向，也是唐僧的志向。

考取功名，光宗耀祖，封妻荫子，是士子们共同的理想和追求。《西游记》讲的虽是神话，但其内容和体现出的价值观代表着俗世的理想。入世也好，出世也罢，都不能免俗。时至今日，对一般人来讲，若想改变自己的命运，除了读书之外，似乎仍然没有更好的路径。

这正是：

> 一举成名儿之志，
> 星空实地两相合。
> 理想不是空对空，
> 前程要讲得不得。

佑保江山，自我实现
——唐僧为什么主动要求去取经

唐僧为什么主动要求去取经？一为信仰，二为尽忠，三为扬名。用现在的话说，唐僧名义上是为佑保江山，其实主观上也是为了自我证明、自我实现。对一个肉眼凡胎的人来说，高尚不高尚，主要是以结果论，而不是以过程论，更不是以动机论。易中天《不问》开首第一句话就是："有一句话，看来还得反复讲，这就是'不问动机'。"不问动机只问结果的观点，争议颇多。但从现实来看，仍很有道理。尽忠也好，扬名也罢，动机虽不是那么纯洁，但总归没错，十四年、十万八千里、八十一难的艰辛走过来了，真经取回来了，除此还能苛求什么呢？

刚开始，唐僧并没有拯救苍生的大志向，而只是为了证明自己不是"野种"。有一天，他好端端地被一个酒肉和尚骂了一顿，而且极其恶毒：

> 没爷的杂种，没娘的业畜！……你姓也不知，天地也不识，岂可为人在世乎！（补录）

唐僧赶紧回去找师父，再三哀告，求问父母姓名：

> 人生于天地之间，禀阴阳而资五行，盖由父生娘养。岂有为人在世而无父母者乎？（补录）

作为一名孤儿，被人骂得最恶毒的话，大概就是"杂种""野种"之类的了。此时证明自己，应是人之常情，我们都能理解。

一家团圆，各有好归宿之后，就只剩下如何自我实现了。

作为一名从一出生就在寺庙里长大，算是天生的僧人来说，证明自我的途径能有多少？其实很窄，只能在"立意安禅"上下工夫了。所以一旦有此机会，唐僧是绝对不会放过的。

机会终于来了。唐王为办一场水陆大法会，超度冥府孤魂，"着各处官员推选有道的高僧"，果然"内中选得一名有德行的高僧"。高僧就是唐僧，接着唐僧被唐王赐做天下大阐都僧纲[1]之职。

为什么选中唐僧呢？一是因为唐僧"根源好"：父亲是海州陈状元，外公是当朝宰相，能不好吗！二是因为唐僧德行高、佛法精："千经万典，无所不通，佛号仙音，无般不会。"三是因为唐僧与如来、观音都有渊源。他"正是极乐（如来）中降来的佛子，又是他（菩萨）原引送投胎的长老"。

唐僧主动要去取经，应该说，这一动机是水到渠成的事。从前面的分析可知，这个经就该他去取，他不去谁去？谁也没他合适。唐太宗当时在寺中问大家："谁肯领朕旨意，上西天拜佛求经？"问不了，旁边闪过唐僧，向前施礼道：

图5—8 小唐僧上门认亲

  贫僧不才，愿效犬马之劳，与陛下求取真经，祈保我王江山永固。（第十二回）

唐王大喜，上前扶起道：

  法师果能尽此忠贤，不怕程途遥远，跋涉山川。朕情愿与你拜为兄弟。（第十二回）

唐王就去佛前，与玄奘拜了四拜，口称"御弟圣僧"。

"问不了"，就是还未问完。唐太宗话还没说完，唐僧就闪出来了。注意这个"闪"字，今天我们常说："我闪先。"这里的"闪"是快速消失的意思。而在古代，则恰恰相反，它表示快速出现。但不管是消失还是出现，它都有快速的意思。也就是说，唐僧刚听见太宗发问，话未落地就出现了，说："我愿意，我愿意！"这种劲头绝对是"讲政治"、懂得起的表现。你是"天下大阐都僧

---

[1] 所谓僧纲，就是僧尼之纲维，天下和尚的头儿。古时，为便于寺院管理，由政府任命，司掌统领全国僧尼经护持教法之官。

纲",除了你还能有谁啊？这个时候不表现什么时候表现？

由此观之，唐僧主动要求去取经也有利益的考量。表"忠贤"的这些话，虽与佛门的教义格格不入，但毕竟与实际前程、切身利益有关系。当然，态是表了，也不得不去了，但其实心里并不清楚取经的危险所在，他原以为短则二三年，长则五七年，就能跑个来回呢。

不过，唐王的确够意思：要名，给了名，"左僧纲，右僧纲，天下大禅都僧纲"不是给你了吗？要利，给了利，七千两银子的东西，全给了你，还顺送了吃饭的家伙。要情，给了情，让你成了"唐王御弟"。这三招一使，唐僧还能不"鞠躬尽瘁，死而后已"！

不管如何，取经之事一旦答应，就没了退路。别的不讲，单说这事之后，在大唐境内谁人不知，谁人不晓！那长安城里，行商坐贾、公子王孙、墨客文人、大男小女，无不争看夸奖，俱道：

> 好个法师，真是活罗汉下降，活菩萨临凡！（第十二回）

场面都这样了，还有退路吗？如果半途而废，一去不回，或空手而回，那就只能证明自己是天字第一号的脓包了。

图5—9　唐王送行

所以，讲理想、讲信仰与讲前程、讲利益一点儿也不矛盾。

若论动机与结果的关系，无非四种：好动机好结果、好动机坏结果、坏动机好结果和坏动机坏结果。好动机好结果自然是最理想的，但现实哪会如此完美。所以，不管动机如何，坏结果应该是谁都不愿看到的吧。

天与地，虚与实，高与下，是可以直接相通的。用一句时髦的话说，就是成长不仅要仰望星空，也得脚踏实地。

当然，考量利益本身固然没错，但也不能变成一种"精致的利己主义"。对于当今时代的我们来说，身处极端功利的社会，反而更需要理想和信仰了。正如卢新宁在2012年北大毕业生典礼上的致辞所言："在你们走向社会之际，我想说的只是，请看护好你曾经的激情和理想。在这个怀疑的时代，我们依然需要信仰。"

因此，我们确实可以向唐僧学一学，如何既不空谈理想，又不过分世故；既信仰坚定，又讲前程利益。

这正是：

> 三藏取经为唐王，
> 主动站出显昭彰。
> 精致利己实为错，
> 理想功利两不荒。

诸般崇狠，一灵不损
——观音菩萨拥有怎样的"选人用人观"

西游世界里，厉害的妖怪众多，但观音菩萨只选用了三个，也就是"紧""金""禁"三个箍儿的主人——悟空、红孩儿和黑熊精。箍儿是观音选人用人的一个物化标志，给谁不给谁，关系重大。由此，我们也可以看出观音的用人观：喜欢狠角色[1]，不喜欢软弱无力之辈！

"狠"大致有三层意思：一是狠毒、凶残，二是严厉、厉害，三是坚定、坚决。必须说明，我们所说的"狠"主要是指第二、三层意思，是指拥有战斗精神的狠，而不是狠毒的狠。

《西游记》虽然时时劝善，但处处比狠，拼的是什么？"血酬定律"。玉帝也好，观音、如来也罢，都清晰地传达出这样一种观念：喜欢狠角色，并且越狠越好，发挥越充分越好。孙猴儿、黑熊精和圣婴大王红孩儿就是这样的狠角色。

先看悟空的"心狠"。

悟空的狠，就是天不怕地不怕的狠劲、胆识和冒险精神，说得不好听也就是无知无畏的劲儿。在做猴上，他敢跳敢试，并且因此当上了美猴王；在做妖上，他

---

[1] 在梁宏达看来，观音菩萨本身就是一个狠角色，不光能耐狠，心思也狠。她选择几个狠人特别是悟空，"一律拿下，不管是佛教内部的，道教内部的，还是地方野势力，沾上死、碰上亡，这地方都是我的"。为了什么呢？为了把这些地盘都变成佛教的地盘，也就是都变成她的地盘。此解让人脊背发凉。参见梁宏达《老梁批西游——神仙也有潜规则》，电子工业出版社2015年版，第143页。

非常"自来熟"地向邻居龙王们"讹诈"了金箍棒和披挂，收拾了七十二洞的妖魔鬼怪们，更是树起了齐天大圣的"逆天"招牌；在做有编制的妖猴（弼马温和齐天大圣）上，他扰乱了整个天宫秩序。

针对他，天庭极尽宽容。如来出手降伏时，也设身处地为他着想：

趁早皈依，切莫妄说！但恐遭了毒手，性命顷刻而休，可惜了你的本来面目！（第七回）

《证道本夹批》云："无限慈悲，无限棒喝，非佛祖不能为此言。"如来专属定制的那座山，也只是"轻轻地把他压住"，选择看守也是"又发一个慈悲"的结果。足可见，如来还是很喜欢悟空这个狠劲儿的。观音菩萨一见面，就说："姓孙的，你认得我吗？"显然也不见外。后来，如若不是悟空心太野，那紧箍儿还未必用得上呢。

再看黑熊精的"文狠"。

黑熊精的狠，是一种有文化的狠。他一出场，就是特儒雅、特有文化的样子：席地而坐，与另两位朋友一起，高谈阔论，讲经论道。即使偷袈裟，开的也是"佛衣会"。黑熊精把自己的地盘整得特别有"仙气"，一点儿也不埋汰，不像别的妖怪，总是搞得妖里妖气的。悟空打眼一瞧，也佩服："果然是座好山。""这厮也是个脱垢离尘、知命的怪物。"连菩萨见了，也忍不住心中暗喜："这业畜却是也有些道分。"

当然，如果光文不狠的话，观音也未必会看上他。讲文，要有超强的法力作后盾。老黑也是一名"四有"妖怪：

首先，有本事。观音说："那怪物有许多神通，却也不亚于你。"连悟空自己都不得不承认，"我也硬不多儿，只战个平手"。

其次，有心眼。两人交手时，第一次，打着打着，老黑说：等会儿，到饭点了，吃了饭再打；第二次，老黑又说：等会儿，天黑了，该下班了，明天再打。这借口，悟空居然也能同意，除了说明悟空也想找台阶下之

图5—10 黑熊精谈经论道

外,也说明悟空太没心眼儿。

第三,有见识。黑熊精问悟空是谁时,悟空花了五百字介绍自己,并且总结自己是"历代驰名第一妖"。而黑熊精只冷冷地抛出一句话、十三个字:"你原来是那闹天宫的弼马温么?"把悟空噎得半死!所以,黑熊精绝对见过世面,不然的话,他怎么知道悟空的底细?

再加上有文化,黑熊精就是典型的"四有"妖怪。

最后看红孩儿的"力狠"。

在整个妖怪群体里,红孩儿的狠都是数一数二的。他的狠与悟空的"功夫喜剧"和黑熊的"儒雅之狠"不同,他的狠就是直愣愣的"力狠"。观音绝对是"重口味",不狠不喜欢。所以,他才把那个宝贝箍儿给了他一个,让他做了自己的善财童子。这段故事,《西游记》用整整三回来讲,绝对的重头戏,后面我们会专门分析,此处按下暂且不表。

总之,通过收伏这仨妖怪,我们也足可看出观音菩萨的选人用人观。用悟空评价的话说,就是"诚然是个救苦慈尊,一灵不损"。但她这"一灵不损",其实是有条件的。她所看上的狠,其实是一种褒义,指的是那一股子特别坚毅、特别能战斗的战斗精神。

当然,心狠、文狠和力狠,三者的前提是观音菩萨要有"一灵不损"的悲悯之心才行。

大慈大悲的观音当然有悲悯之心,有惜之用之的心、束之诲之的心、勉之助之的心和谅之容之的心。

我们生活在一个竞争异常激烈的社会中,如果站在悟空一方,没点狠劲儿、没点文化、没点手段,确难生存。心狠,就是要有一种永远不服输的战斗精神;文狠,就是要把自己锻造成一名"四有"新人;力狠,就是要有一些自己的必杀技。如果站在观音一方,也得学会在悲悯之下用好狠角色。但不管怎样,"狠"确是必需的。

这正是:

诚然救苦一慈尊,
诸般崇善不弃狠。
成长如何不娘炮,
非用战斗难生存。

第六讲
阅世：熟悉社会

> 西游社会黑且暗，唯有权贵、人情、妖魔鬼怪"豁得转"。阅之现世，我们该如何认识？自然当不得真，但似乎也不能全不当真……

☁ 权贵乱法，潜规横行 ☁
——唐太宗为什么多活了二十年

《西游记》中，唐太宗又多活了二十年。他这二十年是怎么得的呢？没别的，靠潜规则战胜明规则——上下其手，权贵乱法。而且，其中的许多潜规则，本身就是西游世界的明规则。以现在的眼光看，肯定没人相信这事是真的；但以过程和内容论，其中的许多故事却非常耐人寻味。大体上，我们能明显感觉到，地府确实是一个不折不扣的黑暗所在[1]。

俗话说，阎王注定三更死，谁敢留人到五更。天上、人间，可能都没地府有法可依、有法必依了。但鬼怕恶人，悟空靠拳头销了死籍；鬼更怕权贵，唐太宗顺顺当当地又多了二十年阳寿。在此过程中，唐王、地府及其一帮手下明显犯了四宗乱法之罪。先说明白，我们并不太懂真实的法，只对地府的"依法治鬼"状况妄猜一下，周全不周全的，请不要太较真儿。如需较真儿，我们也绝对不去地府翻档案、查文献。

第一宗罪：公然蔑视罪。

就是根本没把地府的"法律"当回事。泾河龙王犯了天条，该当问斩，但袁

---

[1] 刘荫柏分析认为："作者将所谓铁面无私的人间宰相，冥府判官的公正假面具剥落了，尤其被正史吹捧的圣君唐太宗，为讨好'十王'，后来竟让活人服毒自杀去冥府献瓜，做出灭绝人性之事，令人发指。其实这就是封建社会的真象，法制的真象，圣君贤臣的真象。"参见刘荫柏《说西游》，中华书局 2005 年版，第 221 页。

守诚却出了一个主意，让他去找唐王求情。为什么找唐王呢？因为刽子手是魏征，而魏征是唐王的手下。判决书是天庭下的，不让他找玉帝，反找具体执行者的上司，期望能让唐王以大压小："若是讨他个人情，方保无事。"在判决已下、只待行刑的时刻，

图6—1　大足石刻《六道轮回图》

还以为能靠"权力"保无事。龙王找到唐王后，唐王自己也满口应承说："朕可以救你。"话显然说早了！为什么敢打包票，还不是以为魏征是自己手下，只要自己一发话，魏征就会乖乖听从。兜了一圈，有谁想起"法律"了吗？

第二宗罪：不重契约罪。

泾河龙王犯了天条，"合当死罪"，却不找天上的上级，反而找人间的帝王。要知道，人神异路、阴阳两隔的嘛。太宗梦中竟然信以为真，轻易地就与龙王定下了一个契约，结果有约而不履行。另外，龙王之死是前期定好了的，"南斗星死簿上已注定该遭杀于人曹之手"；唐王该死于贞观一十三年[1]，也是定好了的。如果龙王该死，那唐王有还魂的权利；如果唐王该死，则龙王没有被斩罪状。然而，因为龙王一告状，就都把契约放一边不管了。

第三宗罪：玩忽职守罪。

阎王说，之所以把唐太宗叫来，是因为泾河龙王"定要陛下来此三曹对案"[2]，结果"陛下"真来了，反而将傻龙王"送入轮藏，转生去了"，根本不给"法庭辩论"的机会。现在，崔判官改了公文之后，我们看阎王们的表现：

> 十王从头看时，见太宗名下注定三十三年……阎王道："陛下宽心勿虑，还有二十年阳寿。此一来已是对案明白，请返本还阳。"（第十回）

你想，崔判官是"急转""急取"之下改的，浓墨肯定未干吧，即使干了，一时半会儿也做不了旧啊。十王"从头看时"，就一点儿没察觉？显然，察觉了，但也要睁一只眼闭一只眼。说白了，阎王们求的是交差了事，也许他们还生怕崔判官

1　历史中的唐太宗死于贞观二十三年（公元649年），此处为小说中言，不可当真。
2　三曹就是三造，一般指原告、被告和证佐三方。

图6—2 借尸还魂

不懂呢。

第四宗罪：冒名顶替罪。

既然已知唐太宗应死，多方斡旋、安排之下，又不得不放，那自己这边怎么办？唐王不比寻常百姓，名册中人王数量毕竟有限，现在又私放了一个，总要找一个人（鬼？）凑数吧。

甭说，还真找了一个替死鬼——唐王御妹。唐王可能也知道，这么走恐有不妥，于是主动问了一句："朕宫中老少安否如何？"太宗此问，主要是为了探听阎王如何交差，然后思考自己如何应对。阎王轻声答道："俱安，但恐御妹寿似不永。"唐太宗明白了：用妹妹的命换自己的命，划算！

紧接着，刘全进瓜代唐王送礼，阎王终于把这个冒名顶替的事给办圆了：

刘全是无辜的[1]，让他死去又活来；刘全之妻是本来就死的，因为这事，借尸还魂至唐王御妹身上。

如此一"通变"，几方都平衡：阎王交了差，唐王延了寿，御妹的人还在，刘全妻子的魂也在，刘全本人死了一回，得以荣华，皆大欢喜。

《西游记》第十回，权贵们用非常高明的变通、周全、平衡之术，将地府法律、固有规则破坏一空、玩忽殆尽。

可是，在我们的一般观念里会认为，管宇宙苍生、国家大政的是上天，管个人祸福的是地府。地府靠善恶来判定一个人的生死祸福、六道轮回，亘古不变。好像阎王们左手拿着天平，权衡善恶；右手拿着利剑，实行赏罚，神圣得像古希腊正义女神朱蒂提亚一样。实际远不是那么回事："立法而行私，是私与法争，其乱甚于无法。"[2]如此，前门法令森严，摆给小老百姓看；后门洞开，让权贵玩在其中，

---

[1] 其实，刘全也不是好鸟。原文中写道："只因妻李翠莲在门首拔金钗斋僧，刘全骂了她几句，说她不遵妇道，擅出闺门。李氏忍气不过，自缢而死，撇下一双儿女年幼，昼夜悲啼。刘全不忍见，无奈，遂舍了性命，弃了家缘，撇了儿女，情愿以死进瓜。"意思是，刘全是一个逼死老婆，撇了儿女，毫无责任心、家庭观念和男人担当的窝囊废。但这么一个货色，在阎王面前，却很会为自己脸上贴金，转而说自己是"情愿舍家弃子，捐躯报国"。由此可见，刘全虽非权贵，但因和权贵沾上点关系，也深谙乱法的"政治投机"之道。

[2] 《慎子·逸文》。

"无令而擅行，亏法以自私"[1]，那谁还会将法当回事？

当然，再次强调，这是古时候更是虚构的神话传说之中的事，比之现实，有多少可信度，由亲爱的读者你们自己掌握。但我们必须要说一句，这些"鬼话"通通都不能信，更不能用。一定要用的话，可能到不了阎王那里，人间自有人间法来管着。

这正是：

> 西游社会黑且暗，
> 尽是权贵豁得转。
> 因果轮回咱不讲，
> 平时还得多行善。

人情玩法，上下其手
——二十年阳寿如何操作成功

唐太宗多活二十年，还得靠手下操作得当，配合默契。简单说，这就得上下其手才行。上下其手靠什么？靠人情。人情玩法和权贵乱法是一对孪生兄弟，没有人情就没有权贵，没有权贵也没有人情。在唐王多了二十年阳寿这宗"案件"上，魏征、崔判官等人，犯了人情玩法五宗罪[2]。

第一宗罪：欺君诳上罪。

《西游记》中，魏征脚踏两只船，在人间是唐王的丞相，在地府是阎王的刽子手。就斩泾河龙王这事而言，一边是人情，一边是天条，听谁的？都得听。怎么听？装糊涂，能瞒一会儿是一会儿。这个欺瞒之法，用的就是下围棋的策略。原文中说，围棋讲究的就是这个平衡：

> 击左则视右，攻后则瞻前。有先而后，有后而先。两生勿断，皆活勿连。
> （第十回）

---

1 《韩非子·孤愤》。
2 唐·无名氏《唐太宗入冥记》记载了一段比《西游记》还离奇的故事：太宗魂入地府，持李乾风书信，判官崔子玉见信后多方关照，使太宗返魂长安。其中，写书信之人不是魏征，状告太宗的也不是泾河龙王，而是太宗的亲兄弟建成、元吉。另外，崔判官自恃有功于太宗，临别要太宗追封他"蒲州刺史兼河北廿四州采访使，官至御史大夫"，比《西游记》中更露骨、更卑鄙、更贪婪。

左右、前后、先后、死活，都得兼顾，唐王的话不能不听，阎王的活儿不能不干，魏征在唐王没发现的情况下，"梦斩"了龙王。这一欺瞒，好就好在"通变"上。那我们要问了，魏征为什么敢不听唐王的招呼呢，胆儿也太肥了吧？因为魏征算准了，有一个更大的人情要孝敬唐王。人情有大有小，有先有后。龙王之事，对唐王来说，就是顺口一听、顺嘴一答应的小事；但自己的命可是天字第一号的大事，所以，魏征的这一欺君诳上之罪，反而是更为忠孝的表现。

第二宗罪：徇私舞弊罪。

玩人情，必定要徇私舞弊。这条罪，是魏征和崔判官两人共同完成的。唐王将死之时，魏征做了保证："陛下宽心，臣有一事，管保陛下长生。"魏征为何这么自信？因为他要写一封信："臣有书一封，进与陛下，捎去到冥司。"这封信为什么有那么大效力？因为魏征和崔判官有交情，活着的时候，"与臣八拜为交，相知甚厚"；在阴间的时候，"他念微臣薄分，必然放陛下回来"。为什么魏征这么肯定，为什么把话说得这么满？因为他深信，人情是比"法"、比规则更管用的东西。"求情"信写道：

> 今因我太宗文皇帝倏然而故，料是对案三曹，必然得与兄长相会。万祈俯念生日交情，方便一二，放我陛下回阳，殊为爱也。容再修谢。（第十回）

信到了，崔判官赶紧拆开看，刚看两行，明白了，扭头就跑。跑啥啊？去地府"档案室"查档案，"急"取天下万国国王天禄总簿，然后私自改了。崔判官为什么要徇私舞弊呢？

原因有三：一是崔判官和魏征曾是八拜之交，相知甚厚。二是魏征"早晚看顾臣的子孙"。三是崔判官和唐王本身也有渊源，崔活着的时候，当过先祖的国相，这当然也是天大的人情。这三者可都是私，但两人却非常有默契。

第三宗罪：篡改公文罪。

要徇私，必然得舞弊。要舞弊，必然得改档案、改文件。原文写道：

> （崔判官）先逐一检阅，只见南赡部洲大唐太宗皇帝注定贞观一十三年。崔判官吃了一惊，急取浓墨大笔，将"一"字上添了两画，却将簿子呈上。（第十回）

篡改公文，只是其中一个必要的小环节。既然敢徇私舞弊，就不怕改个公文。不改，私也徇不成啊。

第四宗罪：行贿索贿罪。

按人情，既然得了天大好处，那总要表示一下吧，于是唐王说："朕回阳世，无物可酬谢，惟答瓜果而已。"阎王故作深沉地想了一下说："我处颇有东瓜、西瓜，只少南瓜。"[1] 看来，唐王和阎王级别的人物，送个礼，要个礼，还真不求金银财宝、古董美玉、名人字画什么的。大权贵之人，求的也许只是互相给面子、互相欠人情。人情既了，唐王故意很懂规矩地走在后面，"不敢前行"；阎王们则说：

图6—3 唐太宗别过阎王爷

陛下是阳间人王，我等是阴间鬼王，分所当然，何须过让？（第十回）

在一个权贵通吃的社会，活着是权贵，死了还是权贵，附着在权贵之上的特权、好处一仍其旧。

第五宗罪：挪用公款罪。

这事还是崔判官干的。崔判官既然徇了私，舞了弊，改了公文，也得求个心安、求个交代不是。譬如，在奈河桥上，崔判官就说："陛下得些钱钞与他，我才救得哩。"唐王刚咽气，身上哪会带钱。当然，崔判官也知道，于是就出了一个"挪用公款"的主意：

陛下，阳间有一人，金银若干，在我这阴司里寄放。陛下可出名立一约，小判可作保，且借他一库，给散这些饿鬼，方得过去。（第十回）

---

[1] 阎王为什么只要南瓜？有几种说法：一是据传这与淮安的一个民间传说有关，说在大旱之年，种好南瓜，防灾度命，因此稀罕。二是南瓜又称"面瓜"，寓意是"南面称孤"，要南瓜也就是要唐太宗投诚佛教。三是东瓜代表"东胜神洲"，西瓜代表"西牛贺洲"，而南瓜呢，自然是"南赡部洲"，东、西都孝敬我阎王了，就差你太宗治下的"南"表示表示了，可没想到太宗果真送了南瓜。四是送南瓜只是"一阳复来"民俗的演绎。在明清时期，江淮一带流行冬至吃南瓜的习俗，《西游记》只是加以借用、演化而已，别无深意。五是从五行上来讲，南属火，火融金，南瓜嘛，金色的，代表黄金，后来不是又借了一库金银吗，照应而已。对这些说法，我们姑妄听之，相对而言，第一和第四种说法可能要靠谱一些。

图6—4 刘全进瓜

得了钱后,众鬼"俱唯唯而退"。非常高明的一招吧!唐王得以心安,判官得以拿别人的钱,经别人的手,买了自己的名声,还是各方满意。

人情玩法,求的就是各方得利、各方满意。由此来看,在唯利是图的社会,规则往往只是工具、筹码和玩物。

说到这里,我们又想到两个好佐证。

一是铜台府一案。唐僧路过铜台府,受人诬告谋财害命,被捉进监狱。悟空呢,在公堂之上根本不作光明正大的抗辩,而是暗中行事,先恐吓寇家母子,令其自动撤销诉状;再恐吓台府刺史,使其知道唐僧是被冤枉的;最后又恐吓台府官员,使他们深信唐僧无罪。在铜台府一案中,悟空也不是什么好鸟,正规则也一个没用!

二是死去三年的乌鸡国国王阴间不敢告假国王——全真道士一案。原因是:

> 他的神通广大,官吏情熟,都城隍常与他会酒,海龙王尽与他有亲,东岳天齐是他的好朋友,十代阎罗是他的异兄弟。因此这般,我也无门投告。(第三七回)

一国之国王,上告居然无门,何况小民们。西游世界中"官场生态"黑暗如此,真实社会是不是好点呢?我们讲阅世,讲熟悉社会,是为了将丑恶的故事掰开给大家看,可不是让大家照着学,诸君切记,切记!

这正是:

> 西游世界黑且暗,
> 尽是人情豁得转。
> 善恶到头终有报,
> 时候一到全完蛋。

智谋何用，损人成空
——袈裟"钓"出怎样的人心

《西游记》中有一首总结、点睛的诗，特别有意思，我们抄录如下：

> 堪叹老衲性愚蒙，枉作人间一寿翁。欲得袈裟传远世，岂知佛宝不凡同。但将容易为长久，定是萧条取败功。广智广谋成甚用？损人利己一场空。（第十六回）

这首诗说的是观音禅院的金池长老，二百七十岁了，还是跟小孩儿似的，见着好东西就想要，又是杀人，又是放火，到最后，落得个玩火自焚，袈裟没得着，命也赔上了，老脸更丢尽。

袈裟在其中就起了极其关键的"钓鱼"作用。钓出什么来了？人心。什么样的人心？虚荣心、卖弄心、贪婪心、奸邪心以及冷漠心。虚荣生卖弄，卖弄勾贪婪，贪婪引奸邪。其中，还穿插着悟空的冷漠。

下面，我们就具体分析一下这"五心"。

首先是虚荣心。

虚荣心说的主要是悟空。悟空行走西游"江湖"，往往只讲一样：羊屎蛋插鸡毛——能豆升天。当然，刚来到观音禅院的时候，悟空表现出来的更多是无心和玩心。刚进院门，悟空就撞起了钟，而且还俏皮地说自己是"当一天和尚撞一天钟"。大家都知道，虚荣好面儿之人，最怕人激。悟空这一撞，院里的和尚没好气地骂道："哪个野人在这里乱敲钟鼓？"说什么不好，偏说他是"野人"。这下可好，戳着猴屁股了。悟空发狠说："谁是野人，谁是野人，我是你们外公！"外公？雷公还差不多！悟空又说："雷公是重孙儿！"这还不算，等见着"名誉"院主金池长老之后，他的气儿还接着撒。当金池很自豪地说"痴长二百七十岁"时，悟空更是不屑："这还是我万代孙儿哩。"

其次是卖弄心。

虚荣的结果，必然是要与人斗气，卖弄，臭显摆。悟空死性不改，学艺时卖弄，被菩提祖师开除。这回刚跟上了新师父，还是卖弄。但这次卖弄与上次不同，在三星洞卖弄的是本事，在观音禅院这里卖弄的是东西，而且还不是自己的东西。

当然，这次卖弄，是金池老儿先勾的。刚一落座，老院主就显摆开了：猫睛石的宝顶、翡翠毛的金边、一对僧鞋攒八宝、一根挂杖嵌云星、羊脂玉的盘儿、法蓝镶金的茶钟、白铜壶儿等，一一拿出臭嘚瑟。哪像个出家人，简直就是一"土豪"嘛。看到这儿，唐僧也不合时宜地夸了一句："好物件，好物件！真是美食美器！"这一句夸，虽然只是客套，但金池老儿正等着呢，上赶着问：

老爷乃天朝上国，广览奇珍，似这般器具，何足过奖？老爷自上邦来，可有甚么宝贝，借与弟子一观？（第十六回）

图6—5 观音禅院卖弄袈裟

唐僧心一紧，赶紧圆场说："没有没有，离家远，没带啊。"可悟空猴急说："包袱里不有件袈裟吗？"一说袈裟，金池老儿哈哈冷笑，更是卖弄开了：

老爷才说袈裟是件宝贝，言实可笑。似我等辈者，足有七八百件！……就抬出十二柜，放在天井中，开了锁，两边设下衣架，四围牵了绳子，将袈裟一件件抖开挂起，请三藏观看。（第十六回）

这种公然叫板，悟空哪受得了，于是非要拿出来比个高下。话说回来，这时候，唐僧还是非常清醒的。他把卖弄的严重后果细细讲了一遍：

你不曾理会得，古人有云，"珍奇玩好之物，不可使见贪婪奸伪之人"。倘若一经入目，必动其心；既动其心，必生其计。如是个畏祸的，索之而必应其求可也。不然，则殒身灭命，皆起于此，事不小矣。（第十六回）

当然，一比八百还真完胜了。

第三是贪婪心。

唐僧非常英明，事情正在向他说的方向发展。老院主"一经入目"，确动其心，看到眼里拔不出来了，"拿在后房灯下，对袈裟号啕痛哭"。这真是曲尽世间老贪之态。哭什么？无缘得此宝贝啊。"我今年二百七十岁，空挣了几百件袈裟，怎么得有他这一件？"还说自己："若教我穿得一日儿，就死也闭眼，也是我来阳世间为僧一场。"

太贪了吧！本来已经有满满十二个柜子、七八百件了，还想要；更重要的是，那袈裟本来就不是自己的啊。但这老头儿，为得东西，耍起无赖了，那意思就是：我不管我不管，我就要我就要嘛。

第四是奸邪心。

既动其心，必生其计。如此强烈的贪欲，必然生出奸心、歹心。于是，俩作死的小和尚——著名的广智、广谋出场了。广智出了一主意，说干脆杀掉算了。把人一杀，袈裟不就留下来了。杀人越货，能是什么好主意？但老和尚"满心欢喜"说："好，好，好！此计绝妙！"广谋也出了一主意，比广智的还高明：

> 放起火来，教他欲走无门，连马一火焚之。就是山前山后人家看见，只说是他自不小心，走了火，将我禅堂都烧了。那两个和尚，却不都烧死？又好掩人耳目。袈裟岂不是我们传家之宝？（第十六回）

这个更损，但老和尚说："强，强，强！此计更妙，更妙！"由此可见，这老院主果然该死。《西游记》给这两个"坏种"起的名字也有意思：广智广谋，有智有谋，绝对有讽刺意味。正应了一句老话：机关算尽太聪明，反误了卿卿性命！

上梁不正下梁歪，有其师必有其徒。金池手下的那帮大小和尚也不是好东西。我们看：

其一，在炫耀宝贝时，听说唐僧的宝贝就是袈裟，大小和尚个个都"冷笑"起来，彰显了阴险的面孔。其二，老和尚决定要"智"取袈裟时，两个"小和尚"竟想出"杀人放火"的主意，更是骇人听闻。小和尚尚且如此，大和尚、老和尚又会怎样？其三，当"老贪鬼"作出杀人灭口的决策时，这些和尚没有一个反对，还助纣为虐，帮助添柴添火，没有一个给唐僧通风报信。这么多和尚啊，杀人放火这么心齐。其四，"老贪鬼"畏罪自杀，这些僧众个个落井下石，拼命把责任推给老和尚，称之为"老死鬼""老剥皮"，岂不可叹！

当然，这一回也反映出悟空的冷漠之心。悟空看出了他们的放火用意，但为了"保护现场"，偏不救火。不仅不救火，还添风。广目天王笑他：

> 这猴子还是这等起不善之心，只顾了自家，就不管别人。（第十六回）

唐僧不满他：

你有本事护了禅堂，如何就不救别房之火？
天哪，天哪！火起时，只该助水，怎转助风？（第十六回）

观音更是直说：

都是你这个业猴大胆，将宝贝卖弄，拿与小人看见，你却又行凶，唤风发火，烧了我的留云下院，返来我处放刁！（第十七回）

就连吴承恩也看不惯，说他：

有意行凶，不去弭灾，反行助虐。（第十六回）

平心而论，这事，悟空确实干得不地道，说明他也自私，但他本事大，虽然同样是损人不利己，好像也没吃大亏。悟空耍了小聪明，但这第一男主角不能死。作者唯有用活了二百七十岁、当了二百多年院主的老和尚之死，来劝化他了，当然也劝化我们。

所以，从虚荣，到卖弄，到贪婪，再到奸邪，这"一条龙"的过程，正应了："广智广谋成甚用？损人利己一场空！"最后那帮和尚们也明白了这个道理："那个不识人的老剥皮，使心用心，今日反害了自己！"

善恶之报，如影随形。金卓吾评论道：

好个广智、广谋，袈裟又不曾得，家当烧了，老和尚死了。何益，何益！人人如此，可怜，可怜！

如若心术不正，智越广，谋越多，作恶危害就越大。一个智慧较弱的人，即使想使坏，也犯不了多大的事；一个耍小聪明的人，如果干了一些坏事，危害也不会很大。但若恃才为恶，后果就严重了，而且很难有挽救的余地。

那么，我们需要什么样的"智谋观"？

图 6—6 悟空坐看众僧放火

所谓智谋，就是智慧和谋略的合称。智慧是谋略的前提，谋略是智慧的表现形式。"智"者，就是通晓天地之道、深明人世之理之人。智是大智慧，不是耍小聪明。那谋呢？所谓"虑难曰谋"，即思考难题、做出抉择就是用谋。将"智"与"谋"合在一起，就成为日常生活中的重要组成部分。几乎每一个人都有"智谋"，只是表现的形式和广度、深度不一样而已。每个人对客观事物的发展变化，做出思考、判断、决策所形成的基本观点，就是个人的"智谋观"。

智谋本来无所谓褒义或贬义，用之得当，就为众人敬仰，称为大智慧。用之不当，处处精打细算，谋人算己，最终如广智广谋一样灰飞烟灭，只能算是可怜虫，让人付之一笑而已。还是汪象旭《西游证道书笔评》评论得好：

> 用智以杀人，用谋以放火，广之又广，不过为损人利己耳。究竟人不可得损，而己则家破人亡矣。智、谋之效验，明且速如此。今之憧憧搰搰为子孙长久计者，抑何惮而不一广再广耶？

所以，我们切记要让智谋成为增强体质的"良药"、结交朋友的"妙方"、待人处事的"法宝"。

这正是：

> 堪叹长老性愚蒙，
> 枉作人间一寿翁。
> 广智广谋成甚用？
> 损人害己一场空。

既动其心，必生其计
——"五毒心"如何野蛮生长

上一则，我们说到袈裟"钓"出了虚荣心、卖弄心、贪婪心、奸邪心和冷漠心。这五心，多是散乱的表面之心。其根源与佛家所说的"五毒心"有关。什么是"五毒心"？是吃喝嫖赌抽吗？不是。是坑蒙拐骗偷吗？不是。是奸懒馋滑坏吗？不是。是阴损毒辣油吗？也不是。那一定是蝎、蛇、蜈蚣、壁虎、蟾蜍了？更不是。佛说的"五毒心"，其实是指贪、嗔、痴、慢和疑。

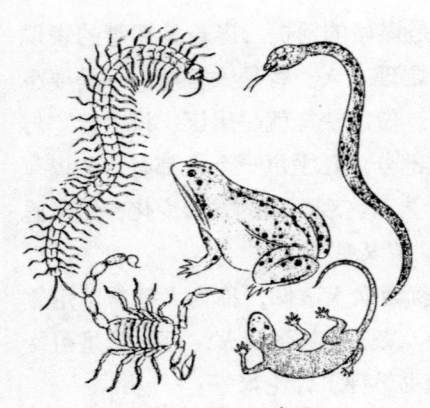

图6—7 传统五毒图

第一，贪[1]。贪有很多种，名、权、利、财、色等，人一辈子就是在这其中打滚。贪与不贪，区别就在于是否正当、是否过度。好好一座"寂寞无尘真寂寞，清虚有道果清虚"的所在，结果是一个"老贪鬼"带着一帮"小贪鬼"在干着谋财害命、杀人越货的勾当。好一个"寂寞无尘""清虚有道"！

只要是人，不管好坏，都会有欲望，有欲望就有贪心。控制在一定范围内的贪心，对自己、对社会都有好处；突破一定的"度"，贪心咕嘟嘟地往外冒，肯定会贻害无穷。总之，欲望没错，但欲望太强，强到贪的地步，就是大错特错。因为，有了贪，就会生出狼子野心，就会拿出心如蛇蝎的手段，就会更加信奉"量小非君子""无毒不丈夫"的价值观。由此可见，贪作为"五毒心"的第一心，的确是有道理的。

第二，嗔。嗔就是生气、郁闷、不快活。贪是追求快乐的一念，嗔是追求快乐追不到的一念。金池长老一见那宝贝袈裟，当时就眼中垂泪道："我弟子真是没缘！"看一天哪够啊，于是"号啕痛哭"。哭是因为心里惦记着，"怎生留得长远"？得又得不了，放又放不下，还能不嗔吗？所以，嗔是贪的必然结果。世上好物多了，谁能都搂回自己家里？贪心之人，主观上往往见一个爱一个，但客观上又绝不会允许，那就只能纠结了。纠结的时间长了，就成了魔怔。魔怔不正是痴吗！

第三，痴。痴就是事理不明，是非不分。痴是贪和嗔的必然结果。一见好东西，必动其心，必生其计，一门心思想着如何划拉到手。到不了手呢，就嗔。老嗔着，就作了病，成了痴。痴的结果必然会看不清情况，做不出理性判断。所以，金池长老都"满面皱痕""口不关风""腰驼背屈"了，还是信奉我的是我的，你的还是我的。杀人放火，是什么好主意，但金池一帮人愣说："好，好，好！妙，妙，妙！"别说是佛门中人，就是我们一众俗人，也相信这是地道的馊主意。没办法，他们已痴迷于此，沉溺其中，根本就失去了理智。

第四，慢。慢与痴，正相对应。痴是认为自己行、自己对，慢是认为别人不行、不如自己。即使事实证明自己确不如人，也会通过别的方式找补回来。如此说，我们觉得谁是"慢"的典型？肯定是悟空无疑。这厮一上来，就当人外公、当

---

[1] 对"贪"字的理解，《说文》解得很精妙："贪，欲物也。"贪，是"欲"，指的是"物"。

人爸爸、当人爷爷、当人太太太……祖，时时用强，处处占先。在唐僧的一再告诫之下，还非得把袈裟拿出来显摆，然后轻飘飘地来一句："包在老孙身上！"为什么这么一根筋？三分之一是靠本事；三分之一是自我膨胀；另外三分之一就是盲目自大了。等到遇上黑熊精，悟空才知碰上对手。这时候，给悟空"安排"一个狠角色，原因何在？除了剧情需要之外，也是为了煞一煞悟空正野蛮生长的傲慢之心。再不收拾收拾他，后面的路还怎么走？

第五，疑。在"五毒心"中，疑排在最后是有道理的。从根儿上说，疑，就是毫无根据地怀疑、否定一切，想当然地下结论。贪、嗔、痴、慢，皆缘于内心深处的疑。只相信好东西搁在自己手里才能"传家"，只相信搞到手才能不嗔，只相信一门心思地实现贪而不嗔才是不痴，只相信自己厉害别人都不行才是不慢。可能吗？不可能吗？如此纠结下去，自然多疑。不过，多疑的不是妖怪，反而是有大德行的唐僧。我们看看原文中，唐僧对悟空都说了什么吧：

> 都是你，都是你！
> 莫不是你干的这个勾当？
> 我不管你！但是有些儿伤损，我只把那话儿念动念动，你就是死了！
> 你去了时，我却何倚？
> 怎么这番还不曾有袈裟来？
> 你这去，几时回来？
> 不知是请菩萨不至，不知是行者托故而逃。（第十六回）

哎，唐僧对这个大徒弟，疑心该有多重！

那"五毒心"如何消除呢？

"五毒心"属于心病，心病就得心药医，外寻无用。具体如何做？我们不往佛的广大智慧中引（因为我们也不懂），不往"四大皆空"之处说（因为我们也做不到），只谈点相对比较实在的。这些措施，其实《西游记》中已交代过：

一是破除"六贼"，让内心归正、心态放平，给欲望找一个合理的归宿和出口。二是有"卑下受教"的胸怀和气度，时时记着自己的大目标和大追求，适当忍耐，不任性胡为，有些"毒心"，一旦粘上，轻则徒增烦恼，重则受罪受罚。三是不专倚自强，不偏执己见，不眼中除了自己、除了利益，其他都视若不见。四是追求真智谋，不干损人不利己的事，上演一出又一出聪明反被聪明误的悲剧。五是明心见性，自己给自己戴个紧箍儿，自己给自己念念紧箍咒的"定心真言"，最后自己给自己排毒养颜，死心塌地，抖擞精神，奔着自己的西天前进。

这正是：

> 酒色财气四堵墙，
> 许多迷人里边藏。
> 有人跳出迷墙外，
> 更是成长成功方。

唯命是听，唯利是图
——土地山神打的什么如意算盘

土地[1]、山神是掌管一方土地、大小山头的神仙，住在地下，隶属鬼仙序列，接受城隍的领导。在中国的"神鬼世界"中，土地、山神算是最末等的"芝麻官儿"，但他们家族庞大。所谓十里一山神，十里一土地。旧时，在中国大地上，几乎到处可见石砌的、木建的小小土地庙，里面供奉着土地公、土地婆，香火还挺旺。

土地山神是干吗的呢？第一，"多少有点神气，大小是个官儿"。第二，不拿俸禄，全靠百姓的供奉，讲究的是"黄酒白酒都不论，公鸡母鸡总要肥——尽管端来"。第三，管的事情最多、最具体，多少有点权。身处最基层，辖区内凡婚丧喜事、天灾人祸、鸡鸣狗盗之事都要管一管。正所谓"土产无多，生一物栽培一物；地方不大，住几家保佑几家"，颇有点县官不如现管的意思。

由此可见，土地山神是最讲实惠、最接地气的小仙。若讲实际，就顾不了虚头巴脑的原则和体面，所以大抵都有点唯命是从、唯利是图。他们所打的如意算盘就是，神仙也好，妖怪也罢，甭管是谁，只要你有命令，只要你够霸道，只要你有实惠，那我就听从。

《西游记》第三十三回，平顶山莲花洞的银角大王念起咒语就可以使唤他们。银角大王使了一个"移山倒海"法术，"念起遣山咒法"，遣了须弥山、峨嵋山和泰山，全压在悟空身上。这"三座大山"，压得悟空"力软筋麻，三尸神咋，七窍喷红"。山从哪来的？山神送来的。为什么送？因为银角大王的"咒法"。我们看金头

---

[1] 先秦时，土地叫灶神、后土，是五土之神，能生万物，地位很高。历经演化，土地神就成了我们所知的小小土地爷了，为了让他们更"亲民"，民间还给配有夫人，称"土地奶奶""土地婆婆"。

揭谛与山神的对话：

> 揭谛道："这山是谁的？"
> 山神道："是我们的。"
> 揭谛："你山下压的是谁？"
> 山神："不知是谁。"
> 揭谛："你等原来不知。……你怎么把山借与妖魔压他？你们是死的。他若有一日脱身出来，他肯饶你！就是从轻，土地也问个摆站（古时刑徒被发配到驿站中充当驿卒），山神也问个充军，我们也领个大不应是。"
> 山神："委实不知，只听得那魔头念起遣山咒法，我们就把山移将来了谁晓得是孙大圣？"（第三十三回）

遣山之事，干的还不止一回，据山神自己交代：

> 那魔神通广大，法术高强，念动真言咒语，拘唤我等在他洞里，一日一个轮流当值哩！（第三十三回）

难怪悟空听见当值二字，异常心惊，仰面朝天，高声大叫道：

> 苍天，苍天！……想我那随风变化，伏虎降龙，大闹天宫，名称大圣。更不曾把山神、土地欺心使唤。今日这个妖魔无状，怎敢把山神、土地唤为奴仆，替他轮流当值？天啊！既生老孙，怎么又生此辈？（第三十三回）

话里话外，满含着羡慕嫉妒恨。

当然，这还不算最惨的。要说惨，还数号山的山神土地。在圣婴大王红孩儿的地界上，土地山神们都是"披一片，挂一片，裩无裆，裤无口的"，"少香没纸，血

图6—8　凤翔传统年画之土地爷形象

食全无,一个个衣不充身,食不充口"。过的日子是:

> 常常的把我们山神土地拿了去,烧火顶门,黑夜与他提铃喝号。小妖儿又讨甚么常例钱。……只得捉几个山獐、野鹿,早晚间打点群精;若是没物相送,就要来拆庙宇,剥衣裳,搅得我等不得安生!(第四十回)

衣服没有袖子,裤子没有裆。天啊,谁见过穿开裆裤的神仙?
为什么混得这么惨?正如萨孟武先生所分析的那样:

> 古来为人君者无不要求其臣听命,而为人臣者以听命为尽忠,一则听命,二亦听命,措置乖方为听命,诏令违法亦听命[1]。

反正是有命就听,唯命是从。还如萨孟武先生所言:

> 吾国古代的君臣关系既以听命为尽忠矣,而外官人,除西汉外,纵以牧守之尊,亦不注意,至于乡官更见猥杂。在这种政风之下,文人所描写的山神、土地遂表现为老耄无能之辈或卑鄙龌龊之徒。他们平日惯于听命,一旦遇到妖魔念起咒语,而误认为天子纶音,奉命唯谨,可以说是势之必然,无足怪也。[2]

所以,当听命听成习惯之后,哪还有心思问谁发的命令!只要有人发命,就照例奉行,绝不违抗。社会中有此观念,西游世界也一样。

这么干,有一个危险之处。神仙的命令得听,妖怪的命令也得听。如此发展下去,听命之人早已失去独立的意志和人格,表面上似是忠诚,实际上最易随风倒,给点咒语、给点供奉,就跟人跑了。更何况,土地山神本就无俸禄,只能享受人间香火,经常是"荒野无人风扫地,破屋少光月为灯"的境况。像悟空每次所敲出的土地山神,大多都是年老而衣冠不整,惨兮兮的。这个样子的土地,而委以守土之责,一旦遇上妖精,当然会为保生计,任人欺负了。如此下去,他们反而更谙"踢猫效应",变本加厉地让人"许个愿试试","不烧香瞧瞧"。

---

[1] 萨孟武:《〈西游记〉与中国古代政治》,北京出版社 2013 年版,第 126 页。
[2] 同上书,第 134 页。

西游世界如此，现实社会也一样。对我们来说，可能一辈子也见不了几个大神，但每天都要与这些土地、山神周旋。如果有一天，你成了"土地爷"你会如何？你会不会唯命是从、唯利是图？听命令、讲利益，本身并没有错，但若成"唯"，就有点过了。唯命和唯利是一对孪生兄弟。唯命之人，必然唯利；唯利之人，也必然唯命。什么时候才能不唯这唯那？在一个利益在前、道德在后的时代，谁能不流俗、不盲从、不负此生？

还是香港中文大学校长沈祖尧说得好："金钱、地位、权力，为世人追逐，道德和价值观的培育，却渐渐被人遗忘。壁立千仞，无欲则刚。但愿你们不要让利益掩盖良心，我们所追求的，理应是较名与利更能持久的东西。"

这正是：

> 黄酒白酒都不论，
> 公鸡母鸡总要肥。
> 小神更讲名与利，
> 莫追太远不得归。

天上人间，方便第一
——黑河鼍龙如何丢人败家

西游世界，与现实社会一样，讲求的都是方便第一。小鼍龙的故事就是很好的例子。小鼍龙是一名典型的"官二代"，父亲是泾河龙王，也就是那唯一被斩的倒霉蛋。舅舅是西海龙王，有个表哥叫小白龙。在父亲被斩后，八个哥哥都得到了妥善安排，唯独他这个小儿子被贬到衡阳峪黑水河，"养性修真"，"待成名，别迁调用"。怛舅舅的如意算盘，却被这小子自己搞砸了。

按理说，官场之中，失了势的"官二代"，本应低调处事，本分为人，等到大家都淡忘之后，再图东山再起。可他呢，却时时炸刺，处处树敌，特别是忘却了混官场的第一个大原则——天上人间，方便第一。所谓方便，是与人方便、自己方便的方便；也是你好、我好、大家好的方便。在本回故事中，小鼍龙就无视这一原则，犯了"三失"之错，意外成就了悟空的"三得"之获。

先看小鼍龙的"三失"。

第一，失法度。

明的、暗的,他各失了两条:

明的是,占人水府和抢夺人口。这两个罪名,一轻一重。占人水府罪,除了河神之外,谁也没当回事。但抢夺人口罪就不同了,这是一个大不方便之处,无论是西海龙王,还是悟空,都要追究到底。西海龙王一见悟空兴师问罪,立即"魂飞魄散,慌忙跪下叩头",赶紧派太子来收拾这个不长眼的外甥。

暗的是,认错人、不知己和不识人。老实说,除了唐僧,他想吃哪个常人都可以。更要命的是,他不知道自己有几斤几两,不把悟空当回事就大错特错了。摩昂太子以亲表兄的身份,语重心长地告诫他:"你只知他是唐僧,不知他手下徒弟利害哩。"其实,小鼍龙只和沙僧打了一仗,三十多回合,平手

图6—9 河神谢悟空

而已。殊不知,沙僧是最弱的一个,战平沙僧没啥了不起,但在他嘴中却是:"也不见怎的利害。"太子只能明说:"原来是你不知!他还有一个大徒弟,……"

第二,失进退。

表哥挑明了说:

快把唐僧、八戒送上河边,交还了孙大圣,凭着我与他陪礼,你还好得性命,若有半个不字,休想得全生居于此也!(第四十三回)

可这小鼍龙仍不知进退,反而怪表哥胳膊肘往外拐:

我与你嫡亲的姑表[1],你倒反护他人!……你便怕他,莫成我也怕他?他若有手段,敢来我水府门前,与我交战三合,我才与他师父;若敌不过我,就连他也拿来,一齐蒸熟,也没甚么亲人,也不去请客,自家关了门,教小的们唱唱舞舞,我坐在上面,自自在在,吃他娘不是!(第四十三回)

---

[1] 探讨一个有意思的小问题:为什么姑表比姨表亲?民俗中有句话,叫:"姑舅亲,辈辈亲,打断骨头连着筋;姨表亲,不算亲,死了姨娘断了亲。"说白了,这是男权社会的老观念,姑舅亲是因为你和你姑是一个姓,或者你舅的孩子和你妈是一个姓;而两姨家的孩子和对方的父母一般都不会同姓。

糊涂至此，表哥看不过去了，批评道："这泼邪果然无状！"论起来，整个龙王家族其实都被悟空欺负过，都是深谙"方便"之理的，要东西给东西，要用水，哪一次敢不给。龙王们都能忍，更何况你这小字辈的家伙。如今，太子作为舅舅的全权代表，亲来劝诫了，你还不知好歹，还想凭着只与沙僧战成平手的本事，吃那根本想都不用想的唐僧肉。给个台阶下就得了，非要死扛到底，这不是作死吗？

第三，失亲情。

本来，在他家"呼啦啦似大厦倾，昏惨惨似灯将尽"之时，舅舅念着妹妹的亲情，收留了他们娘儿俩，把他抚养成人，并且也做了妥善安排，等风声一过，就让他别处任职。而小鼍龙也念着舅舅的好，抓来唐僧后，一直念叨着要"去请舅爷来暖寿"。以前也许这么干过，这么融洽过，但这次却大为不方便了。因为这点亲情被悟空羞得不成样子。我们看悟空与龙王的对话：

> 悟空道："你令妹共有几个贤郎？都在哪里作怪？"
> 龙王道："舍妹有九个儿子。那八个都是好的。"
> 悟空闻言，笑道："你妹妹有几个妹丈？"
> 龙王敖润道："只嫁得一个妹丈，乃泾河龙王。"
> 悟空行者道："一夫一妻，如何生这几个杂种？"（第四十三回）

要不是被人抓住了把柄，留下了"供状"，这些话谁能受得了！一个作怪连累其他八个哥哥不说，还被说自己亲妹妹嫁了几任丈夫，生了几个杂种。这话搁谁能不羞，能不尴尬！堂堂龙王，被羞至此，能不恨这个不争气的外甥吗？

再看悟空这边的"三得"。

第一，得人情。

把龙王一家羞完之后，悟空见好就收说：

> 据你所言，是那厮不遵教诲，我且饶你这次：一则是看你昆玉分上，二来只该怪那厮年幼无知，你也不甚知情。（第四十三回）

看悟空分得多清，公是公，私是私。正所谓得饶人处且饶人，既达目的，就放人一马。而龙王也非常懂得起，"一壁厢安排酒席，与大圣陪礼"。悟空以大人不计小人过的姿态，矫情道：

龙王再勿多心，既讲开饶了你便罢，又何须办酒？（第四十三回）

第二，得恩情。

首先，小鼍龙要念他的大恩大德。犯此大错，悟空也只是教训了他一顿，说："兄弟，且饶他死罪罢，看敖顺贤父子之情。"此时，小鼍龙才明白过来，赶紧说："幸蒙大圣不杀之恩，感谢不尽。"

其次，在救了师父的同时，也捎带着把黑水河河神给救了。河神自然是"多蒙大圣复得水府之恩"！这不正是与人方便、自己方便吗？

第三，得威信。

经此一番折腾之后，悟空也捎带着在两个师弟面前再次立了威信。刚到黑水河的时候，八戒和沙僧嘚瑟的不行。

八戒说："这河若是老猪过去不难，不消顿饭时，我就过去了。"

沙僧也吹："若教我老沙，也只消纵云躧水，顷刻而过。"

"我等容易，只是师父难哩！"悟空飘了这句之后，两人瞬间无语。

最后，八戒被捉，沙僧打不过人家，俩人都消停了，还得看大师兄忙活。事成之后，悟空反而一声不吭了。如此，能不得威信吗？

所以，在"天上人间，方便第一"的大原则下，一个"三失"，一个"三得"，高下立判。诸位，要学哪个呢？

这正是：

> 唐僧有救来西域，
> 彻地无波过黑河。
> 天上人间行何招，
> 方便第一乃大辙。

第七讲
交友：积累人脉

> 西游社会是"熟人社会"，神魔妖怪之间讲究不论高低俱称友，云来云去混脸熟；更讲究性强步阔无方便，立身成长事事难……

🌥 不论高低，俱称朋友 🌥
——悟空的强大人脉如何积累

常言道，在家靠父母，出门靠朋友。可对悟空来说，父母肯定靠不上，因为他压根儿就没有。[1] 所以，悟空对朋友，总有一种本能的渴求和亲近。众所周知，悟空神通广大，但在取经之路上，用得最多的却是四处求人。可关键是，这得有人可请，请则愿来才行啊！这一点，我们丝毫不用为悟空发愁。悟空的人脉特别广，天上地下，神仙妖怪，无论是他对别人，还是别人对他，好像都是无人不知、无人不晓。每遇难事，他也总能请到专家、高手，帮着消灾解难。

怎么请的我们不管，我们关心的是，这些人脉资源，他都是何时何地、通过何种方式积累的呢？人脉当然是越早积累越好。悟空的人脉，主要是在他当美猴王、当弼马温、当齐天大圣——搞原始积累的时候，在花果山、在天宫，有意无意地或主动或被动地投过来的、打出来的以及结交下来的。他的结交方式，倒也原始得可爱，主要就靠"不论高低，俱称朋友"，来者不惧也不拒，一视同仁，一点儿都不势利。原文中说他：

---

[1] 书中的悟空无父无母，但孙悟空这个人物形象的来历却有多种说法。有人说，悟空是一只中亚猴，胡僧的谐音，意即悟空是一个外国和尚（比如石磐陀）；也有人说，悟空是国产猴（比如有个唐朝和尚叫释悟空，俗名车奉朝，还真取过经）；鲁迅认为，悟空的原型是《山海经》中的水神无支祁；胡适认为，悟空是一只印度猴，名叫哈奴曼。所以，有可能吴承恩将各种传说"组装"在一起，创造了孙悟空这个形象。

> 闲时节会友游宫，交朋结义。见三清称个"老"字；逢四帝道个"陛下"。与那九曜星、五方将、二十八宿、四大天王、十二元辰、五方五老、普天星相、河汉群神，俱只以弟兄相待，彼此称呼。今日东游，明朝西荡，云来云去，行踪不定。（第五回）

这种方式，在熟谙官场之人（比如许旌阳）看来，就是一种实实在在的隐患，"恐后闲中生事"。但对悟空而言，效果却不错："生事"时，也好找人、请人啊！

为什么别人愿意与他结交呢？换句话说，积累人脉的关键是什么？探讨这个问题，对我们在社会中成长会很有启发意义。

在我们看来，个中关键主要有三：

首先，悟空是有实力、有地位、有胆量、有礼貌、有分寸、有趣味的"六有新猴"。

一是有实力。在时时处处讲实力的神魔世界，若是没本事，别人凭什么与他结交？为感情？别扯了！当美猴王时，要不是有神通，老龙王会"超规格接待"？选兵器时，要不是选了重达一万三千五百斤的金箍棒，龙王能心惊？自销死籍时，要不是"用强"，阎王们会乖乖"称臣"？整固花果山时，七十二洞妖王要不是看他够硬，能会主动来投？受招安时，要不是有实力，能有机会入"仙箓"？所以说，实力是基础，是打造人脉的最大通行证。

二是有地位。在地上，比悟空能耐大的妖怪多了去了，可不都还是妖怪吗？在天宫，大家都是同朝为官，凭什么与你打成一片？关键还在一个"衔"字。特别是当了齐天大圣之后，虽然有官无禄，是个空衔。但空衔也是衔啊，而且还是个"齐天"的级别，少说也得是"省部级"吧。正是因为悟空是入了仙箓的，是体制内的人，大小神仙与你相游、相交，才会觉得不丢面儿、不跌份儿。

三是有胆量。有胆量，才不怕。不怕，才会主动出击。见了玉帝，悟空多数只是唱个喏，意思一下而已。每每此时，众仙都"大惊失色"，而悟空却像没事儿人一样。如此做派，在久居官场的神仙们看来，倒也村野得原始、别致、可

图7—1 悟空变赤脚大仙

爱。大家会像看"耍猴儿"一样，乐呵呵地看着悟空干着他们心里想干却决不敢干的事情。

四是有礼貌。日常交际，迎来送往，寒暄聊天，总是要以礼为先的。在刚到三星洞时，悟空赶忙称人家"仙童"，说话先"躬身"，走路先"整衣端肃"，一见众师兄，也是先"拜"。即使哪吒三太子骂骂咧咧地打上门了，悟空还说："你是谁家小哥？"打过打不过，职责所在，对他这人总还挑不出太多毛病，结不出太大的冤仇。

五是有分寸。打归打，但不会死打：显出神通就够了，没必要拼命。巨灵神一口一个"业畜""泼猴""欺心的猢狲"地叫着，牛得都没边儿了，悟空也只是说："且留你性命，快早回天。"与哪吒交手时，也说："我且留你的性命，不打你。"什么是分寸？这就是分寸！交手归交手，但都是点到为止。

六是有趣味。对天宫众仙来说，与悟空相交也是一个乐子。一则，悟空本来就很村野、好玩。二则，闹来闹去，终归是"闹"。在见惯大世面的神仙看来，也不算什么大不了的事，可能反觉好玩呢。三则，悟空常用的几样手段，都是不入流的一些方式。虽是大闹，实则小偷。偷来偷去，众仙不更觉有趣吗？心里也许会说：这娃儿有点意思。

其次，悟空对众仙的实际地位构不成威胁。

作为一只"六有新猴"，众仙当然不排斥与之结交。但更重要的是，悟空对他们没有太大威胁。级别虽齐天了，但叫着耍的成分大，没几人当真。一无事，二无权，三无禄，对他们当然构不成实际的威胁。我们知道，天宫的干部人事编制非常紧俏，各官各处都是官了。如果悟空这个齐天大圣有职有事、有权有禄，就必然会挤占别人的资源，那肯定不能和睦相处了。

最后，悟空会让他们产生心理优势。

仅从相貌上看，悟空长成那样，众仙见到他会很有自信。面对他，哪个气宇轩昂的神仙，不觉得有种优越感？既然有了优越感，在交往的时候，心态自然会很放松。套用鲁迅说孔乙己的话来评论，猴子"是这样的使人快活，然而没有他，大家也便这么过"。

当然，悟空这种交往方式，也有两个大问题：

第一，难以深交。平时大家乐和乐和，拿他当开心果，一遇真事，可能就不太管用了，因为这多属混个脸熟或酒肉朋友之类。当悟空被压五行山时，更无一个相知来看他，就是个好例子。

第二，难以上档次。他这种方式显然比较低档、初级，江湖气太重，上不了大台面，而非官场或职场高端大气上档次的正式交往方式。像蟠桃大会这种大场面、仪式感很强的正式社交场合，不就没他的份儿了吗？在交往上，如何上档次、提质量，也是一个很重要、很实际的问题。

这正是：

> 不论高低俱称友，
> 云来云去混脸熟。
> 诚心静气多积累，
> 用时方能不发愁。

☁ 天差天使，尽做好事 ☁
——太白金星的魅力为什么那么大

天庭众仙中，悟空交了一个最值得交的朋友——太白金星[1]！

太白金星是西游世界排名居前的"读心术专家"，精通社会心理学，而且特别有人格魅力。玉皇大帝手下，虽然高手如云，天将众多，但最重用的文臣无疑是他。很多事情，基本上只要他一提议，玉帝就批准。金星为什么能压过天庭众仙，成为文官第一人，而且还得到了悟空的敬重？

这一切都是因为太白金星善于揣摩人心，乐于助人，还有亲和力。用现在的话说就是，太白金星特别有人格魅力。虽是天差天使，地位尊崇，不仅没架子不说，还尽干"请你上天"的好事。这样的领导谁不喜欢？

太白金星善于揣摩人心。当玉皇大帝接到东海龙王和阎王们的告状信以后，不得不问哪路神将愿下界收伏，太白金星则立刻回答不如招安为好。这么干，一则不动众劳师，二则显得天庭收仙有道。这应该是说到玉帝心坎上了。

太白金星也不狐假虎威，瞎抖威风，反而很懂入乡随俗。一到花果山，张口闭口地喊"大王"，而不是说什么妖仙或妖猴（当然，一回去就喊妖仙了）。见悟空第一面时，先"面南立定"，再客客气气地"请"孙悟空上天，抓住了悟空天性好胜、喜欢听奉承话的心理，把悟空哄得心花怒放，马上表示：好的，好的！如此，

---

[1] 关于太白金星，主要有两种说法：其一，太白金星本是一名战神。古代的占星家，常常以观察太白金星的变化来占卜军国大事。因太白金星离太阳近，显得特别亮，古人不免对它有此恐惧，认为它是象征战争的，诸多附会也就随之产生。其二，太白金星就是大名鼎鼎的东方朔。

太白金星以出色的交际艺术化解了一场争斗，同时得到了玉帝和悟空的欣赏。后来，天兵败阵，玉帝想增兵讨伐，又是太白金星主动为悟空开脱，并再次实施招安。再到花果山，老白这样说道：

> 那众头目来！累你去报你大圣知之。吾乃上帝遣来天使，有圣旨在此请他。（第四回）

他对悟空的语气比悟空手下的小猴还恭敬。悟空果然连声高叫："来得好、来得好……"

老白还在悟空面前替自己的领导——玉帝兜着：

> 前者因大圣嫌恶官小，躲离御马监，当有本监中大小官员奏了玉帝。玉帝传旨道："凡授官职，皆由卑而尊，为何嫌小？"（第四回）

同时抓住机会拍悟空的马屁："不知大圣神通，故遭此败。"当然也要表表自己的功劳：

> 众武将还要支吾，是老汉力为大圣冒罪奏闻，免兴师旅，请大王受箓。玉帝准奏，因此来请。（第四回）

这么说，为的是让悟空珍惜来之不易的局面。悟空果然连声道谢，并再返天庭。太白金星对悟空的心理拿捏得非常准确，他知道悟空在乎的是名声，而不是实权和俸禄。所以，悟空与天庭并没有不可调节的矛盾。只要他出马，只要他嘴巴甜一点，招安定会成功。在他的成功调停下，玉帝和悟空化干戈为玉帛，又免去了一场刀兵之灾。

另外，太白金星不只对悟空一个人好，他与人为善、乐于助人的性格决定了他一定会帮助很多人，比如猪八戒。猪八戒因为带酒戏嫦娥，本来依律要处决。也是多亏太白金星求情，才改死刑为责打二千锤，放生贬出天关。太白金星在整个取经团队的前进过程中帮了很多忙，对取得真经起到了很大的作用。甚至可以说，没有他，唐僧师徒根本到不了西天。

太白金星每次出手，都是帮着解决棘手难题，而且最难能可贵的是，他每一次出场，都是主动的、自愿的、义务的。双叉岭西出长安第一难，当时唐僧尚未得到孙悟空这个强力保镖，不慎落入寅将军（虎）、熊山君（熊）和特处士（牛）三只妖怪手里。危急之下，太白金星出场，悄悄将唐僧救了出来。离开时，还给唐僧吃了一颗定心丸，告诉他"前行自有神徒助"。在取经途中，悟空依然拿黄风怪没招儿的时候，又是太白金星来了一个"仙人指路"，悟空这才找到灵吉菩萨，救出唐僧。

在唐僧师徒路经狮驼岭时，因为妖怪太厉害，社会关系又太硬（老三是如来的舅舅）。其他仙人都忌惮他们，不愿说话，唯独太白金星提前通风报信，不仅全面周到地说明了三妖的厉害之处，而且还承诺带天兵来帮助。

当然，太白金星对普通的和尚也很好。在车迟国，他见到五百个和尚受虐，就安慰

图7—2　太白金星来报信

他们不要寻死，耐心等待，等英雄来救。他介绍英雄——悟空时这样说：

> 他乃齐天大圣，神通广大，专秉忠良之心，与人间报不平之事，济困扶危，恤孤念寡。只等他来显神通，灭了道士，还敬你们沙门禅教哩。（第四十四回）

没叫"行者"，更没叫"妖猴"，而是用孙悟空最得意的名字——齐天大圣！听到这个称呼，悟空能不得意并且暗中感谢他吗？

再者，被戴上了高帽子，悟空能不尽力解救？太白金星这样说，不但拯救了这些和尚，而且顺便替悟空传了名，悟空还得欠他一个人情，真是高明无比！

话说回来，善于揣摩人心的神仙多了，为什么单单太白金星吃得开？因为，人人心中有杆秤，谁是真的好，谁是装样子，大家都心知肚明，所以与人为善的太白金星就得到了大家的尊敬。

超凡的个人魅力有助于我们取得成功，而个人魅力离不开知人的智慧和高尚的情操。在这方面，太白金星是我们的榜样。他也许没有高超的法力，却有超强的个人魅力，要比李天王之类的武夫影响大得多。

这正是:

> 太白老儿有威望,
> 一颗金星众人仰。
> 天差天使行好事,
> 谁不欢喜谁不想。

与人方便,自己方便
——悟空如何解决高老庄难题

在计收猪八戒之事上,悟空有了一个可喜变化:一向心性高傲、目中无人的主儿,却自己总结出了"与人方便,自己方便"的道理。如此一来,不仅巧妙地解决了眼下的高老庄难题,还给自己找了一个取经路上的好帮手,更从长远上学会了一门人际交往的大学问。

高老庄的故事,是一则典型的喜剧,大家都熟,我们不多费话,单说一个为人处世的小智慧。其中的几个主角,就是悟空、八戒、高老太爷、高才等人。

先看高才与悟空。

高才,是高老太爷的家丁。角色虽小,戏份虽少,却不可或缺。借高才之戏,悟空说出了"与人方便,自己方便"的关键台词。话说悟空带着唐僧,刚走到高老庄,就碰上了高才。悟空顺手一把扯住道:"哪里去?我问你一个信儿,此间是什么地方?"

高才没好气地嚷道:"我庄上没人,只是我好回信?"

看悟空好欺负?若照惯例,悟空早就一棒子打下去了。但这回居然"陪着笑"道:

> 施主莫恼,与人方便,自己方便。你就与我说说地名何害?我也可解得你的烦恼。(第十八回)

看来,悟空这回的确是憋着与人方便去的,非

图7—3 悟空戏八戒

得解他的烦恼。高才只管左扭右扭，悟空抓着不放。连唐僧都看不下去了，说："你再问那人就是，只管扯住他怎的？"

对，就扯住他，这方便他是要也得要，不要也得要。高才没招，讲出实情，才引出后面的故事。

高才并没出多少力，行的只是与人指路的小方便，事成之后居然也得了大实惠。悟空把高家的二百两谢钱，尽数给了他，并且还说：

> 高才昨日累你引我师父，今日招了一个徒弟，无物谢你，把这些碎金碎银，权作带领钱，拿了去买草鞋穿。（第十八回）

有此好处，下回再遇人问路，你说高才会不会行个方便？

再看高家与八戒。

八戒不是妖怪吗？高小姐不是正被八戒占着吗？高家不是正为赶走妖怪作难吗？那还能有什么方便？没错，确实有方便。八戒得了方便，自不用说，是男人都懂。问题是老高家得了什么方便呢？本来，高家把八戒招进家门，图的是"撑门抵户，做活当差"，动心的是八戒"模样儿倒也精致"，更妙的是没拖累，"上无父母，下无兄弟"。活儿，八戒干得也确实漂亮：

> 一进门时，倒也勤谨，耕田耙地，不用牛具；收割田禾，不用刀杖。昏去明来，其实也好。（第十八回）

但时间一长，就嫌八戒吃得多，时不时地还玩变脸。干活时，咋就不说了？"只因他做得，所以吃得。"还是唐僧说得对。这事，八戒自己也不服气，嘟囔道：

> 虽是吃了些茶饭，却也不曾白吃你的。我也曾替你家扫地通沟，搬砖运瓦，筑土打墙，耕田耙地，种麦插秧，创家立业。如今你身上穿的锦，戴的金，四时有花果享用，八节有蔬菜烹煎，你还有哪些儿不趁心处！（第十八回）

说得多好！一个人就为全家劳动致富了。

抛却长相，哪有这么便宜的事。这不正是八戒一人受罪、全家得实惠吗？并且，八戒自被"娶"进高家以来，还真是当日子过呢。这个方便处，悟空也看得明白，一直在替八戒说好话："替你巴家做活，又未曾害了你家女儿。"

当然，这便宜谁愿意占啊。那可是妖怪，好说不好听，"又会不得姨夫，又见不得亲戚"。可话说回来，八戒刚来的时候，可是明确交代了的："他愿意方才招我，今日怎么又说起这话！"没办法，哪有十全十美的事，你不能又想得便宜，又不想下点本。

最后看悟空与八戒。

收伏归收伏，但悟空内心却有点同情八戒，并想找机会行方便。收伏的过程，也是极为简单，主要是略一戏弄，再照例一打，打也只是点到为止——比着耍"贱"：

一个说"你破人亲事如杀父"，一个说"你强奸幼女正该拿"；一个是"幸逃苦难拜僧家"，一个是"因失威仪成怪物"。两人半斤八两，何必五十步笑百步。那还打什么劲！

图7—4　悟空计收八戒

经一场"试打"之后，悟空发现这厮不仅"性灵尚存"，而且确实有些法力，虽打不过自己，但实力也不可小瞧。得了八戒，自己也确实能得方便。前面经与黑熊精一斗之后，悟空已经明白，单凭自己好像不行。出门碰到第一个真正的妖怪就如此厉害，那后面呢？由此可见，悟空也确有给自己找个帮手的必要。所以，收伏之后，悟空高兴坏了，一口一个"贤弟"，拉着八戒的手说，来来，吃饭吃饭。

总之，"与人方便，自己方便"，实在是一个不高明却实惠的小智慧。

当然，方便是方便，但要分情况、看条件，讲究"六有"：

第一，心中要有缘分。这是基础。因为只有"情和性定诸缘合"，才能"月满金华是伐毛"[1]（性情相合，才能有缘分；有缘分才能诸事顺利、大功告成）。

第二，心中要有目标。这是利害。给不给方便，得不得方便，主要还是看是否与自己的目标相符。与自己的目标趋同，不给也得给；与自己的目标相左，能给也不给。

第三，心中要有他人。这是前提。首先要抛弃目中无人的老做法，先看到那个"人"，你才能给啊。

---

[1] "伐毛"是佛教、道教术语，意思是脱胎换骨、功行圆满。这个词，补全的话，是成语"洗髓伐毛"。说的是一个神话故事：西汉时期，东方朔说他认识一仙人叫黄眉翁，三千年洗一次骨髓，两千年剥一次皮换一次毛，现在已经有九千多岁了。

第四，心中要有雅量。这是关键。人人都有错处，你容不下的话，不可能与人方便。

第五，心中要有分享。这是要求。与人方便，意味着要有一定的付出；自己方便，当然也期待着别人大致相当的付出。

第六，心中要有奉献。这是境界。给人方便，不应期待马上就有回报。奉献本身就有两层意思：一层是你付出了并让他人从中受益，很快得到能够看得见的回报；另一层就是付出了只是自己得安宁，类似赠人玫瑰、手有余香的意思。

这正是：

> 性强步阔无方便，
> 立身成长事事难。
> 赠人玫瑰手余香，
> 人喜己欢两皆圆。

根皮相合，叶长芽生
——镇元大仙为什么与悟空结拜

当妖怪的时候，孙悟空会了"七兄弟"。当行者，走到五庄观[1]的时候，悟空又结拜了一个大哥——地仙[2]之祖镇元大仙。

这事挺让人费解的，悟空又偷、又闹、又撒泼、又耍赖，镇元大仙不追究责任就算了，为什么非要结拜呢？

论辈分，两人差着好几辈；论交情，镇元子与唐僧的前世才是故交；论地位，

---

[1] 所谓"五庄观"就是"五桩观"，即发生了"五个事件的道观"之意。哪五个事件呢？一是清风、明月二童子给三藏献上两个人参果遭到拒绝自己吃掉了；二是孙悟空打下人参果，一颗入地而悟空他们吃掉三颗；三是唐僧师徒事发想跑；四是镇元大仙与悟空打斗；五是菩萨出场救活人参果树。参见 [日] 中野美代子《探访〈西游记〉的计谋世界》，世界知识出版社2013年版，第73页。

[2] 所谓地仙，其实只是神仙中的一个阶级而已——神仙分四层，由天仙、地仙、散仙和鬼仙构成。官大一级不仅可以压死人，也可以压死神仙："天仙阶级"是最高的，处于金字塔尖，比如太白金星、李天王之类；而"地仙阶级"，顾名思义，在天上没有"办公室"，更没有地皮，居于地上的各大仙山或海岛，如万寿山、蓬莱岛等，代表人物为镇元子、福禄寿三星等，虽有自己的地盘，但受天庭的节制；"散仙阶级"是没有"三证"的散户神仙，数量不少，牛魔王、罗刹女、猴子之类。"鬼仙阶级"则是地地道道的金字塔塔基，比如六丁六甲、土地山神等。由此可见，身为地仙的镇元子结交齐天大圣和未来将成佛的孙悟空，实在是有充分的动机。

镇元子是地仙之祖，悟空是妖猴行者；论门派，镇元子是道家，悟空是佛家；论能耐，镇元子又远在悟空之上。无论从哪个角度说，也犯不着结拜啊。可结果是，两人真就拜了把子。

原因是什么？个中深意何在？

原因就在于一句话："不打不成相识，两家合了一家。"个中深意在于一个"合"字。合是和合之道的合。和合之道中的"和合"，原是中国古代神话中象征夫妻相爱的神名，后来我们多用"和合"一词的寓意。和，指和谐、和平、祥和；合，指结合、融合、合作；和合联用，是指对社会、人际关系诸多冲突的处理，相合之意。形象地说，这是人际交往中的一种"根皮相合"。被弄断了根的人参果树可以"枝青果出"，被弄僵了的人际关系也能"叶长芽生"。

具体而言，原因有四：

首先，因为悟空有能耐。

如果没本事，谁也不会理你。镇元大仙听完手下告状，当即表态："你不知那姓孙的，也是个太乙散仙，也曾大闹天宫，神通广大。"

惩罚唐僧师徒之时，大仙"夸不尽道"："孙行者，真是一个好猴王！"闹了一番之后，镇元子与悟空交底说：

> 我也知道你的本事，我也闻得你的英名，只是你今番越礼欺心，纵有腾挪，脱不得我手。我就和你讲到天西，见了你那佛祖，也少不得还我人参果树。（第二十六回）

镇元子虽然"大方"但并不傻，他也是在知道悟空的本事和英名之后，开出了条件，亮出了底线——"还我人参果树"，才愿与之结为兄弟的。

其次，因为悟空有担当。

犯事之后，悟空虽在五庄观里百般抵赖，数度想逃，但四处求人之时，却也不敢欺瞒：

> 是老孙恼了，把他树打了一棍，推倒在地，树上果子全无，桠开叶落，根出枝伤，已枯死了。（第二十六回）

由此来看，悟空还算是做到了一人做事一人当。

再次，因为悟空有人脉。

所谓人脉,不是指你认识多少人,而是指有多少人认识你。如今,为寻医树之方,悟空打了包票:

我今要上东洋大海,遍游三岛十洲,访问仙翁圣老,求一个起死回生之法管教医得他树活。(第二十六回)

求人办事,起码得认识,得说得上话,得让人买账才行。结果,悟空不光找了福禄寿三星,还找了"烟霞第一神仙眷"的东华大帝君,找了瀛洲九老,找了观音菩萨。

而且,不管事儿能不能办成,这些神仙大佬还都很给面子。福禄寿三星见了他,虽无医树之方,但答应亲自去说情:"如今我三人同去望他一望,就与你道达此情。"东华帝君见了他,"慌忙回礼,与行者搀手而入"。虽头回见面,却像老友重逢一样。瀛洲九老见了他,赶紧"留他饮琼浆,食碧藕"。最后,求到观音之时,观音当着镇元大仙的面,说出了关键:

唐僧乃我之弟子,孙悟空冲撞了先生,理当赔偿宝树。(第二十六回)

镇元子要的正是"唐僧乃我之弟子"的表态。有这层考虑,他才能顺理成章地与观音菩萨结交。所以,经此一番折腾,镇元子确实感受到了悟空这厮的强大人脉。

最后,因为悟空有义气。

当把唐僧师徒捆在柱子上,又是鞭打、又是油炸之时,每次都是悟空争着先上,唐僧、八戒和沙僧一点儿打都没挨。一说打唐僧,悟空就喊:

偷果子是我,吃果子是我,推倒树也是我,怎么不先打我?(第二十五回)

再说打唐僧,悟空又说:

纵是有教训不严之罪,我为弟子的,也当替

图7—5 五庄观众仙求情

打。(第二十五回)

镇元大仙笑道:

> 这泼猴,虽是狡猾奸顽,却倒也有些孝意。(第二十五回)

有此四者,镇元子才愿与悟空结交。

反过来看,镇元大仙的忍耐功夫、容人雅量和临场应变也着实让人佩服。要知道,镇元大仙的本事,远超悟空他仨之和。一招袖里乾坤,就轻易将他们拿下。而且,真要出气之时,也是刻意留了分寸:

> 这和尚是出家人,不可用刀枪,不可加铁钺。(第二十五回)

为什么能轻易拿下而不杀之后快?

因为镇元子有大风范,一来为出气,二来为医活自己的树,三来深知忍耐道理,别的还真没多考虑。忙活了一通之后,悟空果然医活了树。既然悟空说到做到了,那镇元大仙也得守信不是。而且,这一结拜,颇有相见恨晚之意,两人"情投意合,决不肯放"。

当然,与悟空结拜之后,镇元子也没吃亏,达到一箭四雕的目的:第一,挽回了自己的颜面;第二,显示了自己的大胸怀、大气度、大手笔;第三,报答了唐僧前世的一茶之恩;第四,从此就可以和佛家有更多的联结。

总之,这段故事充分体现了"根皮相合,叶长芽生"的道理。根,就是一个"实"字,为人处世,以真实的大局为重;皮,就是一个"情"字,在实的前提下,讲情用义,不搞情绪化。如此,实、情相合,方能叶长芽生,人越来越多,路越走越宽,事越办越顺。

人际交往中,和字当先,才能根皮相合,根皮相合才能叶长芽生,叶长芽生才能"两家合了一家",达到"师徒四众,欢欢喜喜"的效果。还是原书说得好:

> 处世须存心上刃,修身切记寸边而。常将刃字为生意,但要三思戒怒欺。(第二十六回)

为人处世,那得"存心上刃"(忍)"记寸边而"(耐);世事洞明,那得睿眼识破天下事；人情练达，那得看风再行船。八面圆融老世故，这篇大文章何其难写，但镇元大仙却做出了绝妙的示范。

这正是：

> 断根果树能再生，
> 全凭观音一汪清。
> 其中奥秘又何在？
> 根皮相合乃洞明。

受人之托，忠人之事
——老鼋驮与不驮的奥秘是什么

接下来，我们说说唐僧因不懂人际交往基本规则，而给取经大业带来重大损失的事。这事，要从通天河说起。通天河不好过，八百里宽，没人也没船。即使有船，慢慢划着过，且需时日呢。正犯愁的时候，老鼋及时出场了。

老鼋是谁？一只中华鳖精。外形像龟，但与更有灵性的乌龟相比，却差了点意思。就是这么个小角色，却给唐僧师徒带来了大麻烦，差点让取经大业功亏一篑。整个取经之路，唐僧师徒经历了九九八十一难，这第八十一难就是老鼋干的，让唐僧取回的经永远地残缺不全了。教训够深刻吧！原因倒很简单，就是受人之托，未忠人之事。

先看唐僧受人之托。

这出戏本来也是喜剧开头。正愁没法过河时，老鼋及时出现，告诉大家不要打船，说我送你们过去吧。悟空觉得好事来得太突然，探问道，为什么呀？老鼋答道："我感大圣之恩，情愿办好心送你师徒。"悟空问，有何恩惠？原来是悟空和八戒弄走灵感大王（金鱼精）之后，顺带着让老鼋的祖宅又物归原主了。老鼋的祖宅，刚做过精装修，就被灵感大王白白占了。现在怪物被收，宅第复得，一家老小团圆，岂不是"恩重若丘山，深如大海"，那还不上赶着报答？悟空觉得在理，便答应老鼋驮过河。河过得自然顺利，不到一天就过去了。谁知老鼋在报恩办好心的同时，却夹杂着私心。告别之时，老鼋提了一个小小的要求，说：

> 不劳师父赐谢。我闻得西天佛祖无灭无生，能知过去未来之事。我在此

间，整修行了一千三百余年，虽然延寿身轻，会说人语，只是难脱本壳。万望老师父到西天与我问佛祖一声，看我几时得脱本壳，可得一个人身。（第四十九回）

图7—6 颐和园长廊彩画之老鼋驮过通天河

不就是打听事吗？唐僧"响允"道：我问，我问。"响允"是什么意思？这是西游创造的新词，指的是非常爽快、响亮地答应了，没有一点儿含糊犹疑。可正是这一声"响允"坏了大事。

再看唐僧如何未忠人之事。

唐僧师徒取经归来，正坐着"单程飞机"，美美地畅想着未来，突然，风向急转，扑通一声，坠落到通天河西岸。这下坏了，落了地，又不得不面临"师父要过河，哪个来推我"的问题了。还在这节骨眼儿上，老鼋出现了。悟空说："向年累你，今岁又得相逢。"大家都欢喜不尽。可老鼋憋着一个小心眼——快到岸的时候，突然问起他那个所托之事了。

老鼋怯怯地问唐僧：

老师父，我向年曾央到西方见我佛如来，与我问声归着之事，还有多少年寿，果曾问否？（第九十九回）

唐僧心想，坏了，坏了，整忘了！

原来唐僧自到西天后，洗了个澡，脱了个胎，就上灵山专心拜佛去了，一心只想着取经，把其他事忘得一干二净，所以压根儿没问。这当口，心里发虚，无言可答，又不敢撒谎，憋了半天也没吭气。

老鼋一看这架势，明白了，就：

将身一晃，唿喇的淬下水去，把他四众连马并经，通皆落水。咦！还喜得唐僧脱了胎，成了道，若似前番，已经沉底。（第九十九回）

如果站在唐僧的立场上，我们非要给他找个借口的话，也能找一些。你想啊，老鼋所托与取经大业比起来，确实小之又小。十万八千里，整整十四年，走过来多不容易。除了上灵山，见如来，参诸佛，取真经之外，别的还真不算事儿。再说，如此庄严的场合，面对我佛如来，不好开口啊。可是，小虽小，但何必答应？当时是"响允"，现在却只能无言以对。

不过，说到底，还是老鼋不对。一千多岁了，仍然没活明白。凡畜一只，出身低微，自己好好修行就完了，根本多此一问。你想，心急火燎地忙着赶路呢，何时到达西天也还是未知数，唐僧师徒哪有心情管你这小事。此时间，老鼋确实没考虑到"Time、Place、Occasion"这三个重要的说话因素。

图7—7 老鼋驮过河

首先，老鼋不懂得感恩。

既然承认唐僧对他有大恩，被占了九年的府第一朝得回，摆个渡顶多算是知恩图报，这个恩也不比唐僧对他的恩大。要打听的事，唐僧问是发扬风格，不问也绝不欠他什么。但老鼋却以恩人自居，就觉得唐僧对不起自己，认为自己亏了，于是就报复。显然是小人的嘴脸！看看人家镇元子，堂堂地仙之祖，五百年前，唐僧的前世不过给他端了一杯茶，他却打了两个宝贝人参果送吃，而且是在唐僧根本不记得的情况下。镇元子懂得感恩，而老鼋却恩将仇报，所以到了也只能是只中华鳖精。

其次，老鼋太冲动了！

假如再说几句好话，软善的唐僧也许能帮他给办了。他可倒好，一下子连人带经都给搠河里，把事做绝了。

再次，老鼋目光太短浅。

唐僧可能是他遇到的唯一贵人。虽然这一次没帮到他。但别忘了，回来之时，唐僧已成佛了。成了佛的唐僧若想找补，还能没机会？

所以，能干出这事儿的人，通常是小人。而我们不能得罪的恰恰是小人。俗话讲，宁得罪君子，不得罪小人。小人所托的小事，对你是小事，对他却是事关长生、脱壳的大事。不答应则已，若答应必得完成，不然的话，小事绝对能坏你的大事，而且会在你最意料不到的时候坏事儿。

如果把眼光放远一点看，受人之托，忠人之事，的确是我们为人处世的一种美德、一种使命与责任，更是一种荣誉。接受了别人的托付，就要忠于所托、成人之美。只有这样，才能对得起自己，对得起他人。如此，才能让托付你的人放心，才能得到大家的认可和赞许，从而走向成功。同时，从字面上看，忠是一"口"，若再多一"口"，不就是成"患"了吗！

这正是：

白鼋驮渡过天河，

水远山遥奥秘多。

受人之托须仔细，

忠人之事要办妥。

谨讲志诚，慎叙旧情
——悟空光靠关系能否借来芭蕉扇

关系，是特中国的一个词。重关系、讲关系、凭关系，历来是中国社会的一个典型特点。中国是个"人伦"社会。梁文道说，在这个由亲至疏、从近而远的伦理网络里头，"关系"乃是界定一个人的位置与身份的主要标志。在这样的社会里，一个人就是一个人的子女、一个人的父母、一个人的配偶、一个人的朋友……除去这种种身份联系和人伦网络，他几乎什么都不是。

关系就是人情，亲情、爱情、友情、师生情、同事情、战友情等，没有哪一种情不重要，没有哪一种情不珍贵。关系和人情自然要讲，这是举世皆然的事情。但中国特色的以及我们日常所理解的关系和人情，往往是指"办事"中的人情。而这种关系和人情也有不好使的时候，这不仅有铁不铁、硬不硬的问题，也有分时间、分场合、分对象的问题，更有分事之轻重的问题。

这种特殊意义上的"办事"人情是什么？就是一种媒介和手段，而不是最终归宿，更不是哪哪都能用的万金油。人情只能跨过门槛，能不能把事情办成、办好，还要看关系和人情之外的东西。[1]

孙悟空三借芭蕉扇的故事，为我们精彩诠释了这个道理。

---

[1] 韩非子说，上古竞于道德，中世逐于智谋，当今争于气力。猴子一借芭蕉扇，一口一个"嫂子"地讲亲情、攀关系，是"竞道德"；二借芭蕉扇，变成老牛哄骗"嫂子"，是"逐智谋"；三借芭蕉扇，联合天上地下一众神仙合伙围攻老牛，是"争气力"。三者能缺一吗？

图7—8 颐和园长廊彩画之悟空借芭蕉扇

为过火焰山，悟空必须把借扇之事办成。扇子在铁扇公主罗刹女手中。罗刹女是牛魔王的老婆、红孩儿的母亲。牛魔王是悟空的结拜兄弟。而牛魔王一家是西游世界中，最有亲情、最有代表性的一家子，牛魔王有妻子（罗刹女），有儿子（红孩儿），有弟弟（如意真仙），还有"小三儿"（玉面狐狸）。悟空三借芭蕉扇，满以为凭着自己的一腔志诚和结拜的旧情，能把扇子借到手，结果一败再败。为什么？因为光凭关系和人情是办不成事儿的。而且悟空那套人情和前程的底子，根本敌不过牛魔王一家的亲情和利益。

刚到火焰山的时候，一个樵夫就告诫过悟空：

大丈夫鉴貌辨色，只以求扇为名，莫认往时之溲话，管情借得。（第五十九回）

意思是，你要察言观色，见机行事，不要动不动就摆出五百年前结义的老黄历、老旧情、老溲话。悟空嘴上说好，但实际上根本没听。

一借芭蕉扇的时候，悟空甜甜地喊了声："嫂嫂。"铁扇公主说，呸，臭不要脸，谁是你嫂嫂！悟空以为她听不懂，耐心解释道，你老公牛魔王，当初曾与老孙我结义，有七兄弟之亲。今天听说你是牛大哥的妻子，哪能不叫嫂嫂呢！她是真不知道吗？不是。而是心中有气。气什么？气悟空"害"了她的宝贝儿子红孩儿。悟空赔着笑脸说：

> 嫂嫂原来不察理，错怪了老孙。……他如今现在菩萨处做善财童子，实受了菩萨正果，不生不灭，不垢不净，与天地同寿，日月同庚。你倒不谢老孙保命之恩，返怪老孙，是何道理！（第五十九回）

但罗刹女不这么想，气呼呼地说：

> 我那儿虽不伤命，再怎生得到我的跟前，几时能见一面？（第五十九回）

这时候，铁扇公主就是一个最典型的中国式母亲，她首先考虑的是儿子在眼前，能时不时地见上几面，前不前程的倒在其次。所以说，在她面前，关于"正果"的大道理根本没用。在你是正果，在她是仇恨。在不论"干"情、只讲亲情的情况下，打了一通，悟空被一扇子扇出五万里之遥。

二借芭蕉扇时，悟空先找了牛魔王的"小三儿"玉面狐狸，从亲情的角度，狠狠地骂了"小三儿"一顿，给铁扇公主出了一口气。悟空骂道：

> 你这泼贱，将家私买住牛王，诚然是陪钱嫁汉！你倒不羞，却敢骂谁！（第六十回）

悟空确实够实诚，骂是骂过瘾了，但更增加了借扇子的难度。说白了，这是人家的家事。古时虽讲一夫一妻，但却是多妾的。牛魔王其实不过分，他不就这一个妾吗。所以，终于见到牛魔王的时候，兄弟情就更不好讲了。悟空虽然对牛魔王百般尊敬、逢迎，一口一个"长兄""大哥""牛哥"地叫着，但牛魔王心里却只记着"害子之情""欺妻灭妾之恨"，还摆出了"朋友妻，不可欺；朋友妾，不可灭"的老理儿。结果兄弟俩打了一架之后，牛魔王潇洒去赴宴，结交新朋友去了。没办法，悟空变作牛魔王的模样，十分不要脸地借夫妇之情，骗铁扇公主去了。还真差点没欺成朋友妻，把铁扇公主挑逗得：

觉有半酣，色情微动，就和孙大圣挨挨擦擦，搭搭拈拈，携着手，俏语温存并着肩，低声俯就。（第六十回）

就凭这，可比八戒幸福多了。八戒是嘴上逞强，悟空是实际上手。最后，打着人情的旗号，靠着不要脸的精神，把真扇子骗到手，但还是被牛魔王变作假八戒，又骗回去了。

三借芭蕉扇之时，靠着一大帮不请自来的强大人脉：土地公公的一帮阴兵，佛祖派的泼法金刚、胜至金刚、大力金刚和永住金刚，玉帝派的托塔天王、哪吒太子、鱼肚药叉和巨灵神将，以及本就暗中保护唐僧的

图7—9 悟空哄罗刹女

三四十位便衣，齐齐出动，悟空和八戒又使出浑身解数，各拿出看家本领，才最终让牛魔王不得不认输。事已至此，牛魔王一定会想起开打之前小小土地爷告诫他的话：

大力王，且住手，唐三藏西天取经，无神不保，无天不佑，三界[1]通知，十方拥护。快将芭蕉扇来搧息火焰，教他无灾无障，早过山去；不然，上天责你罪愆，定遭诛也。（第六十一回）

土地爷的话，名为警告，实为善意提醒：认输吧，你那点亲情敌不过猴子的关系。但牛魔王显然没听进去，仍念着自己的人情：

你这土地，全不察理！那泼猴夺我子，欺我妾，骗我妻，番番无道，我恨不得囫囵吞他下肚，化作大便喂狗，怎么肯将宝贝借他！（第六十一回）

---

[1] 三界是佛教术语。认为一般的人生死往来的世界，分为三界：欲界（包括地狱在内）、色界和无色界。

所以，悟空靠着旧情和有点"教条主义"的志诚之心，根本借不来芭蕉扇，最后还不得不靠骗术，靠钻人肚子，靠本事，靠新关系，才最终完成借扇子的任务。其中的哪一样，都和旧情没关系，都是人情之外的东西。

这正是：

取经光景正苍凉，
西行山长水更长。
谨讲志诚难成事，
慎叙旧情方能降。

第八讲
收性：不可斗气

西游社会也强调斗智不斗气，不能像泾河龙王一样作死，更不能像悟空一样死要面子活受罪，处处专倚自强、走花弄水……

渔樵耕读，较劲无边
——超脱如何演化成较劲、斗气

《西游记》第九回讲了一个特别有讽刺意味的故事。从渔樵耕读[1]的超脱开始，到血淋淋的伤命结束，贯穿其中的是较劲、斗气。这也算是集中上了一堂"不可斗气课"。

这堂课分成两部分：先是两个隐士斗气，讲了一通斗气的"理论课"；再是一个半仙儿和泾河龙王这个真仙儿斗气，演绎了斗气的"实践课"。

我们先看理论课。

斗气有些说道，我们姑且称之为"斗气理论"。这个"斗气理论"其实很简单。因为找不到相关定义，我们只能自己试着解释一下。以我们的愚见，斗气就是一种心理行为，是一个人的"智"管不住"气"，从而导致内在心理的失衡反应，以及外在行为的失控表现。简单说，斗气就是脑子一热的意气用事、不管不顾、不计后果的赌气行为。斗气，斗气，首先是心中有"气"，然后才是互相争"斗"。斗来斗去，谁也无法控制会斗出什么、斗到哪里。轻则伤情，重则伤命。结果谁都不愿看到，但过程谁都没注意，因为都斗在其中呢。

心是气的根源。心若放下，气自不存；心若超脱，气自消散。显然，这太

---

[1] 有学者分析认为，"隐逸思想贯穿于《西游记》全书，体现了中国传统隐逸文化的价值。参见吴影《情陶山水 意羡渔樵——摭谈〈西游记〉诗词中的羡隐乐逸思想》，《南都学刊》2003年第3期，第70页。

难了。对身处社会之中的人来说，心代表着名利、荣辱、是非，说得容易，超脱实难。

这一回书中的那两个"不登科的进士，能识字的山人"——渔翁张梢和樵夫李定，花了三千多字、各写了七首诗赛着讲超脱，结果还是像泼妇骂街一样斗气、赌气。

打鱼的张梢先说：

> 我想那争名的，因名丧体；夺利的，为利亡身；受爵的，抱虎而眠；承恩的，袖蛇而走。算起来，还不如我们水秀山清，逍遥自在，甘淡薄，随缘而过。（第九回）

说得多好，多超脱，简直可以录进中学生"好词好句笔记本"，但打柴的李定却杠上了说："张兄说得有理。只是你那水秀，不如我的山清。"

接着，围绕你的"山更清"，还是我的"水更秀"，两人举办了一场双人赛诗会。如此雅致的话题，活活地被搞成了骂街一样，你的水秀，不如我的山清；你的山清，不如我的水秀，一人一句，好玩之极。

山清水秀不是一回事儿吗？如此风月无边、心境超然的东西，被生生分成两块来比，这不是闲着无聊，纯属斗气吗？当然，其中的不少话还是很有意思的。比如，一个说"无荣无辱无烦恼"，另一个就说"逍遥四季无人管"；一个说"无忧虑，不恋人间荣与贵"，另一个就说"无利害，不管人间兴与败"；一个说"绿蓑青笠随时着，胜挂朝中紫绶衣"，另一个就说"草履麻绦粗布被，心宽强似着罗衣"；一个说"口舌场中无我分，是非海内少吾踪"，另一个就说"名利心头无算计，干戈耳畔不闻声"。

诗作得着实不错，精巧、工整，格调也高，但打鱼的和砍柴的这俩人，像说相声一样，咬牙切齿地比着谁更山清、谁更水秀，还颇有些喜剧效果和讽刺味道。

斗到最后，自然就恼了。

因为在这番"文斗"之中，彼此的气就在逐渐升腾。打鱼的张梢说：

> 李兄呵，途中保重！上山仔细看虎。假若有些凶险，正是明日街头少故人！（第九回）

打柴的李定也不示弱道：

好朋友也替得生死，你怎么咒我？我若遇虎遭害，你必遇浪翻江！

刚刚还文绉绉吟诗作对，情操多高尚，转瞬间，却互相诅咒起来，还咒得段位这么低！

在中国传统文化中，渔樵情节由来已久。先有姜太公怀才不遇，垂钓渭水，得遇明主，辅佐文王灭商兴周。再有庄子的渔父篇里那个令孔夫子"曲要磬折，言拜而应"的渔父形象，因道家思想在中国文化思想里的作用，奠定了"渔"在渔樵耕读传统中的首要位置。诸葛亮出仕之前躬耕陇亩，隐居隆中。东晋田园诗人陶渊明，因社会动乱及对官场的失望，数次辞官归隐，"躬耕自资"，寄意田园，开创了渔樵耕读传统的新意境。唐诗宋词中已经有许多渔樵形象的出现，北宋哲学家邵雍的《渔樵问对》，则将渔父作为"道"的化身，诠释天地、万物、人事、社会的玄理。

渔樵耕读是农耕社会的四样主业，代表了古时民间的基本生活方式。古代人之所以喜欢渔樵耕读，与其说是对这种田园生活的恣意和淡泊自如人生境界的向往，不如说是内心深处对入朝为官，得到统治者赏识的一种心理寄托或向往。比如这两个"不登科的进士，能识字的山人"，从山清水秀、水秀山清，自然而然地就滑到了斗气赌气。

人人心求超脱，但现实却实难超脱。

文人士大夫的清雅姑且不说，即便普通士民阶层的渔樵耕读情结，更多的也是因"有余""多薪""有粮""出仕"这些吉祥的喻义。

人类社会已经进入互联网时代，要想寻找渔樵耕读的田园生活，恐怕不容易。在漂浮着垃圾油污的江河与在鱼塘里钓鱼一样，无法进入悟道问玄的境界。为保护生态环境，武当山上的道士都改用煤气烧饭，"樵"也是不可提倡的了。"耕"倒可

图8—1 清·张谦《渔樵耕读图》

以退而求其次，在屋前屋后空地弄点瓜菜豆自怡。"读"是唯一可以学习古人的，但在知识爆炸的网络时代，诱惑太多，也无法达到古人的境界了。

所以，渔樵耕读只是一种象征、一种精神追求。我们所要说的，当然不是让人真正超脱，而是要劝诸位凡事讲度，凡事讲和谐，多追求"心远地自偏"的境界，而不要过分较劲于此，不用过分拘泥于形式。

这正是：

渔樵耕读老四端，
飘在心中落地难。
现今几人能如此，
何必较劲怨无边。

斗气赌气，作死会死
——泾河龙王如何斗气丢命

假如有个摆摊算卦的人与你打赌，他赢了的话，你给他五千块钱；你赢了的话，他不在你地头上而是换个地方继续摆摊，而你将没命。这个赌局，你参不参加？费话，如此不对等的赌局，当然不参加！真有智商这么低的人吗？真有，而且还是一个神仙。这个神仙就是泾河龙王。

在《西游记》中，泾河龙王是一个鼎鼎大名的、唯一一个被真正处死的神仙。出名就出在他的"不作死就不会死"上，出名就出在他的智商和情商居然低到如此不可理喻的地步。泾河龙王现身说法，拿自己的命给了唐王游地府的机会和由头，也给我们上了一堂生动形象、刻骨铭心的"不可斗气课"。

成长过程中，斗气还是斗智，差别很大，但一般情况下，只是伤身、伤情，而不会丢命。既然这一课，是人家拿命来讲的，那我们就好生看一看、学一学。

张梢、李定的一番争斗，其实只是一个引子，目的是为了说明：打鱼的为什么这么超脱，还不是因为有一个算卦的叫袁守诚[1]的，告诉了他打鱼百发百中的方法。你让打鱼的多打鱼，我这管鱼的岂不是手下越来越少？两人争斗的由头就这么来了。

---

[1] 《西游记》中的袁守诚，历史中还真有其人。他是唐朝著名的术士，是大星相家袁天罡的叔父。

其实这算什么啊。打鱼的也无非是"卖鱼沽酒",一天一次,能打多少,你又能损失多少?

人一斗气,就会特没主见,气一拱就生,火一点就着。起先,一个巡水的夜叉听见了百下百着之言,慌忙汇报:

祸事了,祸事了!……若依此等算准,却不将水族尽情打了?何以壮观水府,何以跃浪翻波辅助大王威力?(第九回)

小夜叉多精明!如此打法,最有可能被打中的其实是他自己!毕竟是巡水的,天天在外的嘛,所以才把小事说成了天大。龙王作为一河之王,又何必惊慌呢?稍加思考也知道,"水族尽情打了"的可能性能有多大?但他的反应却激烈极了,"甚怒"之下,"急提了剑就要上长安城,诛灭这卖卦的"。

图8—2 泾河龙王与袁守诚赌命

然后大家就劝,说大王啊,别急别急,稳着点,"过耳之言,不可听信",还是先搞清情况再说吧。龙王倒是听话,转身去微服私访了。带着气去的,一访,准能听到自己想听到的结果。因为已经气迷了心,没去心中就已经有了定论。要说这龙王也是"语言遵孔孟,礼貌体周文",有身份有地位的一河之王,却太沉不住气了。

龙王一去,就与袁守诚打了那个要命的赌。就像我们开头说的,袁守诚要赢了,龙王给他五十两银子;龙王要是赢了呢,不过是"打坏你的门面,扯碎你的招牌,即时赶出长安,不许在此惑众"。

看起来,龙王是稳赢的。几时行雨,行多少雨,龙王说了算。得意而回时,众水族还拍着马屁:

大王是八河都总管,司雨大龙神,有雨无雨,惟大王知之,他怎敢这等胡言?那卖卦的定是输了,定是输了!(第九回)

结果,正乐时,圣旨来了,时间、地点、数量与袁守诚所说丝毫不差。这下傻眼了！能不傻眼吗？本来这个赌就不该打！人家赌的是生意，输了无非换个地方，并没有实质损失；你赌的是什么？是本职工作，输了你就犯了天条。犯天条的后果是什么，你又不是不清楚。虽然天庭的法制不怎么样，但真较起真儿来，那可是死罪。

如果到此为止，认输，栽面儿，花钱买教训，给人五十两银子也就完了，总还不至于犯死罪。但斗气之人不这么想，死不认输才会斗气，斗气之时岂会认输！自然，龙王又听信了"过耳之言"：

> 行雨差了时辰，少些点数，就是那厮断卦不准，怕不赢他？那时摔碎招牌，赶他跑路，果何难也？（第九回）

龙王则"依他所奏，果不担忧"。看来，龙王是一个天生的赌徒，斗在其中，哪管命在。赌是赢了，命却没了，孰轻孰重，愣是掂量不清。

龙王在发扬不计生死、只较输赢的大无畏精神下，乐颠颠地去找袁守诚算账去了：

> 这妄言祸福的妖人，擅惑众心的泼汉！你卦又不灵，言又狂谬！说今日下雨的时辰点数俱不相对，你还危然高坐，趁早去，饶你死罪！（第九回）

袁守诚"公然不惧分毫，仰面朝天冷笑"道：

> 我不怕，我不怕！我无死罪，只怕你倒有个死罪哩！……你违了玉帝敕旨，改了时辰，剋了点数，犯了天条。你在那剐龙台上，恐难免一刀，你还在此骂我？（第九回）

看看，袁守诚的头脑多清醒，你斗气我可不给你斗。龙王彻底慌了，"心惊胆战，毛骨悚然"，但为时已晚。早干吗去了？忙着斗气来着。

总之，《西游记》这一回给我们上了一堂精彩的"不可斗气课"，有理论，有实践，清楚明了，汤清水白。我们也借此再丰富一下杜撰的那个"斗

图 8—3　泾河龙王接行雨令

气理论"。斗气是人类很自然的心理反应,可是斗气只能带给人一时激情式的满足,斗气会模糊你应追求的目标,斗气会使人失去理性,斗气会使人气度变小。

《李本旁批》说:"老龙管闲事,寻闲气,惹闲祸。今人都是如此。"细想来,人生在世,必然要与人打交道。打交道,就特别要讲"斗智不斗气"。斗智者,知道何时进何时退,知道遇事三思而行;斗气者,则被气迷了心,忘了根本,只知道顺着自己的情绪走,而不知进退,干出一些后果不堪设想的事。

所以,对我们来说,就要记着斗智不斗气,学着做一个善于开动脑筋、运用智谋的人,遇到任何麻烦、任何挑衅不逞一时之气,学着用更恰当的方式处理一些人和事以及问题。不然的话,龙王拙、傻,我们会比龙王还拙、还傻。

这正是:

泾河龙王太无算,
斗气赌气心难安。
头脑一热迷了心,
作死会死完了蛋。

圯桥进履,卑下受教
——东海龙王的"思想教育"为什么有效

话说悟空刚被唐僧吵了一顿,心中十分不爽,一怒之下,嗖的一声飞到了东海。

怎么不回花果山呢?一出来几百年,不想家吗?想不想家我们不知道,但悟空"其实不想走,其实还想留"倒是真的。

说走就走,是脸皮儿薄之人找补面子的举动;不回花果山而找龙王,一是为散心,二是为借机想一想今后的路该怎么走。

回家,属于撂挑子;拐弯,属于留余地。龙王虽然知晓了症结所在,但不是一上来就开讲,而是不急不慢地,等着悟空自己省悟。

悟空无聊之下,四处乱看,瞧见了墙上的一幅画。画的是"圯桥进履"[1]的故事。这故事,是汉代开国功臣张良留下的典故。

---

[1] 这个故事载自《史记·留侯世家》。

说张良年轻时，一次闲暇无事漫步在下邳的圯桥上，遇到一个衣着破烂的老人。那老人走到张良跟前，蹲下就脱鞋，脱完就扔桥下了，扔完就对张良说："小子，下去把鞋给我捡上来。"张良一愣，想打他，但念他上了年纪，强忍怒气，下去把鞋捡了上来。老人又说："给我把鞋穿上。"张良更气，但转念心想，既然捡都捡了，索性帮他穿上吧，跪下来给老人穿鞋子。穿好之后，老人乐颠颠地走了。张良傻站着，目送"碰瓷儿"老人离开。老人走了一里多路，又回来了，说："小伙子不错，会做人，五天后天亮时，在这里同我相会。"五天后，天刚蒙蒙亮，张良来到桥上，可老人已先到那里等候了。老人气愤地说："与老人说好的约会还迟到，这算什么？"说完就走，还是过五天再来。结果，又玩了两次"过五天"游戏之后，老人高兴地说："这才像样子嘛。"拿出一本书来，说："读了它就可以给君王当老师。十年后时局将发生变化。十三年以后，你来见我，找济北古城山下叫黄石公的就是。"说完转身离去，再没说其他的话。张良打开一看，发现是《太公兵法》。张良后来的归宿是："太平后，弃职归山，从赤松子游，悟成仙道。"

图8—4 志田作《张良拜师图》

龙王本来就有心劝悟空，现在悟空主动来问，就借着故事来点醒他。意思是说，大圣啊，你也应该多向张良学习：

  你若不保唐僧，不尽勤劳，不受教诲，到底是个妖仙，休想得成正果。（第十四回）

其实妖就是妖，仙就是仙，哪有什么"妖仙"，不过是在照顾悟空的面子，在"妖"后面加了个"仙"字罢了。其实，他不保唐僧的结果，就是一个"妖"！

听了龙王的一番教诲，悟空"沉吟半晌不语"。用现在的话说，悟空正在做激烈的思想斗争。斗争什么呢？回花果山吧，"重整仙山，复归古洞"，还做妖猴。羞眉低眼地回到师父身边吧，事成之后得正果。但问题是，路上还得受这老和尚的气。图一时痛快，还是图大好前程，悟空正在纠结。

龙王怕他又犯傻，索性把话说透：

大圣自当裁处，不可图自在，误了前程。（第十四回）

您还是快点拿个主意吧，不要犹豫来犹豫去，以免后悔都来不及。悟空没等听完，一拍大腿说："哎，老哥你就别说了，我还是去保唐僧算了。"

回头想想，龙王的"思想教育"为什么有效呢？要知道，做思想工作本来就不是一件容易的事，更何况对象是孙悟空这个有名的刺儿头。

第一，龙王向悟空分析了利益之所在。这其实不难，几乎每个安分守己的天界神仙都会赞同龙王的观点，但悟空是不是赞同就不好说了。所以，对这个问题，龙王只能隐晦地讨论，而不能直接说："大圣，你这样不行啊，你还是应该回去啊。"讨论一个似乎不相干的人，让大圣自己去体会，更容易接受一些。

第二，龙王的教育方法运用得当。首先，龙王没有说他重回花果山不好，还说自己没能前去道贺；然后，他听说悟空加入了取经队伍，连说可喜可贺。其中潜在的褒贬倾向是很明显的。这样的铺垫，悟空不易觉察出来，心理上也容易接受。悟空之所以气恼，不仅仅是因为唐僧批评他，还因为悟空压根儿就觉得，以他齐天大圣的身份，去保唐僧这样一个肉眼凡胎之人，窝囊、没面子、怕人笑话。而龙王的反应给他一种感觉，神仙们并不觉得这是没面子的事情，反而觉得这才是正道，这使他觉得自己的担心成为多余，放下了一半的心来。

第三，龙王会换位思考。拿张良"圯桥进履"的故事说事儿，就是让悟空进行换位思考，跳出个人当前的感受，把自己理解成尊敬长者的张良，自己悟出要以大局为重的道理。黄石公对张良做的这些事，显然是在考验张良。如果悟空把自己想象成张良，那么与黄石公相对应的肯定不是唐僧，而是如来。因为唐僧没有考验悟空的资格，他也没有能力给悟空以正果。如果把服从唐僧的行为视为如来对自己的考验，而不是自己对唐僧的折服，这样一想，悟空心里就好受多了，因为唐僧不过是如来考验自己的一颗棋子，就如同那只被黄石公扔到桥下的鞋子。如此一来，自己也就不必与肉眼凡胎的唐僧一般见识了。以悟空的聪明，能够打破菩老师的盘中哑谜，想通其中的关节显然不是难事。

对我们来说，图自在还是图前程，不能由着自己性子来。俗话说，自在不成人，成人不自在。没有忍耐、谦虚、卑下受教的心态，张良也得不了《太公兵法》，悟空更坚持不到西天。随后，观音菩萨也与龙王一样，再次点醒悟空："你当年未成人道，且肯尽心修悟；你今日脱了天灾，怎么倒生懒惰？"

这句话，对我们同样适用，我们也需用之自省。
这正是：

千仞浪飞喷碎玉，
一泓水响吼清风。
圯桥进履真妙道，
卑下受教为功成。

专倚自强，难了业瘴
——悟空为什么老耍无赖

悟空听了龙王的劝，又回到了唐僧身边，心里不服，可还得接着干，结果憋了一肚子火。憋住了，还好；憋不住呢？放。放又不能大放，毕竟这一圈都是自己人。那就只能横着放，憋着放，边干活边放。用观音的话说就是：专倚自强，难了业瘴。与寻常泼妇的一哭二闹三上吊相似，悟空来了个一恼二闹三耍横。

先看一恼。

恼的是谁？唐僧。走又走不了，留又心不甘，不恼才怪。师徒二人，从两界山出来，来到了鹰愁涧，碰上了小白龙。小白龙二话不说，上来就把唐僧的马给吃了。怎么办？找呗。可唐僧扯住悟空说：

徒弟呀，你哪里去寻他？只怕他暗地里撺将出来，却不又连我都害了？那时节人马两亡，怎生是好！（第十五回）

不找吧，唐僧又说："既是他吃了，我如何前进！"找也不是，不找更不是，不恼才怪。于是，悟空忍住暴躁，发声喊道：

师父莫要这等脓包行么！……你忒不济，不济！又要马骑，又不放我去，似这般看着行李，坐到老罢！（第十五回）

知道是小白龙吃了马之后，唐僧问："不知端的可是他吃了我马？"这句明显的废话，又激出悟空的火，他极不耐烦地说：

> 你看你说的话！不是他吃了，他还肯出来招声，与老孙犯对？（第十五回）

唐僧也是的，又说了一句更勾火的话：

> 你前日打虎时，曾说有降龙伏虎的手段，今日如何便不能降他？（第十五回）

悟空肺都气炸了，见三藏抢白，发起神威道："不要说，不要说！等我与他再见个上下！"唐僧一则是师父，二则是凡人，三则所说之言也没大错，但悟空总是气哄哄的，从根上说他这是气恼、心躁啊。

再看二闹。

闹的是谁？观音菩萨。悟空恼唐僧，四成是真恼，六成是借唐僧撒气。但菩萨不仅是自己上级的上级，而且还是自己的恩人，那怎么办？只有闹了。闹就是有分寸地撒气。

一见面，俩熟人毫不见外地"骂"上了。悟空对菩萨大叫道：

> 你这个七佛之师[1]，慈悲的教主！你怎么生方法儿害我！（第十五回）

菩萨骂道：

> 我把你这个大胆的马流，村愚的赤尻！我倒再三尽意，度得个取经人来，叮咛教他救你性命。你怎么不来谢我活命之恩，反来与我嚷闹？（第十五回）

"七佛之师，慈悲教主"，这马屁拍得很是高明。当然，悟空的闹中还是有气的。气什么呢？气观音菩萨用欺骗之法，哄他戴上了那紧箍儿：

> 你弄得我好哩！……你怎么送他一顶花帽，哄我戴在头上受苦？又教他念

---

[1] 观音菩萨为什么是"七佛之师"？说法有二：第一，观世音菩萨曾立下宏愿，不度完世人誓不为佛，和地藏王菩萨一样，宏愿太大，虽身为菩萨，但法力无边。第二，这是吴承恩记错了。真实的佛教认为，文殊菩萨才是"七佛之师"。

一卷什么紧箍儿咒,着那老和尚念了又念,教我这头上疼了又疼,这不是你害我也?(第十五回)

此时,观音见悟空识破她的得意之法,居然会"笑道"。所以,这只能是闹。收了小白龙后,悟空又闹上了,扯住菩萨不放道:

我不去了,我不去了!西方路这等崎岖,保这个凡僧,几时得到?(第十五回)

如此充满童真的说法,观音很是受用,不仅语重心长地给他上了一堂"思政课",说:"你当年未成人道,且肯尽心修悟;你今日脱了天灾,怎么倒生懒惰?"接着,又给了悟空三根救命毫毛。悟空以闹达到目的之后,"闻了这许多好言,才谢了大慈大悲的观音菩萨"。

最后看三耍横。

耍横的对象是谁?先是小白龙;再是参加取经的那三十九名"隐形警卫团";最后是土地、山神、水神等一众小神仙。

先看和小白龙耍横。在"中间人"观音菩萨面前,小白龙抢先发言道:"你不说,我怎么知道你是取经的?"悟空说:"你又不曾问我姓甚名谁,我怎么就说?"观音做点评:

那猴头,专倚自强,哪肯称赞别人?今番前去,还有归顺的哩,若问时,先提起取经的字来,却也不用劳心,自然拱伏。(第十五回)

虽然说的是悟空,但板子还是打在了小白龙头上,反怪小白龙不首先提取经二字。

再看和三十九名"隐性保镖"耍横。刚才,悟空正为找还是不找犯愁时,这伙人一齐出现了,自我介绍道:

我等是六丁六甲、五方揭谛、四值功曹、一十八位护教伽蓝,各各轮流值日听候。(第十五回)

人家是来暗中保护的,论起来和现在的悟空是平级。但悟空一开口,就让人

图8—5 悟空不满护教伽蓝

家"报名来,我好点卯"。[1] 老大又不是他,他凭什么打考勤啊?

最后看和土地、山神、水神等一帮基层小仙耍横。土地、山神一出来,悟空开口第一句就是:"伸过孤拐来,各打五棍见面,与老孙散散心!"

水神一出来,悟空轻蔑地喊道:"那老渔,你来,你来。"落伽山山神一出来,悟空说:"像他这个藏头露尾的,本该打他一顿。"就是见一寻常老人,悟空也毫不客气,上来就说人家"你那老头子,说话不知高低"!也不知是谁说话不知高低。

悟空为什么会一恼二闹三耍横?还不是因为心里业障未了。

业障又何来?专倚自强。强倚何处?其一,倚本领之强;其二,倚心性之强;其三,倚胆气之强。其根本之处,还在于不能虚心,心被各种杂念塞得满满的。似这般,目中自然无人,心态必定自专。这是悟空刚一上路时的表现。看来他的心还是有的炼呢。

这一回目中,吴承恩用了"意马收缰"一词,绝不仅是收小白龙,还有让悟空继续心猿归正的意思。"保镖"、土地、山神等以后经常出现的好帮手,一一亮了相。而悟空对他们,蛮横无理得过分。打来打去,都是自己人,何必呢?

所以,后来的悟空,越学越聪明,越来越不专倚自强了,一遇妖怪,往往先向土地、山神打听消息、摸清情况。

我们可不能比着悟空学,让自己的心也像悟空一样野蛮生长。所谓深水静流。越牛的人,往往越淡定;越不济的人,往往咋呼得越响。往深点说的话,不把自己看得太重,其实是一种修养、一种风度、一种高尚的境界、一种达观的处世姿态,是心态上的一种成熟和淡泊。

现实社会中,如果你没强可倚,而偏要一恼二闹三耍横的话,那结果自是不言自明。即使有强可倚,也不要去倚。这么干,就是自绝于好朋友、好帮手。脾气大得吓人,说话噎死人,那谁还陪你玩?

---

[1] "点卯"是指从前官署办公,照例从卯时开始,主管官到时点名,称为点卯。

这正是：

<blockquote>
一恼二闹三耍横，
猴年马月事能成？
专倚自强全凭己，
大好前程要闹崩。
</blockquote>

心中有气，处处争竞
——一个果子惹出什么祸

《西游记》曾用了整整三回的篇幅，详细讲了两道小学一年级第一学期的算术题：30－2－2－4＝？ 30－2－2－3＝？

前者是22，后者是23。两者差"1"，这就是五庄观那俩仙童与悟空他们的直接分歧所在。

其实，人参果引出的闹剧是在"故交""方情"[1]的温情之下开始的。仙童说的没错，区区三十个宝贵人参果，庆丰收时，五庄观众人分吃了两个，为唐僧打了两个，悟空他们偷打了四个。虽然实际只吃了三个，少的那个也是自己打的啊，但就是死不承认。

不就是偷吃人参果吗？多大的事儿！事儿大了，不然《西游记》也不会费那么大的劲，讲连一个妖怪都没有的故事。这个故事要考验的主要是悟空他们的"气"，气人，耍赖，没事儿找事儿，斗气惹祸，嘴硬死扛，不仅没个修行之人的体统，更连凡人也不如。

先是看着不顺眼，听着不顺耳。

刚到五庄观门口，悟空抬头瞧见一副对联，写的是"长生不老神仙府，与天同寿道人家"。悟空腾地火起，忍不住说：

> 这道士说大话唬人。老孙五百年前大闹天宫时，在那太上老君门首，也不曾见有此话说。（第二十四回）

---

[1] 方情是佛教徒称与十方人（各界人等）的交情。

图8—6 悟空不满"天地"

难道你比道祖还牛？再到五庄观二门里，唐僧师徒看到观中居然未供神仙，而是"挂着五彩妆成的'天地'二大字"时，唐僧好奇问道：

你五庄观真是西方仙界，何不供养三清、四帝、罗天诸宰，只将"天地"二字侍奉香火？（第二十四回）

童子答：

三清是家师的朋友，四帝是家师的故人，九曜是家师的晚辈，元辰是家师的下宾。（第二十四回）

其实，仙童说的是实话，镇元大仙本就是地仙之祖嘛，不过言辞间多少有点得意之色、炫耀之意。悟空听着不顺耳，忍不住了，心里肯定在想："俺老孙什么没见过，你小小道童居然在俺面前吹牛！"遂做出了"反常举动"——"笑得打跌"。他笑什么？羡慕嫉妒恨呗。于是，忍不住喝道：

这个臊道童！人也不认得，你在哪个面前捣鬼，扯什么空心架子！那弥罗宫有谁是太乙天仙？请你这泼牛蹄子去讲什么！（第二十四回）

不仅骂人家是"臊道童""泼牛蹄子"，还质问他们是"扯空心架子"！

悟空这话着实失态，连点基本的礼仪都不要了，但没办法，火已烧起来了。人一发火，就容易听错话、做错事。道童明明说"家师去弥罗宫听讲座"去了，孙悟空却听成"去弥罗宫讲座"。一字之差，天壤之别！他愈发感觉道童在自己面前摆架子、吹牛。于是，一场"惊天动地"的斗气之争就此埋下祸端。

再看你不给我吃，我偏偷着吃。

看着不顺眼，听着不顺耳，心理上便会较劲：你不让我做的，我偏做；你不想让我干的，我偏干！

仙童按照师傅的吩咐打了两个人参果给唐僧吃，唐僧以为是三朝未满的胎儿，死活不肯吃。(其实镇元子做人做事着实有大仙风范。虽说金蝉子五百年前曾在会上偶遇,给他端了杯茶,但也不算什么大事,而镇元子却记在心里,打了两个宝贝人参果送他。)二仙童只好分着吃了。谁知隔墙有耳,刚好被隔壁的猪八戒听到了。八戒别无他好,尤好吃食、美女、财物,如此美食,岂能错过?八戒为了吃,拿出了高超的嚼老婆舌、挑拨离间的功夫。

首先,激发好奇:"师兄,这观里有一件宝贝,你可晓得?"
"什么宝贝?"孙悟空立马被吊起了胃口。
其次,故意贬低:"说与你,你不曾见;拿给你,你不认得。"
这话妙极,以悟空清高的个性,如何受得了,果然上当:

> 这呆子笑话我老孙,老孙五百年前,因访仙道时,也曾云游在海角天涯。哪般儿不曾见?(第二十四回)

再次,借势挑拨:

> 那童子老大备赖,师父既不吃,便该让我们,他就瞒着我们,才自在这隔壁房里,一家一个吧叽吧叽地吃了出去。(第二十四回)

这话暗藏四两拨千斤之妙,悟空原本就看仙童不顺眼,猪八戒这些说辞,他自然句句"入心入耳"——心中顿时反应:这两个仙童太坏!

最后,八戒将马屁奉上:

> 怎么得一个儿尝鲜?我想你有些溜撒,去他那园子里偷几个来尝尝,如何?(第二十四回)

言下之意就是,"我想吃,可没辙;你有本事,一定能行"!悟空果然上当,屁颠儿屁颠儿去做贼了。至此,孙悟空已经进入"气中气"。

图 8—7　悟空偷果毁树

别看八戒呆头憨脑，面对美食却智如泉涌。这一撺掇，悟空立马去偷。为什么这么容易？原因有三：其一，悟空向来是"顺手牵羊"的高手；其二，因前面言语交恶，悟空心生逆反，你不给我吃，我偏偷着吃；其三，八戒巧妙地激起了悟空心中的怒气。八戒的言语，可谓是这个故事中的"计中计""气中气"。

八戒想吃，却不敢去偷，三言两语便成功地教唆齐天大圣当他的小喽啰去了。若在平时，以悟空的智慧，不难看穿这是个陷阱，但这回，悟空因心中有气，却乖乖地被八戒牵着鼻子走。

世间许多争闹，若忍耐忍耐，大抵都可偃旗息鼓，为何又卷土重来，火山爆发——常常是因为有人有意无意地挑拨教唆，终于酿成滔天巨祸。

这正是：

<blockquote>
上士无争传亘古，
圣人怀德继当时。
刚强更有刚强辈，
究竟终成空与非。
</blockquote>

走花弄水，有火来烧
——战狮驼岭三魔为什么也是一场口舌大战

西游往事，一种如战，一种如戏。

战则靠打，拼本事、比能耐，一较高下；戏则靠说，斗嘴斗心，"走花弄水"。"走花弄水"这词儿，是太白金星批评悟空吹牛、心浮气躁，老是逞口舌之能。狮驼岭事件，从战的角度看，是悟空西游十一年来最恶的一场战，稍有差池，师徒四人性命俱是不保；从戏的角度看，可说道之处颇多。其中，就包括口舌大战的事。

诸位可能记得那个厉害的法宝——阴阳两气瓶。阴阳两气瓶的"工作原理"是什么？原文说：

<blockquote>
假若装了人，一年不语，一年荫凉，但闻得人言，就有火来烧了。（第七十五回）
</blockquote>

妙极！不乱说话没事，一乱说话就烧死你！那你还说不说呢？反正悟空忍不住，在瓶里，跟个话痨似的，不停地自言自语，结果满瓶都是火焰，四十条火蛇和三条火龙一齐来咬，踝骨都被烧软了。最后，用上他那三根最凶险之时才用的救命毫毛，才侥幸逃脱。

这次事件，其实是让悟空明白，你只要"走花弄水"，就会有火来烧这个简单道理。

首先，看太白金星传信之时，悟空如何说过头话，"走花弄水"。

唐僧师徒一到狮驼岭[1]，太白金星幻化成老者赶紧来传信，让他们小心。老者交代：

图8—8 悟空妙逃阴阳两气瓶。选自陈惠冠《新绘西游记》

> 那妖精一封书到灵山，五百阿罗都来迎接；一纸简上天宫，十一大曜个个相钦。四海龙曾与他为友，八洞仙常与他作会，十地阎君以兄弟相称，社令城隍以宾朋相爱。（第七十四回）

所言非虚，三魔之一的大鹏雕就是如来的舅舅，你说关系硬不硬！但悟空全不以为然，不仅吹嘘自己以往的英雄事，还对老者毫无敬意，反说金星必定与妖怪有亲，故意护着他们。老者就说：

> 这和尚说了过头话，莫想再长得大了。（第七十四回）

意思是，说大话，不老实，成不了大事，也懒得再搭理他。本来悟空是来打探消息的，结果一句有用的信息也没得到。转头回去，对着师父吹，说没事，没

---

1 有著者分析认为，狮驼故事，其实就是一本韬略之书、计战之书、谈兵之书，强调的是一个"智"字。细算下来，狮驼岭大战，三个魔头用了抛砖引玉、笑里藏刀、无中生有、隔岸观火、浑水摸鱼等三十六计中的十八计。所以，如此高端、"烧脑"的狮驼大战系列，只是走花弄水，逞口舌之能的话，悟空不吃大亏才怪。参见穆鸿逸《妖眼看西游》，新星出版社2009年版，第270页。

事，西天即便有妖精，也不过个把儿，只是这里人胆小，才把他放在心上。唐僧问，此处是什么山，什么洞，有多少妖怪，哪条路通得雷音？悟空只能：……

反观八戒，毫无虚诈，而金星则说实信。看见八戒，太白金星问：

可老实么？你莫像才来的那个和尚走花弄水地胡缠。（第七十四回）

悟空言语疯狂，金星一句不应，就是应了，也是假话以答。"狮"者，喻其师心自用；"驼"者，比其高傲无人。师心高傲，则雄心气盛，故曰狮驼岭；有己无人，则昏蔽如洞，故曰狮驼洞。师心高傲，必会昏蔽如洞，自然得不了实信。

图 8—9 悟空趣斗白象精

八戒问到实话之后，悟空还在吹嘘：

若论满山满谷之魔，只消老孙一路棒，半夜打个罄净！（第七十一回）

八戒则回应：

不羞，不羞，莫说大话！（第七十四回）

最后，金星语重心长地告诫悟空：

这魔头果是神通广大，势要峥嵘，只看你挪移变化，乖巧机谋，可便过去；如若怠慢些儿，其实难去。（第七十四回）

所谓"挪移变化，乖巧机谋"，是指全方位的比智谋、比心计、比武力，但悟空只理解为言语上的"口乖"。

其次，看悟空如何靠"口乖"吓唬小妖。

悟空去巡山，碰上了一群小妖。对付小妖，如同高射炮打蚊子，哪能不一骗一个准儿！小妖们自然都毫无保留地告诉他实情，说大魔青狮精曾"一口吞了十万天兵"，二魔黄牙老象"只消一鼻子卷去，就是铁背铜身，也就魂亡魄丧"，三魔大鹏雕"云程万里，行动时，抟风运海"，反正都很厉害。一个是嘴厉害，一个是鼻子厉害，一个是翅膀厉害，但悟空还是全不放心上，心中想："若是讲手头之话，老孙也曾干过。"然后，就"只消我几句英雄之言，就吓退那门前若干之怪"。

你一齐天大圣给小妖们较真儿，焉能不胜！可他却以为：

好了！老妖是死了！闻名就走，怎敢觌面相逢？（第七十四回）

凭着这套吓退小妖的说辞，悟空原样说给了三魔听，结果，一进门就被拿进了阴阳两气瓶——第一个被妖怪捉了。

再次，看悟空如何炫技巧言，全面败退。

悟空以一敌三，与三魔大战。

第一仗，和青毛狮子[1]对垒。央告了八戒同去，但说八戒是"放屁添风"，公然嘲讽八戒，说八戒不顶事。你这么说，八戒能卖力吗？结果只能"玩"自己一个。真打的时候，又是"一对一"单挑，又是立合同，又是赌砍头，又是夸兵器，尽忙着"说嘴"了。作者花了二千多字描述全过程，其中打斗的场面只有不到二百字，结果被青毛狮子一口吞下。第二仗，是和黄牙老象对垒。过程和第一仗差不多，悟空忙着"放风筝"，拎着老象的鼻子玩。见真章儿的是第三仗，也就是与大鹏雕的大战，大鹏一件法宝没使，就让悟空在武力、智谋、变化和技能上全面处于下风。悟空找到如来之时，如来说了实情：

那妖精神通广大，你胜不得他。（第七十七回）

意思是，靠炫技巧言，逞口舌之能，你还嫩着呢。

最后，看悟空如何轻信三魔的巧言和谣言。

说悟空嫩，一点没冤枉他。先是轻信三魔的激将之言，中了调虎离山之计。大鹏说：

---

[1] 青狮精有点意思，它在《西游记》中出现了两次，一次害了乌鸡国王，一次就在这里。这两只青毛狮子如果是一只的话，就不能不说文殊菩萨故意为此的，因为青狮精是他的坐骑，若不是故意，怎么会纵容两次？梳理起来，在原著中，除了青狮精之外，先后两次出现的还有牛魔王、奎木狼和癞头鼋。

> 好汉千里客，万里去传名。……怎么在人肚里做勾当！非小辈如何？（第七十六回）

悟空腾地儿钻出，比弹簧还溜，出来就着了他们更大的道。三魔说："我兄弟三人，抬一乘香藤轿，把你师父送过此山。"悟空答："依你言，快抬轿来。"轿子还真坐上了，一路上好吃好喝好招待，和和美美地送去了大鹏雕的地盘。悟空方知中计，可是为时已晚。

狮驼岭事件，其实是让悟空牢牢记住：走花弄水，有火来烧。正所谓，言为心之声。心浮则气躁，气躁则乱讲大话，乱讲大话则容易惹是生非。修行人未尝不能言，只是不能妄言而已。正如《西游百回详注》所说，"真会说大话者，若能说此大话，是有大力量、大脚力、大本领"。

这正是：

真经必得实人取，
意嚷心劳总是虚。
走花弄水终为患，
高傲欺心怎成局？

第九讲
炼心：彻底一心

>那一天，唐僧师徒不得已上路，都只为一颗不安的心。在路上，走啊走，走出一条别样的放心、收心、定心和坚心的炼心之路……

🌊 坚心磨琢，着意修持 🌊
——唐僧如何"以内御外"

"那一天，我不得已上路，为不安分的心，为自尊的生存，为自我的证明。路上的心酸已融进我的眼睛，心灵的困境已化作我的坚定……"刘欢的《在路上》这首歌，特别能反映唐僧刚刚西出长安之后的心情。

昨天，风光无限，自信满满；今天，万分凄楚，魂飞魄散。那明天呢？

在一个鸡刚打鸣的早上，唐僧出发了，披着清霜，迎着明月，伴着刘欢的歌，向西而去。

不一日，来到双叉岭。迷雾之中，唐僧拨草寻路，不料一脚踏空，跌落坑坎，正好送进虎精、野牛精和熊精的家，接着遇上真老虎、大白蛇。虽然这只是一些不入流的小精怪，但毕竟是西出长安的第一场苦难。通过这场苦难，我们能考验唐僧是否有一颗"大心脏"，并且是否真能靠着这颗"大心脏"，坚持上西天。用原文的话说就是，唐僧是否"坚心磨琢寻龙穴，着意修持上鹫峰"。

对唐僧的表现，猛一看，大跌眼镜；细一看，还不如猛一看。用悟空的话评价就是俩字——脓包！短短一回书中，唐僧"心慌""胆战""悚惧""骨软筋麻"，诸如此类的词儿有十四处之多。哪儿还有一点刚穿上锦襕袈裟时的嘚瑟劲儿，哪儿还像真正有大德行的都僧纲啊。诸位可能会纳闷，既然胆儿这么小，那当初为何答应，现在为何不返回？当初答应，那是"不得已上路"，是"为自尊的生存，为自我的证明"；现在回不去，是没脸回去！你想，出发前多大的场面、多大的荣光，

图9—1 唐僧出山逢魔

现在刚出来一天,就害怕回去了,搁谁也没脸啊。所以,只能是"心灵的困境,已化作我的坚定"。

这就是唐僧的真正厉害之处,虽然怕得要死,却死也不回去,何况这一路总是死不了的呢。当然,心之坚定,有个过程。这一过程分三个阶段:

第一阶段:无知无畏式的自我论证。

出发时,大家都替他担心:

有的说水远山高,有的说路多虎豹,有的说峻岭陡崖难度,有的说毒魔恶怪难降。(第十三回)

徒弟们也告诫说:

师父呵,尝闻人言,西天路远,更多虎豹妖魔。只怕有去无回,难保身命。(第十二回)

唐僧轻叹了一口气说道:"哎,我此去真是渺渺茫茫,吉凶难定。"没办法,已被架在那么高的位置上,只能"被悲壮"了:

我已发了弘誓大愿,不取真经,永堕沉沦地狱。大抵是受王恩宠,不得不尽忠以报国耳。(第十二回)

场面话说得极为漂亮,因为他心里并没有具体的害怕之处。多年来,他的生活极为单一、有规律,是一名典型的不经世事的"学霸"。原文说得好:"这和尚自出娘肚皮,哪曾见这样凶险的勾当?"没见过,怕什么。如果说怕,那也是"少年不知愁滋味,为赋新词强作愁"式的怕。

所以,当面对想象中的凶险之时,唐僧的调子还是很高的。他"钳口不言,但以手指自心,点头几度"。调不仅高,而且还很俏皮,说明他对未来的困难完全无知。无知者自会无畏,所以他说:

我弟子曾在化生寺对佛设下洪誓大愿，不由我不尽此心。这一去，定要到西天，见佛求经，使我们法轮回转，愿圣王皇图永固。（第十三回）

知道西天在哪儿吗？不知道。知道佛祖在哪儿吗？也不知道。那怎么办？再表决心：

弟子陈玄奘，前往西天取经，但肉眼愚迷，不识活佛真形。今愿立誓：路中逢庙烧香，遇佛拜佛，遇塔扫塔。但愿我佛慈悲，早现丈六金身，赐真经，留传东土。（第十三回）

显然，这只是无知无畏式的自我论证。虽很威武雄壮，但却苍白无力。因为，一遇真章儿，立马就怂。

第二阶段：高人指点下的心之暂定。

唐僧在众僧面前表了决心，也顺便自我安慰了一番，带着两个凡人和一匹凡马，直西而进，结果自己把自己送到一窝小精怪的家。进去之后，彻底露了怯，原来无知无畏的革命乐观主义精神全是"纸老虎"。说起来，唐僧碰上的这仨怪——寅将军、熊山君和特处士，名字虽雅，但本领其实有限。即便如此，唐僧也被"唬得个魂飞魄散"。

将要崩溃的紧要关头，太白金星化做一老者，手持拐杖，颤巍巍地来了，不仅利落地救了他，还送了一颗定心丸，告诉他：

吾乃西天太白星，特来搭救汝生灵。前行自有神徒助，莫为艰难报怨经。（第十三回）

这三分之一打气、三分之一宽心、三分之一警告的话一说，唐僧的心才算暂定。为什么是暂定呢？因为他心里还是没底，只能"孤孤凄凄，往前苦进"。没走几步，又是"那长老，战兢兢，心不宁；这马儿，力怯怯，蹄难举"了。为啥？又遇到难题了，前有猛虎，后有长蛇，左有毒虫，右有怪兽。四面被围，怎么办？"孤身无策，只得放下身心，听天所命"。完全绝望了，唐僧"已自分必死"。所以，刚才太白金星所说的"前行自有神徒助"，他在暂定之下根本琢磨不出其中的真正含义。

第三阶段：专业自信后的心之踏实。

正在绝望之时，唐僧碰上了刘伯钦。刘伯钦是一个特别自信的猎户。猎户对野兽，正配套！所以，刘伯钦看起来牛得不得了，拍着胸脯说："长老休走，坐在此间。风响处，是个山猫（老虎）来了，等我拿他家去管待你。"

而唐僧呢，还是一副脓包样儿。眼见着刘伯钦干着自己的专长之事，唐僧"夸赞不尽"。除了夸之外，他也做不了什么，只能惴惴不安地看着猎户耍威风，因为他没一点儿显露自己专长的机会。

唐僧的专长是什么？念经！除了念经，还是念经。在刘伯钦家，唐僧就靠念他那个"小乘佛法"，超度了刘伯钦的父亲。这下，唐僧可是自信从容多了。净手，拈香，拜家堂，敲木鱼，净口净心，最后足足诵了五部经。这套动作和流程，唐僧做得娴熟自在，效果也特别好。刘伯钦之父托梦说：

> 我在阴司里苦难难脱，日久不得超生。今幸得圣僧，念了经卷，消了我的罪业，阎王差人送我上中华富地长者人家托生去了。（第十三回）

超生的喜讯，刘父给家里人分别说了一遍，原文也不厌其烦地做了交代。

所以，再次出发后，唐僧的心情好多了。原文写道："同上大路，看不尽那山中野景，岭上风光。"由此可见，人在专注于自己所擅长的事情之时，就会特别自信、特别从容、特别有定力，当然也特别有魅力。

归结起来，唐僧在"不得已上路"之后，经历了无知无畏式的自我论证、高人指点下的心之暂定和专业自信后的心之踏实这三个阶段。这三个阶段是层层递进、由内向外、由抽象变具体的。未经事之前，总是自信满满；真遇事之后，又往往一下蒙圈。如何从无知无畏，变成真正的踏实？唐僧做了榜样：刚开始，要有一定的决心；初遇事，需要高人指点；真踏实，还靠自我能耐。如此之后，才能从心高、心慌到最后的心坚——inner peace。

图9—2 电视剧《西游记》剧照

说到底，人要坚心磨琢，

着意修持，还得从心上入手，用心来以内御外。唐僧的取经之路刚刚开始，他的心还需要继续"磨琢"和"修持"。在路上，他明白了一个最简单的道理：只有一条路不能选择——那就是放弃的路；只有一条路不能拒绝——那就是取经的路。对我们来说，在路上，就是：只有一条路不能选择——那就是放弃的路；只有一条路不能拒绝——那就是成长的路。在放弃与拒绝之间，考验的是我们的心够不够坚、专业够不够硬。

其实，我们每个人都在路上，不管愿意不愿意，都必须面对各种不得已。从某种程度上说，大家都没得选。若要继续一路向前，要么快乐前行，要么被动前行。总之，只要搭上时间的列车，都别想中途下来，直至一个轮回的终止。还是电视剧《西游记》中的一首插曲《走啊走》唱得好：

"走啊走，走啊走，依依别离家乡柳。披星戴月食风饮露，苦海无边甘承受，人生贵在有追求，哪怕脚下路悠悠。走啊走，走啊走……"

这正是：

依依别离家乡柳，
人生贵在有追求。
坚心磨琢成长路，
着意修持荡悠悠。

心猿归正，六贼无踪
——悟空如何破心中之贼

众所周知，像唐僧这种两耳不闻窗外事、一心只读真佛经的"学霸"，外在的艰难并不会动摇他。怕是人之常情，怕完了还去就得了。对他来说，虽遇事就怂，但内心却是一根筋式的坚定。只要没被吃掉，就会一直坚定向西。

而悟空就完全不同了，因为他的问题在内而不在外。五百年后，五行山变成了两界山，他的心是否已分两界，是否确实已"与往事干杯"？

在观音面前，他虽已表态，但内心真"归正"了吗？"心猿归正六贼无踪"一回，就专门作了交代。

心猿二字，既指悟空，又指悟空那颗躁动不安的心。正所谓："猿猴道体假人心，心即猿猴意思深。"心猿，表示心不能安静；意马，表示意不能稳定，高低起

图9—3 悟空打虎

伏，横冲直撞。心猿和意马合起来就表示，心意杂思妄想，如猿如马一般地奔腾。若使心猿归正，就必须让他心无杂念。这些杂念，《西游记》是用"六贼"来具体表现的。悟空打死六贼，就是心猿归正的前提。原文说得好："马猿合作心和意，紧缚拴牢莫外寻。"

下面，我们就具体看一看这心猿是如何"紧缚拴牢"的。这一过程分三阶段：

第一阶段："放心"。

心猿被唐僧从两界山放了出来，那叫一个人逢喜事精神爽，"急起身"，"就去收拾行李，叩背马匹"，麻利极了，进入工作角色也快极了。高兴之下，悟空：

早到了三藏的马前，赤淋淋跪下，道声："师父，我出来也！"对三藏拜了四拜。（第十四回）

然而没老实一会儿，心又开始野了。也许是被压太久，五百年没说过话，对着唐僧就一通猛吹：

我老孙，颇有降龙伏虎的手段，翻江搅海的神通，见貌辨色，聆音察理，大之则谅于宇宙，小之则摄于毫毛！变化无端，隐显莫测。剥这个虎皮，何为稀罕？见到那疑难处，看展本事么！（第十四回）

这一半为真、一半为假的自我吹嘘，说明悟空的"心猿"是消停不了一会儿的。顺便插一句，悟空牛皮一吹，却给唐僧传达了一个错误观念，留下了无尽隐患。在悟空，这是畅快了嘴，说完自己也不会在意；但唐僧全以为真，"愈加放怀无虑"。以后一遇悟空也犯愁的事，唐僧就怪罪："你不是有降龙伏虎、翻江搅海的能耐吗？现在怎么没本事了！净瞎吹！"这就是吹牛的风险。有时候，嘴不照心地瞎咧咧，真会让自己处处被动。

另外，在投宿一老者家中之时，悟空的心猿又撒开了。一会儿，自吹：

> 我也不是甚糖人蜜人，我是齐天大圣。
> 我儿子便胡说！（第十四回）

一会儿，又与老者比年龄：人家都一百三十岁了，悟空却说："还是我重子重孙哩！"话是实话，但听着怎么都不顺耳不是？当然，这个"放心"，还只是小打小闹，用现在的话说，就是悟空你又调皮了。

第二阶段："收心"。

次日，师徒二人再上路，遇上了六贼。六贼是有一些名堂的：

> 一个唤做眼看喜，一个唤做耳听怒，一个唤做鼻嗅爱，一个唤作舌尝思，一个唤作意见欲，一个唤作身本忧。（第十四回）

这能是人名吗？显然，这六贼只是一种象征。象征什么？象征人心生出的六种欲望或情绪。六贼，其实是"六根"：眼、耳、鼻、舌、意、身，在生理学上指人的神经感官。六根产生六欲，故而有了眼看喜、耳听怒、鼻嗅爱、舌尝思、意见欲、身本忧。正是这六根产生的六欲，导致人心生烦恼，痛苦不堪，由此生出诸多罪孽。

六贼是一定要打死的，因为破六贼，也就是破悟空心中之贼，只有六贼无踪了，心才能归正。

但在唐僧看来，六贼就是六个活生生的人。说破大天，打死人都是不对的。收心虽只是和自己告别，但有时候也得考虑别人的感受以及现实的情况。

毕竟人在社会上生存，求的是前程、功果，单靠自己是成不了事儿的。悟空这么聪明的人，哪会不明白。到后来，他甚至比唐僧还明白。在第四十三回的时候，悟空就反过来教训了唐僧一顿：

> 老师父，你忘了"无眼、耳、鼻、舌、身、意"。……你如今为求经，念念在意，怕妖魔，不肯舍身；要斋吃，动舌；喜香甜，嗅鼻；闻声音，惊耳；睹事物，凝眸；招来这六贼纷纷，怎生得西天见佛？（第四十三回）

第三阶段："定心"。

要收心，要拴牢心猿，还需要一罚一赏两种手段。罚，就是要给他戴上紧箍；赏，就是要许之以好处。这一硬一软的两手，都要硬。硬的一手我们就不多说了，观音菩萨说得明白：

> 你不遵教令，不受正果，若不如此拘系你，你又诳上欺天，知甚好歹！再似从前撞出祸来，有谁收管？（第十五回）

诸位记得，那紧箍咒，本就叫"定心真言"。

软的一手呢？当悟空一撒泼，观音实在没法，又给了他"叫天天应，叫地地灵"的三根救命毫毛。

当然，破心中之贼的收心过程，注定会十分漫长。正如元代虞集《西游记序》中说：

图9—4 悟空灭六贼

> 盖吾人作魔、作佛皆由此心，此心放，则为妄心，妄心一起则能作魔。此心收，则为真心，真心一见便能灭魔。

《西游记》本身就是一部修心之作，对悟空来说，西行之路，也就是一条漫长的收心之路。

而对我们来说，在真实的社会中生存、发展，又何尝不是一条收心之路。在此路上，我们也是心猿笃定方能经得住六贼的诱惑。

相比西游世界，现今的"六贼"一点儿也不少。我们不是一味地唱高调，不是让大家六根清净，成佛成圣，而是说在面对"六贼"之时，让大家更多一些从容、淡定，更多一些反躬自省，更少一些无谓的烦恼和抱怨。

这正是：

千山万水噪声频，
一勾新月照而今。
定心真言之为何？
收放自如静中勤。

不忘初心，方得始终
——悟空如何从"二心"到"一心"

《华严经》上有一句话，叫："不忘初心，方得始终。"初心是什么？原指初发心愿学佛法者。后来，初心常指一个人的初衷、初志、初愿。这句话的意思是，不要忘记最初时候所确定的目标，矢志不移、有始有终地坚持下去，才会获得好的结果。

悟空的初心是什么？反正保着唐僧走到第五十七回的时候，他自己大概已经忘记了。最初是为了长生不老，然后慢慢地发展成为了扬名立万，为了修成正果，为了也坐莲台。本着这些初心，从石猴，到美猴王、妖猴，再到孙悟空、弼马温、齐天大圣，最后到孙行者、斗战胜佛，一路走来，都是从长生不老开始的。其中，当孙悟空、当孙行者的时间是最长的，名叫悟空，就得悟"空"；名叫行者，就得修行。修行，就得历难，历难必要战胜心魔。悟空的心魔也就是如来口中的"二心"，"二心"发展到真假美猴王的时候，达到了顶峰。取经之路虽然还有一小半，但悟空只要做到了"二心"变"一心"，他的真经就算取到了手。

"二心"的显现，直接动因是打杀了几个草寇，因此被师父大撵了三次，小赶了六次。第一次被逐，是因灭了必须要灭的六贼；第二次被逐，是因三打白骨精（其中小赶了三次）；第三次被逐，就是这次灭草寇事件（其中小赶了三次）。常言道，事不过三。经此之后，悟空再也没被逐。在历次被逐的心酸中，悟空越来越觉得委屈，越来越觉得是唐僧负了心。此次被逐，悟空终于忍不住了，跑到观音姐姐那里，"止不住泪如泉涌，放声大哭"。哭得观音姐姐也很心疼，说不要哭，你一哭我心里也不好受，有什么伤感之事，姐姐我来给你排解。悟空哭诉道：

> 当年弟子为人，曾受哪个气来？自蒙菩萨解脱天灾，秉教沙门，保护唐僧往西天拜佛求经，我弟子舍身拼命，救解他的魔障，就如老虎口里夺脆骨，蛟龙背上揭生鳞。只指望归真正果，洗业除邪，怎知那长老背义忘恩，直迷了一片善缘，更不察皂白之苦！（第五十七回）

唐僧是迷了善缘不假，但他自己其实也迷了初心。要知道，取经可不仅仅是为了唐王，更是为了他自己。

"二心"的争斗，过程非常精彩，内容更令人回味。

正在悟空还在观音姐姐那里诉苦的时候，悟空的"二心"——六耳猕猴跳了出来，打了唐僧，回到花果山，要自己组队取经。还没出发，沙僧找上门，然后真假悟空一起，先后找了观音、天庭、唐僧、地府、谛听，来分辨谁是真假，但结果是，一干人等，不是看不出，就是看出不愿说，最后还得找到如来那里，当着如来的面，由悟空自己打死了自己的"二心"。

六耳猕猴事件，是《西游记》最大的一桩迷案之一，当然也是悟空自己的"大事件"，以及唐僧和悟空二人关系的一大关键。

对六耳猕猴的身份，历来有多种猜测。有的说，六耳猕猴就是六耳猕猴，如来不是说了吗，这世间有四猴混世。也有的说，六耳猕猴是悟空的"备胎"，如来看悟空不听话，就将"备胎"扶了正，真悟空被当作六耳猕猴给打死了。对于第一种说法，没那么简单。要真是六耳猕猴的话，真假悟空又有什么难以辨别的，大家只要数一数耳朵就好。对于第二种说法，过于暗黑和离奇，依据不足，仅供一笑。我们还是更相信，六耳猕猴是另一个真实的悟空，或者说是悟空的另一个潜意识中的自我。六耳猕猴所做的，正是真悟空潜意识中想做而没做的事情。

这么讲，理由有五：

第一，在三星洞，当打破盘中哑谜，深夜求菩提祖师传长生不老之术时，悟空说："此间更无六耳（即没有第三人），只弟子一人！"而变作孙悟空的偏偏是六耳猕猴，显然这不是巧合，而是有前后照应之意。

第二，六耳猕猴就是悟空自己生出的心魔。神与魔的冲突，既是两种力量之间的冲突，也是人自身两种不同欲望和意向之间的冲突。

第三，"二心"也可分为人心、道心，而人心、道心皆为一心之两面。追求道心的是真悟空，追求人心的是六耳猕猴，二者都归悟空所有。六耳猕猴代表的人心，其实就是人的"四心"和"六识"。"四心"即"四猴混世"，代表的是贪、嗔、痴、碍；"六识"即"六耳猕猴"，代表的是喜、怒、哀、乐、恶、欲。

第四，紧箍只有一个，观音已经套在了

图9—5 观音将真悟空送回

悟空的头上，又怎么可能同时出现在六耳猕猴的脑袋上？

第五，最为关键的是，如来其实已经在众人面前隐晦地指出了这一点。当他看到两个悟空来的时候，当时就说道：

> 汝等俱是一心，且看二心竞斗而来也。（第五十八回）

意思是说，你们都只有"一心"，但某人就是有"二心"，且"二心"之间正在进行着激烈的斗争。

如来为什么不点透呢？留面子呗。用"六耳"来点醒悟空，是非常高明的智慧。悟空拥有极高的智商和悟性，还能不懂？所以，如来刚说完，悟空立即做出了保证：我的"二心"已经被我自己消灭，从此我就只有"一心"，也就是仍然向佛的初心了。

如来对悟空的表现当然很满意，做出了明确承诺：只要你一心保着唐僧，将来成功，果位不会低于菩萨。自此后，悟空果然再没干一件滥杀无辜的事。

忘了初心，就会生"二心"；不忘初心，就会"合意同心，洗冤解怒"，实现自己最初的梦想。当然，忘了初心的也不止悟空一个，整个团队其实都忘了初心。正如陈士斌在《西游真诠》中所言：

> 不但是一人二心，即三徒三心，而与唐僧不合一者亦是。

董仲舒《春秋繁露》云：

> 心止于一中者，谓之忠；持二中者，谓之患[1]。

"一心"为忠，"二心"为患。只有多心合一，不忘初心，方得始终。

对我们来说，不忘初心，方得始终，确实是一句至理名言。人越长大，心越执着，曾经的多心多虑，必会慢慢平复；曾经无法容忍的，也都渐渐包容。不忘初心，才会找对人生的方向，才会坚定我们的追求，抵达自己的初衷，取得属于自己的真经。

这正是：

---

[1] 《春秋繁露·天道无二第五十一》。

人有二心生祸灾，
天涯海角致疑猜。
不忘初心归妙觉，
方得始终成功来。

多心多难，坚持就完
——三人如何喝下"乌巢牌"心灵鸡汤

话说唐僧师徒来到了浮屠山。在浮屠山山脚，经一位高人的指点，他们做了一番"小结"。这位高人煲了一锅地道的"心灵鸡汤"，热乎乎地等着他们。高人名叫乌巢禅师，"心灵鸡汤"叫"乌巢牌"《多心经》。

在《西游记》中，乌巢禅师与悟空的授业恩师菩提祖师一样神秘，出场都不多，作用都极大。与菩老师不同，乌巢禅师更加神秘，只露了一小脸儿，给三人做过"心理辅导"之后，再没出现。显然，他是专为传《多心经》而来的。

《多心经》来头可不小，虽只有五十四句、二百七十字，但极为重要，在此后的情节中出现了十三次之多。《多心经》为何有这么大的魅力？

《多心经》（全称是《般若波罗蜜多心经》[1]，简称《般若心经》或《心经》），是《西游记》中唯一出现的真正的经文。乌巢禅师将之视为"修真之总经，作佛之会门"，地位可想而知。如此牛的经文讲的是什么？为什么早不出现、晚不出现，非得这时候出现呢？

《多心经》是佛经中翻译次数最多，译成文种最丰富，并最常被念诵的经典。乌巢禅师所诵是其中最有代表性的一种，为真唐僧玄奘所译。总地来讲，它是透过佛的通达大智慧，来超脱世俗困苦的根本途径。在此时出现，是为唐僧师徒三人的"多心"而"私人定制"的，通过这次"小结"，坚定每个人的取经信心。

悟空是"多心"的，我们不奇怪。奇怪的是，唐僧也"多心"。一路走来，唐僧其实一直是多心、多虑、多疑的。八戒更不用说了，虽然是"新人"，但俗世生活经验最丰富。刚加入队伍之时，就一边表态要死心塌地去取经，一边坚定地给自

---

[1] "般若"为智慧，"波罗"为彼岸，"蜜多"为到达，"心"为心髓、核心，合起来的意思是"以大智慧解脱到达彼岸之心要的经典"。在《西游记》中，作者更多地将此理解、演化成"修心"之义。

第九讲 炼心：彻底一心 165

己留好后路，做了成与不成的两手准备。高老庄临别时，他撂下话：

> 上复丈母、大姨、二姨并姨夫、姑舅诸亲，我今日去做和尚了，不及面辞，休怪。丈人啊，你还好生看待我浑家，只怕我们取不成经时，好来还俗，照旧与你做女婿过活……只恐一时间有些儿差池，却不是和尚误了做，老婆误了娶，两下里都耽搁了？（第十九回）

而唐僧最后收的、观音最先选定的沙僧，反而对取经之事最不"多心"，并没有多少接受《多心经》教育的必要。再者，核心团队刚刚建立，也需要及时做一做"思想教育"。所以，在此情况下，《多心经》适时地出现了。

当然，因他们各自的情况、动机和基础都不一样，所悟、所得自然也不同。

第一，释唐僧的"难"。

对唐僧来说，《多心经》是让他不怕"难"的。不难看出，此时的唐僧其实已渐起浮躁之心，对取经大业逐渐表露出怕难和求快冒进的一面。与乌巢禅师对话的短短几百字里，唐僧连问了三次。第一次问：

> 请问西天大雷音寺还在哪里？（第十九回）

乌老师告诉他：

> 远哩，远哩！只是路多虎豹难行。（第十九回）

意思是前路危险，你要有心理准备。第二次再问：

> 路途果有多远？（第十九回）

一样的意思，只是换了个问法。乌老师也是一样的答案，只是多了一些解释：

> 路途虽远，终须有到之日，却

图9—6 元·赵孟頫书《心经》局部

只是魔瘴难消。我有《多心经》一卷，凡五十四句，共计二百七十字。若遇魔瘴之处，但念此经，自无伤害。（第十九回）

明确告诉了他，取经之事，最难跨越的不是外在的路途，而是内心的迷乱。

第三次，唐僧仍不放心，"又扯住奉告，定要问个西去的路程端的"。乌老师通过一首顺口溜，大致讲了前面到底有哪些困难，当然，这些都一一应验了。

为什么唐僧要抓住乌老师不放呢？除了他的心思一直细密之外，其实也与他浮躁之心渐起有关。本来，坚持往西走就完了，出发时说得好好的嘛，遇佛拜佛，逢庙烧香，总有圆梦的那一天。现在又何必急于一时

图9—7　乌巢禅师授心经

呢。由此可见，唐僧虽然"耳闻一遍，即能记忆"，但对《多心经》的理解还不够深入。难怪，此后的十几次，悟空要拿《多心经》给他老人家"上课"。比如，在第三十二回，悟空教训道：

> 师父，出家人莫说在家话。你记得那乌巢和尚的《心经》云："心无挂碍，无挂碍，方无恐怖，远离颠倒梦想"之言？但只是"扫除心上垢，洗净耳边尘"。不受苦中苦，难为人上人。你莫生忧虑，但有老孙，就是塌下天来，可保无事。怕甚么虎狼！（第三十二回）

第二，释悟空的"心"。

对悟空来说，《多心经》就是让他由"多心"变"一心"。外在的约束，靠紧箍咒；内在的释怀，靠《心经》。正如汪象旭所论，《多心经》二百七十字，其实只有一字，那就是"心"。悟空是悟性最高的，对《心经》的理解根本不用多说，一点即透。虽然，乌老师在讲解时，关于经文的"正解"，他一句没提，但却字字在心，不然他为什么老拿《心经》开导唐僧？

悟空对"难"极不敏感，甚至还怕没困难呢。他的关注点其实在"心"上。刚见乌老师，他的心就很受伤："这老禅怎么认得他（八戒），倒不认得我？"

"因少识耳。"乌老师真不认识他吗？不是。后面的诸多难，他都了如指掌，哪能真不认识。如此说，其实是故意冷落。当乌老师传过《心经》回巢而去时，唐僧还在那儿琢磨，而悟空已然大怒。怒什么呢？怒乌老师骂他：

　　你哪里晓得？他说野猪挑担子，是骂的八戒；多年老石猴，是骂的老孙。你怎么解得此意？（第十九回）

同样一件事，关注点却极为不同。唐僧关注前面还有多远，还有哪些具体困难；而悟空只关注名头和面子。所以，"唐僧往上拜谢，行者心中大怒，举铁棒望上乱捣"。

第三，释八戒的"家"。

师徒几人中，八戒是最接地气、最有家庭观念的。除他之外，还有谁结过婚，而且还"嫁"过两任老婆！

佛中把当和尚，叫出家；八戒跟着唐僧远行，也是出家。既已出家，就不能老惦记着有朝一日还回来。瞻前而顾后，如何能心无挂碍；心有挂碍，如何能一心一意；不能一心一意，如何能坚持到底！

其实八戒与乌老师是老相识。八戒说，当初"他曾劝我跟他修行，我不曾去罢了"。为什么不去？应该与放不下福陵山温暖的小家有关。

所以，乌老师一见他，先是"惊问"道："你是福陵山猪刚鬣，怎么有此大缘，得与圣僧同行？"随后又"大喜"："好，好，好！"这个好，也是乌老师为他终于下定决心，抛却小家去寻前程叫好。

悟空和唐僧也是把八戒视作家心太重的人。刚别乌老师一会儿，八戒就喊饿。虽然大家都饿，但八戒却成了矛头所向。悟空说："这个恋家鬼！你离了家几日，就生报怨！"唐僧也讲："悟能，你若是再家心重呵，不是个出家的了，你还回去罢。"

有点欺负人了吧。喊个饿而已，哪有那么大的罪过！为什么说他呢？首先，他的家心确实重；其次，他是"新人"；再次，他是个"直肠的痴汉"。不管怎么讲，这点痛处，被师父、师兄抓得死死的。

所以，乌老师把全称《摩诃般若波罗蜜多心经》简称为《多心经》，这可不是为了省字，不是为了叫着方便，而是为了突出重点，给唐僧、悟空、八戒上一堂"心理疏导课"，让他们明白：要取经，要成佛，就要将"多心"修炼成"一心"，将诸多复杂的杂念转化为简单的坚持。

成长之路也是取经之路。这条路，不仅是一场艰辛的体力劳动，更是一场漫长的精神炼狱。乌老师用《多心经》开释了唐僧师徒，不愧是一个高明的精神导师。而我们自己的《多心经》又在哪里？我们的精神导师又在哪里？在我们自己心里。正所谓："佛在灵山莫远求，灵山只在汝心头。人人有个灵山塔，好向灵山塔下修。"悟空解读《多心经》的这几句话，可以给我们一些好的启示。

多心多难，如何排解？坚持就完了。如何坚持？坚持就是坚持，没那么多道道儿。这不是费话吗？不是费话。如果非要讲出一大段坚持与不坚持的道理，说明我们已多心多虑，已不能坚持。就像有人问如何长寿，长寿者答坚持不死就完了一样简单。

这正是：

有恒不必五更眠，
只怕一曝再十寒。
找准方向笨坚持，
管它多心又多难。

一时忘念，迷途终返
——观音菩萨为何"迷"缚红孩儿

天上一朵红云飘过，红孩儿隆重出场。红孩儿是牛魔王的独生子，大名叫牛圣婴，自号圣婴大王，三百多岁了，独占方圆六百里的号山。在我们的印象中，红孩儿不过是一个七岁多的小屁孩儿，喜欢玩火、欺负人，性格乖张，调皮捣蛋，像极了一个被溺爱惯坏了的小孩子。

其实，红孩儿[1]是数一数二的大妖怪、狠角色，不仅法力高强，心狠手辣，还善于用智、用心，是西游世界中唯一敢直接变成观音菩萨、捅观音菩萨、还把悟空弄死一回的妖怪，是名副其实的牛！特别是刚出场之时，不仅惊艳，而且"迷人"。最后，观音也是用"迷"字将之收伏的。

首先，红孩儿以善迷唐僧。

---

[1] 《西游真诠》认为，红孩儿叫这名的深意是："火气之邪，以著其妖。火即气也，烟即怒也，其义一也。按金、木、水、火、土，火之能统五行，犹心之能统五脏，怒之能七情。"

软善是唐僧的软肋。用善迷他，屡试不爽。在飘过两次红云之后，红孩儿瞄定了这个白面胖和尚。怎么到手？红孩儿想到一高招：

> 若要倚势而擒，莫能得近；或者以善迷他，却到得手。但哄得他心迷惑，待我在善内生机，断然拿了。（第四十回）

于是，红孩儿变做一个全身赤裸的七岁小孩，吊在树上，喊救命。善迷分成了三次。

第一次，唐僧听见了半山有人叫，却被悟空糊弄过去了。悟空说：

图9—8 红孩儿善迷唐僧

> 师父只管走路，莫缠什么，"人轿""骡轿""明轿""睡轿"。这所在，就有轿，也没个人抬你。（第四十回）

笑着打马虎眼儿，给岔开了。

第二次，唐僧又听人叫，悟空不仅直接教训了他两句，还给他讲了一个故事，又没迷成。悟空说：

> 师父，今日且把这慈悲心略收起收起，待过了此山，再发慈悲罢。（第四十回）

然后，给他讲：

> 有一般蟒蛇，但修得年远日深，成了精魅，善能知人小名儿。他若在草科里，或山凹中，叫人一声，人不答应还可，若答应一声，他就把人元神绰去，当夜跟来，断然伤人性命。（第四十回）

用吓唬小孩儿的方式，把唐僧吓得不敢吭声了。

第三次，唐僧恼了。事不过三嘛。唐僧说："这个泼猴，十分弄我！"然后，"哏哏的，要念紧箍儿咒"。这回没法了，因为红孩儿直接吊在面前了。唐僧看见，心想那还了得，于是发狠骂道：

> 这泼猴多大悫懫！全无有一些儿善良之意，心心只是要撒泼行凶哩！我那般说叫唤的是个人声，他就千言万语只嚷是妖怪！你看那树上吊的不是个人么？（第四十回）

见了面，红孩儿编出一个特凄惨特凄惨的家史，说自己的爸爸原来叫红百万，现在混成了红十万（难道也是炒股炒的！），而且被人骗了财、打了劫，弄得家产丢光，爹被贼杀，娘被人掳，自己也被人吊了三天三夜。唐僧当然"认了真实"。至此，以善迷唐僧的任务大功告成。

其次，以财迷八戒。

但凡与好处、宝贝、钱财有关的事情都能迷住八戒，就连这次虚无缥缈的钱财也不例外。红孩儿胡侃道：

> 虽然我父母空亡，家财尽绝，还有些田产未动，亲戚皆存。（第四十回）

还说自己有外公、姑妈、姨夫、族伯、堂叔、堂兄等，俨然是一个大家族，更重要的是，他们会"典卖些田产，重重酬谢"。八戒心想，有戏，转而替红孩儿说话：

> 他说得是，强盗只打劫他些浮财，莫成连房屋田产也劫得去？若与他亲戚们说了，我们纵有广大食肠，也吃不了他十亩田价。救他下来罢。（第四十回）

没等悟空回应，八戒已经"只是想着吃食，哪里管甚么好歹，使戒刀挑断绳索，放下怪来"。

再次，以技迷悟空。

一通折腾之后，"白面胖和尚"到手。接下来，一场精彩的"僧肉争夺战"打响。对红孩儿来说，最难对付的自然是悟空。刚才以善迷唐僧之时，就知"大圣是个能人，暗将他放在心上"。单论功夫，两人差不多，打了二十多个回合不分胜负。再论手段，悟空完败。因为红孩儿的两大手段：放烟和放火，正好克着悟空。当初在太上老君的炉子里，眼睛就被熏成了红眼病，这一次也被熏得"眼花雀乱，忍不住泪落如雨"。不过，可怕的是火。红孩儿的火，名叫"三昧真火"[1]，能"永镇西方第一名"。为了降住三昧真火，悟空还特意请了四海龙王助阵。可不用水还好，一用水，反而"似火上浇油，越泼越灼"。把悟空烧得：

> 这大圣一身烟火，炮燥难禁，径投于涧水内救火。怎知被冷水一逼，弄得火气攻心，三魂出舍。可怜气塞胸堂喉舌冷，魂飞魄散丧残生！（第四十一回）

图9—9 悟空差点被烧死

若不是八戒一通乱捣鼓，悟空还真又去见了阎王。
最后，以狂迷观音。

屡次得手后，红孩儿已彻底迷了心窍，狂得没边儿了。悟空这边，因屡次不胜，只好去请观音菩萨。悟空伤重难行，让八戒去了。半路上，一呆碰上了一迷。红孩儿赶过八戒，端坐在壁岩之上，变作一个假观世音，等着他。

要说八戒以前也见过观音，却愣没看出来，可见变得有多像。不仅变得像，说得也像：

> 你起来，跟我进那洞里见洞主，与你说个人情，你赔一个礼，把你师父讨出来罢。（第四十一回）

结果不费吹灰之力，就把八戒迷骗过去了。再面对真观音时，红孩儿也是丝毫不惧，说了一句著名的台词："你是猴子请来的救兵吗？"
坐在莲台上，面对着三十六把天罡刀，仍照观音就打。

---

1 什么是"三昧真火"？在佛、道的许多经典中都可以见到这个名称。按照吕洞宾《指玄篇》的陈述，"三昧真火"指的是心君之"神火"、肾臣之"精火"、膀胱之"气火"，即心、肾和膀胱三者协调而形成的"真火"。为什么把这三种火称为"昧"呢？"昧"字是"日"和"未"的组合，"日"是"火"的源头，"未"是十二地支之八，与十二月中的六月相对应，是阳气最充足的时候。

如此连续靠"迷"取胜的狠角儿，最后只能伏在"迷"字之上。

优势有时候也是一种劣势。以红孩儿观之，的确如此。但好在他只是一时妄念，最后在观音的强大外力之下，终于迷途知返了。第四十九回再见悟空时，红孩儿已"改造"得很好了："幸菩萨不弃收留，早晚不离左右，专侍莲台之下，甚得善慈。"悟空又小骄傲了一把，说："你那时节魔业迷心，今朝得成正果，才知老孙是好人也。"

这正是：

道高一尺魔丈高，
心机本静静生妖。
迷邪得志空欢喜，
毕竟还从正处消。

圈里圈外，此心彼心
——西游圈圈中有何奥秘

《西游记》中有很多圈圈。这些圈圈，大多与悟空有直接关系。金刚琢是圈儿，紧箍儿也是圈儿，棒子两头箍的也是圈儿，为防唐僧乱跑画的还是圈儿。法圈儿，心圈儿，实物圈儿，有形的圈儿，无形的圈儿，圈圈套你没商量。但套的是什么呢？

心！圈里圈外，此心彼心，各有不同罢了。

先来说说这无形的圈。这个圈，就是悟空出去化斋之前，在地上为师父和师弟画的那个圈。悟空临走时交代说：

老孙画的这圈，强似那铜墙铁壁，凭他什么虎豹狼虫，妖魔鬼怪，俱莫敢近。但只不许你们走出圈外，只在中间稳坐，保你无虞；但若出了圈儿，定遭毒手。（第五十回）

有那么神吗？当然没有。如果觉得真有那么厉害的话，那准是影视剧中的特效做得太好了，妖怪一接近圈子，圈子立即放射出道道电光，给人的感觉就像悟空在师父身边布下了一个智能高压电网似的。

其实，这个圈，是悟空用来吓唬师父他们的，而不是真能防妖怪。悟空知道师父没坐性，画个圈的意思就是，限定师父的活动范围，只要师父老老实实地坐在圈子里，不到处走动，进入不到妖怪的视野，那自然就能保证他的安全。

今天看来，这个圈还有着更强的象征意义：在我们的生活中，人不是绝对自由的，你的行动绝不能"出圈"，一旦出圈，就会生出很多麻烦。

悟空是心猿，代表的是心，他所画的圈就是心圈。但人心的自制力是有限的，来自外界的诱惑常常使人难以抵制。悟空刚走，八戒就说，画个圈，这是让我们坐牢，一点儿用处没有，我们还是走我们的吧。于是，八戒当先，师父随后，齐刷刷地走到青牛精家里。在妖怪家里，招呼都不打，就把人家的三件纳锦背心给穿上了，结果自然是，出了悟空的圈，中了妖怪的圈，被青牛精给包圆儿了。

图9—10　独角兕王圈退众神

其实，不仅唐僧他们不十分遵守，就连现实中的我们也决不会把它太当回事儿。大至法律法规，小至行为规范，各种无形的圈，我们不都像八戒认为这是"画地为牢"吗？要不然也不会有那样的"中国式过马路"了。正如《西游真诠》的作者清代陈一斌所言：

"苟胸次扰扰，心为境转，有性无性。出此圈，即入彼圈，所谓入于罟获陷阱之中，而莫之知避也。"意思就是悟空最后"教导"师父的话：

只因你不信我的圈子，却教你受别人的圈子。（第五十三回）

李卓吾批评得好：

谁人跳出这个圈子？谁人不在这个圈子里？[1]

---

[1] 《李卓吾批评本》第五十一回总批。

再来说说这有形的圈子。

《西游记》中最有名的圈子有两个，一个是悟空的"头饰"紧箍儿，一个是老君的金刚琢。金刚琢我们后面再讲，现在先说说紧箍儿。

紧箍儿这个圈，伴随悟空取经全程，让他每每想起都胆战心惊。以至于到最后都成佛了，头一件就是想把箍儿摘下来，打得粉碎。紧箍儿这个圈，虽然戴在头上，却套在心里，时时刻刻提醒他：把你小子从两界山放出来，是为了让你保护唐僧取经的。你的一切所作所为，都要服从于、服务于取经大业，要尽职尽责，要听师父的话，而不能由着自己的性子胡来，还像以前一样想干什么就干什么。

戴在头上，圈在心中，悟空始终放不下。诸位可能会觉得，"套圈"对悟空太不人道了，剥夺了他的自由。但不知诸位想过没有，正是这个圈成就了悟空。因为，由着自己的性子来，想一出是一出，绝不是好事。紧箍咒的大名不就叫"定心真言"吗。

前面讲过，没修炼成佛之前，悟空这颗心难免会躁动、会狂野。如此下去，不但害人，而且害己。要使他平静下来，就必须用"定心真言"加以拘束，让他不至于狂躁到自己都控制不住自己。放任心绪不加约束，必定什么也做不成。

另外，这个圈还有另一层意思，表明唐僧是取经团队的核心，是师父、是领导，他代表的是人的理想和信念，而悟空是行者，代表的是行动与实践。行动与实践要听理想和信念的，要围着理想和信念转圈。

有人说，唐僧念紧箍咒念得有点多了，有相当部分是冤枉了悟空。没错，这正是为了修炼一颗坚强无比的心所必需的过程。连那么大的委屈都受得住的心，还有什么不能承受呢？

周立波说，人，要么忍，要么狠，要么滚。对悟空来说，滚也滚过，狠也狠过，而最终成佛还得靠忍。当然，忍的滋味不好受，忍多了自然有烦恼。紧箍咒就是悟空的烦恼，套着紧箍儿，正意味着心被困在烦恼里，将带刃的东西放在心里。悟空一路的修行，为的就是祛除这个烦恼。修行到了，烦恼自然就去了，解脱了自己的烦恼也就祛除了自己心头的紧箍儿，自然成佛了。

所以，从这层意义上讲，取经的故事也可以说是一个从自己给自己的心套上圈开始，到这个圈自然去除的过程！

所谓成人不自在，自在不成人。在我们的一生中，该有多少不自在的圈等着套我们呢。到时候，我们是让别人套，还是自己套？

这正是：

> 圈里圈外意思深，
> 此心彼心皆为人。
> 常净常清常清净，
> 扫尘扫垢扫垢尘。

第十讲
攘外：外部考核

西游众妖魔，总是上演老大欺心、引火上身的好戏，总是信奉莫说虚头、见见手段的老话。一试再试之下，还是明时务、知进退、练本事吧……

❀ 多大欺心，引祸上身 ❀
——虎先锋之命被哪"四风"刮没了

话说唐僧师徒来到了八百里黄风岭。黄风岭上，有大小两个会使风的妖精。大妖是黄风怪，小妖是虎先锋。大妖使的是大风，小妖使的是小风。大妖让悟空吃了大亏，小妖被八戒收了小命。

大黄风怪的事，容后再表。本则，我们先说说小虎先锋的悲剧。

虎先锋使的风，是"四风"——炫技之风、马屁之风、自大之风和无知之风。此"四风"一刮，害人不成反害己。

第一，炫技之风。

虎先锋有三样小技：一是会使风。风一起：

过岭只闻千树吼，入林但见万竿摇。岸边摆柳连根动，园内吹花带叶飘。……播土扬尘沙迸迸，翻江搅海浪涛涛。（第二十回）

二是会"自杀式"唬人。这一招，狠就狠在生生剥自己的皮，"直挺挺站将起来，把那前左爪抡起，抠住自家的胸膛，往下一抓，滑刺的一声，把个皮剥将下来"。的确瘆人！

三是会金蝉脱壳：

又抠着胸膛，剥下皮来，苫盖在那卧虎石上，脱真身，化一阵狂风，径回路口。（第二十回）

悟空和八戒大惊道："不好了！中了他计也！"不过，这是典型的小聪明，能玩得了一时，却玩不了一天，只使一次就玩完儿。你想啊，血淋淋地扒自己的皮，下手再狠，能玩几回？

第二，马屁之风。

如此残忍地对自己，虎先锋图什么呢？图的就是在黄风怪面前，表功、显能耐、拍马屁：

小将使一个金蝉脱壳之计，撤身得空，把这和尚拿来，奉献大王，聊表一餐之敬。（第二十回）

图10—1 虎先锋逞能

很是得意，满心希望能得表扬，可黄风怪却异常吃惊兼后怕。黄风怪是见过世面的，知道唐僧虽然好抓，但唐僧的徒弟不好对付："吃了他不打紧，只恐怕他那两个徒弟上门吵闹。"这层厉害，傻愣愣的虎先锋全然不知，还嫌黄风怪胆小："大王，见食不食，呼为劣蹶。"[1] 虎先锋的任务本来是"只该拿些山牛、野彘、肥鹿、胡羊"，结果拿了唐僧来，"惹他那徒弟来此闹吵，怎生区处"？这马屁拍的，把大祸领进了家门。自作主张，私自加压，为拍马屁而拍马屁，可能就是这么一个结果。

第三，自大之风。

虎先锋本事不大，但口气不小，处处透着自大与浮夸。刚见悟空、八戒这两个大魔头，二话不说，"急近步，丢一个架子，望八戒劈脸来抓"。打了两下，招架不住，败逃了之。等悟空找上门时，他又向老大夸下海口：

大王放心稳便，高枕勿忧。小将不才，愿带领五十个小校出去，把那什

---

[1] 劣蹶之义为顽劣，不驯顺。"见食不食，呼为劣蹶"，大意为"有得吃不吃，简直有点二"。

么孙行者拿来凑吃。（第二十回）

黄风怪还劝他：

> 我这里除了大小头目，还有五七百名小校，凭你选择，领多少去。（第二十回）

近七百的人手，只带五十，这不是作死吗？走时，他还腆着脸说："放心，放心！等我去来。"最后，果然与悟空交上了手，场面虽然好看，但结果却是：

> 那怪是个真鹅卵，悟空是个鹅卵石。……来往不禁三五回，先锋腰软全无力。转身败了要逃生，却被悟空抵死逼。（第二十回）

我们就纳闷了，虎先锋哪来的胆子呢？
第四，无知之风。
虎先锋是典型的无知无畏。因为，他是完全在"四不知"的前提下，贸然动的手。
一是不知道形势。唐僧师徒，刚刚组队，又刚刚喝了乌巢禅师的"心灵鸡汤"，彼此关系正处"蜜月期"，这当口碰上合该倒霉。
二是不知道对手。以虎先锋的"虎劲"，不了解形势还有情可原，那总要了解一下对手吧，也没有。其实八戒已经把话说明了：

> 你是认不得我！我等不是那过路的凡夫，乃东土大唐御弟三藏之弟子，奉旨上西方拜佛求经者。你早早的远避他方，让开大路，休惊了我师父，饶你性命。若似前猖獗，钯举处，却不留情！（第二十回）

警告在先，仍要死扛，不死才怪。正如原文中评道：

> 赤铜刀架美猴王，浑如垒卵来击石。鸟鹊怎与凤凰争？鹁鸽敢和鹰鹞敌？（第二十回）

三是不知道定位。虎先锋虽是先锋，在黄风怪眼里却什么也算不上。不就是

"要拿几个凡夫去做案酒"吗?八百里的山上,还捉不住几只动物,偏偏就把"严命"执行成"丢命"。

更主要的是,他那大王,根本就没把他放在眼里,他这一惹事,黄风怪立马把自己择得贼清:

只要拿住那行者,我们才自自在在吃那和尚一块肉,情愿与你拜为兄弟。但恐拿他不得,反伤了你,那时休得埋怨我也。(第二十回)

是生是死,黄风怪根本不关心,真还不如一块肉呢。

四是不知道自己。不入流的小技,就敢拿出来炫。悟空一句话,就把他的本事给概括了:

你这个剥皮的畜生!你弄什么脱壳法儿!(第二十回)

会剥皮,会脱壳,除此之外,还有什么?没了。结果自然是剥下的壳再也穿不回去了。

傻成这样,悟空都不忍心下手。

但虎先锋还只管嘴硬,气得悟空不打不行,发狠道:

你多大欺心,敢说这等大话!(第二十回)

结果被八戒,一钯子干死,落得个:

九个窟窿鲜血冒,一头脑髓尽流干。(第二十回)

这下好了,成就了师兄弟二人的"初秉沙门立此功"。

虎先锋在"四不知"的情况下,就敢刮"四风",真是名副其实的虎头虎脑,以卵击石,可悲、可笑、可叹,但绝不可怜。

图10—2 虎先锋丢人丢命

还是悟空说的对，就这等货色，也敢"多大欺心"。

对我们来说，没本事、没脑子，不自知、不知人，还想拍马屁、露一手，下场可能也就像虎先锋这样"引祸上身"。这是正宗的血的教训，我们要记，要记，还是要记呢？当然，这可不是强求啊。如果实在想刮风，或者抽风，那就只刮一风尝尝得了，可不能将这"四风"一起刮。

这正是：

任尔东南西北风，
云外浮生一夜空。
认清自己诚可贵，
一错再错再无行。

莫弄虚头，见见手段
——黄风怪怪在何处

我们再说说会刮大风的"大黄风"。"大黄风"就是黄风怪——虎先锋的老大。黄风怪原是一只在佛前听经、"蹭课"、偷油的黄毛貂鼠[1]，是第一个让悟空吃了大亏的妖怪，也是第一个让悟空承认自己降伏不了的妖怪。降伏不了，还不单单是能耐的事，而是全方位的敌不过。这黄风怪却着实有点怪，送上门的唐僧肉不着急吃，能耐并不比悟空差，却只是点到为止。为什么？我们将他与悟空对比一下就明白了。

先看他俩的称谓。

黄风怪当然是妖怪，但这怪又叫黄风大圣。"大圣"一词可不是随便叫的。整部《西游记》中，"大圣"一词共出现一千两百四十七次，绝大多数是悟空的专属称谓。就连牛哄哄的二郎神，也不过是小圣。敢这么自称，说明这精确实有能耐、有底气。底气何来？灵山。他是灵山脚下得道的黄毛貂鼠。与之相比，一个是石猴，一个是貂鼠；一个是齐天大圣，一个是黄风大圣。从称谓上看，半斤八两。

再看他俩的"前科"。

---

[1] 李志强认为，"黄貂"正是"谎刁"的谐音，所以他才会偷油、蹭课、迷人眼。参见李志强《向〈西游记〉取人生真经》，知识产权出版社 2008 年版，第 61 页。

悟空是诳天，貂鼠是偷油。一内一外，一虚一实，一个是心中罪，一个是外在行。两者有本质区别吗？没有。大错是错，小错也是错，只有轻重之分，并无本质区别。不过，令人奇怪的是，他俩服刑期间的待遇却大不同。羁押悟空的是一些小字号的神仙，而羁押貂鼠的却是灵吉菩萨本人。小神仙们主要是防着外人害悟空，大菩萨却是防着貂鼠害别人。由此也可看出，黄风怪的能耐着实不小。

接着再看他俩的本事。

《西游记》中的本事，由法力、法宝两部分组成。法力靠自身武功，法宝靠核心兵器。武功和武器又是合在一处的，也就是不用法术的话，看谁能打得过谁。结果是两人只打了一个平手，甚至黄风怪还略胜一筹。原文中说："那老妖与大圣斗经三十回合，不分胜败。"事后总结时，八戒问："师兄，那妖怪的武艺如何？"悟空老实回答："也看得过，叉法儿倒也齐整，与老孙也战个手平。"

从来不肯就低服软的悟空，也不得不承认黄风怪的武艺了得。

最后再看他俩的法术。

悟空最值得骄傲，并且屡试不爽的是身外身的手段。这手段高就高在一变多，以多取胜：

把毫毛揪下一把，用口嚼得粉碎，望上一喷，叫声"变！"变有百十个行者。（第二十一回）

一个悟空变成百十个悟空，一样的本事，确实难对付。而黄风怪只一招，就让悟空歇菜：

急回头，望着巽地上，把口张了三张，哔的一口气，吹将出去，忽然间，一阵黄风，从空刮起。（第二十一回）

这风被《西游记》描述得神乎其神，足足被描述了五十句、近四百字，结果：

图10—3 黄风怪刮大风

就把孙大圣毫毛变的小行者刮得在那半空中，却似纺车儿一般乱转，莫想轮得棒，如何拢得身？（第二十一回）

不仅如此，还把悟空的红眼病刮成了迎风流泪。此战下来，悟空可以说是完败，自己也非常服气："老孙也会呼风，也会唤雨，不曾似这个妖精的风恶！"

如果单凭武艺的话，打成平手；如果比法术的话，只能是惨败。

综合来看，整体实力上，黄风怪确实比悟空强点，而不仅仅是悟空自己所说的平手。既然如此，他还怕悟空干吗？

原文说得明白：之所以有此表现，其实是黄风怪以"见见手段"的方式，教训悟空"莫弄虚头"。悟空在打又打不过、耍手段又耍砸了的情况下，又是如何知道灵吉菩萨能降住黄风怪的？答案还是黄风怪自己说的："只除了灵吉菩萨来是，其余何足惧也！"

这么说，很像一个小故事：

甲：你拿的什么？
乙：我妈给带的鸡蛋。
甲：给我吃。
乙：不给……你猜，猜有几个。
甲：我猜出来你给我一个。
乙：你要猜出来我把这两个都给你。
甲：五个？

悟空这回也犯笨，问："灵吉菩萨在哪？"跟猜五个差不多。看来这家伙被打蒙了。在太白金星又一次及时出现、点明之后，才算告一段落。

其实，悟空的"心猿"是需要时时敲打的。

风魔，即躁动的心之意。前面碰上黑熊精，只是武艺上打个平手，手段还没试呢。被动接受了乌巢禅师的《心经》，心里却憋了一肚子气。这一次，不光武艺，连金箍棒的法宝、身外身的法术都用上，结果还是败下阵。其结果就是，躁动的心该放平了吧，该心服了吧。

全面打击之下，求的就是让悟空明白："莫弄虚头"，务实点好。该找人找人，该求助求助，以完成任务为第一要务。别的，还是收敛一下为好。这个对比够鲜明吧。

凭你一己之力，总是吃亏受罪；一旦放下身段，就有人主动相帮。正所谓，山外青山楼外楼，能人背后有人弄。人在社会上生存、发展，首先要有本事，要看本事，就得明时务，知进退，识好歹。打得过则打，打不过求人。当然，如此简单的道理，悟空也是在吃了大亏之后，万般无奈之下，才明白的。

对我们来说，见不见手段，倒在其次，莫弄虚头，确实是时刻需要注意的。

这正是：

山外青山楼外楼，
能人背后有人弄。
虚头八脑风一时，
练好本事是真聪。

静心改过，务本之道
——四圣试出了怎样的禅心

《西游记》第二十三回中，观音菩萨约了三个"好姐妹"，演了一出"四圣试禅心"的好戏。故事大家都熟，自不用多说。如果问大家印象最深的是什么？一定是色和八戒吧。无论哪一种版本的影视剧，都把焦点放在了"色"上，把重点放在了八戒身上。如此理解，当然也没错，但显然过于简单了。

难道观音这几尊大菩萨，机关做久了，闲得无聊，变成一个寡妇和三个姑娘，玩招夫的"钓鱼"游戏？

要全面理解这段故事，还得把注意力从下半身移回到上半身。上半身有两样东西最珍贵，一个是脑，一个是心。

在古代，脑和心是合一的，也可简称为心，或者叫禅心。对取经来说，心是否静、是否定，关系重大。心不静，心不定，如何见真经？而内心能否坚定，要看外在的诱惑有多大。猫走不走直线，取决于耗子的嘛。

外在的诱惑有哪些？传统讲，酒色财气。单就唐僧师徒而言，要到灵山，要取真经，就得四大皆空。空了才能静，静了才能定，定了才能务本，务本了才真正有戏。这可能就是四圣要试的禅心：务本之道，静心改过。

在酒色财气之中，酒不用试，唐僧四众坚持得都很好。别看《西游记》中，他们喝了不少酒，但那都是素酒。素酒是什么？

一说，素酒就是寺庙里供神敬佛用的酒，区别于茅台、五粮液、二锅头之类的荤酒（或者叫真酒）。清食谱《调鼎集》茶酒卷里的酒单中提到了素酒，就是"冰糖、桔饼冲开水，供素客"的酒。实在推托不过，也是被稀释得酒精度极低的酒。

另一说，素酒就是果酒和药酒。据南开大学教授李正明考证，佛教将酒分为三类：谷酒、果酒和药草酒。谷酒就是酿造酒、粮食酒；果酒就是葡萄、梨等水果经发酵制成的酒；药草酒是指种种药草合和米曲甘蔗汁变成的酒。[1] 照此说来，唐僧师徒要么特"小资"，老喝葡萄酒；要么特重"养生"，老喝药酒。

与他们比起来，重庆人冬天喝啤酒最理想：一瓶一瓶地倒进大铁锅，加上枸杞、姜片、冰糖之类

图10—4　四圣坐山招夫

煮开，兼有果酒和药酒的好处，但却和饮料差不多了。当然，如果在里面再加点劲酒或葡萄酒，味道可能会更好。《西游记》中，唐僧他们所喝的素酒，咱也没尝过，想来大抵如此。由此可见，酒这事儿，确实不用试。要试的主要还是色、财和气。

首先，试试色。

色怎么试？自己试。别人试，自己看，成何体统！

要说观音菩萨、黎山老母、普贤、文殊"她们"这四位也很有自我牺牲精神。几千、几万岁的人了，幻化成一个"半老不老"（四十五岁）的寡妇，以及真真（二十岁）、怜怜（十八岁）、爱爱（十六岁）三个小姑娘。光听名字，就让人心动，人长得更漂亮。当妈的，"脂粉不施犹自美，风流还似少年才"。当女儿的，"妖娆倾国色，窈窕动人心"。长成这样要"坐山招夫"，如何不让人"淫心紊乱，色胆纵横"。我们看这几位的反应：

唐僧是——装：

> 推聋妆哑，瞑目宁心，寂然不答。
> 只是如痴如蠢，默默无言。
> 好便似雷惊的孩子，雨淋的虾蟆，只是呆呆挣挣翻白眼儿打仰。（第二十三回）

---

[1] 李正明：《变调说西游》，天津教育出版社2007年版，第208页。

悟空是——没兴趣：

> 我从小儿不晓得干那般事，教八戒在这里罢。（第二十三回）

八戒是——有贼心也有贼胆：

> 心痒难挠，坐在那椅子上，一似针戳屁股，左扭右扭的，忍耐不住。……今晚落得一宵快活，明日肯与不肯，在乎你我了。（第二十三回）

沙僧是——理智战胜欲望：

> 宁死也要往西天去，决不干此欺心之事。（第二十三回）

看到这里，大家可能奇怪了，这是要试谁的色心？

悟空天生没这欲望，沙僧打死也不干，八戒还用试吗！所以，试的其实还是唐僧，看看唐僧到底有没有凡心？唐僧没说答应，但他说不答应了吗？也没有。说明唐僧还是有些暧昧之处的。如果说一点没有欲望，那他为何失态成那样？如果说有，为什么不表态？这就是吴承恩的高明之处，说有不行，说没有也不行，那只能秉承"舌动事非生，口开神气散"的原则，沉默以对。

非要表态的话，唐僧三招应对：

第一，抛出徒弟先应付应付，看看情况。

第二，"指桑骂槐"，表明立场：

> 猛抬头，咄的一声，喝退了八戒道："你这个业畜！我们是个出家人，岂以富贵动心，美色留意，成得个什么道理！"（第二十三回）

反应够大的。刚才吓成那样，现在却雄壮成这样，多少就有点被人逼宫、看破心思之后的恼羞成怒。

第三，避实就虚，诗以言志：

> 出家立志本非常，推倒从前恩爱堂。外物不生闲口舌，身中自有好阴阳。

功完行满朝金阙，见性明心返故乡。胜似在家贪血食，老来坠落臭皮囊。（第二十三回）

再次转移话题，自己给自己讲道理，说服自己：毕竟，我是有大志向的人，有更伟大的事业要完成，哪能止步于此！其实是，非不愿也，实不能也。要说，唐僧坚持得非常不错。在此后的历次色诱中，的确保住了他的"十世元阳"。

所以，对色心的抵御，关键不在于动机上有没有，而在于行为上能不能克制。

八戒就说：

大家都有此心，独拿老猪出丑。常言道："和尚是色中饿鬼。"哪个不要如此？（第二十三回）

这是一句大实话吧，凡正常男子，谁无此心！诚如李卓吾所言：

今人哪一个不被真真、爱爱、怜怜弄坏了。不要独笑老猪也。人但笑老猪三个女儿娶不成，反被他绷了一夜，不知若娶成了，其绷不知又当何如。人试思之，世上有一个不在绷里者否？[1]

但只要不犯，就是务了本。别看八戒老是不挑时间、不分场合地色心泛滥，但日后还真就有色心而无色胆，一次也没成事。

其次，试试财。

刚才说色的时候，一不小心说多了。财，在这里，却是一试即过。当寡妇说：

有家资万贯，良田千顷……八九年用不着的米谷，十来年穿不着的绫罗，一生使不着的金银……你师徒们若肯回心转意，招赘在寒家，自自在在，享用荣华，却不强如往西劳碌？（第二十三回）

唐僧还真没多犹豫，而是很快表了态：

我们是个出家人，岂以富贵动心！（第二十三回）

---

[1] 蔡铁鹰：《西游记资料汇编》，中华书局2010年版，第584页。

财的这篇，轻松翻过。

再次，试试气。

这主要是试悟空的。悟空一贯心高气傲，经此一试之后，其实并没有多少改观。这段故事中，悟空的表现确实让人可气、可恨。比如，刚到莫（没有）贾（假）氏的庄院，悟空已明白：

> 情知定是佛仙点化，他却不敢泄漏天机。（第二十三回）

不敢还是不愿？不敢是真，不愿也是真，憋着看笑话呢。看谁的笑话？就看自己师父和师弟的笑话。哎，心还是静不下来啊。再比如，八戒借喂马之名，自己偷偷找"丈母娘"时，悟空光"全程监控"，但就是不提醒，也是憋着坏。难怪他回去一说，唐僧就"似信非信的"。第二天，真相大白之时，悟空仍是心中明白，嘴上还说不完的风凉话：

> 好女婿呀！这早晚还不起来谢亲，又不到师父处报喜，还在这里卖解儿耍子哩。咄！你娘呢？你老婆呢？好个绷巴吊拷的女婿呀！（第二十四回）

极尽挖苦讽刺之能事，也难怪此后八戒老是想找机会报仇。

总结起来，观音菩萨试了一回、玩了一把之后，还是为了让唐僧四众明白，要取经，就得务本，就得静心改过。

书中有首总结性的诗说得好：

> 色乃伤身之剑，贪之必定遭殃。佳人二八好容妆，更比夜叉凶壮。只有一个原本，再无微利添囊。好将资本谨收藏，坚守休教放荡。（第二十四回）

所以，这一回的主旨就是："盖言取经之道，不离了一身务本之道也。"

图10—5 八戒被收拾

仔细想来，酒色财气四者，确实能显示出人的部分人生观、价值观，也确实是成长过程中的大忌。古时候，人们就把酒色财气视作人生之四戒。正所谓："酒色财气四堵墙，人人都在里边藏；谁能跳出圈外头，不活百岁寿也长。"

真能、真需要完全跳出来吗？

当然不是。在这一点上，我们可不唱无意义的高调。

这正是：

饮酒不醉是英豪，
恋色不迷最为高；
不义之财不可取，
有气不生气自消。

脏话难忍，气急败坏
——一帮神仙为何骂街

天下没有不透风的裤子。

做贼总有被发现的时候，更何况被盗的东西不是寻常之物，而是一万年才结三十个的人参果。

五庄观中，仙童发现人参果少了四个，当然怀疑到唐僧师徒身上。唐僧自是不知[1]，而孙、猪、沙三人又不愿承认。仙童清风、明月便做出了顽童、泼妇、赖汉之流惯用的伎俩——骂街。

骂街，其实是最无力的反抗。明智之人一般绝不会这么做，因为于解决事端不利，反而会激怒对方，惹出更大祸害。清风、明月两个一千多岁的仙童破口"三骂"，惹出巨祸。

一骂——尚无证据，破口大骂。

发现人参果少了四个之后，二人在尚无确切证据之下，便指着唐僧大骂，而且骂得十分难听，句句不离和尚忌讳的一个字——秃。原文如此写道：

---

[1] 关于偷果吃，宋代《大唐三藏取经诗话》中，将唐僧变成了一个"吃货"，馋虫大动之下，调唆行者"何不去偷一颗"？唐僧不仅是知情者，而且还是幕后主使。两者参照而读的话，会更有意思。

(童子）指着唐僧，秃前秃后，秽语污言，不绝口地乱骂；贼头鼠脑，臭短膘长，没好气地胡嚷。（第二十四回）

二骂——事实清楚，骂得更狠。

知道是悟空偷吃后，"二仙童问得实，越加毁骂"。恶毒至此，悟空如何受得了！恨得个钢牙咬响，火眼睁圆。于是，用毫毛变了假行者，真身飞往人参果园，怒气冲冲地将人参果树一推而倒。反正已经说我坏了，那索性一坏到底吧！粗言秽语，恰如热油，浇得悟空心头怒火熊熊燃烧，在冲动之下，做下极错误之事，惹下滔天巨祸——将人间最神奇的灵根人参果树彻底毁灭！

三骂——非法囚禁，依然大骂。

二仙童得知人参果树被毁后，"设下计谋"，说果子没有丢，借吃饭之机将唐僧师徒囚禁。然后，又在外面破口大骂。我们看这段描写：

"我把你这害馋劳、偷嘴的秃贼！你偷吃了我的仙果，已该一个擅食田园瓜果之罪，却又把我的仙树推倒，坏了我五庄观里仙根，你还要说嘴哩！若能够到得西方参佛面，只除是转背摇车再托生！"三藏闻言，丢下饭碗，把个石头放在心上。那童子将那前山门、二山门，通都上了锁。却又来正殿门首，恶语恶言，贼前贼后，只骂到天色将晚。（第二十五回）

二仙童之举，虽情有可原，然而幼稚至极，恶毒至极。

双方之间斗气斗得浊浪滔天，一触即发！

世间许多巨祸恶果，原本都可以避免，只要当事双方有一方冷静些，怒火便可稍稍减弱。但是，有些人一急便开始恶语相向，言语或不痛不痒，或辛辣歹毒，常常会激起无边怒火，于是小祸成大祸，小害铸大害，终至不可收拾。

最后，孙悟空彻底"疯"了。不仅动了杀心，要干掉镇元子，还一怒之下推倒了神树。

一帮神仙们，都老大不小了，还如泼妇骂街

图10—6 二仙童定计骂人

似的在那闹腾、耍贱。其中最不像话的，还数悟空，好端端的，因斗气闯了大祸。闯完了祸，又嘴硬死扛，全无大丈夫气概，用他自己的话说就是，"活活羞煞人"。我们且来看他是怎么嘴硬死扛，誓把无赖进行到底的。

面对主人不停骂、内部不理解、八戒说偏手、师父直埋怨的情况，你会怎么办？悟空会怎么办？

面对主人不停骂时。第一次，悟空说：

这个不过是饮食之类，若说出来就是我们偷嘴了，只是莫认罢。（第二十四回）

虽然心虚，但心存侥幸，把"人参果"说成是"饮食之类"。
第二次，无法狡辩，心中却打算：
这童子这样可恶，等我送他个绝后计，教他大家都吃不成罢！
恼羞成怒，索性反赖二童子。
第三次，更不像话，一跑了之。
看面对内部不理解时悟空的态度。本来就是八戒撺掇的，吃完反怪悟空"偏手"多吃，事儿兜不住了就说：

你一变，变什么虫蛭儿，瞒格子眼里就飞将出去，只苦了我们不会变的，在此顶缸受罪。（第二十四回）

把自己择得一干二净。唐僧埋怨：

你这个猴头，番番撞祸！你偷吃了他的果子，就受他些气儿让他骂几句便也罢了，怎么又推倒他的树！……这个猴头弄杀我也！你因为嘴，带累我一夜无眠。（第二十五回）

最后没得法，只好一跑了之。逃跑时，被镇元大仙追来，悟空：

图 10—7　师徒偷跑被捉

心中恼怒，擎铁棒不容分说，望大仙劈头就打。……师父，且把善字儿包起，让我们一发结果了他，脱身去罢。（第二十五回）

十足的泼皮无赖，奉行的是典型的"不承认、不服软、不理智"的"三不"死扛原则。跑又跑不成，打又打不过，真还不如当初唐僧所说：

徒弟，我们出家人，休打诳语，莫吃昧心食。果然吃了他的，陪他个礼罢，何苦这般抵赖。（第二十五回）

退一步海阔天空，忍一时风平浪静。忍耐退让为处世之要学。修身以养心为要，处事以慎言为先。就像轰天巨响来自小小的导火线一样，这场滔天巨祸也源起于仙童与孙悟空的几句平常对话。

人在社会生存，每天不都经受一些"负能量"考验，若事事要强、处处听真，神仙也得被话淹死。

这正是：

处世须存心上刃，
修身切记寸边而。
常言刃字为生意，
但要三思戒怒欺。

收起软善，亮出慧眼
——白骨精的魅力为什么那么大

白骨精是中国驰名女妖精。有关她的"先进事迹"[1]，大家可能都熟悉，我们只简单交代一下。话说唐僧师徒离开五庄观，来到了白虎岭，遇上了尸魔白骨精。白骨精善于变化，一变刚满十八岁的少妇，二变已近八旬的老太婆，三变白发苍苍的老公公。更要命的是，这三人还是一家子，然后就上演了"尸魔三戏唐三藏"的精

---

[1] 关于白骨精，毛泽东还为她写了一首诗："一从大地起风雷，便有精生白骨堆。僧是愚氓犹可训，妖为鬼蜮必成灾。金猴奋起千钧棒，玉宇澄清万里埃。今日欢呼孙大圣，只缘妖雾又重来。"

彩大戏。悟空虽能看穿，毅然决然地三打了白骨精，却足足挨了三回紧箍咒。

三次恨逐悟空，最后搞得师徒两人恩断义绝，凄凄惨惨戚戚，以"戏"示人，以"恨"记心；喜剧开头，悲剧收尾。

白骨精的魅力为何这么大？

其实，白骨精在《西游记》中不算太厉害。论出身，一堆粉骷髅修炼成精；论人脉，没有任何背景和朋友，"个体户"而已；论本事，抵挡不了两三个回合；论地盘，只有区区四十里；论"经营"，只有一座小荒山，寂寞清冷，更无庄堡人家，少见人烟去处。

天时、地利、人和，一样不占，却成就了"一世英名"。

她的名气为何这么大？究其原因，主要在于她通晓人性，善于攻心、用智、使技。具体来说就是，她在正确的时机，用正确的资本，使正确的手段，击中了正确的部位，打出了三张漂亮牌，结果虽是"双输"（自己被打死，悟空被赶走），过程却颇耐人寻味。其中的一些经验教训，很让人唏嘘不已。

首先，白骨精善打行善牌。

不看时机、不分场合、不讲对象的"善"，是唐僧的最大软肋。原著中讲，唐僧的"善"是软善（听着怎么都像是"软蛋"！）软善是什么？是小善，低层次的善，细枝末节的善，教条主义的善，而非大善、硬善、高层次的善。软善的不足，是耳根子太软，于实际无用，害人兼害己。因这软善，一遇尸魔，唐僧就为"善"所迷，中了圈套，耽搁了许多前程。

白骨精要"斋僧"时，知道唐僧是出家人，讲究积德行善，就说自己是父母吃斋念佛、积德行善得来的女儿：

我父母在堂，看经好善，广斋方上远近僧人。只因无子，求福作福，生了奴奴。（第二十七回）

这让一向软善的唐僧立马产生了亲近之感。白骨精继而强调，不仅父母乐善好施，丈夫也是良善之人：

我丈夫更是个善人，一生好的是修桥补路，爱老怜贫。（第二十七回）

图10—8　白骨精计骗唐僧

唐僧虽然仍保有本能的警惕，但心内防线其实已快崩溃：

> 这女菩萨有此善心，将这饭要斋我等，你怎么说他是个妖精？（第二十七回）

恰在此时，悟空摘桃归来，二话不说，将唐僧口中的"女菩萨"一棍打死。随后，白骨精再变老太婆、老公公，悟空还是二话不说，立马灭掉。这么一弄，唐僧自是对悟空恼恨之极。

因为从头到尾，唐僧都认为白骨精一家子是和和美美的"善信"，所以反应自然一次比一次大，对悟空自然越发不能忍。

第一次时，唐僧还能耐心讲道理：

> 出家人时时常要方便，念念不离善心，扫地恐伤蝼蚁命，爱惜飞蛾纱罩灯。你怎么步步行凶，打死这个无故平人，取将经来何用？（第二十七回）

第二次时，悟空虽讲明这个老妇人都八十多岁了，怎么会六十多岁生一女儿？对于这一极不合常理的"逆生长"之事，唐僧仍是不信：

> 我这般劝化你，你怎么只是行凶，把平人打死一个，又打死一个，此是何说？（第二十七回）

第三次时，唐僧已然绝情道：

> 猴头，还有甚说话，出家人行善，如春园之草，不见其长，日有所增；行恶之人，如磨刀之石，不见其损，日有所亏。
>
> 猴头，执此为照，再不要你做徒弟了！如再与你相见，我就堕了阿鼻地狱！（第二十七回）

老实说，唐僧所讲的善，道理都对，但却讲错了对象。对好人当然要讲善，对敌人还能讲善吗？并且，如何事先得知人的好坏？悟空的火眼金睛异常好使，但唐僧的软善却异常"坚硬"。不管怎么说，凡事总要存疑吧。在确凿证据面前，唐僧就是不信悟空，反信那"女菩萨"。

原因何在？其一，白骨精击中了唐僧软善的软肋；其二，白骨精的花言巧语，确实好听；其三，八戒每每在关键之时"唆嘴"。

其次，白骨精善打美色牌。

美色这张牌对唐僧没用，对悟空更没用，但对八戒却极为有用。八戒喜欢的两样，食，被悟空搅了；色，被悟空断了，哪能不怀恨在心？！白骨精变成绝对骨感、冷艳的少妇时，我们看八戒的表现。

远观之下（八戒的眼），白骨精是：

> 月貌花容的女儿，说不尽那眉清目秀，齿白唇红。……翠袖轻摇笼玉笋，湘裙斜拽显金莲。汗流粉面花含露，尘拂峨眉柳带烟。（第二十七回）

八戒无比积极地迎上：

> 师父，你与沙僧坐着，等老猪去看看来。（第二十七回）

近看之下，更是：

> 冰肌藏玉骨，衫领露酥胸。柳眉积翠黛，杏眼闪银星。……体似燕藏柳，声如莺啭林。半放海棠笼晓日，才开芍药弄春晴。（第二十七回）

生得如此，更是说不尽的风情万种，八戒哪能把持得住：

> 见他生得俊俏，呆子就动了凡心，忍不住胡言乱语。（第二十七回）

这还不算，满心欢喜，接着"急抽身，就跑了个猪颠风"，回去报信去了。正在兴头上，"咔"被悟空打死了，怎不怀恨！

再次，白骨精善打离间牌。

这是最关键的一张牌。俗话说，苍蝇不叮无缝的蛋。如果唐僧师徒真能铁板一块的话，白骨夫人也无机可乘。若没看原著，我们还以为他们一路打打怪，拌拌嘴，像个旅游团似的，其乐融融，亲如一家呢。事实上，以唐僧为首的取经团队，本来就是在各为前程的大旗下，强行捏合在一处的。唐僧一直就有尖酸刻薄的一面，处处不放心悟空。而悟空也不是什么好鸟，不把唐僧放眼里不说，根本也不把两个师弟当人看。八戒和沙僧呢，当然也好不到哪儿去。在此背景下，白骨精的离间计才能成功。

这正是：

苍蝇不叮无缝蛋，
上当全赖无慧眼。
尸魔三击软唐僧，
只因肉眼看不穿。

听信巧言，诸般怀怨
—— 白骨精的离间计如何成功

上回说到，白骨精打出了三张王牌，把唐僧师徒的心彻底搞乱。其中，最厉害的是离间牌。白骨精的离间计为什么能够成功呢？

先看唐僧和悟空。

一开始，为找口吃的，唐僧已经和悟空吵了一架。唐僧说，悟空，我饿了，你快去弄点吃的。悟空一口回绝道：

师父好不聪明。这等半山之中，前不巴村，后不着店，有钱也没买处，教往哪里寻斋？（第二十七回）

唐僧心中不快，张嘴就骂：

你这猴子，想你在两界山，被如来压在石匣之内，口能言，足不能行。也亏我救你性命，摩顶受戒，做了我的徒弟。怎么不肯努力，常怀懒惰之心！（第二十七回）

这么说，的确过分，不就没找吃的吗？何必一再表功，揭人伤疤，给人扣大帽子！而且这帽子还扣错了，你说悟空什么都行，若说懒惰，那真是大大地冤枉了他。所以，悟空立马反驳："弟子亦颇殷勤，何尝懒惰？"

接着，唐僧就有点为师不尊了，说："你既殷勤，何不化斋我吃？我肚饥怎行？""哎，算了，算了，别说了，我去还不行吗！"悟空只能叹口气，拖棍而走。

还有，在白骨精变化成美女之时，悟空讽刺了唐僧的最得意、最有成就之处——抵御美色：

> 师父，我知道你了。你见他那等容貌，必然动凡心。若果有此意，叫八戒伐几棵树来，沙僧寻些草来，我做木匠，就在这里搭个窝铺，你与他圆房成事，我们大家散了，却不是件事业？何必又跋涉，取甚经去！（第二十七回）

图10—9　唐僧逐走悟空

这话也太损了，"羞得个光头（唐僧）彻耳通红"。哪还有什么师徒情谊？

再看八戒和悟空。

悟空被逐，八戒"功不可没"。若没他的唆嘴、递小话，悟空断然不会被逐。

第一次时，唐僧已经有三分信了，但八戒说：

> 说起这个女子，她是此间农妇，因为送饭下田，路遇我等，却怎么栽她是个妖怪？哥哥的棍重，走将来试手打他一下，不期就打杀了；怕你念什么紧箍儿咒，故意地使个障眼法儿，变做这等样东西，演晃你眼，使不念咒哩。（第二十七回）

不仅不像沙僧那样装沉默，还故意提醒唐僧念咒。

第二次时，唐僧下逐令的决心已定，八戒又说：

> 师父，他要和你分行李哩。跟着你做了这几年和尚，不成空着手回去？你把那包袱里的什么旧褊衫、破帽子，分两件与他罢。（第二十七回）

如此可恶，难怪悟空会气得暴跳。

第三次时，八戒仍是说：

好行者,风发了!只行了半日路,倒打死三个人!

师父,他的手重棍凶,把人打死,只怕你念那话儿,故意变化这个模样,掩你的眼目哩!(第二十七回)

最后,悟空道出心声:

师父错怪了我也。这厮分明是个妖魔,他实有心害你。我倒打死他,替你除了害,你却不认得,返信了那呆子谗言冷语,屡次逐我。常言道:事不过三。我若不去,真是个下流无耻之徒。我去,我去!去便去了,只是你手下无人。(第二十七回)

这段"总结陈词"说得很好,但千不该万不该说出那句"只是你手下无人"的绝情透顶、一伤一片的话。

所以,白骨精的行善牌、美色牌和离间牌个个是王牌,组合起来绝对是清一色加同花顺,白骨精一用即灵。

结果,自己虽然骨销魂散灭顶了账,但也造成悟空被贬的严重后果。唐僧也许会惭愧,悟空绝对会心酸,忠而见疑,信而被谤,中而被弃,能无怨吗?

唐僧心意已决,悟空拔凉拔凉,八戒阴谋得逞,沙僧自始至终一句话不说,取经团队眼看要散。走的时候,悟空绝望道:

苦啊!你那时节,出了长安,有刘伯钦送你上路;到两界山,救我出来,投拜你为师,我曾穿古洞,入深林,擒魔捉怪,收八戒,得沙僧,吃尽千辛万苦。今日昧着惺惺使糊涂,只教我回去。这才是"鸟尽弓藏,兔死狗烹"!(第二十七回)

即使贬书已下,悟空仍是"四面围住师父下拜",无奈最后,只能"噙泪叩头辞长老,含悲留意嘱沙僧",忍气别了师父,径回花果山水帘洞而去。独自个凄凄惨惨,又想起唐僧,止不住腮边泪坠,停云住步,良久方去。

这时候,悟空的耳边,也许会想起苏轼的那首诗吧:十年生死两茫茫,不思量,自难忘。……

不说煽情,回头细想,何以至此?

"根"在心,"枝"在软善,"叶"在巧言。尸魔从何来?按照清人刘一明所言,尸魔乃是从心中来:

在在尸魔,处处尸魔,一步一足,一举一动,无往而非尸魔,必将认假为真,认真为假。

心存软善之人,耳根必定会软,耳软必致行事犹疑,行事犹疑必无主见,心无主见自会听信巧言。既是巧言,必属媚态伪情,虽于理不通,但听起来入情、入耳、入心。

在此一回悲情大戏中,白骨精一直靠媚态伪情,赚哄唐僧。悟空也想:

凭着我巧言花语,嘴伶舌便,哄他(唐僧)一哄,好道也罢了。(第二十七回)

八戒更是一路递巧言,一句人话没说。沙僧更干脆,沉默到底,屁都不多放一个。如果都醉心于此,必得脚踏实地的取经大业如何完成?取经尚且如此,何况我们的漫漫人生路!

眼睛瞎了,心里慌了,人生路如何走?!

这正是:

食色迷本即尸魔;
妖氛澄清乃修身。
收起软善方能硬,
莫听巧言才知心。

第十一讲
安内：内部磨合

> 西游团队体现和合之道，和合就要分上下、合心力、作定位、明分工。否则，只能是眼角挂泪，心中犯酸，各过各的惨淡……

配合天真，调和水火
——取经团队体现了怎样的和合之道

西天取经，靠的是团队。团队讲分上下、合心力、作定位、明分工，也就是讲内部磨合。内部磨合靠和合[1]之道。"和"，表示关系，意指我和什么；"合"，表示合作、联合；"道"就是规律；"和合之道"就是共成、共存、共荣的规律。

用和合之道打造有战斗力的团队，讲究四样：

第一，正名。

正名就是辨正名分、分出上下、明确尊卑。正如汪象旭《西游证道书笔评》第二十二回总批中所论：

> 其中实有铁板次序，井然不容紊乱。

首先，要让大家明白团队的缘起：

> 这取经的勾当，原是观音菩萨；及脱解我等，也是观音菩萨。（第二十二回）

---

[1] 和合文化源远流长，和的初义是声音相应和谐；合的本义是上下唇的合拢。和合的和，指和谐、和平、祥和；和合的合，指结合、融合、合作。

其次，明白师徒的职责：

> 师父要穷历异邦……我和你只做得个拥护，保得他身在命在，替不得这些苦恼，也取不得经来。就是有能先去见了佛，那佛也不肯把经善与你我。（第二十二回）

最后，明白团队成员的位次。

唐僧是师父，悟空是大师兄，八戒是二师兄，而沙僧则是师弟。仨徒弟的法名，其实都是观音菩萨事先起好的。既是观音起的，自然是听观音的，唐僧却是顶头上司。所以，这顶头上司坚持给三个手下起名为行者、八戒、和尚。这不仅是为了"好呼唤"，主要是让他仨大致明白彼此的名分和责任：行者是要行动的，八戒当然是要戒的，而和尚是指有"和尚家风"，处处要不离唐僧左右的。

第二，合心。

接下来的问题就是，如何让仨徒弟心往一处想，劲儿往一处使，达到"同一个世界，同一个梦想"的境界和目标。《西游记》用很玄妙的说法，讲明了这个简单道理：

> 五行匹配合天真，认得从前旧主人。……金来归性还同类，求去求情共复沦。二土全功成寂寞，调和水火没纤尘。（第二十二回）

从理论上论证了仨人是心合一处，"配合天真""调和水火"的。有学者分析认为，加上白龙马，取经团队中的五人，正好匹配五行之说：唐僧属火，悟空属金，八戒属木，沙僧属土，白龙马属水。这五者搭班子，绝配。

第三，定位。

对唐僧师徒来说，正名是初步的，合心也只是理论上的，能否真正明确彼此的名分、地位，还得靠一样——打。西游世

图 11—1　和合二仙 开封朱仙镇木版年画

界中，不管是妖怪还是神仙，排名次、分上下，打了才能见分晓，不打凭什么服你！

定位，定位，要定的其实是八戒和沙僧的位。唐僧是师父，没有争议；悟空是大师兄，自认本事最强。而八戒呢，起初并不情愿，与沙僧战了三回，打了两天之后，八戒才不得不承认：

难，难，难！战不胜他，就把吃奶的气力也使尽了，只绷得个平手。（第二十二回）

经此一战，充分证明了悟空最高，八戒只是早入门几天，成了二师兄，沙僧本事虽与八戒相当，但入门最晚，只能屈居第三。

第四，分工。

分工是最实质的内容，也是正名、合心、定位之后必然要干的事。我们现在当然知道，悟空负责打怪，八戒负责耍赖，沙僧负责主内。这是玩笑，实际上悟空负责打怪、化缘，八戒负责挑担，沙僧负责牵马、服侍唐僧。但这一分工，也是慢慢摸索、不断争执之下才明确的。还没沙僧时，悟空和八戒经常搞不清。前已有述，唐僧之所以能被虎先锋轻易抓了，就与分工不明有关：一见虎先锋，八戒要争先，悟空又手痒，结果唐僧无人看护。沙僧加入之后，刚开始仍没分清，搞得很是别扭。

我们看这段对话：

八戒道："哥哥，你看这担行李多重？"行者道："兄弟，自从有了你与沙僧，我又不曾挑着，哪知多重？"八戒道："难为老猪一个逐日家担着走，偏你跟师父做徒弟，拿我做长工！"行者笑道："老孙只管师父好歹，你与沙僧，专管行李马匹。"八戒道："我晓得你的尊性高傲，你是定不肯挑；但师父骑的马，那般高大肥盛，只驮着老和尚一个，教他带几件儿，也是弟兄之情。"（第二十三回）

八戒想把挑担这苦差事推给谁？推给悟空？不现实。推给白马？也不现实。八戒自己也明白，但为什么还要抱怨呢？显然是说给沙僧听的。沙师弟多聪明，一言不发，即使悟空提到自己，也还是不表态。最后如何收尾？还得靠大师兄下结论："这个都是各人的功果，你莫攀他。"

谁负责什么，那是定好了的，攀也没用。如来佛祖不亲口说了嘛：悟空是"炼魔降怪"，八戒是"挑担有功"，沙僧是"保护圣僧，登山牵马"。当然，这分工也不是一成不变的，有时候，沙僧发扬风格，也会挑担。

另外，在此当口，除了沙僧不表态之外，唐僧也是没发一言。估计唐僧心里也合计：如何分工，你们自己攀吧，反正就这些活儿，谁干不是干，只要不让我干就行！总之，在和合之道的大原则下，取经团队初步完成了正名、合心、定位和分工的事。

那用和合之道武装的团队的标准和特征是什么呢？一方面，内部能同心同德、同舟共济；另一方面，外部能互帮互助、同仇敌忾。同心同德，讲二合为一、二元归一，两个人要像一个人一样。

怎样才能像一个人一样呢？同心。老话讲，"二人同心，其利断金"。思想统一才能言行一致、步调一致，上行下效。每个个性化的人才能真正统一起来，才可能产生真正的执行力、战斗力。

那究竟怎么才能达到团队同心呢？中国国学智慧很精妙简洁地告诉了我们，非"和合之道"不可。

这正是：

浑身是铁几颗钉，
若是孤掌岂能鸣。
和合之道须讲论，
师徒四人好取经。

盲是目亡，忙是心亡
——悟空被贬后产生了什么严重后果

自遭受白骨精的"自杀式"袭击之后，悟空被贬。取经团队没了大师兄，好比一张桌子，折了条腿，虽能立着，但显然一晃就倒。

先说说被赶出去的悟空。

悟空憋着一肚子委屈，哭着回老家花果山了。此情此景，要么忍，要么残忍。显然，悟空选择了后者。憋屈啊，总得发泄。

了解悟空的人都知道，这个当口，哭是变态，残忍才是他的常态。忍非所愿，狠是一贯，特别是滚之后，更是发狠地残忍，结果，一下子干掉了一千多猎人。原文写道：

人亡马死怎归家？野鬼孤魂乱似麻。可怜抖擞英雄辈，不辨贤愚血染沙。（第二十八回）

猎人确实可恨，但罪不至死，即使死，一千多人也不能全死啊。没办法，归来的悟空，已不是和尚而是妖怪了。妖怪做事，哪会考虑当与不当！

对此，清人陈士斌在《西游真诠》中分析认为，这不怪悟空，而怪唐僧、八戒：

大圣之杀猎人，非大圣杀之，三藏使之杀也。……聚之杀之，出于猴王，而成于八戒。（第二十八回）

这种说法，很有道理，"不辨贤愚"，才导致"血染沙"的嘛。
再看悟空自己，那自是痛快之极：

鼓掌大笑道："造化，造化！自从归顺唐僧，做了和尚，他每每劝我话道：'千日行善，善犹不足；一日行恶，恶自有余。'真有此话！我跟着他，打杀几个妖精，他就怪我行凶，今日来家，却结果了这许多猎户。"（第二十八回）

杀了三个该杀的妖精，被贬；杀了一千多凡人，却是造化。这足可印证，唐僧"软善"的无用与迂腐。

虽然，头上仍戴着紧箍儿，但悟空新树了一杆"重修花果山复整水帘洞，齐天大圣"的大旗，"逐日招魔聚兽，积草屯粮，不提和尚二字"，重新又开始打造"逍遥自在，乐业安居"的美丽新世界了。

再说说身娇肉贵的唐僧。

悟空一走，唐僧立即吃了"听信狡性，纵放心

图11—2 悟空气杀千多猎户

猿"的大苦头，遭了以彼之道还施彼身的大报应。[1]

走着走着，唐僧又喊饿了。为什么说"又"呢？上回在白虎岭，因饿导致了严重后果；这一回又喊饿，结果也好不到哪儿去。但八戒二话不说，忙去化斋。可左等右等，不见回来。老和尚无奈，只好把沙僧也撒出去。沙僧一走，结果只剩一和尚、一马、一行李了。可这老和尚既死性又没坐性，耳热眼跳，身心不安，情思紊乱之下，竟然自己送进了妖精黄袍怪的大门。

还真应了"盲"和"忙"两字。"盲"，拆开来，是"目"和"亡"，眼睛死了，所以看不见。"忙"，拆开来，是"心"和"亡"两字，岂不是心死了，开始瞎忙、浮躁。《康熙字典》上说，忙，"音茫，心迫也"。按照宋文京的解释，忙就是内心迫促，神情迷失。[2] 这不正是报应吗？先是因盲而目亡，赶了悟空；现在是因忙而心亡，送肉上门。

图11—3 唐僧变虎

把门的小妖兴奋地喊道：咦，买卖越来越好干了！外面来了个：

团头大面，两耳垂肩；嫩刮刮的一身肉，细娇娇的一张皮：且是好个和尚！（第二十八回）

这观察角度，全是从"烹饪"角度来谈的吧。黄袍怪也欣喜，说这是"蛇头上苍蝇，自来的衣食"。

被捆时，唐僧开始重新思量八戒和沙僧：

悟能啊，不知你在哪个村中逢了善友，贪着斋供；悟净呵，你又不知在哪里寻他，可能得会？岂知我遇妖魔，在此受难！几时得会你们，脱了大难，

---

[1] 对此，《西游正道书笔评》道："三藏取经心切，他处皆不肯羁迟信宿。彼塔洞脱身之后，至宝象国为公主寄书，事已毕矣，何不揽辔害疾驱，而复听两徒之撺奴生事乎？"
[2] 宋文京：《一字之徒》，新星出版社2014年版，第145页。

早赴灵山!(第二十九回)

早知如此,何必当初呢!更要命的是,他还错误地估计了八戒和沙僧的能耐。在宝象国国王面前,他大言不惭地开吹:

贫僧有两个徒弟,善能逢山开路,遇水叠桥,保唐僧到此。(第二十九回)

悟空这篇儿,只字没提。

最后,唐僧被黄袍怪用妖法变成了一只大老虎。[1] 黄袍怪说,这老虎是他和百花羞公主的"媒人",当时未忍打杀。

其实,"老虎"成了他和公主的媒人是假,事后成了悟空和唐僧和好的"媒人"倒是真的。书中有段话说宝象国国王:

愚迷肉眼,不识妖精,转把他一片虚词当了真实。(第三十回)

这句话,是说国王还是说唐僧?

唐僧是师父,为尊者讳,讲究的是知错改错但不认错。如此一来,尝尽了被人错看成虎精,"不能行走,心上明白,只是口眼难开",跟刚在手术台上做了全麻似的,也尝尽了当初悟空受到的酸楚吧。

这正是:

盲是目亡致瞎忙,
忙是心亡神志丧。
可怜抖擞英雄辈,
不辨贤愚两受伤。

---

[1] 按照汪象旭的说法,唐僧变虎实在是自找的:"盖已通体是魔,不至身化猛虎不已。人必先魔也,而后魔从之。向使身心不分,此魔何由而至?"

单丝不线，孤掌难鸣
——八戒三人明白团队相合的道理了吗

大师兄走了[1]，唐僧被抓了，八戒、沙僧和小白龙怎么办？

经此一事后，挑事儿的老猪自己总结道："单丝不线，孤掌难鸣。"

八戒：乐充老大。

完全不自量力，弄不清状况的还属八戒。悟空一走，他就充起了大师兄，嘚瑟得不行，全然记不住"当家不易，老大难当"的道理。老和尚一说饿了，八戒积极得不得了，说我去我去，我老猪一定：

> 钻冰取火寻斋至，压雪求油化饭来。（第二十八回）

话说得雄壮、好听，但实际上呢？刚走一会儿，他就歇菜偷懒，小声嘀咕道：

> 当年行者在日，老和尚要的就有，今日轮到我的身上，诚所谓当家才知柴米价，养子方晓父娘恩，公道没去化处。（第二十八回）

化不来饭，只有耍小心眼，故意磨时间，显得自己努力。于是，他开始睡大觉，把任务和那老和尚忘得一干二净。

再比如，唐僧被黄袍怪有意放走，本来三人已走了二百九十九里之时，又在宝象国国王面前吹牛、逞能，把自己又送回去了。这个小细节须注意，《西游记》中写距离时，多是虚指、约数，为什么这里非得强调有零有整的二百九十九里呢？二百九十九加一等于三百。差别就在这一哆嗦！

皇宫之上，八戒极力争取到了降妖机会。本来，只有唐僧一人去了皇宫，唐僧说自己不会降妖就完了，他也确实不会啊，非得把自己的那俩徒弟给推荐出去。国王问："你们俩谁会降妖？""我会，我会，自从东土来此，第一会降的是我。"八戒赶紧站起说。接着，在一帮凡人面前，八戒变成了一只"八九丈长，却似个开

---

[1] 对悟空因三打白骨精被逐一事，汪象旭评曰："事虽出于三藏，而祸实由于八戒；三藏但怪其行凶作恶，而八戒实痛其月貌花容也。"

路神一般的"——猪。嘴中海吹：

> 看风。东风犹可，西风也将就，若是南风起，把青天也拱个大窟窿！（第二十九回）

真到打时，见势不妙，却给沙僧说，你先打着，我去撒泡尿，结果跑得没影儿了。沙僧被捉之时，心中一定会想起那句话："不怕神一样的对手，就怕猪一样的队友！"

说起来，八戒真没搞清状况。第一次与黄袍怪交手时，除了沙僧他俩，还有那伙便衣保镖帮忙，加起来是四十三比一，才打成个平手。而且，停手时，也是黄袍怪主动喊停的，话说得很明白：

> 那猪八戒，你过来。我不是怕你，不与你战；看着我浑家的分上，饶了你师父也。（第二十九回）

哎，打也打了，什么实力自己还不清楚吗？所以，一个人的实际能力假如是一千，但自我感觉是两千五的话，那多出的一千五就一定是实实在在的风险。

沙僧：不再淡定。

与白骨精斗法时，沙僧自始至终一句话没说。来到碗子山波月洞，话却多了起来，和八戒争争吵吵，也学会了向唐僧进八戒的谗言。想来，悟空被赶，他也可能认为自己是得利的一方，有点小兴奋。

比如，八戒化斋一去不回，唐僧随便问问之时，沙僧说：

> 师父，你还不晓得哩，他见这西方上人家斋僧的多，他肚子又大，他管你？只等他吃饱了才来哩。（第二十八回）

看来，嚼老婆舌的，也不只八戒一人。真找着八戒了，也是一通埋怨：

图11—4 八戒宝象国吹牛

图11—5 小白龙苦劝八戒

都是你这呆子化斋不来，必有妖精拿师父也。（第二十八回）

推个干净，跟自己没一点责任似的。
比如，八戒在皇宫之上吹牛时，沙僧虽然明白：

我两个与他交战，只战个平手；今二哥独去，恐战不过他。（第二十九回）

转过身来，反而帮功去了。为什么明知不可而为之？被黄袍怪拿住，与百花羞公主对质，情况极其凶险之时，沙僧说了实话：

想老沙跟我师父一场，也没寸功报效。（第三十回）

这时候应该也有捞点"寸功"的意思吧。
再比如，请回悟空后，沙僧虽然表现出：

一闻孙悟空三个字，好便似醍醐灌顶，甘露滋心。一面天生喜，满腔都是春。（第三十一回）

但还是被悟空回过味来了，狠狠批评了一顿：

你这个沙尼！师父念紧箍儿咒，可肯替我方便一声？都弄嘴施展！要保师父，如何不走西方路，却在这里蹲什么？（第三十一回）

沙僧才把自己也想"借机上位"的心收了回去，老实表态：

哥哥，不必说了。君子人既往不咎。我等是个败军之将，不可语勇。救我救儿罢！（第三十一回）

所谓"败军之将",其实一语双关:沙僧承认自己不仅是黄袍怪的败军之将,也是悟空的败军之将,证明自己是彻底死心了。

白龙:关键先生。

要说还是小白龙够意思。一路上,出场没几回,但总在最关键之时,干着分内分外行走的事,起着团队"定海神针"的作用。当八戒要散伙、分行李之时,还是他死死咬住八戒的衣服,止不住眼中滴泪道:"师兄呵,你千万休生懒惰!"最后,实在没法儿,沉吟半晌,给八戒出了一个力挽狂澜的好主意。这主意是什么?我们下面再说。

综上,正如《西游真诠》所言,"弟妒其兄,而萧墙之内忽起翻飞;师嫌其弟,而函丈之间顿生摈斥",取经团队真的是摇摇欲坠,眼看就倒。自悟空一走,原有平衡被打破,原有分工被打乱,人心散了,队伍自不好带,真应了"单丝不线,孤掌难鸣"的老话。照此发展,别说西天,就连碗子山波月洞都走不出。最后,费尽周折,把悟空请回之后,师徒们才算重回正常轨道。

这正是:

细细单丝不成线,
软软孤掌岂能鸣。
渡尽劫波兄弟在,
团队相合好西行。

身回水帘,心逐取经
——被赶走的悟空心情如何

"我不走此路者,已五百年矣!"

自白虎岭被贬,悟空然犹思念,感叹不已。眼角挂着泪,心中泛着酸,惨兮兮地重回了花果山。

五百年过去了,花果山已物是人非。以前日日欢会、享乐天真的美好生活,换成了现在"花草俱无,烟霞尽绝;峰岩倒塌,林树焦枯"的败山颓景。极盛时期的四万七千群妖,被二郎神烧杀大半,跑了一半,被打猎的又抢了一半,到如今"老者小者,只有千把"了。过的日子又极惨:

拿了去剥皮剔骨，酱煮醋蒸，油煎盐炒，当做下饭食用。或有那遭网的，遇扣的，夹活儿拿去了，教他跳圈做戏，翻筋斗，竖蜻蜓，当街上筛锣擂鼓，无所不为地顽耍。（第二十八回）

根据地被整成这样，悟空自然会"回顾仙山两泪垂，对山凄惨更伤悲"。此时此刻，悟空应该很想给唐僧唱首歌："其实不想走，其实我想留，留下来陪你每个春夏秋冬，你要相信我，再不用多久，我要你和我今生一起度过……"

照悟空自己的话说就是，"身回水帘洞，心逐取经僧"。

但是，回头太难。上一次，打死六贼，任性之下，老孙去也，还算潇洒，还有龙王好言相劝。这一次，三打白骨精，贬书都下了，师徒恩断义绝，如何再回？回是肯定要回，不仅是"剧情"所需，也是自己甘愿要回，但怎么回？如何在不跌份儿、不丢面儿的前提下，同样潇洒地回去？

这就是悟空重回花果山之后，面临的第一大难题。解开这道难题，倒也不难，方法就一样——请回来。

由谁来请？当然是八戒。《西游记》中说：来说是非者，就是是非人。不是八戒挑拨是非，兴许悟空还不会被贬呢。

怎么请？打出情、名、理、气四张牌，动之以情，投之以名，晓之以理，激之以气。

我们就先看看八戒如何打"情"字牌。

情伤了，还得用情来补。这主意是小白龙出的，八戒亲去执行。悟空走后，唐僧、沙僧都被黄袍怪抓了，唐僧还变成了一只老虎，八戒想分行李，一走了之。危急时刻，小白龙沉吟半晌，给八戒指了一条唯一可行的路：

师兄呵，莫说散伙的话。若要救得师父，你只去请个人来。（第三十回）

八戒自知干了坏事，不敢去。小白龙说：

他（悟空）决不打你。他是个有仁有义的

图11—6 八戒劝悟空

猴王。你见了他，且莫说师父有难，只说："师父想你哩。"（第三十回）

小白龙这个"局外人"，一针见血地指出了关键所在。以情动人，是最好的办法。要知道，悟空本是个吃软不吃硬的主儿。

八戒依计而行，说道："师父想你，着我来请你的。"悟空当然不买账，冷笑道：

> 他也不请我，他也不想我。他那日对天发誓，亲笔写了贬书，怎么又肯想我，又肯着你远来请我？我断然也是不好去的。（第三十回）

图 11—7　悟空救回笼中唐僧

悟空说的是实情，任谁也不信这套说辞啊。打感情牌，也得花心思才行。所以，八戒就地扯个谎，忙说："委实想你，委实想你！"悟空问，怎么想？八戒绘声绘色道：

> 师父在马上正行，叫声"徒弟"，我不曾听见，沙僧又推耳聋；师父就想起你来，说我们不济，说你还是个聪明伶俐之人，常时声叫声应，问一答十。因这般想你，转转教我来请你的。万望你去走走，一则不负他仰望之心，二来也不负我远来之意。（第三十回）

八戒不愧是西游说谎第一高手[1]，瞎话张嘴就来，真真假假，假假真真，大方向把得准，小细节说得透，瞎话中还有马屁，弄得悟空虽未直接表态，但心中已信，拉着八戒看风景，再也不问想不想的问题了。

当然，感情牌起不起作用，还看悟空是否真有仁义、真有感情。答案自然是肯定的，有三个小细节足以证明：

一是悟空回归之前，还不忘跑到海里净了净身子。八戒纳闷，忙忙地赶路，

---

[1] 对八戒的说谎工夫，汪象旭评论道："八戒说谎处，奇幻不可思议。即便漆园为经，盲丘作传，恐亦无此神妙。任他愁眉罗汉，怒目金刚，见此俱当鼓掌喷饭。"

洗哪门子澡嘛。但悟空却说：

> 你哪里知道。我自从回来，这几日弄得身上有些妖精气了。师父是个爱干净的，恐怕嫌我。（第三十一回）

心里有他，才会特别在意。八戒"于此始识得行者是片真心，更无他意"。

二是看到铁笼里的老虎——师父时，书中说：

> 别人看他是虎，独行者看他是人。（第三十一回）

多感人啊。

三是救出师父后，唐僧仍以"功劳"相赞说："贤徒，亏了你也，亏了你也！……你的功劳第一。"而悟空却说："莫说，莫说！足感爱厚之情也。"

这正是：

> 身回花果水帘洞，
> 心逐唐朝取经僧。
> 渡尽劫波师徒在，
> 还念旧情心未冷。

晓之以理，激之以气
——八戒如何说服悟空重新归队

虽然情已动，心已行，但如果光打情字牌的话，就有点哪壶不开提哪壶的意思。因此，除了情之外，八戒还要投之以名，晓之以理，激之以气。

首先，打"名"字牌：投之以名。

悟空一向把名声看得比命还重，心虽被八戒说动，但面子也得绷住。

在这事上，悟空在乎的名声有两个：一则，当妖怪的名声。不跟着你们，我在花果山也能混得挺好，兴许更逍遥自在。二则，当和尚的名声。天上地下都知道自己当了和尚，要保唐僧取经，以后戴个箍儿满世界与众妖喝酒耍乐时，好说也不好听啊。所以，针对这两点，八戒采取了相应措施。

先看第一个。悟空非拉着看山景之时,八戒虽不乐意,但也不敢苦辞。逛了一圈之后发现,花果山果然被收拾得"复旧如新","遍山新树与新花"。悟空的本意,其实是向八戒证明,不跟着你们,我也过得去。八戒顺势再拍马屁:

哥啊,好去处!果然是天下第一名山!(第三十回)

悟空越发得意说:"贤弟,可过得日子么?"八戒笑道:

你看师兄说的话,宝山乃洞天福地之处,怎么说度日之言也?(第三十回)

然后,悟空又让八戒见识了一下自己的排场:

只见路旁有几个小猴,捧着紫巍巍的葡萄,香喷喷的梨枣,黄森森的枇杷,红艳艳的杨梅,跪在路旁叫道:"大圣爷爷,请进早膳。"(第三十回)

吃顿早饭,搞得如此隆重,日子确实美吧。

再看第二个。当和尚之事,是悟空顶在意的,因为这事更关名声。吃完早饭,悟空假意赶人,说八戒你走吧。八戒一愣,反问:"哥哥,你不去了?"悟空作态道:

我这里天不收,地不管,自由自在,不耍子儿,做什么和尚?我是不去,你自去罢。(第三十回)

其实,这正是悟空心里的矛盾之处。去吧,面子挂不住;不去吧,和尚又当定了。八戒只好走了,以为四下没人,嘟囔说:

这个猴子,不做和尚,倒做妖怪!(第三十回)

悟空派两只小猴跟着,要听的其实也是这句话。妖怪虽好,毕竟不是正经职业;当了和尚,受气吃苦,但有大前程。两下对比,还是当和尚。所以,悟空借吩咐家事时,道出心声:

> 我保唐僧的这桩事，天上地下，都晓得孙悟空是唐僧的徒弟。他倒不是赶我回来，倒是教我来家看看，送我来家自在耍子。（第三十一回）

头一句是真，满世界都知道自己当了和尚，不去没脸见人；第二句是假，不仅是为尊者讳，也是给自己留面子。

如此说来，哪能不回去？

其次，打"理"字牌：晓之以理。

其实，悟空对取经的要害之处心知肚明，只是对唐僧的忠奸不辨、贤愚不分气不忿。前两张牌一打，悟空仍在矫情之时，八戒又抛出了两个"理"：一个是取经大业之理，一个是常识之理。

先看取经大业之理。

唐僧师徒为了什么走到一起？为取经。取经是谁一手操办的？观音菩萨。八戒把这个最大的利害关系，适时抛出。先提唐僧试探一下："哥哥，千万看师父面上，饶了我罢！"这个师父是唐僧，唐僧当然不管用，悟空立马就说："我想那师父好仁义儿哩！"但八戒却接着说：

> 哥哥，不看师父呵，请看海上菩萨之面，饶了我罢！（第三十一回）

这是最管用的一句话，管用就管用在"不看僧面看佛面"上。僧是唐僧，佛是菩萨。师父的话可以不听，但师父的师父的面子却不得不给。所以悟空：

> 见说起菩萨，却有三分儿转意道："兄弟，既这等说，我且不打你。你却老实说，不要瞒我。那唐僧在哪里有难，你却来此哄我？"（第三十一回）

这时，八戒还卖了一个关子说：没什么，师父就是想你。但悟空其实已打定回去的主意，当然要逼问八戒：

> 这个好打的夯货！我老孙身回水帘洞，心逐取经僧。那师父步步有难，处处该灾，你趁早儿告诵我！（第三十一回）

再看常识之理。

悟空自己说了好几回"一日为师，终身为父"的话。所谓天地君亲师，在古

第十一讲 安内：内部磨合　**215**

时的常人看来，这就是一个很朴素的常识之理。八戒借小白龙的口，再次道出：

> 师兄是个有仁有义的君子，君子不念旧恶，一定肯来救师父一难。万望哥哥念一日为师、终身为父之情，千万救他一救！（第三十一回）

这个理，悟空显然是深以为然的。见到黄袍怪之时，他说：

> 你这个泼怪，岂知"一日为师，终身为父"，"父子无隔夜之仇"！你伤害我师父，我怎么不来救他？（第三十一回）

再次，打"气"字牌：激之以气。

回去的决心已定，可还差最后一把火。老猪也不傻，知道要趁热打铁："请将不如激将，等我激他一激。"怎么激？从悟空最大的软肋激起。悟空最大的软肋，就是受不得别人说他没本事。

悟空问，你没提老孙是唐僧的大徒弟吗？八戒答，不提还好，一提他就骂你，根本没把你放在眼里啊。接着自创了一段对话：

> 我说："我还有个大师兄，叫做孙行者。他神通广大，善能降妖。他来时教你死无葬身之地！"那怪闻言，越加忿怒，骂道："他若来，我剥了他皮，抽了他筋，啃了他骨，吃了他心！饶他猴子瘦，我也把他剁碎着油烹！"（第三十一回）

悟空听完，肺都气炸了。

这段话，让人忍俊不禁。若论本事，八戒自不如他；但论说谎工夫，十个悟空也不是个儿。这下，换成悟空猴急着要回去了：

> 这妖怪无礼，他敢背前面后骂我！我这去，把他拿住，碎尸万段，以报骂我之仇！（第三十一回）

图 11—8　八戒激将悟空

至此，八戒大功告成，临走还不忘飘句风凉话：

> 哥哥，正是，你只去拿了妖精，报了你仇，那时来与不来，任从尊意。（第三十一回）

总之，八戒打出情、名、理、气四张好牌，先以情动之，次以名投之，再以理晓之，最后以气激之，一气呵成，天衣无缝，请回了悟空，暂时消弭了取经团队内部最大的裂痕，展现了自己超一流的谈判功夫。其中经验，实堪我辈学习。

现实中的我们，在处理团队矛盾之时，就可借鉴这方法。当然，能否有效的前提是，悟空得是"身在水帘洞，心逐取经僧"才行。打"情"字牌，首先要有感情基础；打"名"字牌，首先人家要在乎这个；打"理"字牌，首先要有理可讲；打"气"字牌，首先要尿你这壶。

这正是：

> 一名一理一激将，
> 烧得悟空斗志昂。
> 莫说八戒是夯货，
> 一番说服没白忙。

勿求急效，莫生妄动
——西游团队为什么又闹分裂

缓事宜急办，敏则有功；急事宜缓办，忙则多错。弘一法师李叔同的这句话，非常贴合刚从琵琶洞出来的取经团队。拒了女儿国国王，诛了蝎子精，师徒们心情大好，正"加鞭催骏马，放辔趱蛟龙"的时候，团队又出大事了！原文交代：

> 孙大圣有不睦之心，八戒、沙僧亦有嫉妒之意，师徒都面是背非。（第五十六回）

这一次，如果不是如来、观音出面协调，取经团队真散了。
算起来，在唐僧与悟空发生的所有冲突中，这绝对是最严重的一次。
一般而言，如果双方发生冲突，即使没有绝对的谁对谁错，也应该有责任大小的分别。三打白骨精的时候，唐僧与悟空的责任大概是六四开，悟空占肆，唐僧

第十一讲 安内：内部磨合 **217**

的过错是六；这一次，则变成了四六开，唐僧占理，悟空的过错是六。

白骨精事件中，悟空打死的是妖怪，唐僧肉眼凡胎看不清，错怪了悟空。但这次草寇事件中，悟空打死的是凡人，其中还有一个独生子，死都死了，还把人家的头割下来，血淋淋地拿给唐僧看。观音菩萨在"断案"的时候，狠批悟空道：

似你有无量神通，何苦打死许多草寇！草寇虽是不良，到底是个人身，不该打死，比那妖禽怪兽、鬼魅精魔不同。那个打死，是你的功绩；这人身打死，还是你的不仁。但哄退散，自然救了你师父，据我公论，还是你的不善。（第五十七回）

在西梁女国和琵琶洞的时候，师徒们不还好好的吗，都表示要"皈命投诚"，唐僧也破天荒地喊了悟空一声"贤弟"，悟空自己也学会了"粗中有细，急处从宽"，八戒、沙僧也算卖力。

为什么在形势一片大好的情况下，内部关系却急转而下？

究其原因，还在一个"急"字上。

悟空还是一只急猴子，唐僧也成了急和尚，八戒、沙僧也跟着着急。前面几回故事中，悟空的表现很反常，给人的感觉是，他在刻意求慢，装低调。而唐僧那一声"贤弟"，听着也有点瘆得慌，因为他俩的关系远没好到那程度。要说，团队中，最不急的、心里最有分寸的还数白龙马，凭着八戒怎么"嗒答答的赶，只是缓行不紧"。被悟空的棒子一举，吓得"溜了缰，如飞似箭，顺平路往前去了"，一口气跑出二十里开外，结果先让唐僧遇上了那伙草寇。好端端的，打什么马啊！

十万八千里的取经路，讲究循序渐进。倘不能循序而进，就会急欲求效；急欲求效，就会着急上火；着急上火，就会躁举妄动；躁举妄动就会导致"神狂"（悟空）"道昧"（唐僧），结果自然是师徒"面是背非"。所以，第五十六回的回目叫"神狂诛草寇 道昧放心猿"。吴承恩真英明！

在神狂方面，悟空心一急，嘴就狂，损起唐僧比以前更狠：

师父不济，天下也有和尚，似你这般皮

图11—9 观音前讨公道

松的却少。(第五十六回)

比骂"脓包"还狠，直接说唐僧是"皮松"该打！

不仅如此，下手也开始狂起来，把那杨老汉的流氓儿子，"咔嚓"一刀杀了，割下头来，血淋淋提在手中，拿到唐僧面前。如此示威，不是神狂是什么？更狂的是，吹牛的老毛病又犯了。在唐僧给那两个死草寇致悼词的时候，他说：

> 玉帝认得我，天王随得我；二十八宿惧我，九曜星官怕我；府县城隍跪我，东岳天齐怖我；十代阎君曾与我为仆从，五路猖神曾与我当后生；不论三界五司、十方诸宰，都与我情深面熟，随你那里去告！(第五十六回)

这不明显是恼恨师父吗！

在道昧方面，唐僧这次也确实昧了心。

先是昧了担当。一遇草寇，全失了高僧范儿，不仅丢了行李、马匹撒丫子就跑，而且还说谎话，把问题全抛给悟空。刚才还跟孙子似的，眼见徒弟们来了，"跳上马，顾不得行者，操着鞭，一直跑回旧路"。跑还跑错了，直接奔东而去。

再是昧了情义。眼见悟空打死了人，把其余的草寇都吓跑之后，反而从容祭奠起来了。祭奠是应该的，但悼词却让悟空寒心，唐僧说，好汉啊，我好言劝你们，你们不听，现在被行者打死了吧。你们要到阎王那告状的话：

> 倒树寻根，他姓孙，我姓陈，各居异姓。冤有头，债有主，切莫告我取经僧人。(第五十六回)

这是人话吗！八戒说："师父推了干净！"

最后，昧了尊严。看见悟空真恼了，赶紧服软说：

> 徒弟呀，我这祷祝是教你体好生之德，为良善之人，你怎么就认真起来？(第五十六回)

既然说得对，本该理直气壮才是，软什么？

在师父和大师兄的"示范带动"之下，八戒和沙僧也好不到哪儿去。刚开始，最心急的就是八戒，悟空打人的报告就是八戒美滋滋地递上去的。师父让八戒去埋，八戒说："行者打杀人，还该教他去烧埋，怎么教老猪做土工？"埋完，给师父说："他打时却也没有我们两个。"

而沙僧呢，也不再像以前那样维护大师兄了。

所以，因一个"急"字，搞成这样，也是意料之外情理之中的事情。

当然，这一弄，也逼如来佛祖和观音交了实底，给唐僧和悟空吃了一个大大的定心丸。如来对悟空说：

> 我教观音送你去[1]，不怕他不收。好生保护他去，那时功归极乐，汝亦坐莲台。（第五十八回）

坐莲台，就是成佛啊！同时，观音也严重警告了唐僧：

> 你今须是收留悟空，一路上魔障未消，必得他保护你，才得到灵山，见佛取经，再休嗔怪。（第五十八回）

如来和观音的话，对我们同样适用。正所谓事缓则圆，事急则乱。事情越紧急越要举重若轻，急不得，更错不得，多权衡利弊再做决定。不圆满的时候不要着急；有遗憾的时候，善待那些遗憾。执着地追求圆的人生，未必真悟人生。成长本身就是一个需要长期努力的过程，想要快速地成功，只会"欲速则不达"。

举个现实生活中的例子。诸位还记得那个芮成钢吗？状元出身，青年得志，央视抢眼；平视政要，问遍全球，但2014年7月11日，他突然被检方带走了。一切精彩戛然而止，徒留一只空话筒。春风得意中，是什么毁了他？究其原因，离不了一个"急"字，心太大了，心太急了。正如人民日报所评，"心太大，难免自欺；心太急，必然自误"。

这正是：

> 成长之路怕急心，
> 急心求成反害人。
> 要事缓办防妄动，
> 神狂道昧坏处深。

---

[1] 按组织干部工作惯例，悟空的"官职"绝小不了。如来如此说，等于是"中央决定"，让观音送悟空"上任"，等于代表"中央"去宣布。开个玩笑，悟空"坐莲台"也算是"省部级"吧。

第十二讲
聚力：处好同事

灵山越来越近，悟空似乎越来越"乖"、越来越"弱"，原因是他越来越明白：取经无须一步一心机，成长要靠聚心又凝力……

🌥 放下身段，学动心思 🌥
——悟空在平顶山莲花洞为什么变乖了

存高蹈之心，须行低调之事。

话说师徒们正"一心同体，共诣西方"，不一日，来到平顶山莲花洞。洞中有俩妖怪，哥哥叫金角大王，弟弟叫银角大王。这哥儿俩非同寻常，在《西游记》中勇夺多项第一：第一次出现兄弟俩共同奋斗的妖怪团体，第一次使用超级法宝，第一次使用"连横"战术，唯一一对拿着"照片"抓人的妖怪，也是唯一一对明确交代是被有关部门特意安排的妖怪……

从信息、背景、数量、势力以及物资等方面来看，金角、银角两大王都是非常厉害的妖怪。可以想象，要过此关，难度该有多大！这段故事，《西游记》分成四回来讲，足可见其分量之重。

在此情况之下，悟空不花点心思、动点脑子，肯定过不去。我们知道，悟空在降了白骨精、伏了黄袍怪，特别是刚经历了一场空前内耗之后，虽有"渡尽劫波兄弟在，相逢一笑泯恩仇"的热乎劲儿，但被贬的阴影仍未散尽，唐僧脓包如旧，八劫呆性不改，沙僧也来添乱，那眼下如何弄？

还像三打白骨精一样吗？显然不会了。该不该打？该打。完成任务了吗？完成了。但为什么上下都不理解呢？原因不就在于心态没放开，没有充分沟通，没有放低身段，没有讲究方式方法吗？

悟空是悟性极高的人，哪能老干出力不讨好的事啊，所以，他开始学会动心思、使心眼了,虽仍稚嫩,但毕竟是试着成熟的良好开端。悟空到底学到了什么?

首先,学会了沟通。

以往,唐僧一喊饿,悟空总是先数落一顿:师父你好不聪明,前不着村后不着店,让我哪里去找!结果不还得去找,而且还找着了。反观八戒,口上满口答应,说得唐僧心花怒放,虽没找着,却没挨一句骂。唐僧稍多看一眼白骨夫人,悟空就说:看什么看,再看让你们圆房!如此说,哪个不羞?打的时候,总是一句话不说,上来就干:"放下钵盂,掣铁棒,当头就打","望妖精劈脸一下","更不理论,举棒照头便打"。

稍停一下,解释两句,能耽误多大工夫!要知道,白骨精的功夫实在不咋的,八戒、沙僧谁都能轻松搞定。结果,他净干鞠一个躬放仨屁的事,纵使铁证如山,唐僧也不信。

这回学乖了,不再先打后解释,而是先解释再打。

刚到平顶山,唐僧的"第六感"又发威了,说徒弟们要仔细啊,前面山高林密,可能有妖怪。悟空马上做了一通"思想安抚工作"。

先从"理论"上说:

师父,出家人莫说在家话。你记得那乌巢和尚的《心经》云:"心无挂碍;无挂碍,方无恐怖,远离颠倒梦想"之言?但只是"扫除心上垢,洗净耳边尘。不受苦中苦,难为人上人"。你莫生忧虑。(第三十二回)

再给唐僧吃颗大大的定心丸:

但有老孙,就是塌下天来,可保无事。怕什么虎狼!(第三十二回)

唐僧闻言,只得乐以忘忧。

其次,学会了示弱。

就低服软,虽非本意,却不可不用,特别是在屡次吃亏之后,更应深知个中滋味。悟空在认真听了日值功曹的"警告"之后,那是"切切在心",进行了一番自我"论证":

我若把功曹的言语实实告诵师父,师父他不济事,必就哭了;假若不与他实说,蒙着头,带着他走,常言道:"乍入芦圩,不知深浅。"倘或被妖魔捞

去，却不又要老孙费心？（第三十二回）

琢磨来琢磨去，想了一个好主意。什么主意？示弱。于是，悟空把眼揉了一揉，揉出些泪来，迎着师父，往前径走。

八戒远远瞧见，明白了，回头大喊一声：分——行——李！

沙僧纳闷，咦，好好的，分哪门子行李？

唐僧更纳闷，说你个夯货，正赶路，胡说什么？八戒答道：

你儿子便胡说！你不看见孙行者那里哭将来了？他是个钻天入地、斧砍火烧、下油锅都不怕的好汉，如今戴了个愁帽，泪汪汪的哭来，必是那山险峻，妖怪凶狠。似我们这样软弱的人儿，怎么去得？（第三十二回）

看嘛，如此示弱，起到了一箭双雕的效果：一来，唐僧他们都感受到了事情的严重性，便于后面行事。二来，如果胜了，显出本事；如果败了，也是事先言明了的。

所以，唐僧以前所未有的温柔之态问：

悟空，有甚话当面计较，你怎么自家烦恼？（第三十二回）

悟空答道：

他说妖精凶狠，此处难行，果然的山高路峻，不能前进，改日再去罢。（第三十二回）

唐僧立马抱住悟空的大腿，扯住悟空的虎皮裙子说，天啊，咋办啊？

再次，学会了辨谎。

这谎是为了让唐僧辨，而不是自己辨。八戒是瞎话篓子一个，但唐僧不知道啊，还以为八戒句句对自己脾气呢。为此，悟空深受其害。作为一名受害人，悟空就要在众人面前，让唐僧亲见真假。八戒去巡山，悟空全程跟踪。巡着巡着，八戒又去睡觉，正事忘得一干二净。睡醒就开始琢磨如何编谎：

我这回去，见了师父，若问有妖怪，就说有妖怪。他问什么山，我若说是泥捏的，土做的，锡打的，铜铸的，面蒸的，纸糊的，笔画的，他们见说我呆哩，若讲这话，一发说呆了，我只说是石头山。他问什么洞，也只说是石头洞。他问什么门，却说是钉钉的铁叶门。他问里边有多远，只说入内有三层。十分再搜寻，问门上钉子多少，只说老猪心忙记不真。此间编造停当，哄那弼马温去！（第三十二回）

可见，笨人的可怕不在其笨，而在于其自作聪明。八戒这个"馕糠的夯货"生动地体现了这一点。如此没技术含量的谎言，等八戒自己承认了，唐僧才说：

图 12—1　悟空跟踪八戒

悟空说你编谎，我还不信。今果如此，其实该打。但如今过山少人使唤，悟空，你且饶他，待过了山再打罢。（第三十二回）

回头想，师徒关系先前僵成那样，观音都不出手，让他们自己解决。而被贬、变虎事件平息之后，反来试探。观音菩萨安的是什么心，她老人家想试什么呢？

在我们看来，观音菩萨主要还是试团队、试唐僧、试八戒。当然，客观上也有点给悟空报仇的意思。

这一试，果然试出"罢软的老和尚，面弱的沙和尚"，后面再加一句——馕糠的猪八戒。

但经此一试，悟空也受益匪浅。因为他从中学会了放下身段，动脑用心，虽仍不太熟练，对自己却有里程碑式的意义。

这正是：

危难处且放身段，
成长路越走越宽。
师徒同心诣西方，
岂能一人独闯关。

学着做事，试着成熟
——悟空在平顶山莲花洞为什么变弱了

人的成长，离不了聚心聚力。对聚心，悟空学会了放平心态，放低身段。对聚力，悟空学会了如何当大师兄，也就是如何做事。

首先，学会了调查。

没有调查就没有发言权。在平顶山，走着走着，师徒们看见日值功曹（便衣队的成员之一）变成一个樵夫，报信来了。唐僧说，谁敢去细问他一问？还用问吗，肯定是悟空去（看唐僧多贼，多会给八戒、沙僧留面儿）。悟空表示，师父放心，我去问个端的。挺难得吧，不是随便一问，而要问个端的。端的就是：

> 那魔是几年之魔，怪是几年之怪？还是个把势（行家），还是个雏儿（新手）？（第三十二回）

耐心好得不得了，也很有刨树刨根、打破砂锅问到底的劲头儿。

听完日值功曹的介绍，悟空才知这俩妖怪是狠角色，但没敢照实说，怕吓着师父，而只是讲：

> 师父，没甚大事。有便有个把妖精儿，只是这里人胆小，放他在心上。有我哩，怕他怎的？走路，走路！（第三十二回）

实情自己掌握就好，没必要先吓人。

其次，学会了递解。

调查之时，悟空不再强调自己出手弄死他们了，而是说："烦大哥老实说说，我好着山神土地递解他起身。"

别小看这句话，这可是悟空的一个重大改变。以前，凡遇妖怪，他什么时候想起"递解"，从来不都是自己亲力亲为，斩立决？

递解是什么？递解就是把犯人押解远地，且由沿途各地官衙依次派人押送。具体就像悟空所说：

若是天魔，解与玉帝；若是土魔，解与土府。西方的归佛，东方的归圣。北方的解与真武，南方的解与火德。是蛟精解与海主，是鬼祟解与阎王，各有地头方向。（第三十二回）

说白了，这不正是学着按规矩办事，该谁办谁办，不再一味弄强了吗？这一点，殊为难得，本身也是尊重师父的表现。在师父的价值观里，从来都认为，判人死罪是"官府"的事，而不能用"私刑"，更不可滥杀。在前面打死"六贼"时，唐僧曾说："此事若告到官，就是你老子做官，也说不过去。"

再次，学会了要权。

悟空虽然是大师兄，降妖捉怪是他最主要的职责，但八戒和沙僧也是团队成员，他们也想打打怪，捞捞功果。本事虽差点，但也可以"放屁添风"啊。再说，悟空老觉得自己是最厉害的，客观上虽是如此，但主观上八戒和沙僧却并不这么认为。这一次，悟空学精了，学会了大家一起干，一起分担。简单说，悟空也学会了"要权"。比如，在与金角、银角大王开战之前，悟空就破天荒地主动让八戒去干事，而且理由也极为充分：

我没个不尽心的，但只恐魔多力弱，行势孤单。"纵然是块铁，下炉能打得几根钉？"

看来，悟空自己也学会利用"单丝不线，孤掌难鸣"的道理了。唐僧听着在理，附和说：

徒弟呵，你也说得是。果然一个人也难。兵书云，寡不可敌众。我这里还有八戒、沙僧，都是徒弟，凭你调度使用，或为护将帮手，协力同心，扫清山径，领我过山，却不都还了正果？（第三十二回）

原来，悟空以为他这大师兄是不说自明的，从来都是一猴当先，遇事抢着上。但后来发现，不是那么回事，两个师弟特别是八戒，也有不服气的时候。做老大，自己先当着，还是"组织"认可，那

图12—2 日值功曹报信

差别可大了。所以,书上说他"这一场扭捏",终于"逗出长老这几句话来"。悟空接着说:

> 若要过得此山,须是猪八戒依得我两件事儿,才有三分去得;假若不依我言,替不得我手,半分儿也莫想过去。(第三十二回)

八戒不是能吗?好吧,让你能个够!

最后,学会了派事。

要完权之后,就该行使职权,分派任务了。悟空给八戒派了什么任务?两样:一样是看师父,一样是巡山。如果再加上"交通"和挑担,这其实是取经团队的四样核心工作。看师父归沙僧,巡山(打怪)归悟空,交通归小白龙,挑担归八戒。交通不用说,小白龙一直干得挺好。挑担方面,八戒一直就不服气,老觉得自己吃亏,老觉得还是看师父或者巡山更轻省。

通过悟空的一番白话,八戒明白了:噢,还是挑担最划算。如此,才能各安其位,各司其职。

先来看看如何"看师父":

> 师父去出恭,你伺候;师父要走路,你扶持;师父要吃斋,你化斋。若他饿了些儿,你该打;黄了些儿脸皮,你该打;瘦了些儿形骸,你该打⋯⋯(第三十二回)

八戒没等听完,叫喊道:

> 这个难,难,难!伺候扶持,通不打紧,就是不离身驮着,也还容易;假若教我去乡下化斋,他这西方路上,不识我是取经的和尚,只道是那山里走出来的一个半壮不壮的健猪,伙上许多人,叉钯扫帚,把老猪围倒,拿家去宰了,腌着过年,这个却不就遭瘟了?(第三十二回)

当勤务员,还怕有性命之忧,也难为老猪了。当然,沙僧听了这话,应该是很受用的。

再看如何巡山:

就入此山，打听有多少妖怪，是什么山，是什么洞，我们好过去。（第三十二回）

巡山是悟空的核心任务，如此轻描淡写地略说一说，是有意让八戒见识见识。其实，远不是这么回事。论凶险，显然是巡山凶险，因为巡山碰上妖怪的可能性更大嘛。但呆子却说这个小可[1]，我还是去巡山吧。于是，呆子"撒起衣裙，挺着钉钯，雄赳赳，径入深山；气昂昂，奔上大路"。

仔细想来，这其实是悟空头一回"解读"工作。当然，解释权归谁，就会更有利于谁。

对我们来说，是不是也要向悟空讨教这"七招"，慢慢学会如何沟通、调查、递解、示弱、要权、派事、辨谎呢。要想把事做漂亮，就得学会沟通，要沟通事先要摸清情况，情况摸清之后还要讲究方式方法和"领导艺术"。如此，也算是一种成熟吧。

这正是：

纵然是块坚硬铁，
下炉能打几根钉？
做事非必亲上阵，
学会分派方能赢。

☁ 劈破旁门，皓月静心 ☁
——悟空又给唐僧上了什么"心理疏导课"

取经团队中，师父唐僧是悟空最大的"同事"。可这个心最虔诚的同事，在走到宝林寺的时候，却不那么淡定了。唐僧烦什么呢？路远，想家，也受气了。师父心乱，只有悟空来开导。于是，悟空给师父上了一堂精彩的"心理疏导课"。这课是怎么上的呢？

首先是"理论课"："敞厅"理论。

一开始，唐僧老毛病又犯了。凡到新地儿，必会担心"魔障侵身"，人为地增

---

[1] 《西游证道书笔评》夹批云："我说这个非同小可。"

加紧张气氛和打怪难度。孙老师"教育"他：

> 师父休得胡思乱想，只要定性存神，自然无事。[1]（第三十六回）

唐僧一时消化不了，仍怀疑：

> 西天怎么这等难行？我记得离了长安城，在路上春尽夏来，秋残冬至，有四五个年头，怎么还不能得到？（第三十六回）

光老和尚这么想吗？显然不是。两个师弟可能更想问。因此，孙老师就提出了一个"敞厅"理论，把道理掰开揉碎了讲给大家听。我们看这段描写：

> 行者闻言，呵呵笑道："早哩，早哩！还不曾出大门哩！"八戒道："哥哥不要扯谎，人间就有这般大门？"行者道："兄弟，我们还在堂屋里转哩！"沙僧笑道："师兄，少说大话吓我，哪里就有这般大堂屋，却也没处买这般大过梁啊。"
> 行者道："兄弟，若依老孙看时，把这青天为屋瓦，日月作窗棂：四山五岳为梁柱，天地犹如一敞厅！"（第三十六回）

瞧这境界，这心胸，这气魄，实非一般人能比吧。大圣所言极是，人在天地之间成长历练，确实是永远在路上，永远在堂屋里转。

唐僧理解了吗？没有。接下来，他又写了一首"中药诗"言志：

> 自从益智登山盟，王不留行送出城。路上相逢三棱子，途中催趱马兜铃。寻坡转涧求荆芥，迈岭登山拜茯苓。防己一身如竹沥，茴香何日拜朝廷？（第三十六回）

这首诗镶嵌了九味中药。当然，诗的内容和中药毫无关系，只是利用药名来说事："益智"就是"毅志"，指的是唐僧对取经矢志不移的信念；"王不留行"，指的是

---

[1] "定性存神，自然无事"这八个字，在《西游证道书》看来，"此八字真言也。修身涉世，无过于此，岂特炼魔取经为然？"

唐太宗亲自为三藏饯行；"三棱子"指的是他那仨徒弟；"马兜铃"则是白龙马前行的声音；"茯苓"就是"佛灵"，代指如来佛祖；"防己"和"竹沥"指唐僧心地清净；"茴香"是"回乡"的谐音，盼着早取经，早回家。

这是唐僧越走越没底、越走心越虚的自然流露。孙老师用"功到自然成"来开导他，冷笑着说：

师父不必挂念，少要心焦，且自放心前进，还你个"功到自然成"[1]也。（第三十六回）

反正只管走就是了。

其次是"实践课"：还得我来。

说了半天，孙老师其实一直在强调，师父，你只管放心走你的，万事有我呢。可师父不信啊，非要亲自去宝林寺借宿，结果受了一肚子气，心情更加郁闷，最后还得孙老师出马，三下五除二，利索解决。两下一对比，唐僧内心才慢慢明白，还是猴子办事我放心！

出发时，唐僧自信满满。孙老师一问，这里谁进去借宿？他自告奋勇说：

我进去。你们的嘴脸丑陋，言语粗疏，性刚气傲，倘或冲撞了本处僧人，不容借宿，反为不美。（第三十六回）

理由充分，决心又大，徒弟们不得不看着师父丢了锡杖，解下斗篷，整衣合掌，径入山门。可结果呢？碰上了一群世俗、势利的臭和尚。僧官看见唐僧进去，勃然大怒，对手下狂喊道：

看他那嘴脸，不是个诚实的，多是云游方上僧，今日天晚，想是要来借宿。我们方丈中，岂容他打搅！教他往前廊下蹲罢了！（第三十六回）

唐僧哪受过这种气，哭着自语道：

---

[1] "功到自然成"一语大有深意。在《西游真诠》看来，"功到必先有事，自成则非强为，语味深长，不可作恖恖走路话头读过"。

> 可怜！可怜！这才是人离乡贱！……不知是那世里触伤天地，教我今生常遇不良人！（第三十六回）

不过，唐僧还不死心，厚着脸皮，再往里走，结果又挨了一顿臭骂。直把唐僧骂得眼泪汪汪的，哭还不敢出声，怕人笑话他，"暗暗扯衣揩泪，忍气吞声，急走出去"。过程中，唐僧心想：

> 和尚你不留我们宿便罢了，怎么又说这等恶憽话，教我们在前道廊下去蹲？此话不与行者说还好，若说了，那猴子进来，一顿铁棒，把孤拐都打断你的！（第三十六回）

师父受气而归，徒弟们的反应是：

> 那行者见师父面上含怒，向前问："师父，寺里和尚打你来？"唐僧道："不曾打。"八戒说："一定打来，不是，怎么还有些哭包声？"那行者道："骂你来？"唐僧道："也不曾骂。"行者道："既不曾打，又不曾骂，你这般苦恼怎么？好道是思乡哩？"唐僧道："徒弟，他这里不方便。"（第三十六回）

看见师父受气，悟空立刻为师父出头，手段异常得干净利落：只将铁棒变得盆一样粗，轻轻地打在石狮子头上，然后端起铁棒，用眼光扫了扫众位大和尚的脑袋，事情解决——全寺五百个和尚，齐刷刷地跑出来跪迎唐朝来的大法师。当然，这并非是孙老师的面子大，而是他的铁棒面子大！

如此这般之后，师徒四人在宝林寺住上了"总统套房"，享受了九星级服务。八戒还不忘洗刷了一下师父，说：

> 老大不济事，你进去时，泪汪汪，嘴上挂得油瓶。师兄怎么就有此獐智，教他们磕头来接？（第三十六回）

图12—3 唐僧宝林寺受辱

最后是"讨论课"：皓月静心。

唐僧兴奋得睡不着，抬头望见天上一轮明月清凉如水——尿意顿生。小解之后，诗兴又发，就喊徒弟们出来赏月吟诗，一起玩"碎碎念"。

师父先开头，写了一首老长老长的诗，但核心意思就两句：一句是"一年今夜最明鲜"；一句是"何日相同返故园"。

出气了，过瘾了，开始想家了。针对老和尚的疑虑，孙老师开导道：

> 师父呵，你只知月色光华，心怀故里，更不知月中之意，乃先天法象之规绳也。（第三十六回）

月中有何"规绳"[1]？月分上弦、下弦，有晦（黑暗）、有望（光明），取经之路也如此，有不顺、有顺。不管如何，只要"志心功果即西天"，见佛容易，回家也容易。

前有理论铺垫，后有实践演示，现加当场讨论，"那长老听说，一时解悟，明彻真言，满心欢喜，称谢了悟空"。

一起出来的沙僧、八戒也借机作了补充，表明了态度。沙僧说：

> 三家同会无争竞，水在长江月在天。（第三十六回）

意思应该是，我们是一个团队，哥儿仨还得团结一心，不要互相猜忌才好。

还数八戒实在，他从极现实的角度，对沙僧作了补充：

> 缺之不久又团圆，似我生来不十全。吃饭嫌我肚子大，拿碗又说有粘涎。他都伶俐修来福，我自痴愚积下缘。（第三十六回）

好诗，话糙理不糙！意思是，团队之中，都说我老猪"天然呆萌"，但世上哪有十全十美之事，我虽然毛病多，但毕竟"积下缘"，我也会静心坚持走不去的。

说完，老猪做了了断："师父，赶紧洗洗睡吧！"算是落地了，讨论课圆满结束。

当然，猪八戒同学也借机告诉了我们，命运是不可能公平的，有人生来就不

---

[1] 所谓规绳，是指规矩绳墨，比喻法度。《孔子家语·五仪解》："孔子曰：'所谓贤人者，德不逾闲，行中规绳。'"

完美，比如有人天生就鼻歪、嘴裂、眼斜、腿瘸，在这样的情况下，如果他的人生理想是做个潘安，你说他是不是很痛苦？不如像猪兄那样看得豁达。顺应命运才能快乐，而顺应命运，并非自暴自弃。这境界，用八戒同学的话说就是，"虽然人物丑，勤谨有些功"。

这正是：

> 理明一窍通千窍，
> 劈破旁门即是勤。
> 师徒同会无争竞，
> 皓月当空均静心。

听汝之言，凭据何理
——悟空如何说服乌鸡国太子

处好同事，少不了说服工夫。悟空的说服水平如何？那是相当得高超。在乌鸡国说服太子一事上，悟空展现了精妙的"孙氏六步说服术"。

第一步："引"字术。

诸位要问了，凭悟空他们的能耐，上去喊哩喀喳把那老道杀了岂不痛快，何必费那么大劲，何必非找太子啊。原因有四：第一，不摸底的情况下，万一打不过怎么办？第二，乌鸡国国王并未说那全真老道是妖怪，打真人和打妖怪本质不同。第三，更重要的是，国王交代他们先去找太子。第四，你知道他是假国王，满朝文武可不知道，若上去把人国王给杀了，算怎么回事！

所以，还得先找太子沟通好。怎么找？国王告诉他，太子明天出城打猎，你们见他，把我的话一说，他就信了。唐僧只信了前半句，后半句就靠悟空创造性地去执行了。

怎么见？你找他，还是他找你？说服人的时候，要变被动为主动，你找他的话，求人三分低，堂堂太子哪会信你这丑和尚的离奇之言！所以，悟空想了一招，变成一只被太子打中的兔子，引着太子自己屁颠儿屁颠儿地追着猎物，"将太子哄到宝林寺山门之下"。

第二步："低"字术。

变说服为被审，让被说服之人——太子站在心理的制高点，自己来"审"出唐僧要说的话，也就是悟空定计之时，交代唐僧的"顶缸、受气、遭瘟"策略：

> 你尽他怎的下拜，只是不睬他。他见你不动身，一定教拿你；你凭他拿下去，打也由他，绑也由他，杀也由他。（第三十七回）

八戒还不理解，说："一桩儿也是难的，三桩儿却怎么耽得？"书中写得明白，说"唐僧是个聪明的长老"，识得这是计，只是做个低姿态，配合行事，而不是真受罪。

果如所料，太子一进门，忽见堂屋正中坐着一个和尚，大怒道：

> 这个和尚无礼！我今半朝銮驾进山，虽无旨意知会，不当远接，此时军马临门，也该起身，怎么还坐着不动？（第三十七回）

确实无礼，当朝太子来了，不下跪就算了，居然还正当中坐着跟个人儿似的。于是，太子说声"拿"，两边校尉，一齐下手，把唐僧抓将下来，急拿绳索便捆。

第三步："勾"字术。

勾就是勾出太子的好奇心。说服的要点就在于勾人，跟相声演员讲究用言语"拴人"一样。太子果然上路，立即开审道："你那东土虽是中原，其穷无比，有甚宝贝，你说来我听。"

唐僧答道，我身上的袈裟就是宝贝啊，还有更好的呢。太子不屑地讲："你那衣服，半边苦身，半边露臂，能值多少物，敢称宝贝！"

对啊，一件破袈裟，说是宝贝，谁也不信啊。要的就是这效果，太子一好奇，唐僧才好说出下面的话：

> 佛衣偏袒不须论，内隐真如脱世尘。万线千针成正果，九珠八宝合元神。仙娥圣女恭修制，遗赐禅僧静垢身。见驾不迎自由可，你的父冤未报枉为人！（第三十七回）

说的是，我们出家之人不打诳语，衣服偏可真

图12—4 悟空妙引太子

相不偏,你还想不想报仇?这就是拴人,什么仇,什么冤,为何枉为人?

太子听完,懵了。谁听谁懵,父亲不是好端端的吗,报哪门子仇!你咒我父亲死啊,于是大怒道:"这泼和尚胡说!……我的父冤从何未报,你说来我听。"说真相还不是时候,唐僧先卖了个关子,拿大道理做铺垫。

唐僧:"为人生在天地之间,能有几恩?"
太子:"四恩。"
唐僧:"哪四恩?"
太子:"感天地盖载之恩,日月照临之恩,国王水土之恩,父母养育之恩。"
唐僧:"殿下言之有失……哪得个父母养育来?"
太子:"人不得父母养育,身从何来?"(第三十七回)

俩人一问一答,一捧一逗,跟说相声似的,生生把父亲说没了,太子能不往下追问吗?

第四步:"奇"字术。

该说真相了。真相怎么说,讲究也大。对一个年幼的、喜欢打猎游玩的、上来就关心宝贝的太子,直接"痛陈家史",显然不合适;由自己来说,说服力不够。于是,悟空就用一种奇特好玩的玩意儿,来讲这个沉痛哀苦的话题。什么好玩意儿?"立帝货",也就是"八音盒"。这"立帝货"绝对神奇,它可以:

上知五百年,中知五百年,下知五百年,共知一千五百年过去未来事。(第三十七回)

太好了,打开打开。结果,一个二寸长的小人儿,站在里面又蹦又跳,还能大能小。要说,唐僧和悟空他俩如果不取经,就是摆个摊,耍把戏,也能发财。太子惊奇之下,上赶着问:"立帝货,快说快说,你能断何吉凶?"

立帝货细说真相:

图12—5 立帝货痛陈太子家史

悟空:"你本是乌鸡国国王的太子,……这桩事有么?"
太子:"有,有,有!你再说说。"
悟空:"后三年不见全真,称孤的却是谁?"
太子:"……做皇帝的非我父王而何?"
悟空闻言哂笑不绝。
太子:"这厮当言不言,如何这等哂笑?"
行者:"还有许多话哩,奈何左右人众,不是说处。"(第三十七回)

第五步:"真"字术。

最关键的一步来了。紧要处,太子赶紧屏退左右。悟空正色道:"殿下,化风去的是你生身之父母,见坐位的,是那祈雨之全真。"

闻听此言,当如五雷轰顶,太子不敢相信也不愿相信:亲爸爸被杀,杀父仇人还坐在皇宫之上!没办法,悟空只得拿出信物——白玉珪。白玉珪是最大的、最真实的、最有力的证据。此物一拿,不得不信啊!

因为打击太大了,即便如此,太子仍不愿相信。悟空只能把自己的实底、来历细细地讲给他听,说我们是要取经的和尚,为什么知道呢?是你爸昨天托梦给我们,让我们救他的,你既然认得白玉珪,怎么不替你爸报仇?那太子闻言,心中惨戚,暗自伤愁道:

若不信此言语,他却有三分儿真实;若信了,怎奈殿上见是我父王。(第三十七回)

这才是"进退两难心问口,三思忍耐口问心"。显然,理智上已经信了,只是感情上不愿承认。

第六步:"验"字术。

悟空见太子仍在犹疑不定,又出一计:

殿下不必心疑,……问你国母娘娘一声,看他夫妻恩爱之情,比三年前如何。只此一问,便知真假矣。(第三十七回)

太子心想,对啊,回去问妈妈去。这一问,娘娘"魂飘魄散,急下亭抱起,

紧搂在怀,眼中滴泪",也用一首诗道出夫妻之事:

> 三载之前温又暖,三年之后冷如冰。枕边切切将言问,他说老迈身衰事不兴!(第三十八回)

这首诗不用解释了吧,反正是夫妻三年"事不兴"了。为什么啊?原来那全真道士是文殊菩萨的坐骑兼奴仆——被骗了的青毛狮子。都被骗了,当然"兴"不起来。

真相大白,下面的事,自然好办。

小结一下。"孙氏六步说服术",即引、低、勾、奇、真、验,果然了得吧,可能比现在市面上流行的说服术、读心术还实用、还精彩,对我们也有很大的启发意义。

"引",就是要变被动为主动,变求人为求己;"低",就是要放低姿态,让被说服之人有心理优势;"勾",就是要勾住人心,牢牢抓住说服对象的注意力;"奇",就是要讲究方式方法,让说服对象听了还想听;"真",就是要牢记自己的目的,让说服对象真正信服自己要说服的内容;"验",就是要给人空间,让说服对象自己找寻答案,最终自己承认。

这正是:

> 听汝之言何足信,
> 凭据心理定能赢。
> 悟空神化引太子,
> 六步说服用得灵。

弄巧弄拙,整人整己
——悟空如何聪明反被聪明误

在"孙氏六步说服术"取得巨大成功的当天夜里,悟空失眠了。越想越得意,越想越兴奋,折腾到一更时分,索性一骨碌爬起来。干吗?又想到了一个好主意,急着和师父白话白话。

于是,悟空走到唐僧床边,突然喊了一嗓子:"师父,师父!"师父装睡,知道他又憋坏了。悟空蹑手蹑脚走上前，摸着师父的光头，一通乱摇，师父只好醒了。迷瞪之中，师父带着起床气说："这个顽皮！这早晚还不睡，吆喝什么？"悟空说，师父，白天我把牛吹大了，想想有点后怕，怕理上不顺。吹不吹牛是悟空的事，但理顺不顺却是唐僧关注的要点。

什么理呢？拿贼要拿"赃"，非得把已死三年的尸首弄出来，才好定那假国王的罪。这是对的，但谁去弄呢？悟空憋的坏就在这里，他想让八戒去弄，知道师父护短，故意来这么一出，让师父无话可说。在要理还是护八戒的两头堵面前，唐僧只好表态："凭你怎生裁处。"

悟空学聪明了吧，但这聪明却使大了。本意自然是好的，要把事弄圆满，结果弄巧成拙，整人反整己，上演了一出聪明反被聪明误的好戏。

图12—6　悟空救乌鸡国国王

一整八戒：背死尸。

说干就干。悟空心想：

> 但凭三寸不烂之舌，莫说是猪八戒，就是猪九戒，也有本事教他跟着我走。（第三十九回）

去不难，只要让八戒觉着有好处就行。我们看这段描写：

悟空："有一桩买卖，我和你做去。"
八戒："什么买卖？"
悟空："那太子告诵我说，那妖精有件宝贝，万夫不当之勇。"
八戒："这个买卖，我也去得，……不耐烦什么小家罕气的分宝贝，我就要了。"
悟空："你要作甚？"
八戒："若到那无济无生处，可好换斋吃么！"
悟空："老孙只要图名，那里图甚宝贝，就与你罢便了。"（第三十八回）

一个图名，一个图利，绝配啊。于是，八戒欢欢喜喜地跟着去了。

去之后，八戒发现，原来宝贝就是那死了三年的尸体。后悔已晚，因为下井的时候，自己太利索了，是悟空：

> 将棒往下一按。那呆子扑通的一个没头蹲，丢了铁棒，便就负水。（第三十八回）

不过，上来就不行了，悟空说："你爬得上来，便带你去，爬不上来，便罢。"损啊！井里的肯定得罪不起井上的，八戒只好背着"宝贝"上来了。老实说，虽不得不如此，却有点欺负人。八戒心里那个恨啊：

> 好好睡觉的人，被这猢狲花言巧语，哄我教做什么买卖，如今却干这等事，教我驮死人！（第三十八回）

一被八戒整：救死尸。

八戒也不是好惹的，憋坏、整人、玩小心眼儿更是他的专长。出了井，八戒心中暗恼，算计着要报仇：

> 我到寺里也捉弄他捉弄，撺道师父，只说他医得活；医不活，教师父念紧箍儿咒，把这猴子的脑浆勒出来，方趁我心！（第三十八回）

这还不算完，为了增加难度，八戒还"只说不许赴阴司，阳世间就能医活，这法儿才好"。法儿果然好，连唐僧也佩服，可悟空却犯了难。这一犯难，又得挨师父的骂："徒弟啊，出家人慈悲为本，方便为门，你怎的这等心硬？"

因为在凡人唐僧看来：

> 人若死了，或三七、五七，尽七七日，受满了阳间罪过，就转生去了。如今已死三年，如何救得！（第三十八回）

但八戒一口咬定，是师兄说救得活我才驮的，师父，你莫被他瞒了，他有些夹脑风，你只念念那话儿，管他还你一个活人。唐僧开始念咒，勒得悟空眼胀头疼。悟空只能说，好好，我救我救，我找阎王去。八戒再说：

师父莫信他。他原说不用过阴司,阳世间就能医活,方见手段哩。(第三十九回)

于是,又挨了一顿紧箍咒。许久,悟空回过味来了说:"你这呆孽畜,撺道师父咒我哩!"八戒说:"你只晓得捉弄我,不晓得我也捉弄捉弄你!"
冤不冤?不冤!
二整八戒:哭死尸。
悟空不服气,再整八戒,接着憨坏:

只是这个人睡在这里,冷冷淡淡,不象个模样;须得举哀人看着他哭,便才好哩。(第三十九回)

八戒这回倒挺上路,痛快答应:

不消讲,这猴子一定是要我哭哩……哥哥,你自去,我自哭罢了。(第三十九回)

这回,悟空要让八戒哭出花样来[1]:

哭有几样:若干着口喊,谓之嚎,扭搜出些眼泪儿来,谓之啕。又要哭得有眼泪,又要哭得有心肠,才算着嚎啕痛哭哩。(第三十九回)

八戒索性一应到底,说那好,我哭个样儿吧,"哭到那伤情之处,唐长老也泪滴心酸",悟空满意而去。
二被八戒整:辨师父。
悟空费了好大劲,从太上老君那儿整来一枚"九转还魂丹",把乌鸡国国王救活之后,假国王也就是那个全真老道,变成了和唐僧一模一样的人,"一样两个唐僧,实难辨认"。怎么打啊?打着假唐僧倒好,若打着真师父呢?岂不一下玩儿

---

[1] "哭"字,由"口"和"犬"组成,"口"是器皿的象形,两口之下的"犬"是古时候以狗血驱逐邪气的写照。古时候,如果死了人,就要摆设几个器皿,在喷洒狗血的同时,令生者号啕大哭,一则哭声可以通过器皿传播出去,表示可以通达死者灵魂;二则可以通过痛哭抒发内心的郁闷之情,达到化瘀通气的目的。

完！悟空正在犯难之时，看见八戒在旁冷笑，怒道：

> 你这夯货怎的？如今有两个师父，你有得叫，有得应，有得伏侍哩，你这般欢喜得紧！（第三十九回）

八戒为何冷笑？原来是早有主意：

> 哥啊，说我呆，你比我又呆哩！师父既不认得，何劳费力？你且忍些头疼，叫我师父念念那话儿，我与沙僧各搀一个听着。若不会念的，必是妖怪，有何难也？（第三十九回）

还得数八戒，既解决了这个难题，又整了悟空，最后悟空还得感谢他。

悟空经过一夜的折腾，就搞出了这么一出。

心思缜密是好事，拿贼拿赃也应当，但心思动大了，老想顺捎着整一下八戒就不对了。要知道，谁都不是傻子，八戒再夯也是能看清局势的人。

正所谓，千般巧计，不如本分为人。弄巧成拙，整人反整己的事，还是少干为好。

这正是：

> 弄巧不成反弄拙，
> 整人有时却整己。
> 一行一步一心机，
> 本分为人须牢记。

硬善当头，收牛骇猴
——观音菩萨如何收伏红孩儿

观音菩萨最后给悟空演了一出收牛骇猴的好戏，用硬善的手段。什么是"硬善"呢？

首先，硬善讲硬脾气。

话说师徒四众行至号山，红孩儿把师父摄了去，悟空上门打了两回，结果差点被整死。让八戒去求观音吧，半路又被骗了。实在没招儿了，悟空只好挣扎着去求观音菩萨。菩萨闻言，心中大怒道："那泼妖敢变我的模样！"然后就"恨了一声，将手中宝珠净瓶往海心里扑的一掼"。悟空吓坏了，"毛骨悚然，即起身侍立下面"，心想：

> 这菩萨火性不退，好是怪老孙说的话不好，坏了他的德行，就把净瓶掼了。（第四十二回）

原来观音菩萨的脾气大啊。
其次，硬善讲硬场面。
为了收伏红孩儿，观音菩萨做了充足的准备，铺排了硬场面，也让我们开了回眼，看看观音怎么收妖怪。先是拿瓶儿，让悟空伸手拿，悟空"莫想拿得他动。好便似蜻蜓撼石柱，怎生摇得半分毫"？
观音借机教育了他几句：

> 你这猴头，只会说嘴。瓶儿你也拿不动，怎么去降妖缚怪？（第四十二回）

其实，为收红孩儿，观音将"净瓶抛下海去，这一时间……共借了一海水在里面"。一海的水，悟空如何拿得动！收一个红孩儿，用得着那么大的阵势吗？这还不算，观音菩萨一到号山，指挥开了：

> 汝等俱莫惊张。我今来擒此魔王。你与我把这团围打扫干净，要三百里远近地方，不许一个生灵在地。（第四十二回）

再次，硬善讲硬心思。
拿了瓶子后，观音却有点小家子气，怕悟空骗龙女的色、瓶子的财。这点心思与收红孩儿关系不大，只是为了借机敲打一下悟空。观音道：

> 待要着善财龙女与你同去，你却又不是

图12—7　观音装水收红孩儿

好心，专一只会骗人。你见我这龙女貌美，净瓶又是个宝物，你假若骗了去，却哪有工夫又来寻你？你须是留些什么东西作当。（第四十二回）

悟空赶紧表态：

> 可怜！菩萨这等多心，我弟子自秉沙门，一向不干那样事了。（第四十二回）

观音要的就是这句话！意思就是，我知道你的老底儿，以后给我小心点。下面，再讲当虎皮裙、当铁棒、当箍儿、当脑后救命的毫毛等，就属他们之间特有的、以开玩笑的方式秀亲密吧。当然，接着观音又秀了一下她的莲花瓣过海，让悟空心生感慨："这菩萨卖弄神通，把老孙这等呼来喝去，全不费力也！"

最后，硬善讲硬手段。

没有硬手段，断然收不了硬茬。

在被悟空引至观音菩萨面前时，红孩儿首先冲着菩萨喊："你是孙行者请来的救兵吗？"明知故问，大不敬！接着，就"望菩萨劈心刺一枪来"。坐上莲台之后，三十六把天罡刀尽出，全都是尖头朝上，"将降魔杵如筑墙一般，筑了有千百余"。红孩儿被扎得"血流成汪皮肉开"，但他继续"咬着牙，忍着痛，且丢了长枪，用手将刀乱拔"。

够狠，够硬，够野吧！这样的妖怪太对观音脾气了。前面我们讲过，观音喜欢狠角色。所以，当红孩儿一说：

> 菩萨，我弟子有眼无珠，不识你广大法力。千乞垂慈，饶我性命！再不敢恃恶，愿入法门戒行也。（第四十二回）

菩萨见好就收，低下金光，来到红孩儿面前，与他摩顶受戒。

诸位请注意，在此之前，菩萨对红孩儿可是一句话没说，管你怎么问，一直是"菩萨不答应"。为什么？求的就是让你见识了手段之后信服，信服之下自己说出愿皈依的话来，所以观音自己称："莫言语，且看法力。"而这时候的皈依，其实也是一种权宜之举。稍一放松之后，野性再发，最后逼得观音将最大的手段——压厢底的金箍咒给了他，最后教他一步一拜，只拜到落伽山，方才收法。

收伏紧、金两箍的主人——悟空、红孩儿都是善，但方法却明显不同。收悟空时，因为他已经在两界山反省了五百年，无须多讲，一点即透，用软善即可；收红孩儿时，不用硬善收不住。

同时，收红孩儿的过程，也算是补上了当初用软善收悟空的一课。因为，在此之前，悟空并未见识过观音有何大法力，也时有不敬之语出现。通过这次的全程跟踪、参与、观摩，悟空才明白观音菩萨是真厉害啊，场面够大、手段够高、心也够硬。所以，悟空一来，就是通报、下拜、上告、侍立、跪下说话、合掌说话、口称弟子、不敢在观音前面施展筋斗云等，对观音恭敬得无以复加。

悟空的态度显然不是装出来的，他并不是在拍菩萨的马屁，而是真实想法的流露，所以整个过程都很自然，并不做作。

说到这里，请诸位想一想，如果自己是红孩儿，照此野性、火性发展下去，后果是什么？

红孩儿可以永远是红孩儿，但我们自己终归要长大，长大就不能任性、嚣张得没边没沿儿吧。如果自己是观音菩萨，如何收伏红孩儿这样的手下？如果自己是悟空，见此过程，以后会不会收敛一下？

这一回目的标题，吴承恩用的是"善缚"两字。清人刘一明评论道：

> 以除妖为慈[1]，不慈之慈，乃为大慈；以化妖为善，不善之善，乃为至善。

这就是大慈大悲的观音所用的硬善手段。莫言讲："佛教是大悲悯之教，但那里也有地狱和令人发指的酷刑。如果悲悯是把人类的邪恶和丑陋掩盖起来，那这样的悲悯和伪善是一回事。"[2] 可见，善不是讲出来的，不是图一时一地的小过程，而是看硬手段、硬结果。

这正是：

> 硬茬须得硬善收，
> 软善处处让人忧。
> 野心不定火性大，
> 一步一叩狠当头。

---

1 《老子第六十七章》说："慈，故能勇。"意思是唯其大慈，故能大勇。
2 莫言：《四十一炮》，上海文艺出版社2012年版，"前言"。

第十三讲
干事：做出业绩

西游世界拼的是法力、实力，讲的是一宝在手，显能长脸。纵然是千般变化，万般腾挪，最后都是口说无凭，拿出便见……

莫说手段，预先传名
——如何增加悟空的"粉丝量"

《西游记》用虎力、鹿力和羊力大仙的故事，详细讲了干事之道——外在修炼、做出业绩。对"只要图名"的孙悟空来说，外在的表现就是扬名立万。可这名如何扬、万如何立？不能老是自己空喊，我有名，我有本事吧。谁理你！

想当初，悟空在黑熊精面前，硬生生喊出"历代驰名第一妖"的名号时，反而被揭了老底。所以，传名的关键，还得由别人帮着传，甚至帮着炒作，先增加"粉丝量"，自己再上台。这就是，莫说老孙无手段，预先神圣早传名。怎么传呢？用"信×××得×××"的方式传。

第一，信悟空能辨声。

这是就唐僧师徒内部而言的，起到一个引子的作用。名声，名声，要有名有声，有声有名，反正都要先入耳。唐僧师徒刚走到车迟国境内，"忽听得一声吆喝，好便似千万人呐喊之声"。这一声，引出了唐僧师徒的"三句半"：

八戒："好一似地裂山崩。"
沙僧："也就如雷声霹雳。"
唐僧："还是人喊马嘶。"
悟空："且住。"（第四十四回）

发言的顺序，基本上是按智商高低来排的。对刚才那声音的看法，层层递进，越来越准。最后，还是悟空总结得对："你们都猜不着。"什么声呢？原来是五百个和尚拉车喊号之声，也是预先传名之声。

第二，信悟空能不死。

循着声音，悟空赶紧去打听。原来是，车迟国成了敬道灭佛的所在，全国的和尚都成了道士的奴仆：

> 御赐与我们家做活，就当小厮一般——我家里烧火的，也是他；扫地的，也是他；顶门的，也是他。（第四十四回）

图 13—1　和尚受苦拉车

细问得知，和尚的日子惨透了。悟空说，那你们还不如死了呢。和尚答，不是没死过，可就是死不了啊。悟空纳闷："你却造化，天赐汝等长寿哩！"死不了，不是天赐的，原来是有人保护。保护者何人？六丁六甲、护教伽蓝，也就是暗地里保护唐僧的便衣队成员。他们为什么要保护这五百个和尚？为"预先传名"：

> 他在梦寐中劝解我们，教"不要寻死，且苦捱着等那东土大唐圣僧，往西天取经的罗汉。他手下有个徒弟，乃齐天大圣，神通广大，专秉忠良之心，与人间报不平之事，济困扶危，恤孤念寡。只等他来显神通，灭了道士，还敬你们沙门禅教哩。"（第四十四回）

诸位知道，悟空神通广大是真，爱打抱不平也是真，但如果说他"专秉忠良之心""济困扶危，恤孤念寡"等，就有点夸大了。没办法，要传名，要"炒作"，不添油加醋哪行啊。如此一传，就不仅是这五百和尚等着有名的悟空了。一传十，十传百，恐怕全国的和尚都盼着呢。

第三，信悟空能消灾。

光不死还不行。活受罪，苦挨着，倒不如死了痛快。这帮和尚们盼的其实是

消灾、正名。还是太白金星考虑充分：

　　那大圣——磕额金睛晃亮，圆头毛脸无腮。咨牙尖嘴性情乖，貌比雷公古怪。惯使金箍铁棒，曾将天阙攻开。如今皈正保僧来，专救人间灾害。（第四十四回）

　　太白老儿着实有意思。传名归传名，也不忘告诫悟空不能过分得意。悟空闻言，又嗔又喜：

　　喜道，替老孙传名；嗔道，那老贼怹憨，把我的元身都说与这伙凡人！（第四十四回）

图13—2　众僧谢恩

　　不过，除了小小警告悟空一下之外，太白老儿其实还真担心这帮凡人认错人，传错了名。众僧们眼见悟空真身在此，一个个倒身下拜道：

　　爷爷！我等凡胎肉眼，不知是爷爷显化。望爷爷与我们雪恨消灾，早进城降邪从正也！（第四十四回）

　　第四，信悟空能护身。
　　为了保护五百名和尚，悟空送给他们每人半根毫毛，还奉送了"使用说明"。这招护身术，简单有用，还是声控的，叫来就来，叫收就收，威力大得吓人："手执铁棒，就是千军万马，也不能近身"。然后，众和尚欢喜逃生，"东的东，西的西，走的走，立的立"。这一撒出去，谁不说咱悟空好？所以，唐僧在等侦察报告的时候，几十名和尚却先跑来报告，抢着说：

　　老爷放心。孙大圣爷爷乃天神降的，神通广大，定保老爷无虞。（第四十四回）

　　等师徒们进了城，大小和尚们都一口一个爷爷地叫着。连悟空自己都纳闷，嘿嘿，你知道我是哪个爷爷？瞧，太白金星把名传得多彻底，说得悟空心花怒放，受用无比。

回头来看，名如何传，确实有讲究。

第一，要由别人传，而不能自吹自擂。诸位明白，自我批评的话，人们总是深信不疑；自我表扬的话，人们往往打死也不信。

第二，让别人信，要有手段才行。你没两把刷子的话，受不起这名，要来又有何用？传到最后只能是骂名、恶名，还不如不传呢。

第三，让别人信，要有实惠才行。信你有何好处？和尚们信悟空，是因为能不死、能消灾、能护身。诸位要想，信×××（你的名字自己填上去哈），能得什么？

第四，帮人传名，得被传之人好这口才行。太白金星知道悟空是个"顺毛驴"，好个虚名，这么干，才对悟空的脾气。不然就会热脸贴冷屁股，把人架上去，如果下不来，岂不是好心办坏事。

第五，作为当事人，也要想着自己得名的同时，让身边人也得利。身处团队之中，绝不能自己在被窝里放屁——一人独"香"（享）。

悟空心情大好，决定当晚请客——喊上八戒、沙僧一起去大吃贡品："馒头足有斗大，烧果有五六十斤一个"！

这正是：

> 传名传声传手段，
> 由己由心由人言。
> 万般虚浮能扛住，
> 一种笃定不等闲。

力拼智商，显法留名
——悟空如何与虎鹿羊拼智商

为了显名，大费周章。但名都传遍了之后，就该接着了。能不能接着，还看能不能真干事。不管三七二十一，上去就把虎鹿羊哥儿仨宰了？不行。因为那是三位国师。偷摸着打死？也不行。打赢了，人家没看到你的手段，没直观感受和印象；打输了，名就丢大了。自己一个人干？更不行。忙的忙死，闲的闲死不说，还不给其他人留个帮忙机会，内部落埋怨，外部不知你能干。

思前想后，悟空憋出一个好主意，连打都没打，就把事给办了，不仅弄得车迟国无人不知、无人不晓，还让天上地下都来帮忙，更重要的是，连一向"脓包"的师父也空前绝后地亲自参与其中。什么主意呢？赌。赌人脉、赌智商、赌本事、赌人命。简言之，全面赌斗。

这场赌斗共六节，分上下半场。

上半场三节，是文比，含登坛祈雨、云梯显圣、隔板猜枚；下半场三节，是武比，含砍头重生、剖腹再长、油锅洗澡。

上半场属小清新，让师父出面，自己在背后倒腾；下半场属重口味，纯粹是玩命，只能自己上。对手就是虎力大仙、鹿力大仙和羊力大仙。

图 13—3　戏耍虎鹿羊三仙

上半场三节，全是妖怪先"开球"；后半场三节，全是悟空先"开球"。这场赌赛，悟空六比零完胜，大圣爷爷之名，算是彻底疯传开了。

先看上半场的文比，拼的主要是智商。

上半场比赛第一节：登坛祈雨——比人脉。

悟空从那仨妖怪的最得意之处——求雨下手。当初，妖怪哥儿仨之所以当了国师，正是因为这样的一场赌赛。妖怪赢了，呼风唤雨，成了国师；和尚输了，成了奴仆，至今不得翻身。所以，这第一节比赛，不仅是为扬名，也为救人，更为报仇、出气。

率先上场的是实力最强的虎力大仙。他的求雨分五步：

这一上坛，只看我的令牌为号：一声令牌，响风来；二声响，云起；三声响，雷闪齐鸣；四声响，雨至；五声响，云散雨收。（第四十五回）

悟空学聪明了，赌赛没开始前，先问：雨要下来算谁的？国王佩服道："小和尚说话倒有些筋节。"筋节就是分寸或关键。还有更大的筋节呢。虎力大仙刚走完第一步，悟空便发现了问题所在，赶紧"干事去"。去了之后，找到负责打雷闪电、呼风唤雨的一干天仙，狠训了一通之后，让他们转而帮助自己。众小仙纷纷表态："大圣吩咐，谁敢不从！"

取胜的"筋节"是什么？是人脉。若不是悟空背后搞事儿，虎力大仙确实能把雨求来。因为，虎力大仙使的是"五雷法"，"发了文书，烧了文檄，惊动玉帝，玉帝掷下圣旨"，走的是正当程序，神仙们也是"奉旨前来"。而悟空此举，却是破坏了规则，靠着人情、人脉才获胜。

下半场比赛第二节：云梯显圣——比使诈。

这一节比的是坐禅——悟空的软肋，虎力大仙这回倒是抓住了悟空的"筋节"。悟空闻言，半天不吭声。为什么？因为他根本坐不住啊：

若是踢天弄井，搅海翻江，担山赶月，换斗移星，诸般巧事，我都干得；就是砍头剁脑，剖腹剜心，异样誉邢，却也不怕。但说坐禅我就输了，我哪里有这坐性？你就把我锁在铁柱子上，我也要上下爬蹓，莫想坐得住。（第四十六回）

悟空的自我评价真客观。但关键之时，唐僧挺身而出，坚定地说：

我会坐禅。我幼年遇方上禅僧讲道，那性命根本上，定性存神，在死生关里，也坐二三个年头。（第四十六回）

可问题是，这么高，爬上不去啊。要说比坐禅，也只有这点难度了。坐禅不是在平地上比，而是：

在一百张桌子，五十张作一禅台，一张一张叠将起去，不许手攀而上，亦不用梯凳而登，各驾一朵云头，上台坐下，约定几个时辰不动。（第四十六回）

这根本不是比坐禅，而是比攀岩！最让人佩服的其实是搭桌子这人！

可悲的是，虎仙算计错了，既错算了对手，更错算了队友。因为胜负的关键根本不是坐禅，而是使诈。悟空坐禅不行，但使诈的功夫绝对一流。鹿力大仙先耍了小聪明，本想助他师兄一功：

将脑后短发，拔了一根，捻着一团，弹将上去，径至唐僧头上，变作一个大臭虫，咬住长老。那长老先前觉痒，然后觉疼。……一时间疼痛难禁，他缩着头，就着衣襟擦痒。（第四十六回）

不过，臭虫能有多大？豆粒大小罢了。看悟空的：

> 摇身一变，变作一条七寸长的蜈蚣，径来道士鼻凹里叮了一下。那道士坐不稳，一个筋斗翻将下去，几乎丧了性命。（第四十六回）

豆粒的直径大概是四点五毫米，而蜈蚣是两百多毫米。看嘛，比使诈，俩人差了五十多倍。如此，虎仙能不再败吗？

上半场比赛第三节：隔板猜枚——比心眼儿。

两节比完，虎仙差点没摔死，该鹿仙登场了。鹿仙却笨得要死，非要与悟空比猜东西，一点灵性也没有。过程倒是非常精彩，一大帮人，皇宫之上，比猜枚玩儿，出题的人还是王后娘娘和国王本人。王后娘娘放了套"山河社稷袄，乾坤地理裙"，被悟空变成了一件"破烂流丢一口钟"，临走又送上一泡尿。这里，插一句，解释一下这"钟"。"一口钟"，指的是佛家所穿的"一裹穷"，一件破烂僧衣罢了，可不是能敲响的铸钟。随后，国王本人亲手摘了一个鲜桃，放进去，被悟空吃成了一个核儿。八戒说："还不知他是会吃桃子的积年哩！"瞧势头不妙，虎力大仙忍着伤，来帮兄弟了，把一个活生生的道童放了进去，结果一个乖巧的小和尚走了出来。原书中说道："果然是腾挪天下少，似这伶俐世间稀！"

猜，不就是比心眼儿吗？比耍心眼儿、抖机灵、闹顽皮，谁能比过悟空！

三节比完，上半场结束。略一盘点，虎力大仙的结论却是"左右是棋逢对手，将遇良才"。输成这样还说是平手，真够不要脸的。不要脸还不算完，接着就开始玩不要命。这玩儿法，正对悟空脾气："造化，造化，买卖上门了！"

你想啊，当初玉帝都整不死他，何况他们！上半场文比这三节，拼人脉、拼使诈、拼心眼儿，其实拼的都是智商。明的暗的，台面上的台面下的，都得想得起、会用才行。同一种比法，都是虎鹿羊先提出来的，结果都惨败于猴子之手。

这正是：

> 三番文斗比张狂，
> 惨败皆因没智商。
> 拼来拼去认输算，
> 即使你有大小王。

力拼情商，死磕较量
——悟空如何与虎鹿羊拼情商

虎、鹿、羊三大笨仙，在文比中已输得底儿掉的情况下，还要本着"跟你丫死磕"的精神，与悟空耗上了，这就是典型的智商情商双输、奔着死路一去不回头的节奏。

下半场比赛第一节：砍头重生——比实力。

从这一节开始，回回都是悟空先来了。在妖怪这边，指望先让他"被自杀"；在悟空这边，等着憋坏呢。是死是活，就看谁的实力更强。

悟空先来。嗖的一声，猴头落地，刽子手还踢了一脚，"好似滚西瓜一般，滚有三四十步远近"。鹿力大仙赶紧使坏，念了咒语：

> 教本坊土地神祇："将人头扯住，待我赢了和尚，奏了国王，与你把小祠堂盖作大庙宇，泥塑像改作正金身。"（第四十六回）

这帮小势利鬼，还真把行者的头给按住了。如此形势，真够凶险，悟空一时也急了，苦挣之下，却意外地又长出了一个头来。诸位注意，这可不是原来那个头，而是新长的头。全靠硬实力啊！如果不是早年间学来的七十二般变化，可真要完蛋了。这能耐，八戒也是头回见，不由得感慨："哪知哥哥还有这般手段！"反观虎力大仙这儿，虎头当即被悟空变成的一只大黄狗给衔住，丢到护城河里了，一命呜呼。原文给他做了一句评语：

> 可怜空有唤雨呼风法，怎比长生果正仙？（第四十六回）

下半场比赛第二节：剖腹剜心——比耍横。

耍横就是浑不懔，浑不懔就是全不怕，全不怕就是啥都不在乎。比耍横，小鹿同志更是撞在了枪口上。悟空"摇摇摆摆，径入杀场"的时候，是这么说的：

> 小和尚久不吃烟火食，前日西来，忽遇斋公家劝饭，多吃了几个馍馍，这几日腹中作痛，想是生虫，正欲借陛下之刀，剖开肚皮，拿出脏腑，洗净

脾胃，方好上西天见佛。（第四十六回）

多轻巧，多俏皮！反观鹿力大仙，也像悟空一样"摇摇摆摆，径入杀场"，也像悟空一样那么玩儿酷，结果被悟空变的一只饿鹰，把下水掏个一干二净，成了：

空腔破肚淋漓鬼，少脏无肠浪荡魂。（第四十六回）

跑到地府浪荡、耍横去了。

下半场比赛第三节：油锅洗澡——比心态。

比好了，当洗了个澡；比不好，算做了锅好饭，要么是猴脑儿火锅，要么是羊肉火锅。

图13—4 悟空油锅洗澡

猴脑儿火锅不用惦记了，羊肉火锅倒将就能吃。最后一节比赛，比的其实是心态。悟空都比了五回，这第六回主要是为了试试团队成员对他的看法。于是，悟空索性躺在油锅里装死。这一试，果然试出点意思来。唐僧告白道：

徒弟孙悟空！自从受戒拜禅林，护我西来恩爱深。指望同时成大道，何期今日你归阴！生前只为求经意，死后还存念佛心。万里英魂须等候，幽冥做鬼上雷音！（第四十六回）

感人至深，让我众唏嘘不已。而八戒却让悟空气得够呛。八戒虽心服：

我们也错看了这猴子了！平时间谗言讪语，斗他耍子，怎知他有这般真实本事！（第四十六回）

却庆幸他的死：

闯祸的泼猴子，无知的弼马温！该死的泼猴子，油烹的弼马温！猴儿了账，马瘟断根！（第四十六回）

而沙僧呢？聪明，知道"大哥干净推佯死惯了"！反观小羊同志，眼见两个"靠胸贴肉"的兄弟都死了，虽然也怕，但支吾扭捏着还是下去了。最后，哥儿仨真真做到了"不求同年同月同日生，但求同年同月同日死"。

上、下两个半场，总共六节比赛，文比武比，全面较量，虎力、鹿力、羊力大仙演了一出悲剧，悟空成就了一段佳话。

仔细想来，这仨妖精的教训不可谓不深刻，不可谓不典型。

其实，三妖本来也是有本领、有靠山、有地位、有操守、有正形的、自学成才的妖怪，在车迟国也没做过太多坏事（除了欺负和尚之外），反而把车迟国治理得风调雨顺，却死得极惨。到底死在何处呢？

总地来说，死在智商、情商上。具体来说，死在四个方面：

第一，死在旁门左道、奇技淫巧上，呼风唤雨不算大能耐，却自以为牛得不得了。第二，死在不识时务上，国王不都说了吗，强中更有强中手，有情况见好就收吧，但他们非要死磕到底，卒以身殉。第三，死在太过招摇上，本来已完胜和尚，当了国师，还不能得饶人处且饶人，给人家留条后路，起码别折腾这么惨嘛。第四，死在性格缺陷上，比了一场又一场，还非得屡战屡败、屡败屡战，这不是坚强而是偏执。特别是武比的时候，老大已死，为什么不跑，原因就是太执拗、太赌气、太骄横。

话说回来，他们老哥儿仨，尿都喝过了，还有什么不能忍的呢？

最后，必须郑重声明一点：赌斗的场面和手段，纯属神话中言，诸位切不可模仿！

这正是：

早知如此轻折挫，
何如本分稳居山。
外道留名又显法，
你却执拗为哪般？

取经虽大，面子更重
——悟空在朱紫国为什么摆那么大的谱

中国人特别爱面子、要面子。按照一般解释，面子是体面、颜面、情面，也是排场、尊严、名声。人际交往中，面子是一个人对自我在他人心中的价值与地位的关注。当然，面子是一个中性词，无好坏之分，只有过不过分之别。搞得好的话，就是有面子，显能长脸；搞砸了的话，就是穷烧、瞎嘚瑟、臭摆谱、死要面子活受罪。

眼下，悟空在朱紫国干了一件特别有面子的事儿。什么事儿？医病。用悬丝诊脉[1]的办法，开出锅底灰、马尿、巴豆、大黄等药方，医了朱紫国国王的"双鸟失群之症"。别以为这是悟空开玩笑，是真地医好了，不但医好，而且还除了根儿。

平心而论，他的一套中医理论，连朱紫国的太医们都佩服。好端端的，悟空为什么当起了医生了呢？无他，被面子逼的。

图13—5 悬丝诊脉

话说唐僧师徒走进朱紫国的"国家招待所"，满心以为会吃好喝好、喝好吃好，可管事儿的狗眼看人低，不让他们进正厅不说，还只扔来一碗白米、一盘白面、两把青菜、四块豆腐、两个面筋、一盘木耳，然后撂下一句"西房里有干净锅灶，柴火方便，请自去做饭"，走了。

诸位可能会说，这不挺好吗？食材是挺好，有主食，有青菜，还有野生菌，但想想缺点什么不？没调料啊，"油盐酱醋俱无也"。这不是看不起人吗？所以，悟空发狠道："这等说，我偏要他相待！"和八戒一起出去买调料的时候，悟空看见了国王的招医榜文，终于找到了挽回面子的机会，下定决心要"且把取经事宁耐一日，等老孙做个医生耍耍"。

从揭榜开始，悟空铺排开了挣面子大戏。自己要当医生玩儿，但自己不揭榜文，让八戒先揭下，领着一帮人先来"接引"。然后，当着一帮太监校尉的面说：

招医榜，委是我揭的，故遣我师弟引见。既然你主有病，常言道，药不

---

[1] "悬丝诊脉"之法，不全是悟空闹着玩的，其中也有一些符合医理之处。试想哪些人需要悬丝诊脉？只有过去大宅门里的尊贵之人，大小姐、少奶奶之类。这些人终年大门不出，二门不迈，生活状态都差不多，所得的病无非是气血上的毛病，大多是心情郁闷、消化不良或妇女病等。中医讲望闻问切，切就是诊脉，如果前三个程序走完了，其实已猜个八九不离十了。最后再用悬丝诊脉之法，让人觉得神秘莫测，越是这样越是透着医术高深。病人从心眼儿里就会对医生产生信任和崇敬，对治病本身也是很有帮助的。

跟卖，病不讨医。你去教那国王亲来请我，我有手到病除之功。（第六十八回）

太监闻言，无不惊骇，赶紧回禀国王。国王欢喜道：

> 文武众卿，寡人身虚力怯，不敢乘辇。汝等可替寡人，俱到朝外，敦请孙长老看朕之病。汝等见他，切不可轻慢，称他做神僧孙长老，皆以君臣之礼相见。（第六十八回）

文武众卿都去"排班参拜"，面子够大吧！但悟空觉得还不够，等一帮"臣子"来了之后，他仍然"坐在当中端然不动"，抱怨道："你王如何不来？"
谱儿摆得连自己人都觉得过了，八戒心想：

> 猢狲活活的折杀也！怎么这许多官员礼拜，更不还礼，也不站将起来！

谱儿摆足了，也得能收场才行。其实，悟空早有主意。进了皇宫，他先对众臣摆出了一通望闻问切的理论：

> 医门理法至微玄，大要心中有转旋。望闻问切四般事，缺一之时不备全。第一望他神气色，润枯肥瘦起和眠；第二闻声清与浊，听他真语及狂言；三问病原经几日，如何饮食怎生便；四才切脉明经络，浮沉表里是何般。（第六十八回）

太医们听了都称扬道：

> 这和尚也说得有理，就是神仙看病，也须望、闻、问、切，谨合着神圣功巧也。（第六十八回）

当然，对他的医术，唐僧只当吹牛[1]，说你跟我这

图13—6 看八戒揭招医榜

---

[1] 对悟空的医术，李卓吾评论道："三藏真是个痴和尚。如今的医生，那一个是知药性、读医书的？"

几年，什么时候见你医过人，你连药性都不知，医书也不看，又闯祸。可结果却是，悟空拿出了自己"心有秘方能治国，内藏妙诀注长生"的本事，用了悬丝诊脉这一闻所未闻的法子，瞧出了国王的"双鸟失候之症"。

而且，他还本着"药不执方，合宜而用"的原则，让人家置办了八百零八味药，每味三斤，共计两千四百二十四斤，结果用了多少呢？二两！

没记错，悟空的意思就是让他们猜不出门道。猜不出门道，才会觉得玄。觉得玄，才会更佩服他！最玄的是，他让找的药引子，根本没处弄。且看：

> 半空飞的老鸦屁，井水负的鲤鱼尿，王母娘娘搽脸粉，老君炉里炼丹灰，玉皇戴破的头巾要三块，还要五根困龙须。（第六十九回）

这六样哪儿淘换去？当然搞不来。悟空的意思是，要用"无根水"。"无根水"是不落地的雨水。这玩意儿，除了他，别人也淘不来。他找来龙王，打了两个喷嚏就解决了。

梳理起来，悟空要面子的事干的也不止这一回。可以说，从头到尾，他都在打一场为名、为面子的战争。比如，在第三十三回，哄骗精细鬼、伶俐虫的葫芦和瓶子时，悟空想的是："不好，不好！抢便抢去，只是坏了老孙的名头。"

本来都已经骗到手，结果又还回去了。逗小孩儿一般，这么可爱的事也只有悟空才能干得出来。再比如，第四十二回，悟空假扮牛魔王被红孩儿识破，回来忽悠沙僧："兄弟，虽不曾救得师父，老孙却得个上风来了。"

> 沙僧道："什么上风？"行者道："……他叫父王，我就应他；他便叩头，我就直受，着实快活，果然得了上风！"（第四十二回）

明明吃了败仗，为顾及脸面，非说自己占了上风。这气魄，绝不输于阿Q！

为什么悟空这么要面子？

因为面子是形象，是业绩，是品牌。

以社会学视角观之，面子类似于一种由个体享有的、高度人格化的权益。日常交往中，对其拥有者而言，体现为一种更直观、现实的利益。通过当齐天大圣，大闹天宫，悟空已经积累起了自己"天不怕、地不怕，非常能吃苦、特别能战斗"的个人形象及品牌、标签。取经路上，每每求人时，众神仙看重的也是这个。

当然，他自己也颇为珍视这一光辉岁月，总是不厌其烦地向妖怪介绍自己的简历，试图靠名头压人一头。

如何既不丢面子，也不失里子？展示真本事，拿出真业绩！归根到底，面子是靠自己挣的，靠大家认可的，而不是死乞白赖地要的，更不是打肿脸充胖子得的。没悟空那样的金刚钻，就不要揽打妖怪的瓷器活。

这正是：

树有皮来人有脸，
面子一词记心间。
西天取经事虽大，
且留几日把名传。

☁ 拿出行动，方显恭孝 ☁
——悟空为什么前倨而后恭

悟空还要做出一种"业绩"——恭敬、忠诚和孝顺的行动。

悟空到底有无恭孝之心？有，也没有。

有，是指心里确实有，不然也不会坚持到现在。但这种有，却是高兴时才有，觉得对自己好的人才有，属于有而不坚、坚而不久的有。

没有，是指行动上表现得不那么突出，老是耍清高，放不下架子，好话不好说，鞠一个躬放仨屁，苦了累了，事也办了，结果没落好。

最关键的是，有或没有，不是自己说了算的，而要由他的师父、上级、领导或"组织"认为他有才行。

如何认定？那就得有行动。这点小道理，诸位可能都明白。但悟空此前并不明白，他除了对观音姐姐恭孝之外，对师父、对玉帝、对太上老君甚至对如来佛祖，都不是那么"至恭至孝"。经金兜山一役之后，悟空突然变得前倨而后恭了。这一变化有点大，搞得别人还老大不适应。为什么变呢？用一句话来说就是：

改变，过去的你，没了；不改变，未来的你，没了。

先看悟空如何对师父。

唐僧是自己的师父，也是自己的保护对象，是第一要行恭孝的。在过去的历次交往中，虽然悟空也信奉"一日为师，终身为父"的老理儿，但两人的关系总是时好时坏，悟空看不惯师父脓包，师父更看不惯悟空处处惹是生非。为此，师父没少流眼泪，悟空也没少挨紧箍咒。这次，悟空学会了"为人须为彻"，一发恭孝到底了。

一进金兜山，唐僧照例会肉紧害怕、喊饿喊累。以前，悟空总是先说几句难听的话，搁师父几句，然后挨几句骂，再去化斋、侦察什么的。这回，悟空学乖了，难听的话一句也没说，而是表示：

师父放心莫虑，我等兄弟三人，性和意合，归正求真，使出伏怪降妖之法，怕甚么虎狼妖兽！……师父果饥，且请下马，就在这平处坐下，待我别处化些斋来你吃。（第五十回）

话说得恭敬，入情入理，也入耳入心。更为难得的是，悟空在行动上也加了小心，不再像以前一样，嗖的一声飞走，留他们三人在那傻等；而是挨个儿叮嘱：

师父，这去处少吉多凶，切莫要动身别往，老孙化斋去也。……贤弟，却不可前进，好生保护师父稳坐于此，待我化斋回来，再往西去。（第五十回）

这还不放心，转身又回来了，地上画了个圈，"请唐僧坐在中间，着八戒沙僧侍立左右，把马与行李都放在近身"，以防他们四处乱跑。最后还要再说一句："千万千万！至嘱至嘱！"这才驾云到远处化斋。

悟空什么时候变得这么磨叽了？磨叽不是唐僧的专利吗？诸位，这是错觉。在《西游记》原著中，要论话痨，悟空才是第一。论起来，这是一个此消彼长的过程，以前唐僧的话多一些，以后则是悟空的话多了。

话多话少，体现的是关心程度和情感依赖度。我们一般人都说啰唆不好，但实际上，一个人对另一个人啰唆，常常意味着这个人对另一个人关心更多，情感依赖

图13—7 悟空出去找饭

更多。比如啰唆的父母，滔滔者天下皆是，但你见过几个啰唆的儿女？

原著中还有一细节，挺耐人寻味的。悟空跑了一千多里，舍下老脸，偷来了一钵还没出锅的热米饭，结果师父带着两位师弟，自己到兕大王家送"肉"去了。悟空只好让土地爷代为保管这钵饭，"待救唐僧出难，将此斋饭还奉唐僧，方显至恭至孝"。战斗结束了，再度奉上，其饭尚温。土地们说出了悟空的心里话：

圣僧呵，这钵盂饭是孙大圣向好处化来的。因你等不听良言，误入妖魔之手，致令大圣劳苦万端，今日方救得出。且来吃了饭，再去走路，莫孤负孙大圣一片恭孝之心也。（第五十三回）

当然，师父也说了暖心的话：

徒弟，万分亏你！言谢不尽！……贤徒，今番经此，下次定然听你吩咐。（第五十三回）

结果，"师徒四人分吃那饭，那饭热气腾腾的"。
悟空还给师父写了一首诗，边哭边写，读来感人至深：

师父啊！指望和你——佛恩有德有和融，同幼同生意莫穷。同住同修同解脱，同慈同念显灵功。同缘同相心真契，同见同知道转通。岂料如今无主杖，空拳赤脚怎兴隆！（第五十一回）

连用了十一个"同"字，何其凄惨，何其动情！
再看悟空如何对玉帝。
悲伤和泪水救不了师父。哭完，悟空想起来了，这兕怪既然认得我，那一定不是凡间的妖怪。于是上天庭直接求问玉帝去。今时不同往日，悟空再站在灵霄宝殿上，收起了一贯的"村野"，言辞和行动表现得何等斯文、敬畏和恭顺。我们看：

行者朝上唱个大喏道："老官儿，累你，累你！……疑是上天凶星思凡下界，为此老孙特来启奏，伏乞天尊垂慈洞鉴，降旨查勘凶星，发兵收剿妖魔，老孙不胜战栗屏营之至！"却又打个深躬道："以闻。"旁有葛仙翁笑道："猴子是何前倨后恭？"行者道："不敢，不敢！不是甚前倨后恭，老孙于今是没

棒弄了。"（第五十一回）

虽然悟空张嘴就是一个"老官儿"，但接下来可就是"特来启奏""伏乞天尊垂慈洞鉴""降旨"以及"不胜战栗屏营之至"，转折得有点快吧。简直就是磕头屁股翘、天天梦想被招安的《水浒传》中宋江的套话嘛。何其肉麻！光说也就罢了，他还深深地鞠了一躬。也难怪葛仙翁也觉着新鲜，笑着打趣道："猴子为何前倨后恭？"

当然，这还不算，在等着玉帝下旨的时候，悟空还抽空写了一首诗：

风清云霁乐升平，神静星明显瑞祯。河汉安宁天地泰，五方八极偃戈旌。（第五十一回）

老实说，这是典型的、不折不扣的、带有浓郁的"应制"味道的马屁诗。全诗二十八字，充满赤裸裸的歌功颂德：什么"风清云霁"，什么"神静星明"，什么"乐升平""显瑞祯""河汉安宁""天地泰"，总之就是：在天庭和玉皇大帝的正确领导下，天上人间形势一片大好，都在展望今日天庭之安定，畅想未来天庭之盛世！

不过玉帝要的不是悟空的文才，而是他的归顺、恭孝之心。这番表现，证明了悟空在心态上、言行上确已归顺。玉帝显然很满意，很快下旨：

着孙悟空挑选几员天将，下界擒魔去也。（第五十一回）

那意思是，天上诸将，你随便挑就是了。于是，悟空挑了托塔天王、哪吒太子、两个雷公，后来再加上火德星君、水德星君等人，浩浩荡荡地下界降妖去了。

最后看悟空如何对如来和太上老君。

这波人来了还是不行，悟空只好去找如来佛祖。走之前，还说了：

不管怎的，一定要拿他，与列位出气，还汝等欢喜归天。（第五十二回）

懂事多了吧，还不忘让帮忙的人回去好交代。一见如来，悟空立即"低头礼拜"，再上前"顿首"汇报，语句中尽用"拜谢""上告我佛""特告我佛""望垂慈"等语，恭孝之心溢于言表。如来自然肯帮忙，派了十八罗汉，带着十八粒金丹砂，随悟空去了。当然，如来也留了一手，心知他们降伏不了，让降龙、伏虎罗汉关键时告诉悟空去找太上老君。这是佛祖和道祖之间的互相给面儿。毕竟，悟空的恭孝之心，也得让老君见见不是。

太上老君当然一肚子气，半开玩笑半当真地问悟空："这猴儿不去取经，却来我处何干？"经过一番"寒暄"，老君也答应帮忙。连独角兕王自己都纳闷："这贼猴真个是地里鬼！却怎么就访得我的主公来也？"

悟空当然是"地里鬼"，本来就熟悉地方情况、善于查访内情，更何况现在又有了恭孝之心。

由此可见，经此"考核"，悟空到处求人，一通忙活，对师父、对玉帝、对如来、对老君都充分表达了恭孝之心。虽然在取经的后半程中，仍不免有反复，但大面儿上已经够可以的了。而我们呢，什么时候前倨而后恭？

这正是：

前倨后恭为哪般？
似因手中无棒弄。
如若不显恭孝心，
空拳赤脚怎兴隆。

一宝在手，显能长脸
——青牛精为什么那么牛

独角兕[1]大王，外号青牛精，是太上老君的坐骑。一天，趁着牛童睡着，青牛精偷偷下了界，还顺手（顺蹄？）把金刚琢拿上了。

《西游记》中的太上老君当然不是历史上的老子，但在很多人的印象中，两者几乎可以画等号。《史记》记载，老子出函谷关，不知所终。看来，他是跑到《西游记》中当太上老君去了。

驾没驾青牛，《史记》没说，但我们却以为他就是驾着青牛走的。

青牛精的法力与悟空相当，但法宝金刚琢却太厉害了。据老君自己介绍：

---

[1] 兕本是上古瑞兽，状如牛，苍黑，板角。有人说，兕就是犀牛，其实是错的。《山海经·海内南经》有这样的两段记载："兕在舜葬东，湘水南。其状如牛，苍黑，一角。""兕西北有犀牛，其状如牛而黑。"长得差不多，但大不一样，如果将兕当成牛，那更是大错特错了。

图13—8 老君收青牛精

我那金刚琢，乃是我过函关化胡之器，自幼炼成之宝。凭你什么兵器、水火，俱莫能近他。（第五十二回）

老君所言非虚，这个圈儿确实厉害。在《西游记》中，这个圈儿好像只露了两次脸，一次是当初收伏悟空时，老君用它帮助二郎神拿住了悟空；一次就是在这里。

青牛精就凭这个圈儿，不仅让悟空没棒弄，还把一干神仙和十八罗汉缴了械，不仅显了大能，也为老君长了老脸。

整个战斗过程，无须多说。

综观青牛精在此次比试活动中的表现，我们大致可以得出这么一个结论：青牛并不是真想吃唐僧肉，他也不是心肠毒辣的妖怪，他做的一切，客观上给自己的主公太上老君长了脸，争了气。

青牛精要想吃唐僧的话，早就下手了，但他并没有这样做。收了天兵天将的兵器，他也并不乘胜追击，只是将兵器带回去，放进仓库里，等着悟空的下一次挑战。这是不是在等悟空以及悟空请来的救兵，然后借此证明自己的实力，为主公立威呢？

上一次，金角大王、银角大王也就是被观音菩萨借去的那两个童子，表现太差了，把老君羞得不行。发展了一千多号小妖，带着五件法宝，结果法宝丢光，人也被悟空用他们自己的法宝给弄死了。最后，还得老君自己舍着一张老脸，强行从悟空手上夺回，再把他俩救活。

这事儿，细想想，应该是很没面子吧。更可气的是，供奉三清（其中也有太上老君）的虎力大仙、鹿力大仙和羊力大仙，不仅喝了悟空哥儿仨的尿，最后连个全尸都没留。老君事后，应该也会知情吧。

虽然，太上老君本人住在三十三重离恨天外，讲究的是清净无为、与世无争，不是大事和大场面一般是不屑于掺和的。但他的青牛精也许会看不下去，偷摸着决定为自己的主子争口气，让别人特别是悟空不敢小瞧他们也未可知。

显然，青牛精的目的达到了。这当然不是太上老君的意思，不过，随着主子回家之后，应该不会受惩罚吧，也许还能得表扬呢。

如何当领导是一门学问，如何做好下属更是一种学问。

人在江湖，面对复杂的职场关系，很多时候很多事情，当领导的有一肚子苦衷无处化解或发泄，有些事能做但不敢做，有些事想做但不能做。这时候，领导多希望下属能及时站出来，顶上去，为自己解忧。这种行为，在一般人眼中特别是在领导眼中，也是一种成长，也是一种锻炼。

比如，三国时期，司马昭通过手下的贾充和成济将皇帝杀死，然后将罪责推到他们身上。贾充为司马昭在篡权的路上，迈出了关键的一步。在满朝文武高喊"杀死贾充"的时候，司马昭却毅然保住了他的性命，并在登基后让贾充当了宰相。这就是当下属的为主人长脸的最好嘉奖。

当然，我们在真实的职场、官场之中，正常的领导一般不会让下属干这么残忍、血腥的事。但平常的工作中，如果我们能经常做几件漂亮的事，不仅自己脸上有光，领导也有光。打个不恰当的比方，人不都说"打狗看主人"吗，反过来，如果狗强大了，是不是也让主人显得很自豪？

人人都有一种代偿心理和反射效应，凡是能令人自豪的事情，但凡给自己沾上点边儿，都会觉得神经兴奋。比如，有的人与身份地位高的人在一起就觉得很有面子，与名人在一起就觉得自己很荣光。如果自己的下属出息了，领导也会觉得还是自己栽培得好，即使不是，别人也会认为是。

总之，作为团队中人，领导也好，下属也好，更多的是一个利益共同体，存在一荣俱荣、一损俱损的关系。有时候，为团队、为团队负责人，做点牺牲的业绩，那是变相的成长；干点付出的事情，那是另类的收益。

这正是：

<blockquote>
路见不平一声吼，
该出手时就出手。
关键时刻能顶上，
显能长脸学青牛。
</blockquote>

第十四讲
御情：谨慎情怀

> 西游无爱情，有的只是约束七情、休太放纵，既不能像唐僧一样，咬钉嚼铁，死命压邪；更不能如八戒般，动不动就雪狮子向火……

谨慎情怀，切休放荡
——唐僧如何抵御女儿国国王的诱惑

汪象旭在《西游证道书》中评曰："一部《西游》中，惟女魔最多。……而其中最危而最险者，无如一西梁女国。"原因正如《西游真诠》所讲：

> 人情之最易动者，莫如女色，而况乎一国女色之王？而况乎一国女色之主而惟我一人是爱？而况乎一国女色之王、之美、之富贵，而礼仪备至，千娇百媚，智慧多情，并肩倚腮，为开辟以来稀有罕遇，而处于必不可拒之势，万分难制之时？危哉，危哉！

都"危哉"成这样了，唐僧如何抵御？一则，装聋作哑，故作呆萌；二则，谨慎情怀，切休放荡。光卖萌，能糊弄过四圣，却难过女儿国国王这关。要过国王这关，必须靠自己"咬钉嚼铁"的意志力。具体来说，唐僧必须用自己超强的"意志三力"，抵御女儿国国王的"色欲三关"。

先看女儿国国王的"色欲三关"。

其一，美貌关。

原著中，吴承恩用一首长诗，专门形容国王的容貌，那叫一个美：眉毛如翠鸟的羽毛般俏皮，肌肤如羊脂玉般白润，脸蛋似桃花粉嫩，眼睛清过秋天的水波，嘴巴好似红润的樱桃，腰肢如同袅娜春柳……最后的结论是：什么昭君、西施啦，在她面前根本就是"如花";什么嫦娥、仙女啦,在她面前也都是"豆腐渣"。打扮起来,只有天上的王母娘娘才有资格与她相提并论。这样的女人,哪个男人见了,还不得像八戒一样:

> 忍不住口嘴流涎,心头撞鹿,一时间骨软筋麻,好便似雪狮子向火,不觉的都化去也。(第五十四回)

其二,财富与权势关。

男权社会中,光美貌还不够,还得有更实惠的财富和权势。女儿国国王所拥有的,正是所有男人魂牵梦萦的实惠。娶了她,或嫁了她,绝对是一步登天,不知少奋斗多少年。现在,财富与权势统统当作嫁妆,随着美貌,一起拱手奉上。只要唐僧答应了这门亲事,这一切都会不求自来。女王自己都说了,要以一国之富,招唐僧为王,她甘愿为后,阴阳配合,生子生孙,永传帝业。女王的丞相更是说得明白,"招赘之事,天下虽有;托国之富,世上实稀"。

图14—1 女王"娶"唐僧

其三,情欲关。

本来,美色、财富或者权势,能得一样,就足以让任何一个男子热血沸腾了。对这些东西,女王却一块堆儿"打包"相送,甘心退居幕后,要过相夫教子的平淡生活。最要命的是,女王不只说说而已,而是内心真打算这么干。忘我地付出,即使一个普通女人,也足以令人感动,更何况一国女王之色、之美、之富贵!

有人问了,难道女王真对唐僧一见钟情、一往情深了吗?如果光看影视剧的话,大家会认为这是标准的凄美爱情。如果只看原著的话,书中却只有露骨的花痴式情欲。

我们这么说,是有根据的:

其一,唐僧是"男身"。男子,男人,男身,有区别吗?区别大了。男子,最中性;男人,偏性别特征;而男身,就比男人还进一层,是赤裸裸的男人肉体特征。这三个词儿,从暧昧的情欲色彩上讲,应该是逐层加重的。

其二,唐僧够帅。不仅相貌堂堂,风姿俊伟,唇红齿白,眉清目秀,而且还是唐王御弟,"中华上国男儿"。女王一见这不折不扣的"男神",无一处不可爱,无一处不动人,自然芳心大动,"不觉淫情汲汲,爱欲恣恣"。

其三，女王也没见过男身——她的"Mr.Right"啊。对没有任何感情经历的女性来说，一旦遇上，往往会奋不顾身，倾其所有。现在，只要唐僧一点头，女王绝对也会"雪狮子向火"[1]。

再看唐僧的"意志三力"。

如此诱惑，唐僧愣是挺住了，他靠什么呢？

其一，理智力。

别忘了，女王垂涎的，首先还是男身。唐僧的男身有两样宝，一是肉，二是"人种"。人种，说白了，就是他的十世处男之身。西行以来，唐僧越来越明白自己的这一身娇肉贵之处，即使从了女王，结局很可能是肉身保不住，人种也没了，最后被女王榨干，精尽而亡，所谓托国之富根本无福消受。别不信，刚到女儿国借宿的时候，那家婆婆不就告诫过吗：

> 若还到第二家，老小众大，那年小之人，哪个肯放过你去！就要与你交合。假如不从，就要害你性命，把你们身上肉，都割了去做香袋儿哩。（第五十三回）

风月之事，居然弄得如此瘆人，像吃甘蔗一样吃得只剩渣儿，然后再把肉割成小块，做成香袋珍藏。一时的欢娱与永远的"香袋"，孰轻孰重，唐僧理智上还是能拎得清的。

其二，责任力。

嫁与不嫁，唐僧计较两样：一是谁去西天取经？二是岂不辜负了唐王？当初，唐僧主动答应唐王求取真经，就是为了回报唐王对他们一家子的知遇之恩。对此，唐僧时刻铭记在心。当悟空开玩笑说，这世界上哪有这么合适的婚姻之时，唐僧首先想到的是唐王对他的殷切希望。在这个意义上，可以说唐僧身上体现了古代士人重然诺的宝贵品格。再者说，取经本身就是唐僧赋予自己自我实现的最大责任。如果现在贪图富贵，留在此处，如何交代？

其三，信仰力。

很多人都说，在整个西游过程中，唐僧都在打一场搞笑的"下半身保卫战"。其实这种说法是靠不住的。首先，在女儿国一回中，如果说有"情"，也是指情欲

---

[1] 对此一事儿，李卓吾《李卓吾先生批评西游记》总批中道："一人曰：'大奇大奇，这国里强奸和尚。'又一人曰：'不奇不奇，到处有底，也是常事。'难道此国里再无一个丈夫？作者亦嘲弄极矣。"

的"情",而不是感情的"情"。在原著中,全是"人种""男身"赤裸裸的情欲大戏,而不是情意绵绵的浪漫大戏。其次,唐僧纠结的是信仰,而不是情欲。从,是听从情欲;不从,是听从信仰。听从信仰的召唤而有所不为,是比单纯听任情欲的吸引而放纵自己更为崇高的品质。

总之,唐僧靠着自己的"意志三力"最终抵御了女王的"色欲三关"[1],所为所求皆有赖于自己的理智、人生的责任和终极的信仰。对我们来说,追求美色、权势、财富都是理所应当的,当然不能像唐僧那样,把自己搞成十世处男,但也绝对不能动不动就"雪狮子向火"。在抵御与缴械之间,还是想一下自己的理智、责任和信仰。若遇到自己的"Ms. Right",那就缴械,像女王般扑上去;若没遇到,就继续西行;若拿不准,还是先行抵御一番为妙。

这正是:

唐僧拜佛到西梁,
国内全阴世无阳。
谨慎情怀看意志,
美色关前休放荡。

彼此无伤,两全其美

——悟空为什么导演了一出"放鸽子"大戏

诸位可能有所不知,唐僧拼死抵御女儿国国王百般诱惑的大戏,其实是孙悟空一手策划、设计出来的。这出戏,男主角是唐僧,女主角是女王,可导演却是孙悟空。老实说,孙导导演的这出戏确实漂亮,达到了彼此无伤、两全其美的效果。

为什么这么说呢?看个问题诸位就明白了。女王是凡人,活生生的真人,不是女妖精,她要迎娶唐僧是来真的,走的是明媒正娶的正当程序。真从的话,唐僧打死都不干;断然拒绝的话,女王肯定不会倒换公文,说不定还会把唐僧肉切割了做成香袋;像打妖怪那样喊哩喀喳拿下的话,又伤了凡人性命,唐僧不干不说,悟空自己也于心不忍。

---

[1] 《西游真诠》说:"世间之最易动人者,莫如女色;最难去者,莫如女色。遇色而不能动,则世更无可动之物;遇色而不能不动,则世无有不动之物。"汪象旭也说:"唐僧八十一难中,亦当以此为第一大难。"

走又走不了，从又不能从，打又不能打，那怎么办？还是悟空有办法，早就想好了一个计策——"假亲脱网"！唐僧这边儿先应着，丑徒弟们取得通关文件，婚礼现场唐僧开溜。两下会合，齐活！

这就是打定主意让唐僧放女王的"鸽子"。

办法确实好！但开始唐僧不理解，大骂悟空陷害他，然后表示自己死也不肯。悟空耐心解释说，师父啊，我老孙难道不知你的性情！但只是到此地，遇此人，不得不将计就计啊。唐僧问，怎么个将计就计？悟空掰开揉碎了讲道：

图14—2 唐僧"假亲脱网"。选自陈惠冠《新绘西游记》

> 你若使住法儿不允他（她），他便不肯倒换关文，不放我们走路。倘或意恶心毒，喝令多人割了你肉，做什么香袋呵，我等岂有善报？一定要使出降魔荡怪的神通。你知我们的手脚又重，器械又凶，但动动手儿，这一国的人尽打杀了。他（她）虽然阻当我等，却不是怪物妖精，还是一国人身；你又平素是个好善慈悲的人，在路上一灵不损。若打杀无限的平人，你心何忍！诚为不善了也。（第五十四回）

如此这般，一则不伤了女王的性命，二则不损了唐僧的元神，难道不是两全之美吗？用仓央嘉措的传世名句来说，这正是"世上安得双全法，不负如来不负卿"！唐僧"如醉方醒，似梦方觉"，说"此论最善"。不仅如此，唐僧再喊了一声"贤弟"。

师徒变兄弟，可见这办法确实说到唐僧的心里去了。

悟空为什么想出这个计策呢？他什么时候学会换位思考，做事讲究两全了呢？原因很简单，悟空的心态正在改变，比往常平和多了。前面我们多次讲过，悟空此时的心态已发生了大变化，行事做派确实成熟多了。如果不信，那是我们还在用老眼光看他。

如果还不信，我们就再证明一下。

其实，从唐僧和八戒"怀孕"开始，到放女儿国国王的鸽子结束，悟空一直

第十四讲 御情：谨慎情怀 **269**

谦卑得可怕，礼貌得惊人，处处替他人着想，时时以好脾气示人。

比如，到解阳山破儿洞落胎泉讨水的时候，面对小小一个如意真仙，悟空说："我是唐三藏法师的大徒弟，贱名孙悟空。"新鲜吧，姿态够低吧，都自称"贱名"了。即使如意真仙不愿意，悟空也是拿人情说事儿，而不是用本事吓唬人，说什么"人情大如圣旨"之类。真打起来，他也是处处留手：

你听老孙说，我本待斩尽杀绝，怎奈你不曾犯法，二来看你令兄牛魔王的情上。……老孙若肯拿出本事来打你，莫说你是一个什么如意真仙，就是再有几个，也打死了。正是打死不如放生，且饶你教你活几年耳。（第五十三回）

不仅十分功力只用三成，而且还给妖怪讲起了"法制"。

再比如，在解决女王派人求亲的大问题时，面对八戒因为吃醋而故意捣乱，悟空学会了把师父抬出来，教训道：

呆子，勿得胡谈，任师父尊意，可行则行，可止则止。（第五十四回）

大主意自己早已拿定，却说全听师父的，让唐僧倍儿有面子。吃定亲酒时，悟空自觉让唐僧坐首席：

我师徒都是吃素。先请师父坐了左手素席，转下三席，分左右，我兄弟们好坐。（第五十四回）

这派头，有点老办公室主任的意思吧。女太师夸赞道："正是，正是。师徒即父子也，不可并肩。"

对悟空的这一系列表现，还是见惯了场面、最懂规矩的沙僧评价得准：

好，好，好！正是粗中有细，果然急处从宽。（第五十五回）

总之，悟空这事办得确实地道，确实周全，确实达到了彼此无伤、两全其美的最佳效果，也确实值得我们学习。

这正是：

> 假亲脱网诚谓高，
> 彼此无伤好西行。
> 世上确有双全法，
> 不负如来不负卿。

咬钉嚼铁，死命压邪
——唐僧如何抵御蝎子精的诱惑

同样是色，人怪不同。女王为人中之色，人中之色全讲礼数，故用放鸽子之计，就可以脱网；蝎子精为怪中之色，怪中之色暗里作弊，必须强打精神，才能保住。唐僧刚放女王的鸽子之时，蝎子精放出话来：

> 唐御弟，哪里走！我和你耍风月儿去来！（第五十四回）

弄阵旋风，呜的一声，转眼就把唐僧丢自己床上了。悟空哥几个唬得一愣一愣的，半天才回过神儿。抵御这种不按套路出牌，只往最实在的地方招呼的主儿，太难了！所以，在唐僧"胜利"之时，原书评论道："以死命留得一个不坏之身。"着实不易啊！

女王的诱惑，心理冲击虽大，实际危险却小。最大的危险其实是来自毒敌山琵琶洞的那只漂亮的毒蝎子[1]。因为女王要明着来，而蝎子精却直接玩阴的。考验一个人能否把持得住，不是在众目睽睽之下，而是在单独相处之时。女王的色诱大戏是悟空导演的，不仅徒弟们全程进行了监控，而且女王这边也只是举办了婚礼，根本没入洞房。但蝎子精却是真真切切地把唐僧单独劫持到了自己的枕席之上。

蝎子精的色诱过程无须细描述，说多了都是色。简单说，蝎子精用尽全身解数，对唐僧进行了种种诱惑，一会儿卖弄自己身材窈窕，一会儿卖弄自己皮肤光滑细腻，做出各种千娇百媚的姿态。这诱惑，连根本不晓得那般事的悟空都觉着悬，担心师父会"被他哄了，丧了元阳，亏了德行"。八戒说得更直接："干鱼可好与猫儿做枕头？"

---

[1] 这山、这洞、这怪之名有何讲究？《西游真诠》分析道："此篇明女色伤人，其毒与蝎相敌，故曰：'毒敌山'。称'琵琶洞'者，象蝎之形。蝎至成精，阴毒无比；女至淫邪，伤人益甚。"

不过，唐僧却拼死保住了，任凭这妖怪赤身裸体纠缠了半夜，硬是丝毫没动心，连裤腰带都没被解开，尽顾着打嘴仗了："他两个散言碎语的，直斗到更深，唐长老全不动念。"用最色的八戒的话来评价："好，好，好！还真是个和尚！"

具体细节不表，我们只关心为什么唐僧能抵御得住色诱？简单说，靠两点：

一靠心里无事。

就色而言，抗得住就是抗得住，抗不住就是抗不住，没有所谓的中间地带。蝎子精在行好事之前，特意蒸了锅馒头等着，馒头两种馅儿，一种是人肉馅，一种是豆沙馅。什么意思呢？这有象征意义，不是吃饱好干活儿的意思。陈士斌在《西游真诠》中说，"人肉馅"，包藏祸心；"豆沙馅"，隐充国色。这么看也有道理，但过于穿凿附会了。简单理解的话，馒头其实就是一种考验、试探。荤的也好，素的也罢，其实都不能"劈破"。吃荤是破，吃素同样是破，破来破去，可都是要破处子身。当蝎子精问他为什么不吃的时候，他却回答说"水高船去急，沙陷马行迟"。

图14—3 老鼠精抄走唐僧

听着驴唇不对马嘴，但自有深意在。据日本学者中野美代子分析，问题的关键在于"水高"一词。"高"就是"糕"和"睾"的谐音，"水高"就是隐藏在水里的精巢[1]。既然如此，还能吃吗？

所以，唐僧只是将一个人肉馒头"囫囵递与女怪"，既不掰开，也不吃。

问题是，唐僧靠什么抗得住呢？靠心中咬钉嚼铁的精神。如果心里没事儿，虽有诱惑，也绝不会乱性；如果心里有事儿，即使没有诱惑，也会自己去找诱惑。所以说，乱性不乱性，守不守得住，关键不在有没有诱惑，而在心里有事儿没事儿。

二靠慎独精神。

光靠心里没事儿还不行，再深一点的话，就靠慎独精神了。诸位想想，此时只有唐僧与蝎子精在场，并没有其他人监督，而一个人在没有他人监督的情况下

---

[1] 参阅[日]中野美代子：《探访〈西游记〉的计谋世界》，世界知识出版社2014年版。

的表现，才是他道德水准、自控能力的最真实体现。唐僧的行为，完美地体现了慎独精神。所谓慎独，大抵强调以自省、自控作为起点和基础，强调道德修养必须在"隐"和"微"上下功夫。也就是说，都认为在最隐蔽的言行上能够看出一个人的思想，在最微小的事情上能够显示一个人的品质。这是进行个人道德修养的重要方法，也是评定一个人道德水准的关键环节。

从这层意义上说，唐僧能咬牙坚持下来，着实不易。这不仅显示了他的超强定力，也反映出他的"软善"也有硬起来的时候。唐僧异常强悍的意志力远超常人。一般人面对诸般诱惑之时，有几个能抵挡得住，多数不还是飞蛾投火般自蹈死地。

图14—4　唐僧曲意周旋

这正是：

色中诱惑最难防，
或荤或素俱不良。
我辈无需咬钉铁，
有时却得死命扛。

宁为贫妇，不为富妾
——牛魔王的妻妾下场为什么截然不同

本则我们讲讲牛魔王的山妻、爱妾的故事。[1]山妻是铁扇公主，爱妾是玉面公主。玉面公主其实是个狐狸精。狐狸精不是好词儿，下场一般也好不到哪儿去，玉面公主不就是被猪八戒一钯子打死的吗！

我国是一个宗法伦理社会，"一夫一妻"被视为婚姻的基本原则。《春秋·隐公五年》中云："诸侯无二嫡。"意思是，即使天子诸侯也不能同时娶两个妻。班固

---

[1] 汪象旭在《西游证道书》中评曰："篇中描写罗刹、玉面两妇处，曲尽世间妻妾闺房情态。"

编写的《白虎通义》中写道：

> 妻者齐也，与夫齐体，自天子至庶人，其义一也。

那妾是什么？《礼记·内则》中说：

> 妾者，接也。以贱见接幸也。

粗俗地讲，妾只不过是丈夫生育后代、延续香火的工具。妻和妾不可以互换，妾永远不能升到妻的地位。清代的法律明文规定，以妾为妻，丈夫处杖九十，并须改正，所以才有"宁为贫妇，不为富妾"的俗谚。

所谓的三妻四妾，其实是齐国某君主的一段昏话、戏言。传说当年齐国君主立后不决，乃至朝野上下议论纷纷，后来君主戏言称立后三人，但事没办成就死了，结果导致史官未知其意，言称极贵之人，都有三妻：正宫、东宫和西宫；都有四妾：家中父母所赐和三妻贴身随侍俾女各一人。所以，三妻四妾，并不是真地能娶三个妻子、四个小妾。

《西游记》中，牛魔王有一个妻子，有一个小妾。从家庭生活的角度来看，她俩的日子过得如何？下场如何？

先来看看妻子铁扇公主。

作为妻子，铁扇公主确实严格遵守了三从四德，确实够贤惠。别看名叫罗刹女，听着怪吓人，却很守妇道。即使儿子红孩儿不在身边，丈夫牛魔王多年不着家，但她的芭蕉洞却连个一尺的男孩儿都没进去过（要有的话，准是出轨了！）。虽然她武艺高强，生活富裕，但一个人守着一把扇子，日子过得倒也平静。当然，她的生活并不美满，甚至可以说相当失败。最后虽然修成了正果，但在自己的经营中却没有享受到正果的甜蜜。一个女人所能遇到的最难忍的两件事——失子和被丈夫抛弃，她同时都遇到了。

在家里，她根本没有多少发言权，地位也不咋的。比如，关于红孩儿的安排。虽然她希望小儿能留在身边，却被牛魔王派到万里之外的号山。她想必是不情愿的，但不情愿归不情愿，却无法阻止牛魔王的决定。再比如，当牛魔王去跟狐狸精鬼混的时候，作为妻子，基本上是放任不管。牛魔王两年不回家，她也没有一扇子把狐狸精扇到八万里开外，而且一直老老实实待在家里，"独自守着个黑儿"。终于等到这个负心汉回来的时候，也没有摔脸子、闹别扭，更没有一哭二闹三上吊，而

是"忙整云鬟,急移莲步,出门迎接",热情有加、彬彬有礼,大有受宠若惊之感。为此,她甚至还说:

> 大王宠幸新婚,抛撇奴家,今日是哪阵风儿吹你来的?……常言说,"男儿无妇财无主,女子无夫身无主"。大王,燕尔新婚,千万莫忘结发,且吃一杯乡中之水。(第六十回)

铁扇公主如此纵容,难怪牛魔王那么牛气。

再看看小妾玉面公主。

玉面公主可以说是《西游记》塑造的一个经典的、傻乎乎的二奶形象。她本是万岁狐王的女儿,父亲死后,留下了百万家财,无人掌管。为寻求安全感,她主动找到牛魔王,倒贴家私,招赘为夫,做了牛魔王的小妾。牛魔王则是"图治外产",看上的是她的家产和美貌,而不是爱情。说白了,她只是牛魔王的一块"补丁"。在没有任何感情基础的情况下,为什么要如此"二"地找牛魔王?按她自己的说法是,"我因父母无依,招你护身养命"。但她却错误地认为,拿钱可以买住正室,拴住丈夫的心。

图14—5 悟空攀情借扇

一般来讲,男人往往是身在妾心在妻,追求的是家里红旗不倒、外面彩旗飘飘的境界。大多数夫妻的感情在共同经历风风雨雨之后才变得非常坚实,感情虽会变淡,爱情会变成亲情,但不会随便就碎。比如,当被天上地下的神仙们围攻之时,牛魔王在哪里?不还是翠云山芭蕉洞——原配妻子的住处吗!而二奶就不同了。他们的感情是有前提的。比如,有些是金钱,一旦男方破产,关系就玩儿完;有些是权力;有些是健康……

总而言之,铁扇公主该怨而不怨,可悲但可叹。她虽然软弱,但不傻。她的软弱,反过来说,也是把丈夫从二奶身边拉回来的一种高明之策。玉面狐狸不该怨而怨,可悲但不可怜。她虽然漂亮有钱,但太笨。为了两年的欢娱和理论上的安全感,丢了自己的小命。不管怎么说,还是"宁为贫妇,不为富妾"的好。

有人说,婚姻是键盘,有着严格的秩序与规则,其中女人是这个键盘中的回车键,它回车着家庭的幸福与吉祥。而保证这一点,就要求家庭中的成员彼此以爱互相扶持、彼此造就、互相帮助,让键盘上的各个键位都能一起"成长"。

这正是:

> 宁为贫妇莫为妾,
> 该忍当忍方为杰。
> 婚姻本来多磨难,
> 且行且惜且和谐。

约束七情,休太放纵
——不图色只图肉的蜘蛛精为什么被消灭

盘丝岭盘丝洞,唐僧坚持要自己化斋,结果遇到了七个蜘蛛精。蜘蛛精二话不说,麻利地将唐僧捆上。然后,同样麻利地脱自己的衣服。唐僧暗自忖道:

> 这一脱了衣服,是要打我的情了,或者夹生儿吃我的情也有哩。(第七十二回)

唐僧显然想多了,她们从头到尾都没对唐僧动过色心,而只想着洗澡、吃唐僧肉。反而,唐僧师徒却想歪了,唐僧自己送上门"看得时辰久了"不说,悟空的眼睛也没闲着,而八戒更不要脸,直接跳进去足足洗了几个钟头,把她们"都盘倒了,喘嘘嘘的,精神倦怠"。

《西游记》用蛛丝寓意"七情",是再合适不过了。《西游真诠》讲:

> 东挪西扯,结为漫天大网,蓬罩正人君子,阻住修真大路,其险如盘丝岭,其黑如盘丝洞,惟明眼者不为所惑,其次愚人,未有不入其术中者。

情意绵绵,如丝如网,弄不好就把人缠进去了,缠在网里自然是烦恼多多[1]。所以,用能吐丝会结网的蜘蛛来比喻"七情",非常形象、生动、贴切。

"七情"是啥?按照儒学的说法,"七情"是指"喜、怒、哀、惧、爱、恶、

---

[1] 《李卓吾先生批评西游记》中的点评有意思:"女子最会缠人,谁人能解此缚?"

图14—6 爱洗澡的蜘蛛精

欲"。按照佛门的说法,"七情"是指"喜、怒、忧、惧、爱、憎、欲"。按照中医的说法,"七情"是指"喜、怒、忧、思、悲、恐、惊"。这几种说法,粗看起来都差不多,但还是有些细微的区别。大概爱、憎和欲是不能靠服用丸、散、膏、丹等中药来调理的,所以中医并没有将它们算进去。总之,"七情"是人的各种情绪的表现,它们是人的心理活动,是内在人性的外在表现。

现在,人们似乎更习惯于把"七情"和"六欲"捆绑在一起,用来泛指人的各种感情欲求。尽管"情"和"欲",一个是心理活动的范畴,一个是生理活动的范畴,但两者却是紧密相连、难以分开的。如果非要分清,那恐怕就是鸡生蛋还是蛋生鸡的问题。没有情,哪来的欲?没有欲,又哪来的情?

有人说,《西游记》是劝人断绝"七情六欲"的,理由就是代表"七情"和"六欲"的这些妖怪都被悟空打死了。其实不然。心灵是"七情六欲"的主人公,讲求的是控制、是约束,而不是断然消灭。所以,《西游记》并不是在告诫人们断绝"七情",而是劝大家要约束"七情"。因为,断绝"七情六欲"是不可能的。这是人生来就有的本能,青年人有,老年人有,小孩子也有,甚至胎儿都有。

还有一个重要原因就是,"七情"不是来自外界,而是发自于人的内心。七情是人的生理和心理的自然现象,自然得就像天空中不断变幻的云和雨。希望永远晴空万里是不现实也是乏味的,关键是怎样做到风调雨顺。

当然,情和欲没有简单的原则可以遵循,所以把握七情的过程是一点一滴修行的过程。人不但能发挥人的感情,也要能够掌握调节自己的感情,这才是人道。放纵了七情,它就会像蜘蛛精一样,放出千万个毒虫来蜇人了。

在我们的生活中,我们总是会被七情所困扰,并且自觉或不自觉地沉浸其中。人为情所困,一定有自投罗网的危险。就像在盘丝洞里的唐僧,自己走进去,被丝和网捆个结实,那可真叫自寻烦恼。与其说是别人给你造成痛苦,倒不如是自己修行还没到家。当然,最后只有孙悟空这心猿才能挑断情网,把师父救出来。

另外,那七个蜘蛛精其实也是被七情所害。蜘蛛精原以为她们的好师兄——

百眼魔君能救她们，结果师兄只图自己，哄了两句，就把她们当了炮灰。也许是她们脱衣服、穿衣服、再脱衣服、穿衣服太随意了，师兄对她们并无兴趣，也没有一点怜香惜玉之心，更无同门之谊。其实，百眼魔君是一个蜈蚣精，肚皮上长了一堆眼睛，腿多、眼睛多，看着就刺痒人，这是不是代表疯长的七情！当然，百眼魔君是一个瞎子，白长了这么多眼睛，却对眼前的七个大美女视而不见。还是李卓吾批评得好：

> 蜈蚣前号百眼魔君，后来却成了瞎子，使尽聪明，到底成个大呆子也。七个大蜘蛛，一条老蜈蚣，人以为怪矣毒矣，岂知不过是你妄心别号，切不可看在外边也。[1]

这正是：

> 情欲原因总一般，
> 有情有欲自如然。
> 成长进步休教错，
> 谨修慎炼别玩完！

遇人不淑，所托非人
——"一加七"的"爱情"为什么以悲剧收场

盘丝洞的七姐妹，长得妖艳，好干净，爱厨艺，性格开朗，天真可爱。这七位姑娘，大门不出，二门不迈，一心只在家里绣花踢球，没承想竟然意外地获得了送上门的唐僧。与众多贪图唐僧美色的女妖不同，她们没一个想和唐僧耍风月，只打算蒸了当零食吃。这一举动，羞煞了唐僧，他还以为她们要七对一要了他的"元阳"呢。《西游记》中，凡唐僧遇上的女妖精，大多是冲着他的色而来，但这七姐妹却仅是调笑而不调情。

为什么她们不好唐僧这一口？也许答案只有一个：她们早就有了心仪的对象！

---

[1] 蔡铁鹰：《西游记资料汇编》（下），中华书局2010年版，第586页。

图14—7 悟空打死蜘蛛精

对象是谁呢？她们的同门师兄——黄花观的百眼魔君。[1]她们八人曾同堂学艺，百眼怪是大师兄，七姑娘是师妹。师妹爱上师兄应该不稀奇。虽然师兄长得不怎么好：

面如瓜铁，目若朗星。准头高大类回回（回族人），唇口翻张如达达（鞑靼人）。（第七十三回）

也许在七姐妹的眼中，多目怪最有男人味儿！况且，她们也没见过别的男人啊。既然七姐妹心有所属，又怎会看上那个白白胖胖、窝窝囊囊、书生气十足的唐僧呢？

一般来讲，若女孩子有了心上人，往往会对周围的美男子视若不见，哪怕和这些帅哥睡觉可以长生不老，她也不会有兴趣。所以，她们才会赤身裸体地从唐僧身边调笑而过了。因为，在她们眼中，唐僧简直不是男人！

可惜的是，她们爱错了人，七姐妹虽有心同嫁一夫，但多目怪却根本不爱她们，而只把她们当师妹看待，只在黄花观里"观花黄"。多目怪也只是时时关注一下她们的动向：只要不结婚，什么都好说！奈何七姐妹只能在盘丝洞"盘思"，做做女红，踢踢球，一天三次去濯垢泉洗澡。

多目怪为什么不喜欢她们呢？因为多目怪有比儿女情长更重要的"大事业"要干，一心只顾自己的修炼。为了长生不老，他什么都能做得出来，牺牲七个师妹更不在话下。所以，面对七姐妹那么透明纯真的爱情，他只想到了利用、利用、再利用，而且丝毫不加掩饰。比如，七姐妹仓皇逃至黄花观，找师兄替她们报仇时，一连几个钟头都不给面儿见。对此，多目怪的解释是：

你们早间来时，要与我说什么话，可可的今日丸药，这枝药忌见阴人，

---

1 七师妹在眼前，有百眼的魔君却视而不见，原因是这厮安了其他坏心。正如《李卓吾先生批评〈西游记〉》道："蜈蚣前号百眼魔君，后来却成了瞎子，使尽聪明，到底成个大呆子也，此喻最妙。"参见蔡铁鹰《西游记资料汇编》（下），中华书局2010年版，第586页。

所以不曾答你。如今又有客在外面，有话且慢慢说罢。（第七十三回）

为制药，连专程赶来的亲师妹也不搭理，一则说明多目怪的心思都用在修道成仙上；二则说明，在他的心中，这七个师妹的地位不高——几个"阴人"而已。

由此可见，多目怪之所以对唐僧师徒礼敬有加，并非是热情好客，而是打定了吃肉的主意而已。所以，师妹们一提唐僧，多目怪就有点恼怒，因为他害怕师妹们分一块唐僧肉啊。

于是，多目怪就以给师妹报仇的名义，用下毒的方式，达到自己的目的。毒药是自配的，毒性吓人，只需一厘就能把人毒死，不出三天，就能"骨髓俱烂"。更妙的是，这毒有解药，但他故意不告诉师妹们。说到这里，有个疑问：为什么多目怪不拿已经中了毒的唐僧、八戒和沙僧来交换七姐妹呢？或者也可以假意换人，然后再八个打一个。但他压根儿没往这上面想，任由悟空一个一个地把他的师妹们全都打死。由此可见，这师兄确实无情无义。临死之时，七姐妹还在高喊：

师兄，还他唐僧，救我命也！（第七十三回）

所托非人啊，亲爱的师兄在最关键的时候让她们当了炮灰！

假如多目怪提出用唐僧换师妹，悟空也许会同意，本来悟空就独自一人绝望而逃。逃的时候，止不住流泪，做好了唐僧已被害的心理准备。虽然最后毗蓝婆依旧会被请来，但结果可能是另一副模样：七姐妹多半也会像多目怪一样，被收去"打扫庭院"，留得命在。

这只能是假设，要是可以假设的话，杜十娘也不会怒沉百宝箱，秦香莲也不会投状开封府。女人最怕的，可能就是遇人不淑、所托非人了。正所谓痴情女偏逢负心汉，对爱情忠贞没有错，但选错了男人，可就完了！

再假如七姐妹能够坚决一点儿，发现多

图14—8 悟空与百眼星君对战

目怪并不爱她们，而选择离开，另居别处，安心过属于自己的平淡生活，也不是不可能。因为本来悟空就没想打死她们，即使唐僧被毒之时，若不是多目怪激他，他仍没有下狠手的意思。

　　为了一个并不值得自己去付出的人，勇敢地付出一生。这不是痴情，而是痴呆。当然，这也许是一出成功的悲剧，却注定是失败的一生。

　　这正是：

当年同堂学艺真，
黄花观里毒意深。
近视眼逢远视眼，
痴情人遇负心人。

第十五讲
定位：认清自我

西游世界神魔妖怪，都得有来有去，入行入队，各安其位。投对了门户，辨清了大小，取得了真经；不然，只能自污污人，害人害己……

认清形势，牛不可狂
——牛魔王为什么要投降

牛魔王[1]是一个牛人，也是《西游记》四十多个大妖怪中最特殊的一个。

他的特殊性有三：

其一，牛魔王拥有最为庞大的家族势力，俨然是西游世界中排名第一的"家族式垄断型民营大集团"，而且没有第二。

牛魔王一家子要山有山，要水有水，地盘都不小，利润都极大。儿子红孩儿掌控着方圆六百里的号山，搜刮得极狠，连土地山神的"血食"都被这小子弄得爪干毛净。妻子铁扇公主，凭着一把扇子，把持着八百里的火焰山，而且势力辐射方圆几千里，只要她摇一摇扇子，财源就会滚滚而来。弟弟如意真仙，霸占着落胎泉——西游第一计生用品，一小口泉水就能换取"花红表礼、羊酒果盘"的高价。还有小妾玉面狐狸，虽然本事不咋地，但也有百万家财的底儿，手下也有百十号小妖，势力也不小。

试想，在《西游记》中，还有哪一个家族势力，比牛魔王厉害！

其二，牛魔王拥有最广泛的社会关系。

---

[1] 对牛魔王的来历，梁宏达的"考证"比较有意思。在老梁看来，牛魔王其实是鸠摩罗炎的谐音，鸠和牛差不多，鸠摩，鸠摩，就叫成了牛魔。鸠摩罗炎又是谁呢？是鸠摩罗什的爸爸，而鸠摩罗什又是龟兹国的国师，铁扇公主的儿子。参见梁宏达著《老梁批西游——神仙也有潜规则》，电子工业出版社2015年版，第172页。

五百年前，他曾经和孙悟空等七个妖怪结为兄弟。然而，牛魔王的交游范围远不止这些。比如，他与猪八戒也是很早就认识。在"二借芭蕉扇"的时候，牛魔王变作八戒的模样从悟空手中骗回了扇子。问题是，他怎么知道八戒长啥样，而且能骗过悟空的火眼金睛？这是因为八戒在福陵山、沙僧在流沙河的时候，牛魔王就曾经上过门，拜会过他们，也算是旧相识。后来，他又与碧波潭的万圣龙王以及龙王的女婿九头虫打得火热。龙王的本领非常一般，但九头虫的能耐着实不小，悟空拿他也没办法。

纵观全书，交游如此广泛、朋友如此众多的妖怪，也只有牛魔王一个了。

其三，牛魔王拥有最丰富的家庭生活。

他有妻子，有小妾，有儿子，有弟弟。一夫一妻一妾，是旧时代男子的理想"标配"，连选择标准也很典型，所谓："选妻选德，选妾选色。"妻子罗刹女，是一个姿色平平但品质却十分过硬的女子，用牛魔王自己的话说，就是"我山妻自幼修持，也是个得道的女仙。"《西游记》中，作者在描述的时候，把玉面公主写得意态妖娆，美艳无比；但写罗刹女的时候，只有一句"凶比月婆容貌"，足见罗刹女的相貌极其平常。牛魔王一两年来，只是逢年过节送东西，就是不回家，原来是对家里放心。

而牛魔王、罗刹女和玉面狐狸之间的关系虽然微妙，却处理得很好。

牛魔王贪恋玉面狐狸的美貌和百万家产，是典型的负心行为，当然也有吃软饭的嫌疑。但老牛却时不时地还用玉面狐狸的钱周济罗刹女。玉面狐狸这个"小三儿"也许心中有愧，也乐于用经济方式补偿老牛的山妻。

实际上，自从牛魔王来到玉面狐狸身边，家里的开销都是"小三儿"负担的。用玉面狐狸自己的话说就是：

> 牛王自到我家，未及二载，也不知送了他多少珠翠金银，绫罗缎匹。年供柴，月供米，自自在在受用。（第六十回）

牛魔王养"小三儿"养到了何种高端的境界！

图 15—1　众仙出手下牛魔王投降

但牛魔王的美好生活却毁在了自己手中，毁就毁在"牛大发了"！

简而言之，牛魔王的牛气冲了天！他的"气"，是那种无谓的盛气与愤怒，使他失去了应有的冷静与理智。

牛魔王一家子之所以那么恨悟空，不就是因为悟空让他们的宝贝儿子当了观音的善财童子吗！但实际上，红孩儿有错在先，被观音收了，是他最好的归宿。这小子不仅想吃唐僧肉，还差点弄死悟空，更气人的是他比他老子还牛。但孩儿他娘罗刹女却看不到这一点，执拗地认为是悟空害了儿子。牛魔王作为一家之主，倒还好点，说"害子之情，被你说过"，却惯性地恼恨悟空，这种恨毫无来由，只能说是心中的无名"火气"在作祟。

所以，任凭悟空百般乞求，老牛就是不借扇子。这等于直接把自己置于玉帝、如来的对立面，结果被玉帝、如来派出的实力派神将给堵在洞中。要知道，这些人可都是主动来的，而不是悟空去请的，也许他们早就看不惯他，早就想收拾他了。最后，罗刹女泪流满面地说，大王啊，把扇子给猴子，让他退兵吧。

牛魔王仍说，东西虽小，但这口气实在咽不下，还要死命抵抗。本来，论功夫，他与悟空相当，又没有儿子的法宝，现在面临一打几十的局面，仍不放弃。我们只能说，他是抱着必死的决心来战斗的。

这一幕，还真是有点悲壮。但联想到这勇敢与决绝背后的无意义，以及由此带来的玉面狐狸全家被杀、昔日兄弟反目成仇的严重后果，这一幕其实是"悲催"。

在这个意义上，牛魔王的故事可以当成是"气戒"来看待。它提醒我们，冲动是魔鬼，无谓的"争气"，只会迷失自我，只能把自己推向后悔莫及的境地。

这正是：

三借芭蕉施雨露，
幸蒙天将助神兵。
牧牛归心休顽劣，
认清形势早太平。

自污污人，害人害己
——万圣龙王一家为什么家破人亡

与牛魔王一家子比起来，乱石山碧波潭万圣龙王一家就悲催多了，子女被八戒打死,女婿重伤而逃,老婆被绑在柱子上永久服刑,自己也被悟空一棒击中而亡。下场为什么惨成这样?一句话,自作孽不可活。万圣龙王一家其实全是妖邪,与四海龙王们毫无关系。地名叫"乱石山",意指如顽石之乱集;"碧波潭",意指一潭死水,寂然无波;名叫"万圣",听着虽然好听,却是指全家都是妖怪。

总地来说,一家老小,尽属糊涂昏黑、愚而又愚之辈,结果自然是自污污人、害人害己。"奔波儿灞"和"灞波儿奔"这俩名字,就注定了悲剧必然会发生。"奔波儿灞",指的是枉用奔汩起波澜;"灞波儿奔",指的是徒劳灞奔生妄想。用我们的俗话讲,就是不知天高地厚,癞蛤蟆想吃天鹅肉的意思。[1] 具体说来,万圣龙王一

图 15—2 祭赛国和尚受难

家是怎么自作孽不可活的呢?

第一,偷了人家宝贝。

先是龙王与女婿九头虫合谋做贼,偷了塔中的舍利子佛宝。偷倒是痛快,一下就成,但后果却远超预料。因为舍利子是祭赛国一国的荣光。这么多年来,祭赛国"文也不贤,武也不良,国君也无道",但却能"不动干戈,不去征讨",自然引来周边国家"拜为上邦""四夷朝贡",靠什么?靠的就是这佛宝!现在却被他偷了,那全国上下谁不恨啊?

自然,和尚们更恨他们。因为被偷之后,寺里的和尚成了第一嫌疑人,导致他们"一个个披枷戴锁,沿门乞化,着实的蓝缕不堪",三辈和尚被打死了两辈。此事一出,让唐僧师徒们颇生"兔死狐悲,物伤其类"之感。由不得唐僧带着悟空要"上去扫扫,即看这污秽之事何如",这不正是找死吗?

再是龙王的公主又跑到大罗天上灵虚殿前,偷了王母娘娘的九叶灵芝草。

这更是无知无畏到极点了。偷谁不好,居然偷王母娘娘的东西。灵芝草虽不比蟠桃那么稀罕,但也不该搬回自己家当盆景养啊。要知道,当初沙僧只是打碎了一个杯子,就被判了死刑。再者说,偷的手段也太下作。下了一场血雨,血污污的

---

[1] 这两个古怪名字从哪来的?蔡铁鹰整理的江苏民间传说《怨愤成〈西游〉》中,提供了另一种解答。相传,吴承恩为了纪念好友沈坤,借此来为他出口冤气而起的这俩名字。意思是热衷于替霸道者奔波往来,搬弄事非,出坏主意,把嘴皮子都要掉了。

怪吓人,哪像悟空那样,偷得优雅、俏皮。

第二,死也不知进退。

当悟空和八戒气冲冲地找上门来的时候,其实是警告在先的。悟空说:

> 着他即送祭赛国金光寺塔上的宝贝出来,免他一家性命!若进半个不字,我将这潭水搅净,教他一门儿老幼遭诛!(第六十三回)

这是有可能的,龙王如若照办,真不至于一门老幼遭诛。更主要的是,这个要求合情合理,老实还了人家的东西,虽活罪难逃,但死罪可免啊。想当初,悟空去东海龙王那里借宝的时候,要求一点都不合理,但瞧瞧那老前辈是如何应对的。而这万圣龙王却根本不知进退,听不出好赖话。其实他是知道孙悟空的厉害的,知道孙悟空到此,当时就吓得魂不附体、魄散九霄,但仍然不提还宝贝的事情,激着女婿上场拼命。

女婿败下阵来,老家伙却意外地自己上阵了,"领龙子龙孙,各执枪刀,齐来攻取",而且还是在"定了神思"之后做出的决定。这是攻取吗?这是自杀!刚才还吓得要死,现在却英勇上前,智商真够低的。结果,只一下,就被悟空"打得稀烂":"血溅潭中红水泛,尸飘浪上败鳞浮"!龙子被八戒钯个"夹脑连头,一钯筑了九个窟窿";龙孙被八戒"剁成几段肉饼"。如此作死,连个后悔的余地都没有。

第三,错招妖邪进门。

本来万圣龙王是有贼心没贼胆儿的胆小鬼。二郎神都觉得奇怪:"万圣老龙却不生事,怎么敢偷塔宝?"是谁给了他那么大的胆子?驸马九头虫。九头虫确实是他们一家的死神,一肚子坏水,教唆着干了不该干的事,害得老丈人家满门断根之后,自己反而重伤而逃,得以活命。九头虫长得丑,心眼儿又坏,也不知道龙王和龙婆看上了他哪一点,非把自己的漂亮女儿嫁给他。原因不可考,我们只能说龙王就是这样的货色。

第四,一家全无情义。

挑女婿往往取决于丈母娘的眼光。之所

图15—3 二郎神助降九头虫

以错招九头虫上门，龙婆当然脱不了干系。这龙婆又是什么人呢？无情无义，把责任推得一干二净。她说，偷佛宝，我全不知，都是我那夫君龙鬼与驸马九头虫偷的；偷灵芝，是我那小女私入大罗天上云虚殿前偷的。为了"好死不如恶活"，到了也没认错，最后还是说这两样宝贝，"如今被你夺去，弄得我夫死子绝，婿丧女亡"，责任反赖悟空！偷人家的东西，人家拿回，到底是谁的错，如何能说"被你夺回"！所以，这龙婆的下场是求生不得、求死不能，"把琵琶骨穿了"，锁在塔心柱子上活受罪去了。

因此，万圣龙王这一家子偷了人家宝贝，死也不知进退，错招妖邪进门，再加上一个全无情义的老妈，得此自污污人、害人害己的下场，确实是罪有应得，可悲而不可怜！

这正是：

枉用奔波起波澜，
徒劳灞奔生妄想。
自污污人教训深，
丢人败家老龙王。

投对门户，辨清大小
——小雷音寺小在哪里

唐僧以正大光明的理由，雄赳赳气昂昂地走进了小雷音寺——大妖怪黄眉老佛的老巢。黄眉老佛是弥勒佛的司磬童子私自下界的妖怪，手里的两件宝贝金铙和人种袋子非常厉害。更厉害的是他的胆量，他不光把自己变成如来佛，还连地盘带全班人马整个复制了一个雷音寺，专等着唐僧自投罗网，把唐僧不辨真假、不辨大小的毛病暴露无遗。

大雷音是真佛，小雷音是假佛。唐僧不知真假，不明大小，见假佛以为真佛，误投门户，结果闯了大祸。这就是：

果然道小魔头大，错入旁门枉用心！（第六十五回）

修行之人若不谨慎，误把假当成真，自以为找准了方向，走对了路子，殊不知跳进了火坑，在错误的路上越走越远。

刚开始的时候，悟空照例苦劝了一阵，说：

> 观此景象，也似雷音，却又路道差池。我们到那厢，决不可擅入，恐遭毒手。（第六十五回）

图15—4　颐和园长廊彩画之小雷音寺

唐僧却说，既有雷音寺，难道不是灵山，你休误了我诚心，耽搁了我来意。悟空再讲，灵山我去过，路子不对啊。八戒帮腔，即便不是，住的也是好人。沙僧赶紧圆场说，我们只打门前过，不是就不进去了。悟空只好作罢。走到离大门还有老远的时候，唐僧兴奋地从马上摔了下来，没命地喊，这泼猴又哄我，那不是雷音寺是什么！悟空定睛细看，分明是四个字，前面还有一个"小"字呢，但唐僧不信。他从地上爬起来，揉了揉眼睛再仔细瞧，咦，还真是。但心里仍不服，说就是小雷音寺，也有一个佛祖在的嘛；即便没有，也必有个佛像，我心愿遇佛拜佛，如何怪你！悟空再劝，说师父啊，不可进去，此处少吉多凶，若有祸患，你莫怪我。唐僧不听，仍坚持要进去。这也算是劝人劝到家，送"佛"送到西了。

等到进去的时候，唐僧、八戒和沙僧虔诚得不得了，扑通跪下，磕头如捣蒜。而悟空呢，牵着马，收拾着行李，磨磨蹭蹭地，故意落在后面，"公然不拜"。黄眉老佛心中生疑，说："那孙悟空，见如来怎么不拜？"悟空本来就忍了很久，掣棒在手喝道：

> 你这伙孽畜，十分胆大！怎么假倚佛名，败坏如来清德！不要走！（第六十五回）

这时候，唐僧他们才知是误投了门，"装佛祖者乃是个妖王，众阿罗等都是些小怪"。可是为时已晚，不费吹灰之力，就被人吊起来了。

师徒几人，只有悟空一人是清醒的。可同一团队中人，师父和其他人都要干的事情，自己如何阻止？结果自然是"进退无门"。再无门，自己也得去找门。

于是，悟空又来了一次神仙总动员。二十八星宿，荡魔天尊的龟、蛇二将并五大神龙，国师王菩萨的小张太子并四将都来了，但都敌不过黄眉老怪的金铙和布口袋。双方打了四次，都只有悟空一人逃出。悟空也开始绝望起来，哭着说：

> 师父呵！我自从秉教入禅林，感荷菩萨脱难深。保你西来求大道，相同辅助上雷音。只言平坦羊肠路，岂料崔巍怪物侵。百计千方难救你，东求西告枉劳心！（第六十四回）

最后还得弥勒佛老先生亲自出面，才息了此事。

在悟空"东求西告"的时候，荡魔天尊、国师王菩萨等人为什么像商量好了的似的，找各种借口不亲自来？荡魔天尊说，我要威震北方，一时走不开，再说这要有玉帝旨意才行，但既然你开了口，我又不能违了人情，就派几个手下去吧。国师王菩萨说，我本该亲自去的，但手头的事太多，一时走不开，派小张太子跟着你去吧。这当然只是借口，他俩不亲自去其实是有考虑的：一来，心知去了也不一定有用，到时忙没帮上，再丢了脸面；二来，这是更重要的，让他们自己走进去，再自己想办法走出来。

修行之人，若碰到这种局面，还得自己"暗里醒悟，自解自脱"，另外找寻出个脚踏实地的事业。然而脚踏实地之道，外人谁说也没用，还得自己来。通过这次教训，唐僧最后终于明白一个道理："向后事但凭你处，再不强了！"

所以，明白了拜佛要投对门户、辨清大小之后，才能别了妖邪的小雷音寺，奔上光明的大雷音寺，"无挂无牵逃难去，消灾消障脱身行"。

这正是：

> 唐僧拜佛拜错门，
> 一门心思往前奔，
> 辨清大小诚为贵，
> 认清方向才能真。

有来有去，入行入队
——小妖的命运为什么都那么惨

据统计，《西游记》中共有四十四位大妖怪，被打死的二十一名，存活者二十三名，共有各类小妖五万四千多名！本则我们专门说说小妖的那些事儿。

这些小妖大体分四类：

第一类是天真烂漫、自作聪明型。

如小说第八十二回，八戒寻找妖精洞府，遇见两个打水的女妖。他又是"唱喏"，又是"稽首"，左一声奶奶、右一声奶奶地叫着，把那俩小女妖哄得问一答十。毫无心机，对八戒没有一丝警惕，直接把家中秘密告诉陌生人，如儿童一般的天真。

再比如，精细鬼、伶俐虫则既天真又自作聪明：孙悟空变成老道士称自己是蓬莱山来的神仙，精细鬼和伶俐虫被孙悟空用一只假葫芦换了两件真宝贝，还自以为占了便宜。同时好奇心非常重，等孙悟空去后，迫不及待地演示装天法宝，得知上当后，二人战战兢兢，想要逃走。精细鬼说：

图15—5 悟空玩骗小妖有来有去

> 不要走，还回去。二大王平日看你甚好，我推一句儿在你身上。他若肯将就，留得性命，说不过，就打死，还在此间，莫弄得两头不着，去来，去来！（第三十四回）

等到侥幸得饶，二人道：

> 造化，造化！打也不曾打，骂也不曾骂，却就饶了。（第三十四回）

与现实生活中做错事的小孩儿的语言和行为很像。精细鬼和伶俐虫活脱脱是上当受骗的小孩儿的典型。

第二类是良心未泯型。

如下战书的小妖"有来有去"自言自语：

> 我家大王忒也心毒，三年前到朱紫国强夺了金圣皇后，一向无缘，未得沾身，只苦了要来的宫女顶缸。两个来弄杀了，四个来也弄杀了。前年要了，

去年又要，今年又要，却撞个对头来了。那个要宫女的先锋被个什么孙行者打败了……我大王因此发怒，要与他国争持，教我去下什么战书。这一去，那国王不战则可，战必不利。我大王使烟火飞沙，那国王君臣百姓等，莫想一个得活。那时我等占了他的城池，大王称帝，我等称臣，虽然也有个大小官爵，只是天理难容也！（第七十回）

连行者听了都暗喜道：

妖精也有存心好的，似他后边这两句话说天理难容，却不是个好的？（第七十回）

可以说是妖精中的另类，折射出现实生活中为了生计，不得已依附于强势力，而良心未泯的小人物的影子。

第三类是奸诈狡猾、为虎作伥型。

如第四十八回，通天河的鳜婆设计降雪结冰捉唐僧，计划周密巧妙；黄风洞的虎怪，献"金蝉脱壳计"；隐雾山折岳连环洞的小妖献"分瓣梅花计"，捉得唐僧后，又设"假人头计"，欺骗行者三人。可以说这些都是奸诈狡猾之辈。有的则中饱私囊、贪占便宜，如"刁钻古怪"和"古怪刁钻"商量：

拿这二十两银子买猪羊去，如今到了前方集上，先吃几壶酒儿，把东西开个花帐儿，落他二三两银子……却不是好？（第八十九回）

可以看出现实社会中惯于从中揩油的办事人员的影子。

第四类是炮灰型。

多数如此，不用举例。诸位仅想一下，当初跟着孙悟空混花果山的七十二洞妖王以及众小妖的下场就明白了。他们的存在，就是为了被牺牲的。

图15—6　悟空捉俩小鱼精

再来看看这些小妖的下场。

说实在话，那些小妖，其实并没做什么坏事，不过是敲锣打鼓、摇旗呐喊、跑跑腿跟着起哄而已。更有的小妖天良未尽，但结局全是以有来有去开始，以有去无回结束。

原因是，入错了行，跟错了人。俗话说，男怕入错行，女怕嫁错郎。好也好，歹也罢，只要入错了行，过程越努力，结果往往越悲催。就像有来有去那样，虽是西游小妖中唯一有正义感的家伙，但也死在悟空赞叹的棒子之下。

有不少人会为有来有去惋惜，但仔细想想，悟空并没有错。有来有去虽有善心，但他毕竟是在为妖怪做事，换句话说，他的善心并没有体现在行动上。评价一个人的好坏和是否犯了罪，不是看他心里在想什么，而是看他具体做了什么。有来有去所犯的最大的错误就是入错了行。选对行，就是要根据自己的能力、爱好和目标选择自己最擅长做的事情；跟对人，就是要选择会对自己的事业发展有帮助、对人生方向起好作用的领导。

当然，既然是小妖，就没有多少选择的余地，不过我们可以选择。不能决定我们身边有什么人，但可以选择与什么人深交。我们未必能进我们喜欢的行业，但我们可以拒绝不喜欢的行业。

更重要的是，一个人要成长，就要走正道，要远离那些坏人，否则，"常在河边走，哪能不湿鞋"？即使你再善良，也免不了会跟着坏人犯罪。到那时，一定会受到法律的严惩。因为情是圆的，法是方的；心是软的，律是硬的。法律看的是事实，不是看你是不是有好心肠。

这正是：

男怕入错一生行，
女怕嫁错如意郎。
问君能有何选择，
有来有去向哪方？

自我剖析，自我省思
——悟空自剖剖出了多少个人心

做好定位，需要认识自己，认识自己需要自剖精神。

师徒一众来到比丘国时,遇到专门吃人心的国王。悟空问国王:"心便有几个,不知你要的什么色样?"国王答:"要你的黑心!"悟空操刀在手,解开衣服,挺起胸膛,当众给自己施行剖心术来,并将心翻检开来,给众人观看。令众人吃惊的是,悟空的胸膛里,"骨都都的滚出一堆心来"。虽然没有国王所要的黑心,但在那些红心、白心、谨慎心等"善心"之中,竟也夹杂着悭贪心、利名心、嫉妒心、计较心、好胜心、望高心、侮慢心、杀害心、狠毒心、恐怖心、邪妄心、无名隐暗之心等种种不善之心。佛教《大日经》中,把人心分成六十种,第六十种便是猿猴心。

我们在惊异之外,会不会对悟空这种"自剖"精神感叹不已?

一般说来,当工作或生活中出了问题时找自己的不足,还比较容易做到;而在一帆风顺时进行"自剖",就不那么容易了。

悟空在保护师父去西天取经途中,一路上伏魔降怪,吃尽了苦头,立了头功。更何况他身为大师兄,西行之前还曾任过"天官",也有"齐天大圣"的封号,可以说是一个有身份、有脸面的人物。他即使不自剖,也不会有人怀疑他有什么"不善之心"的。而他却置这些于不顾,居然在大庭广众之下,"解开衣服,挺起胸膛",毫不犹豫地"操刀自剖",丝毫不顾忌由此而造成损害形象或影响威信的后果。当发现自己解剖出来的心中间,还夹杂着一些"不善之心"时,悟空没有惊慌失措、遮遮掩掩,而是神情自若、从容不迫地"一个个检开与众观看"。

按悟空的本领,在那些"不善之心"上做些"手脚",施点"遮眼法"之类,使其隐去或变为"善心",都是易如反掌的事。然而,悟空在自己的"问题"面前,并未弄虚作假,而是把每颗"不善之心",都赤裸裸地展现在众人眼前。要做到这些,如果没有敢于"亮丑"、实事求是的"自剖精神"是办不到的。

图15—7 比丘国悟空救小儿

由上,使我们想到当前社会中存在的一种现象:一提到社会上的某些不良现象时,人人都痛恨,个个都感到不改不行、不治不行了。但是,要认真地想想自己做得怎么样时,往往是"自我感觉良好"者不乏其人,更有甚者,一些人明明知道自己身上存在着诸多"不善之心",却不愿做深刻的反省,而是一味找托词为自己辩解。显然，这些人正好缺乏"自剖精神"。

《论语》中讲："吾日三省吾身；为人谋而不忠乎？与朋友交而不信乎？传不习乎？"意思是，君子广泛地学习，并且经常把学到的东西拿来检查自己的言行，（遇到事情）就可以不糊涂，行为也就没有过失。

图15—8 弘一法师李叔同血书"三省"

大约古德智慧之人，多能够注意时时观心、事事观心，也因其能"三省吾身"，方得修养心性，成就大德。

当然，常给自己找毛病，总不如剖析别人那么轻松愉快，但这样做，好比常服"清醒剂"，有百利而无害。当前社会，我们确实有学习"悟空自剖"精神的必要，不只把眼睛盯住别人，而是自觉地把自己放到善与不善、当与不当的天平上，衡量一下自己的言行举止。

有人说，大气候不变，小气候难成，大家都不"自剖"，我何必那么傻！我这么做不仅无济于事，弄不好还会授人以柄。

的确，在很多"大V"和官微只晒心灵鸡汤，个人微博只晒美食的情况下，谁还会蠢到以"丑"示人的地步？！但不管怎么说，晒与不晒是一回事，剖与不剖是另外一回事。诸多"不善"，自不可晒，但必自知。若到最后，连自己都骗了，就真正得不偿失了。

最后，再说一个耐人寻味的问题：悟空剖心的时候，是变成唐僧上殿的，那所剖的心是悟空的呢，还是唐僧的呢？

悟空也好，唐僧也好，若要成正果，都得经历从"多心"，到"二心"，再到"一心"，最后到"无心"的过程。否则就像比丘国的国王，即便真吃了一万一千一百一十一个心，也达不到目的。

这正是：

取经佳处心自省，
俗士群讥谁见怨。
红心黑心谁无错？
知明而行无过焉。

以柔克刚，以和为尚
　　——悟空的"两样木理论"有什么奥秘

　　定位不仅要认清自己，还要认清社会中的人情世故。《西游记》第八十二回有这样一个情节：唐僧被老鼠精抓去，为救师父，八戒奉命去问讯。看见俩小丫鬟，张嘴就喊妖精！结果挨了三四杠子。八戒捂着头跑回来了，悟空嘲笑说："打得还少！""头都打肿了，还说少哩！"对八戒的不服气，悟空耐心解释道：

　　　　温柔天下去得，刚强寸步难移。他们是此地之怪，我们是远来之僧，你一身都是手，也要略温存。你就去叫他做妖怪，他不打你，打我？人将礼乐为先。（第八十二回）

　　这番话，从悟空口中说出，已叫人惊跌了眼镜，而接下来，悟空更进一步阐发出他的"两样木理论"。
　　"两样木理论"是以问答的方式阐发的。我们看一看这段非常有意思、非常有启发意义的对话：

　　　　行者道："你自幼在山中吃人，你晓得有两样木吗？"
　　　　八戒道："不知，是什么木？"
　　　　行者道："一样是杨木，一样是檀木。杨木性格甚软，巧匠取来，或雕圣象，或刻如来，装金立粉，嵌玉装花，万人烧香礼拜，受了多少无量之福。那檀木性格刚硬，油房里取了去，做炸撒，使铁箍箍了头，又使铁锤往下打，只因刚强，所以受此苦楚。"
　　　　八戒道："哥啊，你这好话儿，早与我说说也好，却不受他打了。"
　　　　行者道："你变化了再去。"
　　　　八戒道："哥啊，且如我变了，却怎么问么？"
　　　　行者道："你变了去，到他跟前，行个礼儿，看他多大年纪，若与我们差不多，叫他声姑娘；若比我们老些儿，叫他声奶奶。"（第八十二回）

　　八戒用师兄教的法子，再去问讯，结果非常好。那俩小丫鬟还直夸他："这个和尚却好，会唱个喏儿，又会称道一声儿。"

悟空阐述的"两样木理论"不仅是至理名言，也是待人接物、为人处世的常识。悟空说的其实是生活之"礼"和生活哲理的辩证，与老子所言的"齿亡舌存"的大智慧有异曲同工之妙。刘向《说苑·敬慎》中记载了老子的一则故事：

> 常枞有疾，老子往问焉，曰："先生疾甚，无遗教可以语诸弟子者乎？"……张其口而示老子曰："吾舌存乎？"老子曰："然。""吾齿存乎？"老子曰："亡矣。"常枞曰："子知之乎？"老子曰："夫舌之存也，岂非以其柔耶？齿之亡也，岂非以其刚耶？"常枞曰："嘻！天下之事已尽矣，无以复语子哉！"

图15—9　八戒问路挨打

这个典故的大意是，老子有个老师叫常枞。常枞病重了，老子前去看望他，问道："先生病得如此重，有什么遗教可以告诉弟子吗？"常枞张开嘴给老子看了看，问道："我的舌头还在吗？"老子说："还在。"常枞又问："我的牙齿还在吗？"老子说："不在了。"常枞又问老子："你知道原因是什么吗？"老子回答说："那舌头所以存在，是因为它是柔软的。牙齿的不存在，难道不是因为它的刚硬吗？"常枞说："好啊，是这样的。"

牙齿和舌头的比喻，与悟空所讲的杨木和檀木的比喻，道理是一样的，都是为了说明刚硬的容易折断、柔软的常能保全的道理。

> 舌存常见齿亡，刚强终不胜柔弱；户朽未闻枢蠹，偏执岂能及圆融？[1]

在实际生活中，有的时候要柔，有的时候要刚，有的时候则要刚柔结合。何

---

[1]（明）吕坤、洪应明：《呻吟语 菜根谭》，上海古籍出版社2000年版，第388页。

时刚何时柔？根据具体情况而定。事物是在不断变化的，"软"则天下去得，"刚"则寸步难行，不能说只有柔才好，刚都不行，反之亦然。

"两样木理论"，往浅了说，是生活中讲"礼"的常识；往深里说的话，也是生活中讲"用"的智慧。在后续的章节里，悟空是这么想、这么说的，其实也是这么做的。

比如，他同样拿此道理"教训"了唐僧。让唐僧为取经大计，适当示弱就低，与老鼠精曲意周旋一下，别动不动就给女妖上"思政课"。原因就是，不分场合、不分对象地"只管行起善来，你命休矣"。唐僧为活命，为取经大计，虽然内无所欲，但也外有所答，不再一味地装聋作哑，故作呆萌，一口一个"娘子"地叫着，一句一句地说老鼠精爱听的话，一步一步地赏花弄景，把个老鼠精哄得心花怒放地说："好和尚啊！一日夫妻未做，却就有这般恩爱也！"

比如，悟空知道老鼠精是托塔李天王的"干女儿"之后，执意要上天庭告御状，但听从了太白金星"以和为尚"的建议，没把事做绝。最后，李天王和哪吒亲来助他收伏老鼠精。金星用何说辞呢？同样是各打五十大板，在讲和的前提下，解决事情。

比如，在第八十四回中，将立誓要杀够一万个和尚的灭法国一国君臣全都剃了光头，在关系没搞僵的前提下，让国王心服口服。唐僧高度赞扬道："悟空，此一法甚善，大有功也。"

再比如，在第八十七回解决凤仙郡三年不下雨的问题上，悟空同样本着"以和为尚"的原则，圆满调和了上天与凡人之间的矛盾，让玉帝重新得到下界的尊崇，让凤仙郡下了雨。唐僧说："贤徒，这一场善果，真胜似比丘国搭救儿童，皆尔之功也。"

沙僧道：

> 比丘国只救得一千一百一十一个小儿，怎似这场大雨，滂沱浸润，活救者万万千千性命！弟子也暗自称赞大师兄的法力通天，慈恩盖地也。（第八十七回）

再比如，在第九十二回中，悟空还学会了"送礼"，将辟寒、辟暑和辟尘三个犀牛精的牛角割下来，四只交给来帮忙的"四星"让送给玉帝，一只留在当地，一只献给如来佛祖。灵山近了,悟空也越来越"成熟"了。整部《西游记》中,他也就送了这一次礼,但却是在相当关键的时候送的。

由此可见,悟空在此时主动提出"两样木理论",成正果之日确实不远了。要知道,在西游世界之中,谁的头比悟空硬?

这正是:

温柔天下诚去得,
刚强寸步却难行。
天下莫柔弱于水,
柔之胜刚反能赢。

第十六讲
悟得：细悟成功

　　　　西游记八十一难，成长路种种熬煎。求取真经，要细悟成功。悟在何处？在悟空、悟净、悟能；在恕，在戒，在行……

🌥 内恕已存，外束自去 🌥
　　　——孙悟空的紧箍儿是怎么消失的

　　提起孙悟空，人们马上会联想到套在他头上的紧箍儿。这个箍儿就像是一个标签，与悟空紧紧相随。这个箍儿勒在悟空的脑袋上，取不下，揪不断，让他一路上深恶痛绝，可又无可奈何。以至于到了如来跟前，成了斗战胜佛之时，仍耿耿于怀。

　　《西游记》第一百回中，唐僧四人都已取得成功。悟空说，师父啊，此时我已成佛，与你一样，难道还戴着紧箍儿，你还念什么紧箍咒收拾我？趁早儿念个松箍咒，脱下来，打得粉碎吧。唐僧回答道，当时只因为你难管，才用这法儿治你的。现在既然成了佛，紧箍儿自然会消失，哪能还戴在你头上啊。悟空往头上摸了摸，果然没有了。

　　紧箍儿是唐僧诱他套上的没错，是如来给观音，观音再给唐僧的没错，但与紧箍有直接关系的却是取经路上的三伙儿毛贼。

　　我们还记得紧箍儿什么时候套在悟空头上的吗？

　　刚从两界山放出来的时候，悟空刚跟着唐僧没几天，遇上了六名拦路抢劫犯，分别叫眼看喜、耳听怒、鼻嗅爱、舌尝思、意见欲、身本忧。悟空的手都闲了五百年了，异常兴奋地将此六贼尽数扑杀。面对自己的出色表演，悟空很得意，笑吟吟地对唐僧说，师父请赶路吧，那几个毛贼被我剿了。说这话的时候，也许心里正美着呢：怎么样，师父，我的本事还可以吧。然而，让悟空没想到的是，师父很生气，后果很严重！唐僧严重警告说：

> 你十分撞祸！他虽是剪径的强徒，就是拿到官司，也不该死罪。你纵有手段，只可退他去便了，怎么就都打死？这却是无故伤人的性命，如何做得和尚？出家人扫地恐伤蝼蚁命，爱惜飞蛾纱罩灯。你怎么不分皂白，一顿打死？全无一点慈悲好善之心！（第十四回）

接着又说：

> 只因你没收没管，暴横人间，欺天诳上，才受这五百年前之难。今既入了沙门，若是还象当时行凶，一味伤生，去不得西天，做不得和尚！忒恶，忒恶！（第十四回）

图 16—1 悟空两界山下皈依唐僧。选自袁唯仁绘《西游记》

悟空不听师父絮叨，一气之下，跑了。

好在他还能听人劝。在东海龙王的思想开导之下，经过一番思想斗争，重新又回到了唐僧身边。然而，回来的第一件事就是自己给自己戴了一顶花帽子——紧箍儿。唐僧说的没错，悟空以前确实是没收没管，自在为王惯了。但现在将伴随全程的紧箍儿戴上了，生了根，再取不下。

这是悟空所经历的第一次考试，考验的是自我约束力，出题的人是六贼。痛苦至此，怨不得别人，全是自找的。要是稍稍收敛的话，观音还不舍得拿出来呢。闹龙宫，闯地府，大闹天宫，抵挡得了十万天兵天将，却小气得连六个凡间的小毛贼都容不下，不给他套给谁套？这个箍儿长在了悟空的心头，紧紧勒着这颗心。

取经路走到一半的时候，悟空遇到了第二伙毛贼。这一次悟空稍有忌惮，三十多个贼只打杀了两个，在他看来这已经是底线了，但仍是挨了师父一顿数落。唐僧居然还写了一篇祭文，让那俩死鬼阴府里只告悟空一人，不干自己和八戒、沙僧的事儿。悟空心里自然委屈，心想打杀毛贼，不全是为了你吗，你怎能如此绝情？结果自然是师徒都面是背非，取经的心就这么散了！

紧箍儿咒也不停地念开了。悟空在头上痛加心里痛的情况下，又走了。然而这一次走，突然发现自己已没有了家！于是，跑到观音那里诉苦，可观音也认为是他不对，悟空的心更觉委屈。若论此事，唐僧绝不绝情先不说，根子还在悟空自己装不下。唐僧就那样，改不了了。紧箍儿在头，何必非得较劲儿？唯有宽恕的力量才能松开那套在心头的紧箍儿，别人是替不了的。人的心胸不就是这样被委屈撑大的吗？

"恕"字，按字面理解，是"如心"，也就是"如自己的心"。所以，恕与不恕，往往只在自己的一念之间。悟空万万没想到，由于自己的不宽恕，取经路中最凶恶的妖怪出场了，这个妖怪不是别人，正是他自己的"二心"——六耳猕猴。

距离灵山还有一步之遥的时候，悟空迎来了他的第三次考试，出题的仍然是几个毛贼。一伙强盗打劫了乐善好施的寇员外，然后仍要打劫刚从寇家出来的唐僧师徒。这一次，悟空确实学乖了，只是使出了定身法，将那几个小贼变成了木头人，问明了原委之后，还放了他们一条生路。而且按照师父的吩咐，悟空还把赃物还给了失主。没承想，好心被当成了驴肝肺，让人家冤枉成了偷东西的贼，被抓到县衙不说，还被关进了监狱。

这一回，让唐僧师徒受委屈的不是妖精，而是善良的普通人。唐僧感慨，这是怎么了？百般辩解之下，人家全不听。若依从前，悟空肯定咽不下这口气，天宫都闹过，还怕小小县衙！然而，这一回，他没这么干。能咽下这口气才算是真正的功夫。悟空费尽心思，先变作阎王的鬼差救了师父，又求了地藏王菩萨放回了寇老先生，还宽恕了冤枉自己的寇夫人、寇少爷以及欺负自己的官兵等人。

悟空学会了宽恕。一个有着无量神通的神仙宽恕了委屈自己的凡人。宽恕是圣者的心，有了这颗心，悟空终于登上了灵山，见到了真境界。此时此刻，套在悟空心头上的那个紧箍儿彻底消失了。

这正是：

事不三思终有悔，
人能百忍自无忧。
意志硬如金箍棒，
宽恕巧似筋斗秀。

八戒弱点，一心悟能
——猪八戒的成长启示是什么

猪八戒，原在天庭任职，官名天蓬元帅，因犯调戏妇女罪，被贬下界。下界后，他错投猪胎，遂又名猪刚鬣，在乌斯藏国福陵山云栈洞[1]为妖，吃人度日。为妖时，他给卵二姐当上门女婿。不到一年，卵二姐死去，他继承了家产，接手了地盘，继续为妖。后遇观音菩萨，许以前程，取名悟能，答应保护唐僧西天取经。等唐僧到来期间，他抽空到高老庄当了第二回上门女婿，不久，被悟空降伏，正式加入取经团队，再取小名八戒。取经功成时，被如来封为职正果、净坛使者。

猪八戒代表人在物质层面的基本诉求。基于对物质的充分享受，猪八戒一有机会就睡，一见吃的就流口水，一见女人就走不动道儿。更可爱的是，在两扇大耳里，一直藏着四两六钱银子。从某种意义上说，我们每一个凡人都有猪八戒的影子。谁没点"小"啊！

猪八戒讲前程，但只重在当下，只重眼前，只盯着看得见摸得着的前程，只求奋斗出一个温暖的家和满足衣食住行的那份儿惬意。在他身上，人性的诸多弱点尽展无遗，但通过取经路上的一一改正，最终也成了正果。

猪八戒为什么是八戒，而不是七戒、九戒呢？高深的东西我们不讲，仅从成长的角度来看，关键是要戒。戒什么呢？戒去他身上根深蒂固的八种人性之弱。只有戒去这八项人性之弱，一心一意地悟能，方能成功。

第一戒：戒私心太重。

首先是他出于一己私见，老是挑拨离间，陷害悟空。比如在三打白骨精事件中，若不是他的精彩唆嘴，悟空也不会被逐，起码不会被逐得那么难堪。其次是在降妖捉怪过程中，常常采取观望态度，看到悟空占上风的时候，就会积极地冲上去，为的是"莫教那猴子独干头功"。再次，一遇困难，往往第一个想到散伙，只顾自己，<u>丝毫不想着团队的其他人还在妖怪那里</u>。

第二戒：戒意志薄弱。

---

[1] 对乌斯藏、福陵山的理解，李志强的说法很有意思。他认为所谓乌斯藏正是"无私藏"的谐音，即指猪八戒"用不着掩藏"本性的意思，怪不得八戒那么直率呢；所谓"福陵山云栈洞"，其实是"福临""云暂"，"暂时之福、暂留求安"的意思，所以他才能靠着傻人傻福，从成功走向另一个成功。参见李志强《向〈西游记〉取人生真经》，知识产权出版社2008年版，第54页。

在取经团队刚刚组建、被四圣试禅心的时候,又想当上门女婿,被"组织"鉴定为"在家心重"。在路过平顶山时,唐僧要求他干活,巡山和看守师父两件事中,他两件都不想干,被逼无奈之下,才选了相对较轻的巡山,但刚出门就睡大觉去了。在对付九头虫的时候,悟空让他继续下河挑战,他表现得"意懒情疏,佯佯推托"。路过狮驼岭时,太白金星一说前面有几万个妖怪,他居然"唬出屎来了"!在驼罗庄,都快到灵山的时候,悟空答应帮乡亲除害,他嫌悟空多管闲事,害得他也跟着受罪。总之,一遇干活,基本上处处消极应对,非得靠哄骗、食诱、金箍棒威胁等非常手段,才能让他出力。

第三戒:戒责任不强。

在挤走悟空的时候,因为发现打不过黄袍怪,骗沙僧说:"沙僧,你且上前来与他斗着,让老猪出恭(上厕所)来。"没等沙僧回答,他就一溜小跑,钻进荆棘林里,再也不敢出来。沙僧被捉,师父变老虎,他仍不去积极想办法,一心只想分行李。要不是小白龙苦留苦劝,他还真要回去再当上门女婿了。在陈家庄,变成八岁小女,替人消灾之时,他就想溜,以为反正已骗过陈家庄之人,赶紧回去睡觉吧,还骂悟空呆子,说:"只哄他耍耍罢,怎么当起真来!"

第四戒:戒色欲泛滥。

关于这一点,不用多说明。

第五戒:戒贪心顽固。

每次吃饭,他准是第一个冲上去,逮啥吃啥,吃啥都没够。凡是物质世界中的东西,哪一个都能让他"雪狮子向火,立马就化"。团队每做好事,得金银相谢时,他总来者不拒,十几年下来,居然也攒了四两六钱私房钱。

第六戒:戒欺软怕硬。

也许是投胎夺舍的缘故吧,被贬凡间后,武功严重变弱,遇上稍有能耐的妖怪,他基本上都打不过。但若遇小妖,却异常兴奋,勇敢地冲上去,狠狠地筑上几钉钯,连死蛇、死鱼也不放过。

第七戒:戒太喜抱怨。

不用举例,有以上几种缺点的,通常都是爱抱怨之人。

第八戒:戒妄杀行为。

如果他能打过的,总是

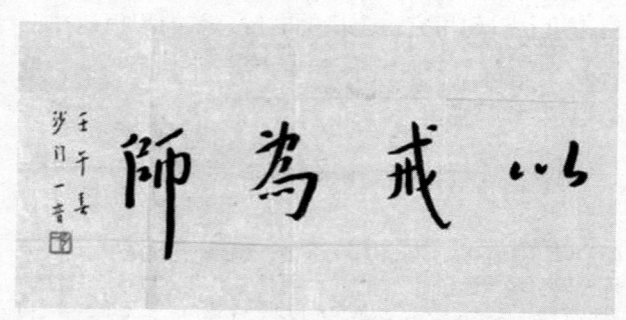

图 16—2 弘一法师李叔同所书"以戒为师"

不问青红皂白，上去就打死，丝毫不想能否把事办圆满。当然，在福陵山为妖时，更是这副德行，讲的是"管它千罪万罪，捉个行人，肥腻腻地吃它家娘"。

由上可知，猪八戒需要的是戒，于戒中成长并成熟。让猪八戒参加取经团队，其实就是要让人们学着控制自己的欲望，让自己在淡定中寻找理性的砝码。换句话说，逐一消除人性的弱点，也就等于在接近成功。

取经的过程，也是度人的过程。

在取经的过程中，猪八戒逐渐发生了脱胎换骨的变化，由一个好逸恶劳的像猪一样的懒汉、二流子，变成了一个逐渐向善、意志更加坚定、工作越来越认真的好和尚。

对我们来说，在成长之路上，也要像八戒一样，戒去现实生活中的种种不足，才能逐渐淡定，形成一个相对成熟的性格，得到一个相对美好的前程。

这正是：

八戒戒八实为难，
悟能能悟才获丰。
人人心中皆八戒，
事事功成靠悟能。

看轻自己，一心悟净
——沙和尚的成长启示是什么

沙僧[1]，原在天庭任职，官名卷帘大将，因犯破坏公物罪和渎职罪，被贬下界。下界后，在流沙河为妖，吃人度日，并继续受罚，七日一次飞剑穿身。为妖时，曾吃过前九个取经人。观音菩萨许以免罪复职，取名悟净，答应保护唐僧西天取经。后被木叉降伏，正式加入取经团队，再取小名和尚。取经功成时，被如来封为大职正果、金身罗汉。

沙僧是取经团队的四号人物，说不清他一路上到底干成了几件事，也不知道他到底打死了几个妖精，白开水一样，没什么味道。在《西游记》中，沙僧的个性

---

[1] 沙和尚的前身是深沙神，深沙神是佛教中神将之一，经《取经诗话》《大慈恩寺三藏法师传》等演化之下，成了一脸晦气色的沙僧。其卷帘大将之职，据清末大学者俞樾《茶香室三钞》推考，来自唐东岳庙《尊胜经幢》记载，称"南山卷帘将军"。

图16—3 沙僧宝象国讲义气

其实是非常纯净的个性——纯净到似乎没有个性。而没有个性正是修行的最高境界。沙僧为什么姓沙呢？"沙"是"释迦"的合音，"沙门"即指佛门，沙是最干净的土，所以沙僧名叫"悟净"。一心悟净的人，不显山不露水，看起来就是一个大凡人、大常人。《菜根谈》上说："醲肥辛甘非真味，真味只是淡；神奇卓异非至人，至人只是常。"

"常"就是做人的最高境界。

沙僧是什么人？曾是玉帝身边的贴身侍从，想当初在灵霄殿上也见识过不少大场面。那一万年只能结三十个的人参果，猴头连听都没听说过，可他却亲眼看见过。更有意思的是，在取经队伍里，与唐僧渊源最深的其实是他，对取经理解最深刻的也是他。唐僧的前九世都是被他给吃了的，他脖子上沉甸甸挂着的不是什么佛珠，而是九个骷髅，九个可以漂浮在弱水之上的骷髅，这正是他不能承受之轻。自从跟了唐僧，他就把取经当作痛苦赎罪和彻底整改的过程。"我等因为前生有罪感蒙观世音菩萨劝化，情愿保护唐僧上西天拜佛求经，将功折罪。"这是他的心声。

尽管沙僧加入取经队伍的时间最晚，但每个人都有内在的聪明才智和气质魅力，无须羡慕别人，努力开发属于自己的禀赋，照样会成功。一路之上，沙僧坚持着大方向从未动摇。孙悟空曾一气之下三次脱队，猪八戒一遇到点儿风吹草动就喊着回高老庄。就连意志坚定的师父也时不时地因为思念家乡而偷偷地掉上几滴眼泪。唯有沙悟净连一丝一毫动摇的意思都没有过，只是一心一意地向着灵山前进。

对于唐僧，沙僧忠心耿耿，处处体贴，既恭敬又从命。面对唐僧的刚愎自用，他总是顺其自然，甚至当唐僧心血来潮要去化斋，两位师兄都不赞成的时候，他却说：

师父的心性如此，不必违拗，若恼了他，就算化将斋来，他也不吃。（第七十二回）

尽管也曾是个吃人不眨眼的妖精，但自从跟了唐三藏，他一直贯彻师父的教导，从不轻易开杀戒，遇到妖精袭击也仅仅是把妖精驱散。一路上真正由他打死的妖怪只有变成自己的那个猴儿精，这其实正是暗示着他的自我否定。

沙僧为了师父甚至不惜献出生命。在黑松林被黄袍怪擒入波月洞的时候，他已做好最坏打算：

老沙跟我师父一场，也没寸功报效；今日已此被缚，就将此性命与师父报了恩罢。（第三十回）

于是对妖精大喊道："你要杀就杀了我老沙，不可枉害了我师父，大亏天理！"

对于二位师哥，沙僧始终把"以和为尚"放在第一位，既不与孙猴子争名，也不和猪八戒争利，甘当配角，协调着取经队伍的关系，维系着取经队伍的团结。他尊重爱护孙悟空，从不像猪八戒那样在师父那儿煽风点火以博得宠信。对于两位师哥的纠葛，他几乎从不介入，而且还经常调解。他体谅猪八戒，每当二哥犯懒让他帮着挑担子的时候，他总是笑一笑说："远路无轻担"，欣然接受，团结了总犯小心眼儿的猪八戒。而当猪八戒吵吵散伙，孙猴子举棒要打的时候，他却说："二哥，你和我一样，拙嘴笨腮，不要惹大哥生气，我来替你挑挑担子，早晚有一天我们会成功的。"

这话让孙猴子、猪八戒都可以接受。取经之路非常苦，没有团结是不成的，而维系这团结的不是孙悟空、不是猪八戒，也不是师父唐僧，却恰恰是默默无闻的沙和尚。

与人相处，贵在容忍，沙僧做到了。取经路上，孙悟空不但勇敢而且机智，猪八戒也不乏小聪明，而沙僧却一直少言寡语，看上去有点愚钝。但只要细心观察就会发现，尽管话语不多，却总能言必中的，所表现出的是一种千锤百炼出的灵智。天宫里的经历已经让沙僧懂得，多用心去倾听别人怎么说，不急于发表自己的看法是多么有好处。但是，在关键的时候，往往正是他的一两句话起到关键的作用。红孩儿那一难，悟空差点没被烧死，当时沙僧就提醒过："三年不上门，当亲也不亲。"在比丘国，唐僧听说要用小孩儿做药引子悲伤得痛哭的时候，还是沙和尚一语道破："那国丈是个妖精。"沙僧的智慧往往就像沉闷的阴雨天突然的闪电，叫人眼前猛地一亮。

世界上不存在没有用的人，只有没有用对地方的人。沙僧渊博沉静而不求回报，宁静淡泊却坚忍不拔，甘居人下却胸怀大局。他以自己的智慧和对取经事业的挚爱维系着取经队伍的和睦。他不但做好了本职工作管好了白龙马，而且能和孙猴儿、猪八戒这样极有个性的同事和睦相处，甚至连唐僧这种固执己见、人妖不分、一阵明白一阵糊涂的领导也服侍得没有半句微词。可以说既管理好了下级，也管理好了平级，更管理好了上级。尽管若论争斗的本事，他远远比不上孙猴儿和猪八戒，但若论心路，这二位绑在一块儿也比不上他沙悟净。《西游记》里有句原话叫"沙和尚真是个灵山大将"。能把自己看得很轻，那就是一种大智慧。

这正是：

弱水三千一线缘，
善抓机遇上灵山。
看轻自己人反重，
一心悟净自求安。

做好本分，一心行走
——白龙马的成长启示是什么

白龙马，西海龙王敖闰之子，因纵火烧了殿上御赐的明珠，犯了忤逆罪，被父亲大义灭亲，亲自告上天庭，不日遭诛。观音菩萨路过之时，他主动求观音解救。观音发了善心，卖了面子，求玉帝允他戴罪立功，给唐僧当个脚力。取经功成时，被如来封为大职正果、八部天龙马。

白龙马不是唐僧的徒弟，观音没给他起"悟"字辈的大名，唐僧也没给他起小名，他的主要职责就一个字："走！"驮着唐三藏，干着分内分外行走的事情。取经靠走，走是简单的，也是困难的，一走十万八千里，全用脚量，实为不易。毛主席评价道：

传说西方有条小白龙，本领不小，却甘心情愿地变成一匹白马，驮着唐僧跋山涉水，历尽千辛万苦，去西天取回了真经。可是后来很少有人提到它，白龙马这种不计名利、埋头苦干的无名英雄精神是非常高尚的。[1]

---

1 转引自马银春《毛泽东与四大名著》，中国档案出版社 2008 年版，第 268 页。

白龙马原是富贵出身，本是充满叛逆、心高气傲的一条尊龙，何以愿意担当一个默默无闻的脚力？西行路是修行路。白龙马要修行的路有两条，一条是沉稳耐性的修行之路；一条是做好本职的修行之路。

对沉稳耐性的修行之路来说，白龙马必须耐住性子，摆平自己的心态，脚踏实地，一步一步地丈量到灵山——让他超越凡龙、凡马的灵山。这条路，走起来不轻省。八戒曾经说过："师父的骨肉凡胎，重似泰山。"悟空也讲："遣泰山轻如芥子，携凡夫难脱红尘。"白龙马明白，他的岗位不是保镖，而是脚力。对他来说，取经路上要修行的就是沉住这口气。

沉住气，就得接受、享受这一过程。白

图16—4　小白龙变侍女救师父

龙马意味着对过程的顺应：取经是个过程，人生也是个过程。他把自己化作一匹马，全身心地投入到这一看似平淡无奇的过程。看看脚下的青草，望望漫漫的征程，奔向那遥远的西天。

对做好本职的修行之路来说，白龙马必须谨记"不在其位，不谋其政"的道理，在自己的位置上，做好本职工作。其实这也是当代社会特别应该提倡的一种职业化的工作态度。在我们的工作中，每一个人都有属于自己的位置。即便得意时也不可忘形，不小心把手伸到人家的地盘上，难免会受到上司的戒备、同僚的排挤。知道什么事情该做，什么事情不该做，是一种智慧，更是一种气度。把本职工作做好，不越位、不越权，才能走出一条平稳的发展之路。

"不在其位，不谋其政"的前提，是"在其位，要谋其政"。这一点小白龙也是非常称职的。他从来没有因自身的原因不让唐僧乘坐。当然，这不是提倡墨守成规、不分场合和时机一概不做不是自己管辖或职责范围内的事。一个人只有把自己的位置看得明白，分得清楚，才能守好自己的阵地。在特定的场合下，比如当分内之事面临威胁的时候，当生存和目标走入绝境的时候，就没有分内分外之别了。你就得做自己职责之外但能力许可的事情。

小白龙就是这样的人，有其他师兄弟在的时候，他默默地做着自己分内的事情，绝不越界；但当唐僧被黄袍怪变成老虎锁进笼子里，沙僧被抓，猪八戒准备回高老庄，而孙悟空却已被逐回花果山的危难之际，小白龙演绎了一段"垂缰救主"的佳话：先是变化为宫娥，以表演舞剑为名刺杀黄袍怪，失败后，声泪俱下、循循善诱猪八戒去找唯一能克制妖怪的大师兄。他的真诚打动了猪八戒，于是才有了后面猪八戒义激美猴王的好戏。小白龙在取经团即将土崩瓦解的时候，用赤诚的心灵和机敏的智谋说服了懒汉猪八戒，猪八戒请来了唯一能改变战局的孙悟空扭转乾坤。没有小白龙，整个取经计划在此难免流产！

"在其位，谋其政"是责任的体现，"不在其位，不谋其政"同样是责任的体现。特别是在一个团队里，如果你为了表现能力经常友情客串，那么你这个位置就容易成为空缺，容易成为敌人攻击的死穴。像现代体育运动，特别是足球场上，人员的站位与盯防定位是十分重要的。现实生活中，但凡没有特殊情况，每一个人打好自己的位置就是最大的胜任，每一个人守好足下的土地就是最大的责任。如果你出位而战，你的球技再好，也是一个不合格的成员。

这正是：

鹰愁涧下照本心，
取经路上行走勤。
龙马精神在进取，
耐住性子听众音。

八十一难，功成圆满
——成长之路要历多少难

唐僧师徒，无论是作为个体还是作为团队，最后都取得了真经，各成了功果，靠什么呢？靠历难。现实中的每个人或每个团队或每个组织，在成长的过程中，也必定会或早或晚地经历或大或小的"难"。

对八十一难的解读，众说纷纭。先说一个玄的理解，比如李安纲教授认为，八十一难是九九重阳之数，儒家经典《易经》也将"九"作为极阳之数，意为极多、到顶的意思；道教修炼全讲九九，《老子》是八十一章，《还源篇》是八十一章，都是九乘九所得；佛门之中也讲"九九归真"。[1] 再说一个"形式主义"的理

---

[1] 李安纲：《文化载体论——李安纲揭秘〈西游记〉》，人民出版社2010年版，第221—238页。

解，一般人可能认为八十一难是八十加一，观音菩萨多此一举，为凑而凑的结果。当然，这也是吴承恩的意思，故意将其安排在第九十九回。如果再八卦一点看，九九八十一难与但丁的《神曲》有异曲同工之妙，《神曲》采用的结构就是"三十三乘三加一"。反正不管从哪种角度理解，我们都可以常识视之，八十一难寓意经历的困难之多，成长之不易，成功之圆满。

图16—5 取经功成返长安。选自陈惠冠《新绘西游记》

八十一难不是八十一个故事。按郑振铎的说法[1]，八十一难实际上是由四十一个故事组成，如果再加上唐僧出世难的这一回，一共是四十二个故事。在这四十二个故事中，从起源看，它们呈现出三种类型的"难"：

第一种，客观原因造成的"难"。例如第十五难"流沙难渡"、第三十六难"路逢大水"、第四十二难"吃水遭毒"、第四十七难"路阻火焰山"等，都是比较典型的自然灾难。自然方面的"难"，首先反映的是唐僧在西行取经的过程中，所经历和面对的来自于自然方面难以克服和解决的困难。其次也反映了整个取经团队在面对这些自然困难时，并没有消极气馁，而是积极地去寻找方法解决，努力去克服，最终他们都战胜了困难，而后顺利踏上取经之路。

第二种，是人为的"难"。或为妖怪制造，或为神仙考验，或为顺道为凡间做好事，或为团队内部不和谐所致。这是数量最多的、戏份最重的"难"。凡此种种，均是说明只有历难、才能成正果的简单道理。

第三种，是主客观原因共同促成的"难"。自然还是人为，实难分清。

以此观之，全书在展示主、客观世界的同时，也说明了成长的过程和途径：内省和外求。具体来说，就是不断修心，扬长避短，不断抵制外界诱惑，克服自身弱点，在八十一难中最终成功。其中，大部分的灾难是主客观结合导致的灾难，妖魔作为外恶，扰乱人心，为害不断。但正如俗话所说："苍蝇不叮无缝的鸡蛋。"先天设定的妖魔必须结合人的弱点，才能得逞。当然，这四十二个故事并非都是灾难，如收悟空、收白龙、收八戒、收沙僧。他们不是取经的阻碍力量，而是作为

---

[1] 详见郑振铎《〈西游记〉演化》一文，转引自张国星《鲁迅胡适等解读〈西游记〉》，辽海出版社2010年版，第123页。

一个整体，成为取经的推进力量。总之，《西游记》通过对各种难的描述，展现了取经团队面对主、客观世界的各种考验所表现出的特点。

再从这八十一难所经历的顺序来看，基本上反映了一个人完整的成长过程：从经历磨难开始，不断提升，勾勒了出生—磨难—提升—磨难的一个螺旋式上升的循环成长图。[1]

比如，第一个故事是唐僧出世难。在这个故事中，作者将唐僧定位为人的理智。理智往往是人最为固执的一部分，原则性强，不易因势变通，这与唐僧的性格颇为相似，软弱却又矢志不渝。接下来的几难，作者继续定位几位主要人物。第三个故事收孙悟空，将其定义为心，正所谓"心猿"。因为心是人最活跃的部分，人即使在静止的状态，心也会飞到十万八千里外，放纵恣肆一番。这与孙悟空力量型的性格、七十二般变化和筋斗云的本事相应和，讲的是"收放心"。第四个故事收白龙马，紧紧随"心"之后，也可以像马一样驰骋。第六个故事收八戒，作者在悟空带八戒见唐僧时写道："性情并喜贞元聚，同证西天话不违。"作者将八戒定位为人诸多本能的化身，更应时时处处抵制外欲侵扰。

再比如，《西游记》在第一、三、四、六、八个故事的间隙中，分别插入二（出门逢虎）、五（黑风山夺袈裟）、七（黄风怪阻）、九（四圣显化）这几个故事来展示取经人各自性格的优缺点，分别予以评论。正如前文所讲，唐僧怯懦固执，虔诚坚韧；孙悟空猴急好名，尊性高傲，武艺高强；猪八戒自私懒惰，色心未泯，却又是取经的好帮手。从第十难起，唐僧师徒开始共同经受考验，完成取经任务。在这一过程中，某些情节呈现了"同题反复"的特点：遵循了一个相同的模式，即遇阻—打怪—成功—前进，实质是同一类故事的反复，体现取经人在反复斗争锻炼中才能不断前进。到第二十个故事时，取经人已略有成就，部分"销化凡胎"，人性实现第一次飞跃。但人性之恶根深蒂固，难以彻底清除。取经路上八戒旺盛的食色欲得到充分表现。收八戒便是收情。第八难流沙河收沙僧，故事结尾作者写师徒四人浑无挂碍，径投西天而去。在接受更多磨难后，最终从量变到质变，成长到一个新高度，达到修养最高境界。按现在时髦点的说法，这八十一难磨炼的其实是一个人的"逆商"。

"逆商"（AQ）是人们面对逆境，在逆境中的成长能力的商数，用来测量每个人面对逆境时的应变和适应能力的大小。简言之，"逆商"就是面对困难、挫折和失败时的抗打击能力和自我鼓励能力。"逆商"如何修炼和提高，已经是一个滥之

---

[1] 王筠：《〈西游记〉八十一难结构剖析》，《运城高等专科学校学报》2001年第1期。

又滥的话题，诸位可以自行体悟。如果觉得无从下手，可以参看《西游记》中的八十一难。

这正是：

西游记八十一难，
成长路种种熬煎，
必须苦炼邪魔退，
定要修心始得全。

求取真经，细悟成功
——西天取经留给我们的启示是什么

唐僧师徒去西天，取的是佛经。

我们今天看《西游记》，取的是成长经。[1]

取经靠悟，我们悟到了什么呢？

首先，我们悟到了信仰与责任。

取经的主体是唐僧。所谓八十一难，也是为唐僧量身定做的。在我们的印象中，唐僧是"脓包"。但"脓包"之人的内心，也可能坚硬无比。唐僧就是意志最坚定顽强的一个。说到这里，想起唐僧师徒过火焰山时的一段对话：

> 沙僧道："似这般火盛，无路通西，怎生是好？"
> 八戒道："只拣无火处走便罢。"
> 三藏道："哪方无火？"
> 八戒道："东方南方北方俱无火。"
> 三藏又问："哪方有经？"
> 八戒道："西方有经。"
> 三藏道："我只欲往有经处去哩！"（第五十九回）

---

[1] 李奇博士认为，"取经路就是求学路"，从第十三回到第二十二回是一个人的小学阶段，从第二十三回到第三十五回是初中阶段，从第四十七回到第六十一回是高中阶段，从第六十二回到第一百回是大学阶段。参见李奇《和孩子一起成长——〈西游记〉中的家教智慧》，中国轻工业出版社2013年版，第12—14页。

只往有经处去，这就是唐僧的最大心理支柱，靠的就是信仰的力量。

没有艰难，如何显出坚持！没有坚持，如何显出信仰！唐僧首先是一个人，是一个有着七情六欲的凡人。像唐僧这种有着种种人性之软弱的人能历经十四年，走过十万八千里，才能真正让人佩服。他除了要战胜困难，更关键的是，他还要战胜自己。一路上，他软弱过，动摇过，害怕过，绝望过，也哭过闹过，却从来没有放纵过、放弃过。他是"外干中强"的人，唯其如此，更显其坚定。唐僧的故事告诉我们，在信仰与责任的指引下，就算你是窝囊如唐僧的人，也可以完成不可能完成的任务。

其次，我们悟到了对人生意义的探寻与思索。

整部《西游记》，贯穿着一个思想，那就是对人生意义的探寻。这种探寻，主要由悟空做。正如张文江在《西游记讲记》中所言，人其实都有一个盲目的大志，盲目地有一个东西要做。要把这个东西点死掉，再出来一个东西，再点死掉，再出来一个东西……最后把自己的想法彻底弄明白，这才是明心见性。

悟空就是如此。起初，他只是一只石猴，觉得能当上猴王已经很美了。等当上了美猴王，又觉着还得去找长生不老。为求长生不老，拜在菩提祖师门下，学来了大本事。回到花果山，他又把自己打造成"历代驰名第一妖"，拥有四万七千名手下。为求洗脱妖猴的身份，进入天庭，成为弼马温、齐天大圣，接着又想当玉皇大帝的"备胎"。他一步一步地奔着心中的绝对自由而去，奔着社会等级的最高层而去。这自然是不可能的，于是，被如来压在五行山下五百年。五百年后，他说："我已经知悔了！"知悔之后，保着唐僧去西天取经，成了孙行者，踏上了自己漫长的修行之路，终于把自己的人生意义附着在一项伟大事业之中。

再次，我们悟到了团队的力量。

刚到灵山脚下，受佛祖接引时，唐僧谢过三个徒弟。悟空说："两不相谢，彼此皆扶持也。"彼此扶持就是团队的真谛——合作共赢。合作共赢应该是一个团队赖以存在的重要基础。

唐僧是师父，是名义领导，更是团队的核心，没有他的坚持不懈，这支小小的取经团队恐怕早就散伙、分行李了。悟空是大师兄，是团队的骨干力量。与唐僧相比，信仰显得不那么坚定，也没有答应过唐太宗什么，保护唐僧，最初的目的只是从两界山出来，然后奔向自己的前程，修成自己的正果。八戒是悟空打妖怪的主要助手，也是团队中的"段子手"，他也实现了自己"吃"上的前程。而沙僧，没有特点却也缺不了。

这几个来自五湖四海、动机各不相同的人，虽然本领有着天壤之别，但为了一个共同的目标,而走到了一起来,最后都得了正果,都实现了自己的人生价值。取经团队的故事告诉我们,一个团队,每个具体成员可能不完美,但只要这个团队有共同的目标,有足够的包容性,分工协作,取长补短,就会成就一番大事业。一旦团队的大事业达成,个人的大事业也自会实现。

最后,我们悟到了什么叫历难。

孟子有段话说得好:"故天将降大任于斯人也,必先苦其心志,劳其筋骨,饿其体肤,空乏其身,行拂乱其所为,所以动心忍性,增益其所不能。"九九八十一难,基本上把人生可能经历的种种灾难类型都给概括了,可以说这是对孟子这段话的生动注解。唐僧师徒要历八十一难才能成功,我们每一个人的人生也只有经历八十一难才能成功。取经耗费十四年,也正表明干成任何一件事,都不是一蹴而就的,靠的是长期地坚持。拿唐僧来说,他出发时还是一个涉世不深的毛头小伙子,只有一腔热情,而无任何历练。当他到达西天时,已经是一个四十多岁的中年人了。锐气已经淡去,多了些平静的坚定,成就了自己"潮平两岸阔,风正一帆悬"的宁静与澄澈。

对无字真经,每个人都有自己的理解,每个人所理解的可能都对。每个人心头也都有一座自己的"灵山",每个人的人生,也都是自己的一部活的"西游记"。

我们同样期待您的精彩。

这正是:

二十年前读西游,
翻来覆去无根由。
人生多少成长路,
试把妙义细追求。

参考文献

李洪甫：《最新整理校注本西游记》（上、中、下），人民出版社2013年版。
吴承恩：《西游记》（上、下），人民文学出版社2013年版。
潘建国：《西游记》（上、下），北京大学出版社2011年版。
（明）李卓吾评本：《西游记》（上、下），上海古籍出版社1994年版。
孟庆江，（清）佚名绘：《清彩绘全本西游记》，中国书店出版社2008年版。
蔡铁鹰：《西游记资料汇编》（上、下），中华书局2010年版。
（清）陈士斌：《西游真诠》，上海古籍出版社1991年版。
张书绅：《新说西游记图像》，中国书店1985年版。
（清）刘一明：《西游原旨》，团结出版社1999年版。
萨孟武：《〈西游记〉与中国古代政治》，北京出版社2013年版。
韩田鹿：《大话西游》，商务印书馆2012年版。
刘荫柏：《说西游》，中华书局2005年版。
李安纲：《文化载体论——李安纲揭秘〈西游记〉》，人民出版社2010年版。
穆鸿逸：《妖眼看西游》，新星出版社2009年版。
崔岱远：《看罢西游不成精》，东方出版社2007年版。
林庚：《〈西游记〉漫话》，北京出版社2011年版。
詹石窗：《詹石窗正说西游：〈西游记〉解密》，巴蜀书社2012年版。
[日]中野美代子：《探访〈西游记〉的计谋世界》，世界知识出版社2014年版。
青灯下的古佛：《西游人物解码》，湖北人民出版社2010年版。
刘勃：《小话西游》，浙江文艺出版社2012年版。
佟伟富：《笑看西游话管理》，北京大学出版社2013年版。

跋

小书终于写完了。照例，总有一些话要说。这些话，多属我手写我心之类的，可能只是自己有感觉的话——多余的废话。在这里，我想说三种废话。当然，第三种话不是废话。

第一种话，我想交代一下为什么想写这本小书。

当今时代是轻阅读的微时代。读者多听故事，不愿说教；多看视频，不愿翻书；多乐段子，不愿无趣；多求轻巧，不愿沉重；多爱微、短，不愿长、累。这没问题，可问题是，我们在愿与不愿之间，能否做点结合，弄出有故事的说教、有乐子的教育。这是初衷，水平姑且不论，方向应该是对的。

因为我相信，只要有价值、有诚意，就不怕没人欣赏。王小波说："任何一门学问，即便内容有限而且已经不值得钻研，但你把它钻得极深极透，就可以挟之以自重。换言之，让大家都佩服你。"这本小书的内容可能不深不透，但《西游记》本身却极深极透，诸位应该也能感觉出来，这本小书还是有点钻劲儿在里边的。而且，如果脸不太红的话，这本小书也可以说是一本教育学与文学交叉的创新之作吧。

因为我相信，凭着多年积累的、粗浅的所学所见，只要肯花工夫，就一定能弄出有价值的东西。与其处处挖坑，倒不如瞅准一个方向，照死里挖。挖好了，也许能挖出水来；挖不好，也能挖出一口横竖都二的井。

因为我相信，这里面有"学"、有"术"、有"专"、有"著"，有问题、有论析、有结论。有"学"，就是指书里面既有教育学、文学、心理学、管理学等多学科的基础，也有自己的一点研究心得。有"术"，就是指这些成长智慧，让人看了之后，能对自己在现实生活中的成长有一些启发和感悟。有"专"，就是指这本小书，不仅是专门写"椒盐味"的西游教育，而且也讲究"小口深挖式"的专精。有

"著",就是指这是我们自己的作品,不是"编著",更不是"主编",题材选择、内容取舍、体例架构等方面,都是自己的风格,都是自己辛辛苦苦鼓捣出来的。

亲爱的读者,不管你信不信,反正我信。

第二种话,我想交代一下写这本书的心路历程。

周国平说:"世上许多事,只要肯动手做,就并不难。万事开头难,难就难在人皆有懒惰之心,因为怕麻烦而不去开这个头,久而久之,便真觉得事情太难而自己太无能了。于是,以懒惰开始,以怯懦告终,懒汉终于变成了弱者。"

这段话,我老觉得特别适合说我。懒惰,是我的一大特点。以前,挖了许多小坑,都是以"懒惰开始,以怯懦告终",或者没有开头,或者开了头而没有坚持,或者坚持了一下,成功地证明了自己——太无能。

所以,写这本小书的过程,也是炼心的过程。

花了数年工夫,从有想法,到构思,到下手,再到一点一点地积累出来,足可欣慰的是:开了头,并且居然坚持了下来。细细想来,一个"懒"字,其实是"懒""怨""躁"三个字的合体。懒生怨,怨生躁,躁又突显了懒。写这本小书,也是以此戒懒、戒怨、戒躁,以此修炼自己的耐性、定力和水平。

心中之戒,靠的是悟。悟什么呢?悟能、悟净、悟空。悟能,就是《西游记》所说的,"空口无凭,拿出便见";悟净,就是放平心态,心无旁骛地、踏踏实实地、积极主动地做事;悟空,就是知止,知止而后有定,定而后能静,静而后能安,安而后能虑,虑而后才能得。反正,悟来悟去,从"多心",到"二心",再到"一心",痛并快乐着。

第三种话,我想说一些感谢的话。自然,这不是费话。

内心转变,必靠外力推动。这本小书,也是被"逼"出来的。"逼"我的人,当然都是我的朋友,有领导、有同事、有老师,也有教过的学生。反正,谁"逼"过我,我就感谢谁!

感谢你们,亲爱的们。

感谢聂鹏教授。您作为我的首长,不仅经常给我补传统文化的课,还赐了墨宝,题写了书名。感谢任运昌教授,您提供了建设性意见,让我真正见识了"搞科研,找昌哥"的魅力。感谢李青嵩美女,从头到尾,您居然不嫌小书粗陋,一追到底。感谢杨燕滨、彭露、何森林、江净帆、严亚、符淼、庞首颜、龙承建、周平、朱丽静、郭金虎、余瑶、毋靖雨、李霞、黄晓梅等领导和同事,或指导,或玩笑,或鼓励,都让我受益。感谢戴戈、周尚文、马丙合、彭茂玲等同一战壕的兄弟姐妹们,在日理万机之余,还能时不时地给我以鼓励。感谢曾经选过"从《西游记》中取成长经"的诸位亲爱的同学们，没有你们，我就开不了课，开不了课，也绝对不会有这本小书的诞生。

感谢中国社会科学出版社，作为一家在人文社会科学学术著作出版中享有盛誉的顶级出版社，能看上这本小书，实属我的荣幸。尤其要感谢本书的伯乐王斌先生，为本书的付梓提供了宝贵机会，数次的"邮来邮去"，您的专业、学识和真诚让我深为折服。当然，我也想由衷地感激编辑郭晓娟老师，您在这本书上体现的专注、专业和专精，让我特别感动、感奋。

特别感谢北京大学教育学院院长陈晓宇教授，您能为这本"说古经儿"的小书赐一篇大序，我在万分惶恐之余，谨表达万分感谢和一心敬您之情。特别感谢兄弟王欣涛，20年的老友，您在大首都、大北大，我在小重庆、小二师，平时很少通话、见面，但只要心里有，喝啥都是酒。

特别感谢我的授业导师赵国权教授。我毕业多年就憋出这么个东西，但您并未嫌弃，不仅写了一篇"导读"，还给了我鼓励和支持。此情，我惴惴并永记。

最后特别感谢我的爱人——本书的另一位作者——李慧玲同志。千言万语，凝成一句话吧。什么来着？1999年，深冬，某个夜晚，学校西操场，转过几十圈之后说过了，此处只提供索引，您再想想。

需要感谢的太多太多，无以鸣谢，谨记于心。

再补充说明一点，鉴于水平有限，这本小书的疏漏或不当之处在所难免，敬请诸位亲爱的们拍砖、纠错、批评和指正。

引用《西游记》中的一小段对话权作结尾：

过火焰山之时，唐僧师徒有段对话。

沙僧："似这般火盛，无路通西，果怎生是好？"
八戒："只拣无火处走便罢。"
唐僧："哪方无火？"
八戒："东方南方北方俱无火。"
唐僧："哪方有经？"
八戒："西方有经。"
唐僧："我只欲往有经处去哩！"

孟 亚
2015 年 3 月 30 日